W0047852

Fantasy

Herausgegeben von Friedel Wahren

Von JENNIFER ROBERSON erschienen in der Reihe
HEYNE SCIENCE FICTION & FANTASY:

Der Schwerttänzer-Zyklus

Schwerttänzer · 06/5072
Schwertsänger · 06/5073
Schwertmeister · 06/5074
Schwertmagier · 06/5178

Der Cheysuli-Zyklus

Wolfsmagie · 06/5671
Das Lied von Homana · 06/5672 (in Vorb.)
Das Vermächtnis des Schwerts · 06/5673 (in Vorb.)
Die Fährte des weißen Wolfs · 06/5674 (in Vorb.)
Die Ehre der Prinzen · 06/5675 (in Vorb.)
Die Tochter des Löwen · 06/5876 (in Vorb.)
Der Flug des Raben · 06/5877 (in Vorb.)
Ein Gobelin mit Löwen · 06/5878 (in Vorb.)
Löwenmagie · 06/5879 (in Vorb.)

Jennifer Roberson

Wolfsmagie

Erster Roman des
Cheysuli-Zyklus

Deutsche Erstausgabe

WILHELM HEYNE VERLAG
MÜNCHEN

HEYNE SCIENCE FICTION & FANTASY
Band 06/5671

Titel der Originalausgabe
SHAPECHANGERS
CHRONICLES OF THE CHEYSULI: BOOK ONE
Übersetzung aus dem Amerikanischen von
Karin König
Das Umschlagbild malte Attila Boros
Die Karte auf Seite 6/7 zeichnete Erhard Ringer

Umwelthinweis:
Dieses Buch wurde auf
chlor- und säurefreiem Papier gedruckt.

2. Auflage

Redaktion: Joern Rauser
Copyright © 1984 by Jennifer Roberson
Erstausgabe bei DAW BOOKS, INC., New York
Copyright © 1996 der deutschen Ausgabe und der Übersetzung
by Wilhelm Heyne Verlag GmbH & Co. KG, München
Printed in Germany 1997
Umschlaggestaltung: Atelier Ingrid Schütz, München
Technische Betreuung: M. Spinola
Satz: Schaber Satz- und Datentechnik, Wels
Druck und Bindung: Presse-Druck Augsburg

ISBN 3-453-12161-9

INHALT

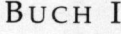

BUCH I

Der Gefangene

Kapitel Eins

Sie saß am Fluß, halb in saftigen Gräsern verborgen. Sorgfältig flocht sie purpurfarbene Sommerblumen in ihren dunkelbraunen Zopf und planschte mit bloßen Füßen im fließenden Wasser. Stengel und zerdrückte Blüten lagen über das rauhe Gewand verstreut, das sie trug, und feuchte Erde beschmutzte den Stoff – aber sie beachtete es nicht. Sie war vollständig mit ihrer Arbeit beschäftigt, denn wenn sie den Gedanken erlaubte, frei zu schweifen, würde sie von dem Wissen – oder der Hoffnung – eingehüllt werden, daß er noch immer kommen könnte.

Ein Vogel rief aus dem Wald hinter ihr und sie schaute auf, lächelte bei der zarten Melodie. Dann lenkte sich ihre Aufmerksamkeit auf einen herannahenden Reiter, und sie ließ den blütengeschmückten Zopf aus ihren kraftlosen Fingern fallen.

Das Sonnenlicht schimmerte im Gold des Pferdegeschirrs und färbte das kastanienbraune Streitroß hellrot. Sie hörte das Klimpern von Gebißstange und Zaumzeug und ein heftiges Schnauben des großen Hengstes. Sein Reiter, der sie noch nicht gesehen hatte, ritt unbekümmert durch die Wiesen.

Sie zog ihre Knie an, legte die Arme darum und ihr Kinn darauf. Sie spürte das vertraute freudige Aufflackern der Hoffnung und der Verwunderung in ihrer Brust, versuchte es aber schnell zu unterdrücken. Wenn sie ihn dies erkennen ließe, würde sie sich für ihn von allen anderen nicht unterscheiden.

Und ich will reizvoll für ihn sein, dachte sie heftig.

Sein dunkelbrauner Schopf war herabgebeugt, während er daherritt, die blauen Augen auf seine Hand-

schuhe gerichtet. Er trug schwarze lederne Jagdklei-
dung, wie sie sah, und ein dünner, grüner Wollman-
tel hing locker über den breiten Schultern. Ein grünes
Aufblitzen und ein goldenes Schimmern an seiner linken Schulter zogen ihren Blick auf sich: die smaragd-
grüne Umhangspange, die er so liebte. An seinem
schweren Gürtel hing ein wuchtiges Zweihänderbreit-
schwert.

Das Streitroß stieg platschend in den Fluß und bespritzte sie von oben bis unten. Sie lächelte in irriger
Hoffnung und richtete sich im hohen Gras auf, während
sie das Wasser von der sonnengebräunten Haut wischte.

»Ich habe nicht geglaubt, daß Ihr kommen würdet«,
sagte sie und hob ihre Stimme, um das sich geräuschvoll
gebärdende Pferd zu übertönen.

Das Tier scheute heftig, als es sie bemerkte, sprang
halbwegs aus dem Fluß heraus, glitt dann aber das
schlammige Ufer hinab wieder ins Wasser. Sein Reiter,
der genauso überrascht war, zügelte das Tier mit einem
Fluch und warf einen Blick über die Schulter. Als er sie
sah, glättete sich sein Gesicht.

»Alix! Willst du, daß er mich abwirft?«

Sie grinste ihn an und schüttelte den Kopf, während er
versuchte, das Pferd zu beruhigen. Der Flußgrund bot
jedem Tier nur trügerischen Halt, und das Streitroß hatte
noch keinen festen Stand gefunden. Schließlich fluchte
sein Reiter noch einmal gereizt und drängte es durch das
Wasser zum Ufer, wo er dann hoch oben vom Pferd aus
auf sie herabsah.

»Also möchtest du sehen, wie der Prinz von Homana
ein unfreiwilliges Bad nimmt«, sagte er drohend, aber
sie sah die Belustigung in seinen Augen.

»Nein, mein Prinz«, antwortete sie sofort, sehr ernst
und angemessen. Dann grinste sie wieder.

Er seufzte und ließ das Thema mit einem flüchtigen
Winken seiner Hand fallen. Ein rubinroter Siegelring
blitzte am Zeigefinger seiner rechten Hand auf und erin-

nerte sie an seinen Rang und die Bedeutung seiner Gegenwart.

Bei den Göttern, flüsterte sie still, *er ist der Prinz dieses Landes und gekommen, um mich zu sehen!*

Der Prinz blickte spöttisch zu ihr herab, eine dunkelbraune Augenbraue erhoben. »Was hast du getan – all diese Blüten geerntet? Du bist reichlich damit bedeckt.«

Eilig befreite sie ihr Gewand von daran haftenden Stengeln und Blüten und begann sie auch aus ihrem Zopf herauszuziehen. Bevor sie sie jedoch ganz hatte abstreifen können, schwang er sich von seinem Pferd herab und ergriff kniend ihre Hände.

»Ich habe nicht gemeint, daß es häßlich wirke, Alix.« Er grinste. »Eher wie eine Waldnymphe, würde ich sagen.«

Sie versuchte ihre Hände diesen großen, vom Tragen der Waffen schwieligen Händen zu entziehen. »Mein Prinz ...«

»Carillon«, sagte er fest. »Zwischen uns gibt es keine Titel. Vor dir bin ich wie jeder andere Mann.«

Aber das seid Ihr nicht, dachte sie matt und zwang sich zu einem Lächeln, obwohl ihre Hände noch in den seinen gefangen blieben. Kurz darauf ließ er eine los und zog Alix an der anderen hoch. Er führte sie am Fluß entlang, wobei er seinen Schritt gezielt dem ihren anpaßte. Sie war groß für eine Frau, aber er war größer als die meisten Männer und zweimal so breit, trotz seiner erst achtzehn Jahre. Carillon von Homana war, auch wenn er stets die Gewänder eines gewöhnlichen Kleinpächters trug, durch und durch ein Prinz.

»Warum hast du geglaubt, daß ich nicht kommen würde?« fragte er. »Ich tat es auch zuvor immer, wenn ich gesagt hatte, daß ich kommen würde.«

Alix betrachtete beim Gehen ihre bloßen Zehen, sie wollte seinen blauen Augen nicht begegnen. Aber sie war vor allem ehrlich und gab ihm eine deutliche Antwort.

»Ich bin nur die Tochter eines Kleinpächters, und Ihr seid der Erbe Shaines des Mujhar. Warum *solltet* Ihr kommen?«

»Ich sagte, ich würde es. Ich lüge nicht.«

Sie zuckte eine Schulter. »Männer sagen viele Dinge, die sie nicht meinen. Es muß keine Lüge sein. Ich bin immerhin nicht die Art Frau, mit der ein Prinz üblicherweise verkehrt.«

»Du läßt mich ungezwungen sein, Alix. Es ist etwas an dir, was ich als tröstlich empfinde.«

Sie warf ihm belustigt einen strahlenden Blick zu. »Männer suchen nicht immer Trost, mein Prinz. Zumindest nicht im Gespräch.«

Carillon lachte sie an und ergriff ihre Hand nur fester. »Du tauschst keine überflüssigen Worte mit mir, nicht wahr? Nun, ich wollte es auch nicht anders haben. Dies ist ein Grund, warum ich dich auserwählt habe.«

Alix blieb stehen – er war gezwungen, es ihr gleichzutun. Sie hob ihr Kinn an und begegnete offen seinem Blick. »Und was ist der *andere* Teil, mein Prinz von Homana?«

Sie sah eine kurze Unentschlossenheit auf seinem Gesicht, verfolgte jede Gefühlsregung, die über seine jungenhaften Gesichtszüge glitt. Carillon schien trotz seiner erst achtzehn Jahre, ein freimütiger Mensch zu sein, und sie war einfühlsamer als andere.

Dennoch antwortete Carillon nicht so, wie sie es erwartet hatte, und innerlich fürchtete sie sich. Statt Verlegenheit oder Herablassung oder hochmütigem männlichem Stolz sah sie nur Lachen auf seinem Gesicht. Seine Hände lagen auf ihren Schultern.

»Alix, wenn ich dich zu meiner Gespielin machen und dir Räume innerhalb Homana-Mujhars zur Verfügung stellen wollte, würde ich einen besseren Weg suchen, es dir zu sagen. Und vor allem würde ich dich zuerst *fragen*.« Er lächelte in ihre sich weitenden Augen hinein. »Denk nicht, daß du mir gleichgültig wärst, du bist Frau genug für mich. Aber ich komme zu dir, weil ich bei dir frei sprechen kann und mir keine Gedanken darüber machen muß, ob ich vielleicht etwas Falsches für die falschen Ohren sage und es später aus den falschen Mündern wieder höre. Du bist anders, Alix.«

Sie schluckte schwer, fühlte sich plötzlich verletzt. »Ja«, stimmte sie mit hohler Stimme zu. »Ich bin die ungebildete Tochter eines Kleinpächters, die kein gehobenes Sprechen erlernt hat. Ich bin den geschmeidigen Hofdamen, an die Ihr gewöhnt seid, sehr unähnlich.«

»Die Götter haben für jeden Mann und jede Frau einen Platz auf dieser Welt geschaffen, Alix. Zweifele nicht an dem deinen.«

Sie sah ihn stirnrunzelnd an. »Es ist für einen Mann Eures Ranges einfach, so etwas zu sagen, mein Prinz. Aber was ist mit den Armen, die auf Mujharas Straßen, und mit den Kleinpächtern, die von der fragwürdigen Großzügigkeit ihrer Fürsten leben müssen? Und vor allem, welche Art Platz hat Shaine den Cheysuli gelassen?«

Seine Hände legten sich fester um ihre Schultern. »Sprich zu mir nicht von Gestaltwandlern. Sie sind Dämonen. Die Säuberer meines Onkels werden Homana von ihrer dunklen Magie befreien.«

»Woher wißt Ihr, daß es Dämonen sind?« fragte sie, eher aus Gerechtigkeitssinn als aus Überzeugung. »Wie könnt Ihr das sagen, wenn Ihr niemals einem begegnet seid?«

Carillons Gesicht wurde hart und kalt, zurückhaltend. Plötzlich sehnte sie sich nach dem ausgeglichenen jungen Mann, den sie noch vor wenigen Wochen gekannt und geliebt hatte.

»Carillon ...«, begann sie.

»Nein«, sagte er tonlos, nahm seine Hände herab und stand steif vor ihr. »Ich brauche keine Dämonen zu sehen, um zu wissen, daß es sie gibt. Die Art ist verflucht, Alix, in diesem Land verfemt.«

»Durch das Handeln Eures Onkels!«

»Ja«, schnappte er. »Bestrafung für ein Vergehen, das harte Maßnahmen erforderte. Bei den Göttern, Mädchen, es war ein Cheysuli, der die Tochter eines Königs – meines eigenen Cousins – geraubt und diesem Land den Bürgerkrieg beschert hat!«

»Hale hat Lindir nicht *geraubt!*« rief Alix. »Sie ist freiwillig mitgegangen!«

Er zog sich von ihr zurück, ohne sich zu bewegen. Plötzlich stand ein verärgerter junger Mann vor ihr, der mehr Prinz als alles andere und daher zur Ungeduld berechtigt war.

»Du hast selbst zugegeben, daß du die ungebildete Tochter eines Kleinpächters bist«, begann er kalt, »und doch willst du mich die Geschichte meines Hauses lehren. Welches Recht hast du dazu? Wer hat dir solche Dinge erzählt?«

Ihre Hände ballten sich zu Fäusten. »Mein Vater war dreißig Jahre lang Waffenmeister von Shaine dem Mujhar, mein Prinz, bevor er ein Kleinpächter wurde. Er lebte innerhalb der Mauern von Homana-Mujhar und sprach oft mit dem Mujhar. Er war dort, als Lindir mit dem Cheysuli, den sie liebte, fortging, und er war dort, als Shaine die Rasse verfluchte und verfemte. Er war dort, als der Mujhar diesen Krieg *begonnen* hat!«

Muskeln bewegten sich unter der Haut seines Kiefers. »Er spricht verräterisch.«

»Er sagt die Wahrheit!« Alix wirbelte von ihm fort und schritt durch das Gras, blieb nur stehen, um einen Dorn aus ihrem bloßen Fuß zu ziehen. Ihre Schuhe, so erinnerte sie sich verdrießlich, standen noch dort, wo das Gespräch begonnen hatte.

»Alix …«, sagte er.

»Bei den Göttern, Carillon, die Cheysuli haben dieses Land besiedelt!« unterbrach sie. »Glaubt Ihr, daß sie diese … Säuberung gewollt haben? Shaine hat das getan, nicht sie.«

15

»Mit gutem Grund.«

Alix seufzte und setzte ihren Fuß auf. Sie sahen sich eine Weile schweigend an, beide in der Erkenntnis, daß sie gerade diese zarte Freundschaft, die sie aufgebaut hatten, aufs Spiel setzten. Sie wartete auf seine barsche Abweisung.

Carillons Hand strich müßig über das Heft des Schwertes an seinem Gürtel, liebkoste die glänzende Cabochonrubinagraffe im Gold. Er war still, nachdenklich, nicht der prahlende oder kalte, hochmütige Prinz, den sie erwartet hatte.

Schließlich seufzte er. »Mädchen, bei dem vielen, was dein Vater von meinem Onkel mitbekam, war er jedoch nicht in alles eingeweiht. Er konnte nicht alles über die Anfänge des Krieges wissen. Und ich kann es übrigens auch nicht. Ich bin neu ernannter Erbe, und Shaine behandelt mich fast wie ein Kind. Wenn du zuhören willst, werde ich dir erzählen, was ich über diese Angelegenheit weiß.«

Sie wollte etwas erwidern, aber eine dritte Stimme unterbrach ihr Gespräch.

»Nein, Prinz. Laßt jemanden, der Shaines Säuberung miterlebt hat, erzählen, was *er* über die Angelegenheit weiß.«

Alix fuhr herum und sah den Mann am Rande des Waldes, mit einem Lederwams und hohen ledernen Gamaschen bekleidet, schwarzhaarig und dunkelhäutig. Ihre Augen weiteten sich, als sie die schweren, goldenen Reife um seine bloßen Arme und den grauen Wolf an seiner Seite sah.

»Carillon!« schrie sie und wich vor dem Mann zurück. Sie hörte das Zischen von Carillons Schwert, als er es aus der Scheide zog, aber sie sah nur die heranrasende graue Gestalt des Wolfes, der den Raum zwischen ihnen blitzschnell übersprang. Die Fänge des Tieres schlossen sich um Carillons Handgelenk.

Alix wollte davonlaufen, aber der Fremde holte sie

schnell ein. Hände ergriffen ihre Schultern und wirbelten sie herum. Sie schaute erschreckt in ein lachendes Gesicht mit gelben Augen.

Bestienaugen, schrie sie stumm.

»Nun kommt, *Mei Jha*, kämpft nicht so«, sagte ihr Gegner grinsend. Goldener Schmuck schimmerte an seinem linken Ohr, blitzte vor dem schwarzen Haar und der gebräunten Haut auf. Alix spürte sein weiches, ärmelloses Lederwams und die bloßen Arme, während er sie an sich gepreßt hielt. »Gerade noch habt Ihr meine Rasse verteidigt, *Mei Jha*. Sicherlich legt Ihr Eure Prinzipien nicht so schnell ab.«

Sie gefror in seinen Händen, betrachtete sein kantiges Gesicht. »Ihr seid ein *Cheysuli*!«

»Sicher«, stimmte er zu. »Finn. Als ich hörte, wie Ihr meine Rasse gegenüber dem Erben des Mannes, der uns fast vernichtete, verteidigt habt, konnte ich es nicht ertragen zuzulassen, daß der Prinz Euch eine schlechte Meinung über uns aufzwingen wollte. Zu viele wollen die Wahrheit nicht hören.« Er grinste sie an. »Ich werde Euch erzählen, was wirklich geschehen ist, *Mei Jha*, und warum Shaine uns als verflucht und verfemt bezeichnet.«

»Gestaltwandler! *Dämon!*« schrie Carillon zornig.

Alix wandte sich um, so daß sie ihn sehen konnte, und fürchtete, daß er schwer verletzt worden wäre, aber sie sah nur einen verärgerten jungen Mann am Boden, auf einen Ellenbogen aufgestützt, der sein Handgelenk an seiner Brust barg. Der Wolf, ein großer silberner Rüde, saß neben ihm. Alix hatte keinen Zweifel daran, daß das Tier Wache hielt.

Die Hände des Cheysuli schlossen sich fester um Alix, und sie schrak zurück. »Ich bin kein Dämon, Prinz. Nur ein Mann wie Ihr selbst, obwohl uns die Götter zugegebenermaßen lieber mögen. Wenn Ihr wollt, daß wir Dämonengezücht genannt und in die Unterwelt verwiesen werden, dann solltet Ihr Euch zuerst lieber den Mujhar ansehen. Er hat das *Qu'mahlin* befohlen, nicht umgekehrt.« Die Verachtung in seiner Stimme ließ Alix erschauern. »Und Ihr macht auf mich den Eindruck, als wolltet Ihr sein Erbe sein, Prinz, in jeder Beziehung.«

Carillons Gesicht rötete sich und er machte eine Bewegung, als wollte er aufstehen. Der Wolf spannte sich lautlos an, die bernsteinfarbenen Augen verengten sich zu Schlitzen, und daraufhin blieb der Prinz, wo er war. Alix sah Schmerz und Enttäuschung auf seinem Gesicht.

»Laßt mich zu ihm gehen«, sagte sie.

»Zu dem Prinzen?« Der Cheysuli lachte. »Seid Ihr also seine *Mei Jha*? Nun, ich hatte daran gedacht, Euch zu der meinen zu machen.«

Sie versteifte sich. »Ich bin die Gespielin keines Mannes, wenn es das ist, was Euer barbarisches Wort bedeutet.«

»Es ist die Alte Sprache, *Mei Jha*, ein Geschenk der alten Götter. Einst war es die einzige Sprache in diesem Land.« Sein Atem wärmte ihr Ohr. »Ich werde sie Euch lehren.«

»Laßt mich gehen!«

»Ich habe Euch gerade erst gefunden, und habe nicht die Absicht, Euch so bald wieder gehen zu lassen.«

»Laßt sie los«, befahl Carillon tonlos.

Finn lachte freudig. »Der Prinz befiehlt *mir*. Aber inzwischen erkennen die Cheysuli die Gesetze des Mujhar nicht mehr an, mein junger Prinz, und auch seine Wünsche nicht. Shaine hat unsere ererbte Gehorsamkeit dem Mujhar und seinem Blut gegenüber erfolgreich unterbunden, als er das *Qu'mahlin* für unsere Rasse befohlen hat.« Sein Lachen erstarb. »Vielleicht können wir uns für die Gunst revanchieren, jetzt, wo wir seinen Erben in Händen haben.«

»Dann habt Ihr mich also«, grollte Carillon. »Laßt Alix los.«

Der Cheysuli lachte erneut. »Aber ich bin wegen der Frau gekommen, Prinz. Euch habe ich nur dazubekommen. Und ich habe nicht die Absicht, einen von Euch wieder zu verlieren.« Seine Hand glitt gleichgültig über Alix' Brust. »Ihr werdet heute nacht beide Gäste in einem Cheysulilager sein.«

»Mein Vater ...«, flüsterte Alix.

»Euer Vater wird Euch suchen, *Mei Jha*, und wenn er Euch nicht findet, wird er annehmen, daß die Tiere des Waldes Euch erwischt haben.«

»Und damit wird er recht haben!« fauchte sie. Seine Hand umschloß ihr Kinn und hob es an. »Ihr folgt dem Prinzen bereits darin, uns zu verfluchen.«

»Ja«, stimmte sie zu. »Wenn Ihr Euch wie eine Bestie benehmt, kann ich nichts anderes tun.«

Der Griff der Hand festigte sich, bis er ihr Kinn fast zerquetschte. »Wer sollte dafür verantwortlich gemacht werden, *Mei Jha?*« Er wandte ihren Kopf, bis sie gezwungen war, Carillon anzusehen. »Vor Euch seht Ihr den Erben des Mannes, der uns aus unserem Heimatland vertrieben hat, der Krieger zu Verfemten gemacht und uns unsere Rechte verweigert hat. Ist Shaine der Mujhar dann nicht der Erschaffer von Bestien, wenn wir so genannt werden?«

»Er ist Euer Lehnsherr!« zischte Carillon durch zusammengebissene Zähne.

»Nein«, sagte Finn kalt. »Das ist er nicht. Shaine von Homana ist mein Verfolger, nicht mein Lehnsherr.«

»Er verfolgt Euch mit gutem Grund!«

»Mit *welchem* Grund?«

Carillons Augen verengten sich. »Ein Cheysulikrieger – ein treuer Gefolgsmann meines Onkels des Mujhar – hat eine Königstochter geraubt.« Er lächelte kalt, genauso erzürnt wie der Cheysuli. »Diese Vorgehensweise ist, wie es scheint, bei Eurer Rasse noch immer üblich. Selbst jetzt raubt Ihr wieder jemanden.«

Finn erwiderte Carillons Lächeln. »Vielleicht, Prinz, aber sie ist keine Königstochter. Nur ihr Vater und ihre Mutter werden sie vermissen, und das wird bald vorübergehen.«

»Meine Mutter ist tot«, sagte Alix und bedauerte dann, daß sie überhaupt etwas gesagt hatte. Sie atmete vorsichtig ein. »Wenn ich freiwillig mit Euch gehe, werdet Ihr Carillon dann freilassen?«

Finn lachte weich. »Nein, *Mei Jha*, das werde ich nicht. Er ist die Waffe, die die Cheysuli all diese fünfundzwanzig Jahre des *Qu'mahlin* brauchten, auch wenn er geboren wurde, nachdem dies begann. Wir werden Verwendung für ihn haben.«

Alix' Blick begegnete dem Carillons, und sie erkannte die Nutzlosigkeit ihrer Argumente. Keiner sprach mehr etwas.

»Kommt«, sagte Finn schließlich. »Ich habe Männer und Pferde, die im Wald warten. Es ist an der Zeit, diesen Ort zu verlassen.«

Carillon stand vorsichtig auf, barg das verletzte Handgelenk. Er stand steif da, größer als der schwarzhaarige Krieger, allerdings durch den wilden Stolz des Mannes etwas geschwächt.

»Euer Schwert, Prinz«, sagte Finn ruhig. »Nehmt Euer Schwert und versenkt es wieder in der Scheide.«

»Ich würde es lieber in Eurer Haut versenken.«

»Sicher«, stimmte Finn zu. »Wenn Ihr das nicht wolltet, wärt Ihr kaum ein Mann.« Alix spürte eine seltsame Anspannung in ihrem Körper. »Nehmt das Schwert auf, Carillon von Homana. Es ist immerhin Eures.«

Carillon, der sorgfältig den Wolf im Auge behielt, beugte sich herab und nahm die Klinge auf. Der Rubin glitzerte, als er das Schwert mit seiner linken Hand in die Scheide gleiten ließ.

Finn betrachtete die Waffe und lächelte geheimnisvoll. »Hales Klinge.«

Carillon sah ihn stirnrunzelnd an. »Mein Onkel hat mir dieses Schwert im letzten Jahr geschenkt. Davor gehörte es ihm. Was redet Ihr also?«

Als der Cheysuli nicht sofort antwortete, sah Alix ihn

scharf an. Sie war bestürzt, Leere in seinen gelben Bestienaugen zu sehen.

»Lange bevor sie die Klinge eines Mujhar war, ist sie die eines Cheysuli gewesen. Hale hat dieses Schwert gemacht, Prinz, und es seinem Lehnsherrn geschenkt, dem Mann, für den er den Blutschwur zu dienen geleistet hatte.« Er seufzte. »Und die Prophezeiung der Erstgeborenen besagt, daß sie eines Tages wieder in den Händen eines *Cheysuli*mujhars sein wird.«

»Ihr lügt!«

Finn grinste spöttisch. »*Ich* lüge vielleicht gelegentlich, aber die Prophezeiung nicht. Kommt, mein Prinz, erlaubt meinem *Lir*, Euch zu Eurem Pferd zu geleiten. Kommt.«

Carillon, der sich der schweigenden Bedrohung durch den Wolf bewußt war, ging. Alix hatte keine andere Wahl, als ihm zu folgen.

Kapitel Zwei

Drei weitere Cheysuli warteten, wie Alix besorgt feststellte, schweigend im Wald. Carillons Streitroß befand sich bei ihnen. Sie warf schnell einen Blick auf den Prinzen, versuchte seine Haltung einzuschätzen, sah, daß sein Gesicht blaß und sein Kiefer so fest zusammengepreßt war, daß sie befürchtete, er könnte bersten. Er schien außerordentlich entschlossen, sich von den Cheysuli fernzuhalten, auch wenn er mitten unter ihnen war.

Finn sagte etwas in einer lyrischen Sprache, die sie nicht verstand, und einer der Krieger trat mit einem seltsamen Pferd für Carillon vor. Sein eigenes wurde ihm verweigert, und schnell stieg Farbe in sein Gesicht, die das Maß der Kränkung offenbarte.

»Wir kennen den Ruf der homanischen Streitrosse«, bemerkte Finn kurz. »Ihr werdet nicht die Chance bekommen, uns leicht entfliehen zu können. Nehmt für den Augenblick dieses.«

Schweigend nahm Carillon die Zügel entgegen und stieg vorsichtig auf.

Finn sah vom Boden aus zu ihm hinauf, trat dann zu dem Prinzen und riß wortlos einen langen Streifen Stoff von Carillons grünem Umhang ab. Er hielt ihn ihm hin. »Verbindet Eure Wunde, Prinz. Ich will Euch nicht so leicht dem Tod überlassen.«

Carillon nahm den Stoffstreifen und tat, wie ihm befohlen. Er lächelte grimmig auf den gelbäugigen Krieger hinab. »Wenn mir die Zeit gegeben ist, Gestaltwandler, werde ich die Farbe Eures Blutes sehen.«

Finn lachte und wandte sich ab. Er grinste Alix an. »Nun, *Mei Jha*, uns fehlt ein Pferd für Euch. Aber meines wird reichen. Das Gefühl, Euch an meinem Rücken zu spüren, wird mir gefallen.«

Alix, die sowohl verärgert als auch verängstigt war, sah ihn nur an. Sein dunkles Gesicht verzog sich zu einem ironischen Lächeln, und er nahm die Zügel seines Pferdes von einem anderen Krieger entgegen. Er deutete auf das seltsame Gebilde auf dem Rücken des Tieres. Es sah nicht ganz wie ein Sattel der Homaner aus, der einen größeren Sattelbaum und einen höheren Hinterzwiesel aufwies, dazu gedacht, einen kämpfenden Mann im Sattel zu halten, diente aber dem gleichen Zweck. Alix zögerte, stellte dann den bloßen Fuß in den Ledersteigbügel und hievte sich in den Sattel. Bevor sie etwas sagen konnte, um ihn davon abzuhalten, sprang Finn hinter ihr auf den Pferderücken. Sie spürte seine Arme um ihre Taille gleiten, um die Zügel aufzunehmen.

»Seht Ihr, *Mei Jha?* Ihr könnt mir kaum entgehen.«

Sie tat ihr bestes. Sie waren schon lange geritten, und sie war es müde, beim Reiten steif und aufrecht vor ihm zu sitzen, als Finn das Pferd schließlich zum Stehen brachte. Sie betrachtete überrascht das Lager vor sich, denn es lag in den dichten, schattigen Wäldern gut verborgen.

Gewirkte Zelte in Grün-, Braun-, Grau- und Schiefertönen versteckten sich im Zwielicht, kaum von den Bäumen und dem Unterholz des Waldes oder den herabgestürzten Haufen Felsgesteins zu unterscheiden. Kleine Feuer leuchteten flackernd über die schmale Lichtung.

Alix richtete sich auf, als Finn das Pferd zügelte. Sie wandte sich schnell um, um Carillon zu suchen, zwischen den schwarzhaarigen, gelbäugigen Cheysulikriegern verloren, aber Finn hinderte sie daran. Sein linker Arm legte sich eng um ihre Taille, habgierig, während er sich vorbeugte und gegen ihren starren Rücken drängte.

»Euer Prinz wird sich erholen, *Mei Jha.* Er hat jetzt Schmerzen, aber das wird vergehen.« Er senkte seine Stimme zu einem aufreizenden Flüstern. »Oder ich werde es *tun.*«

Sie überhörte ihn, spürte, wie sich ein langsamer, herausfordernder – und sogar erschreckender – Zorn in ihr aufzubauen begann. »Warum habt Ihr Euren Wolf auf ihn gehetzt?«

»Er zog Hales Schwert, meine Liebe. Zweifellos weiß er es zu gebrauchen, sogar gegen einen Cheysuli.« Er lachte weich. »Vielleicht *vor allem* gegen einen Cheysuli. Aber wir sind leider zu wenige. Mein Tod würde nicht nützlich sein.«

»Ihr habt eine *Bestie* auf ihn gehetzt!«

»Storr ist keine Bestie. Er ist mein *Lir*. Und er hat es nur getan, um zu verhindern, daß Carillon getötet würde, denn ich hätte ihm sein Leben genommen, um meines zu erhalten.«

Sie betrachtete den so still und geduldig neben dem Pferd wartenden Wolf. »Euer – *Lir?* Was wollt Ihr damit sagen?«

»Dieser Wolf ist mein *Lir*. Das ist ein Cheysulibegriff, den Ihr vielleicht nicht verstehen könnt. Es gibt kein Homanerwort für unseren Bund.« Er zuckte die Achseln. »Storr ist ein Teil von mir, und ich bin ein Teil von ihm.«

»Gestaltwandler«, flüsterte sie unbeabsichtigt.

»Cheysuli«, flüsterte er zurück.

»Ist jeder Wolf dieser – *Lir?*«

»Nein, ich bin nur mit Storr verbunden, und er wurde von den alten Göttern erwählt, mein Lir zu sein. Sie werden mit dem Wissen geboren. Jeder Krieger hat nur einen, aber es kann jedes Lebewesen sein.« Er zupfte ein Blatt aus Alix' Haaren – sie versteifte sich. »Es ist zu neu für Euch, als daß Ihr es verstehen könntet, *Mei Jha*. Versucht es nicht.«

Sie spürte, wie er hinter ihr fortglitt, und kurz darauf zog er sie vom Pferd. Alix unterdrückte einen überraschten Aufschrei und spürte, wie sich jede ihrer Sehnen anspannte, als seine Hand um ihren Hals herumglitt.

24

»Ihr könnt mich loslassen«, sagte sie schnell. »Ich kann kaum vor einem Wolf davonlaufen.«

Seine Hand glitt von ihr ab. Sie spürte, wie ihr Zopf angehoben wurde, und spürte dann seine Lippen auf ihrem Nacken. »Ihr lernt bereits, *Mei Jha*.«

Bevor sie protestieren konnte, drehte er ihr Gesicht dem seinen zu und bog ihren Kopf zurück, während sich sein Mund auf den ihren senkte. Alix kämpfte gegen ihn an, was lediglich die Wirkung hatte, daß sie sich noch stärker festgehalten spürte. Er war viel zu stark für sie, kraftvoller, als sie sich einen Mann jemals vorgestellt hätte.

Das solltest du nicht tun, Lir, sagte eine leise Stimme in Alix' Geist.

Sie versteifte sich vor Angst, fragte sich, wie Finn sprechen konnte, ohne etwas zu sagen. Dann wurde sie unerwartet von ihm fortgestoßen, als er einen Schritt zurücktrat. Sie sah, daß er nicht gesprochen hatte, weder leise noch laut, sondern daß, was immer die Worte gebildet hatte, ihn sehr aufregte. Seine Augen, die sie wachsam beobachteten, waren zu schmalen Schlitzen verengt. Langsam schaute er auf den Wolf.

»Storr«, sagte er weich, erstaunt.

Das solltest du nicht tun, erklang es erneut.

Finn fuhr, plötzlich verärgert, wieder zu ihr herum. »Wer seid Ihr?«

»Was?«

Seine Hand ergriff ihren Zopf und zog scharf daran, riß an ihrer Kopfhaut. »Welche Art Frau seid Ihr, daß ihr Storrs Aufmerksamkeit auf Euch zieht?«

Der Wolf? fragte sie sich bestürzt.

Finn beobachtete sie genau, die Finger schmerzhaft um ihr Kinn gefaßt, bis sie keine andere Wahl mehr hatte, als mitten in sein schattenumwölktes Gesicht zu sehen. Der goldene Ohrring in Wolfsform glänzte.

»Ihr seid dunkel genug für eine von uns, aber Ihr habt nicht die Augen«, murmelte er. »Braun, wie bei der

Hälfte der Homaner. Aber warum sonst sollte Storr etwas gegen mein Vergnügen haben? Das ist nicht die Aufgabe des *Lir*.«

»Ich bin keine von Euch!« zischte sie zutiefst erschüttert. »Ich bin die Tochter Torrins von Homana. *Verflucht* mich nicht, indem Ihr mich eine Cheysuli nennt, Gestaltwandler!«

Seine Hand festigte sich, und sie schrie auf. Schwach hörte sie Carillons besorgte Stimme herüberklingen. »Alix!«

Finn ließ sie so jäh los, daß sie zurücktaumelte. »Geht zu Eurem Prinzen, *Mei Jha*. Kümmert Euch um seine Wunde wie eine richtige Gespielin.«

Sie öffnete den Mund, um sich gegen seine ungehörigen Worte zu wehren, drängte sie aber dann zurück und wirbelte herum, eilte zu Carillon. Er stand neben seinem Cheysulipferd, schwankend, sein verbundenes Handgelenk an der Brust bergend. Sein Gesicht war, selbst in den Schatten sichtbar, von Schmerz gezeichnet.

»Hat er dich verletzt?« fragte er barsch.

Alix schüttelte den Kopf und erinnerte sich an den Zorn in Finns Hand die an ihrem Kinn lag. »Nein, es geht mir recht gut. Aber was ist mit Euch?«

Er zuckte leicht die Achseln. »Es ist mein Schwertarm. Ohne ihn habe ich nicht mehr viel von einem Prinzen an mir, nicht einmal mehr etwas von einem Mann. Sonst würde ich nicht darüber reden.«

Sie lächelte und berührte sanft seinen verletzten Arm. »Wir können nirgendwo anders hingehen, mein Prinz. Wir sollten zum Feuerschein treten, wo ich mich um Euer Handgelenk kümmern kann.«

Finn trat schweigend zu ihnen und deutete auf ein grünes Zelt nicht weit von der Stelle, an der sie sich befanden. Stumm folgte Alix dem Cheysuliführer und legte eine Hand auf Carillons Arm. Daß er überhaupt etwas über seine Verletzung gesagt hatte, machte Alix

Sorgen, denn es besagte, daß der Wolfsbiß schlimmer war, als sie vermutet hatte.

Finn beobachtete, wie sie auf einem blauen Webteppich vor seinem Zelt niederknieten und verschwand dann nach drinnen, ohne sie zu beachten. Alix warf einen schnellen Blick rund um das kleine Lager und suchte nach einem Ausweg, aber es waren zu viele Krieger da. Und Carillons Gesicht war bereits vom Fieber gerötet und warm, als sie ihre Hand daranlegte.

»Wir gehen nirgendwohin«, sagte sie weich.

»Wir müssen«, antwortete er und legte vorsichtig sein verletztes Handgelenk frei. Die Haut war von Zahnabdrücken zerfetzt. Die Blutung hatte aufgehört, aber die Wunde war offen und eiterte.

»Wir haben keine Wahl«, flüsterte Alix. »Vielleicht am Morgen, wenn es Euch besser geht.«

Licht von dem kleinen, vor dem Zelt errichteten Feuer flackerte über sein Gesicht. Sie sah die eigensinnige Anspannung auf den hervorstehenden Knochen. »Alix, ich werde nicht in einem Gestaltwandlerlager bleiben. Sie sind Dämonen.«

»Sie sind auch unsere Gefangenenwärter«, fügte sie widerwillig hinzu. »Glaubt Ihr, wir könnten ihnen so einfach entkommen? Mit dieser Wolfswunde kommt Ihr nicht weit.«

»*Du* kannst es. Du könntest das Pachtland deines Vaters erreichen. Und er könnte dann nach Mujhara reiten, um Hilfe zu holen.«

»Allein …«, flüsterte sie. »Und so weit …«

Er rieb sich mit dem unverletzten Unterarm über die Stirn. »Ich möchte dich nicht allein in die Dunkelheit schicken, ganz gleich, wie weit es wäre. Aber ich habe keine Wahl, Alix. Ich würde selbst gehen, freiwillig, wie du sicher weißt.« Er hob seinen blutigen Arm. »Aber ich erkenne meine Grenzen.« Sein Lächeln kam schnell und verging genauso schnell wieder. »Ich vertraue dir, mein

Mädchen, mehr als jedem Mann, der vielleicht mit mir hier wäre.«

Schmerz drückte ihr Herz so fest zusammen, daß es fast zerbarst. In den kurzen Wochen, seit sie ihn jetzt kannte, war er alles für sie geworden, ein Held, den sie aus den Tiefen ihrer romantischen Seele anbetete und ein Mann, von dem sie in den langen Nächten träumen konnte. Wenn er sie so warm und mit solchem Vertrauen ansah, wurde ihre Entschlossenheit, ihn ihre Verwundbarkeit nicht sehen zu lassen, zunichte.

»Carillon …«

»Du mußt«, sagte er sanft. »Wir können nicht hierbleiben. Mein Onkel wird, wenn er dies erfährt, sofort berittene Truppen senden, um dieses Dämonennest auszuräuchern. Alix, du mußt *gehen*.«

»Wohin gehen?« fragte Finn vom Zelteingang aus.

Alix wandte sich, überrascht von seinem lautlosen Herannahen, um, aber Carillon sah den Cheysuli nur an. Finn schien stärker, ein Wesen der Dunkelheit, angestrahlt von dem vom Gold an seinen Armen und an seinem Ohr zurücktanzenden Feuerschein. Alix zwang sich, von seinen gelben Augen fortzuschauen und betrachtete statt dessen den halb im dichten schwarzen Haar verborgenen Ohrring. Er, wie auch die Armreife, die er über den Ellenbogen trug, zeigten die vollendet gearbeitete Gestalt eines Wolfes.

Für seinen Lir …, erkannte sie erschreckt und wunderte sich erneut über die Fremdartigkeit seiner Rasse.

Der Cheysuli lächelte spöttisch und trat vor, bis er über ihnen stand. Seine Schritte waren vollkommen lautlos und hinterließen kaum einen Abdruck im Staub.

Er ist wie die Schatten selbst …

»Mein Prinz«, sagte er kraftvoll, »Ihr müßt zweifellos daran glauben, daß sich dieses zerbrechliche Mädchen ohne irgendwelche Hilfe ihren Weg durch einen feindlichen Wald bahnen könnte. Wäre sie eine Cheysuli, dann könnte sie es, denn wir sind Wesen des Waldes anstatt der Städte, aber sie ist es nicht. Und ich habe zuviel Ärger auf mich genommen, um einen von Euch so schnell verlieren zu wollen.«

»Ihr habt kein Recht, uns festzuhalten, Gestaltwandler«, sagte Carillon.

»Wir haben jedes Recht, Prinz! Euer Onkel hat alles in seiner Macht stehende getan, um jeden Cheysuli in Homana zu töten – in einem Land, das wir geschaffen haben! Es ist ihm gründlicher gelungen, als er selbst sogar weiß, denn es ist wahr, daß unsere Anzahl kläglich vermindert wurde. Wir sind von Tausenden nur noch Hunderte. Aber in letzter Zeit schien es glücklicherweise, daß Shaine sich mehr um den Krieg gekümmert hat, den Bellam von Solinde Homana aufzwingen will. Er muß sich wieder in Schlachtpläne vertiefen und uns eine Zeitlang vergessen.«

»Also«, sagte Carillon mit einem Seufzen, »werdet Ihr mich dem Mujhar gegen Lösegeld wieder ausliefern?«

Finn strich sich über sein glattes Kinn, dachte nach, grinste sie beide an. »Das kann ich nicht entscheiden. Es ist eine Entscheidung des Stammesrats der Cheysuli. Aber ich werde es Euch wissen lassen, wie wir über Euch verfügen werden.«

Alix richtete sich auf. »Und was ist mit mir?«

Er betrachtete sie eine Weile mit leerem Blick. Dann ließ er sich auf ein Knie nieder und hob ihren Zopf auf verführerische Art an seine Lippen. »Ihr, *Mei Jha*, werdet bei uns bleiben. Die Cheysuli messen einer Frau hohen Wert zu, denn wir brauchen sie, um noch mehr von uns aufzuziehen.« Er überhörte ihr erschrecktes und wütendes Keuchen. »Anders als die Homaner, die eine Frau vielleicht nur eine Nacht bei sich behalten, behalten wir sie für immer bei uns.«

Alix wich vor ihm zurück, entriß ihren Zopf seiner Hand. Angst brach in ihrer Brust so schnell auf, daß sie kaum atmen konnte, und sie spürte, wie ihre Knochen zu zittern begannen.

Er könnte es tun, erkannte sie. *Er könnte es. Er ist ein Dämon...*

»Laßt mich gehen«, bat sie. »Haltet mich nicht bei Euch fest.«

Seine schwarzen Brauen hoben sich. »Seid Ihr meiner Gesellschaft schon so bald überdrüssig, *Mei Jha?* Ihr werdet mich mit solchen Worten verletzen.«

»Alix ist keine von Euch«, sagte Carillon kalt. »Wenn Ihr mich gegen ein Lösegeld ausliefern wollt, dann werdet Ihr es mit ihr genauso handhaben. Und wenn ihr Vater Euren Preis nicht zahlen kann, wird der Mujhar ihn aus seinen eigenen Beständen aufbringen.«

Finn machte sich nicht einmal die Mühe, Carillon anzusehen. Er betrachtete Alix durchdringend. »Sie ist eine Kriegstrophäe, Prinz. Meines eigenen persönlichen Krieges gegen den Mujhar. Und ich würde niemals Gold von einem Mann annehmen, der seinen Leuten befehlen konnte, eine ganze Rasse auszurotten.«

»Ich bin keine Trophäe!« schrie Alix. »Ich bin eine Frau! Keine Zuchtstute, die nach ihrer Fähigkeit bemessen wird, Junge zu gebären oder Gold einzubringen. Ihr werdet mich nicht so behandeln!«

Finn fing eine ihrer Hände ab und hielt sie fest, während gebräunte Finger sanft ihr Handgelenk umkreisten. Sie versuchte sich ihm zu entziehen, aber er strengte sich gerade genug an, um ihre Hand festzuhalten.

»Ich behandle Euch, wie ich will«, belehrte er sie. »Aber Ihr solltet wissen, daß meine *Mei Jhas* unter den Cheysuli geachtet sind. Daß eine Frau keinen *Cheysul* – Ehemann – hat und dennoch einen Mann zum Gefährten nimmt, macht sie nicht zur Hure. Sagt mir, ist das nicht ein besseres Leben, als es die Gespielinnen von Mujhara führen?«

Sie wand sich in seinem Griff. »Laßt mich los!«

»Ihr seid nicht die erste Frau, die auf diese Art gewonnen wurde«, sagte er ernst, »und zweifellos werdet

Ihr nicht die letzte sein. Aber im Augenblick gehört Ihr mir, und ich kann mit Euch tun, was ich will.«

Carillon streckte die Hand aus, um Finns Arm zu ergreifen, verfluchte ihn verärgert, aber der Schmerz in seinem Handgelenk hinderte ihn. Sein Gesicht wurde erschreckend weiß, und er hielt sofort in der Bewegung inne, barg den verletzten Arm. Sein Atem drang zischend zwischen den Zähnen hervor.

Finn ließ Alix los. »Wenn Ihr erlaubt, werde ich die Wunde heilen.«

»Heilen!«

»Ja«, sagte der Cheysuli ruhig. »Es ist eine Gabe der alten Götter. Wir haben Heilkünste zu unserer Verfügung.«

Alix rieb über die Stelle, an der er ihren Arm festgehalten hatte. »Was meint Ihr damit, Gestaltwandler?«

»Cheysuli«, verbesserte er sie. »Ich kann die Erdmagie heraufbeschwören.«

»Hexerei!« rief Carillon aus.

Finn zuckte die Achseln. »Ja, aber es ist dennoch eine Gabe. Und wird nur zum Guten verwandt.«

»Ich werde Eure Berührung nicht erdulden.«

Finn trat vor und ergriff Carillons verletzten Arm mit festem Griff. Der Prinz zuckte zurück, bereit, heftig zu protestieren, sagte aber nichts, während Erstaunen sein Gesicht überzog.

»Carillon?« flüsterte Alix.

»Der Schmerz ...«, sagte er benommen.

»Die Erdmagie lindert Schmerz«, sagte Finn bestimmt, vor dem bleichen Fürsten kniend. »Aber sie kann auch noch viel mehr tun.«

Alix beobachtete mit geöffnetem Mund, wie der Cheysuli den zerfetzten Arm hielt. Seine gelben Augen blickten seltsam durchdringend und dennoch gleichgültig, und sie erkannte, daß ihr Fluchtweg offen vor ihr lag. Er war seltsamerweise über sie beide hinausgelangt.

Sie machte eine Bewegung, als wollte sie gehen, zog

ihre Beine an, als wollte sie sich aufrichten, aber Carillons Gesichtsausdruck hielt sie davon ab. Sie sah Überraschung, Verwirrung, Abscheu und beginnenden Protest. Aber sie erkannte auch die Wahrheit in Finns Worten, und bevor sie eine Frage stellen konnte, denn sie hatte Angst vor der Magie des Gestaltwandlers, ließ Finn Carillons Handgelenk los.

»Es ist vollbracht, Prinz. Es wird sauber heilen, schmerzlos, obwohl Ihr Narben zurückbehalten werdet, die Eure Dummheit beweisen werden.«

»Dummheit!« rief Carillon aus.

Finn lächelte grimmig. »Es ist immer Dummheit, wenn ein Mann einen Cheysuli in Gegenwart seines *Lir* bedroht.« Finn deutete mit dem Kopf auf den Silberwolf, der ruhig neben dem Zelt lag. »Storr würde niemals zulassen, daß mich jemand verletzt, sogar wenn es ihn selbst das Leben kosten würde.« Er runzelte plötzlich die Stirn, der Blick verfinsterte sich. »Obwohl das seinen Preis hat.«

»Dann werde ich Euch eines Tages beide töten«, sagte Carillon deutlich.

Alix spürte das plötzliche Aufflackern der Anspannung zwischen den beiden, obwohl sie es nicht hätte erklären können. Und als Finn ironisch lächelte, fühlte sie sich abgeschreckt, wich vor seinem verzogenen Mund zurück.

»Ihr könnt es versuchen, Prinz, aber ich glaube nicht, daß es Euch gelingen wird. Wir sind für etwas anderes als für den durch eine fremde Hand gebrachten Tod bestimmt, wir beide.«

»Was meint Ihr damit?« fragte Alix.

Er sah sie an. »Ihr kennt die Prophezeiung der Erstgeborenen nicht, *Mei Jha*. Wenn Ihr sie erfahrt, werdet Ihr Eure Antworten bekommen.« Er erhob sich in einer fließenden Bewegung, die sie an eine geschmeidige Bergkatze erinnerte. »Und Ihr werdet noch mehr Fragen haben.«

»Welche Prophezeiung?« fragte sie.

»Diejenige, die den Cheysuli ihren Sinn gibt.« Er streckte die rechte Hand aus, die Handfläche nach oben gerichtet, die Finger gespreizt. »Ihr werdet ein anderes Mal verstehen, was dies bedeutet. Jetzt muß ich meinen *Rujholli* aufsuchen. Ihr könnt hier oder in meinem Zelt schlafen, das ist mir gleich. Storr wird sich in Eurer Nähe halten, während ich fort bin.«

Er wandte sich um und ging schweigend davon, verschwand in den Schatten, geriet sofort außer Sicht. Alix erschauerte, als sich der Wolf erhob und auf die blaue Decke zukam. Er legte sich neben sie, beobachtete sie mit dem seltsamen Gleichmut seiner bernsteinfarbenen Augen.

Alix erinnerte sich an Finns merkwürdige frühere Bemerkungen, seine befremdliche Antwort auf die sanften Worte, die sie in ihrem Geist gehört hatte. Vorsichtig, ängstlich bildete sie ihre eigenen.

Wolf? fragte sie. *Kannst du sprechen?*

Nichts klang in ihrem Kopf wider. Der Wolf, *Lir* genannt, schien jetzt, wo er auf seinem Kinn und seinen Pranken ruhte, nicht mehr so wild. Aber man konnte die Klugheit in seinen wilden Augen, denen eines Menschen so unähnlich, nicht übersehen.

Lir? fragte sie.

Man nennt mich Storr, sagte er kurz.

Alix schrak zurück und kauerte sich auf der Decke zusammen, kämpfte gegen die Übelkeit an. Sie betrachtete das Tier entsetzt, aber es hatte sich nicht bewegt. Etwas wie ein Lächeln schimmerte in seinen Augen.

Hab keine Angst vor mir. Das ist nicht nötig. Nicht für dich.

»Bei den Göttern...«, flüsterte sie.

Carillon sah sie an. »Alix?«

Sie konnte ihren Blick nicht von dem Wolf abwenden, um Carillon anzusehen. Ein Angstschauer rann durch sie hindurch, während sie über den Wahnsinn an ihrer Entdeckung nachdachte. Es war nicht möglich.

»Alix«, sagte er erneut.

Schließlich sah sie ihn an. Sein Gesicht war bleich, verwirrt, Müdigkeit trübte seine blauen Augen. Aber selbst wenn er wachsam und gesund gewesen wäre, hätte sie ihm nicht sagen können, daß sie den Wolf sprechen gehört hatte. Er würde ihr niemals glauben, und sie war sich auch nicht sicher, daß sie es tat.

»Ich bin nur verwirrt«, sagte sie weich, vor allem zu sich selbst. »Verwirrt.«

Er gab seinem Arm eine bequemere Lage und ließ einen Finger vorsichtig über die von dem Wolf hinterlassenen, angeschwollenen Zahnabdrücke gleiten. Aber selbst sie konnte sehen, daß sie zu heilen begonnen hatten.

»Du mußt gehen«, sagte er.

Sie sah ihn an. »Ihr wollt noch immer, daß ich gehe, sogar nach dem, was der Gestaltwandler gesagt hat?«

Carillon lächelte. »Er wollte dich nur ängstigen.«

»Der Wolf ...«

»Der Gestaltwandler wird ihn nicht ewig bei uns lassen. Wenn du die Möglichkeit bekommst, mußt du gehen.«

Sie beobachtete, wie Carillon sich auf der blauen Decke zurücklehnte, die langen, bis zu den Oberschenkeln in Stiefeln steckenden Beine ausstreckte und den grünen Umhang um seinen Arm wickelte.

»Carillon ...«

»Ja, Alix?« fragte er mit mattem Seufzen.

Sie biß sich auf die Lippen, beschämt über ihre Zögerlichkeit. »Ich werde gehen. Wenn ich die Möglichkeit dazu bekomme.«

Er lächelte leicht und fiel in einen erschöpften Schlummer. Alix betrachtete ihn traurig.

Was ist an einem kranken oder verletzten Mann, was eine Frau zu einem gefügigen Narren macht? fragte sie sich.

34

Warum bin ich plötzlich bereit, alles für ihn zu tun? Sie seufzte und zupfte die Falten ihres Gewandes zurecht. *Aber er würde selbst gehen, wenn es ihm gut genug ginge. Daher werde ich tun, um was er mich bittet.*

Sie betrachtete neugierig den Wolf, fragte sich, ob er ihre Gedanken hörte. Aber das Tier betrachtete sie nur träge, als hätte es nichts Besseres zu tun.

Vielleicht hört er sie nicht, entschied sie und zog ihre Knie an, um leeren Blickes in die Flammen zu starren.

Kapitel Drei

Das Feuer war zu glühenden Kohlen erloschen, als sie eine seltsame Berührung in ihrem Geist verspürte, fast ein Probieren. Es war federleicht und sehr sanft, aber auch erschreckend. Alix hob ruckartig den Kopf von den Knien und sah sich mit großen Augen um, befürchtete, daß es eine Art von Cheysulimarter sei.

Nichts war dort: das Lager seltsam leer, denn alle Krieger waren, wie auch Finn, zu einem einzelnen schieferfarbenen Zelt am anderen Ende des kleinen Lagers gegangen.

Alix betrachtete den Wolf und sah, daß seine bernsteinfarbenen Augen auf sie gerichtet waren. »Nein«, flüsterte sie.

Die leichte Berührung schwand aus ihrem Geist. Alix legte eine zitternde Hand auf ihr Ohr. »Du kannst nicht zu mir sprechen. Ich kann dich nicht hören.«

Du hörst mich, sagte die warme Stimme.

»Was tust du mir an?« fragte sie heftig, kämpfte darum, ihre Stimme leise zu halten, um Carillon nicht zu wecken.

Ich forsche, antwortete er.

Sie schloß die Augen, spürte aber seinen Blick. »Ich bin verrückt geworden«, flüsterte sie.

Nein, sagte die Stimme. *Du bist nur erschöpft, und ängstlich, und sehr allein. Aber das mußt du nicht.*

»Du sagtest, du forschst, Wolf.« Alix atmete zitternd ein, überließ sich ihrem Wahnsinn einen Augenblick lang. »Wonach forschst du in mir?«

Storr hob seinen Kopf von den Pranken. *Das kann ich nicht sagen.*

Sein klarer Blick ließ sie sich unbehaglich fühlen. Carillon schlief geräuschvoll, die Linien des Schmerzes waren aus seinem Gesicht gewichen, und sie wünschte, er könnte ihr die Worte sagen, die sie brauchte, um diese Fremdartigkeit aus ihrem Geist zu verbannen. Sie wünschte auch, sie könnte sich in solch tröstlichem Schlaf verlieren, aber jede Faser ihres Körpers war vor Verhaftetsein und dem Verlangen, davonzulaufen, straff angespannt.

Wolf? fragte sie lautlos.

Er sagte nichts. Kurz darauf stand er auf und schüttelte sich, wodurch sich sein Silberfell kräuselte. Er warf ihr einen seltsam ernsthaften Blick zu und tappte dann in die Dunkelheit davon, genauso bedächtig wie ein Hund unter seinen Leuten.

Alix sah ihm nach. Ein schneller Blick sagte ihr, daß niemand in der Nähe war, auch kein anderes Tier. Sie schaute sehnsüchtig zu Carillon, einen Augenblick regungslos, wollte das Haar von seiner heißen Stirn streichen, aber sie hielt sich zurück. Solche Vertraulichkeit, wenn sie jemals geschehen sollte, würde von ihm ausgehen müssen. Sie stand zu tief unter seinem Rang, um ihn von sich aus berühren zu dürfen.

Sie stieß den Atem heftig aus, versuchte auf seine kurzen Stöße nicht zu achten, und stand auf. Sie schüttelte die Falten aus ihrem Gewand, bog die Zehen von dem kalten Boden hoch. Die Füße waren kalt und verletzt, aber sie durfte keine Zeit damit vergeuden, den Verlust ihrer Schuhe zu bedauern.

Leise glitt Alix in die Dunkelheit des Lagers. Sie war kein Schattengeist wie die Cheysuli, aber sie war im Wald aufgewachsen und konnte sich fast lautlos bewegen. Vorsichtig schlich sie an dem letzten Zelt vorbei und betrat die eng zusammenstehenden Bäume.

Nadeln und Zweige knackten unter ihren Füßen, gruben sich schmerzhaft in ihre Haut. Alix biß sich gegen den scharfen, bohrenden Schmerz auf die Lippen und ging weiter, achtete nicht auf die Furcht in ihrer Seele. Ein Schauer lief ihren Körper hinab, während sie durch den stillen Wald strich. Sie sehnte sich nach der Wärme und Sicherheit des Hauses ihres Vaters und nach dem heißen, gewürzten Apfelwein, den er braute.

Es ist für Carillon, flüsterte sie lautlos. *Für ihn. Weil ein Prinz mich darum gebeten hat.* Gegen jede Vernunft mußte sie beinahe laut lachen. *Aber er muß kein Prinz sein, um mich um einen Dienst zu bitten. Ich würde es freiwillig tun.*

Sie griff nach einem Baum und spürte die rauhe Rinde in ihre Handflächen schneiden, während sie die Fingernägel hineingrub. Sie lehnte ihre Stirn gegen den Baum, während sie lächelte und innerlich über ihre widerstrebenden Empfindungen lachte. Angst beherrschte noch immer ihre Seele, aber auch der Wunsch, Carillons Bitte nachzukommen. Sie war regelrecht in die Falle gegangen, die so viele Frauen fesselte.

Ein Zweig knackte. Alix riß den Kopf hoch und starrte in die Bäume, plötzlich so furchtbar ängstlich, daß alle anderen Empfindungen zurückwichen. Ihre Finger klammerten sich krampfartig in die Rinde, und sie atmete stockend.

Der Wolf stand in den Schatten, kaum mehr als ein schwacher Umriß vor der dahinterliegenden Dunkelheit. Einen Augenblick lang spürte sie die Angst von sich abgleiten, denn seltsamerweise bedrohte Storr sie nicht. Aber dann erkannte sie, daß es nicht Storr war. Dieser war größer – rötlich, nicht silbern. Seine gelben Augen schimmerten freundlich.

Die Angst kehrte zurück. Alix preßte ihren Körper gegen den Baum, suchte seinen Schutz. Ein abgebrochener Ast stach in ihren Oberschenkel, aber sie achtete nicht darauf, wünschte nur, sie könnte in die weit über dem Boden gelegenen Zweige des Baumes hineingelangen.

Der Wolf trat langsam auf eine kleine Lichtung vor. Mondlicht ließ seinen dichten roten Pelz schimmern, ließ seine gelben Augen als grausam und klug erscheinen. Zähne schimmerten, und Alix sah sein spöttisches Lächeln.

Der Wolf begann sich zu verwandeln.

Kalte, primitive Angst kroch durch ihren Geist. Die Gestalt vor ihren Augen veränderte sich, verwischte die Umrisse und Farben langsam zu einer gestaltlosen Leere. Und dann stand Finn vor ihr.

»Ich sagte Euch, daß Ihr Euch nicht von uns würdet befreien können«, belehrte er sie ruhig. »*Mei Jha*, Ihr müßt bleiben.«

Alix erschauerte. Finn war wieder zur Einheit geworden, ein Mann mit gelben Augen, die in äußerstem Vergnügen glitzerten, und schweren goldenen Armreifen, die vor den gekreuzten, bloßen Armen schwach schimmerten.

Sie umklammerte den Baum. »Ihr …«

Er spreizte langsam und gar nicht bösartig die Hände. »Stellt Ihr in Frage, was Ihr gesehen habt, *Mei Jha?*« Er lächelte spöttisch. »Tut das nicht. Eure Augen haben Euch nicht betrogen.«

Alix spürte Übelkeit in ihrem Magen rumoren und Gallenflüssigkeit ihre Kehle aufsteigen. Sie würgte sie wieder hinab. »Ihr wart ein *Wolf!*«

»Ja«, bestätigte er, unbeeindruckt von ihrem Entsetzen. »Die alten Götter haben uns die Fähigkeit geschenkt, *Lir*gestalt anzunehmen, wenn wir erst einmal richtig mit einem Tier verbunden sind. Wir können nur durch unseren Willen eine ähnliche Gestalt annehmen.« Er klang sehr ernst, unvereinbar in sich selbst. »Das ist etwas, wofür wir die Götter ehren.«

»*Gestaltwandler!*«

Finns Mund verzog sich. »Ja, das ist der Name, den die Homaner uns geben, wenn sie uns nicht Dämonen nennen. Aber wir sind keine Hexer, *Mei Jha*. Wir sind keine Diener der dunklen Götter. Das überlassen wir den Ihlini.« Er zuckte die Achseln. »Wir sind nur Menschen … mit einem Gottesgeschenk im Blut.«

Alix konnte nicht damit fertig werden, konnte mit ihm nicht umgehen. Sie sah ihn einen Augenblick lang starr an, noch immer wie betäubt von der Gewalt, die sie gesehen hatte. Dann drückte sie sich um den Baum herum und rannte los.

Unterholz riß an ihrem Gewand und an ihrer wunden Haut, die bereits vor Angst kribbelte, während sie durch die Bäume lief. Ein Zweig schlug ihr ins Gesicht. Alix konnte nichts aufhalten bei ihrer panischen Flucht, sie versuchte nur, dem Mann zu entkommen, dem *Dämon*, der all das war, was Carillon gesagt hatte.

Sie machte über die Geräusche ihrer Flucht hinweg keine Verfolgungsgeräusche aus, was nur dazu beitrug, ihre Angst zu vergrößern. Ein Gestaltwandler würde kaum Geräusche verursachen, wenn er sich an seine Beute heranschlich.

Alix stolperte über einen Baumstamm und fiel, der Magen wurde gegen ihr Rückgrat gedrängt. Der Atem verließ sie mit keuchendem Rauschen, aber sie versuchte wild, sich aufzurichten. Lichtpunkte tanzten vor ihren Augen, während sie sich hochkämpfte, und die Lungen versuchten Luft einzusaugen, die nicht da war.

Sie wurde von einem harten Körper hinter ihr wieder hinabgedrückt.

Alix lag halb betäubt, noch immer außer Atem. Ihr Gesicht brannte von einem blutigen Riß in ihrer Wange. Sie lag auf den kühlen Boden gepreßt, schluchzend, während sie wieder zu Atem zu kommen versuchte, und hilflos in seinen Armen.

Ihr Körper wurde vom Waldboden gehoben und gewendet. Sie lag ganz still, als er sie auf den Rücken drehte, und unfähig die Augen zu schließen, als er über ihr kniete. Schwaches Licht drang durch die Bäume. Sein Ohrring blitzte kalt.

»Habe ich nicht bereits gesagt, daß Flucht unmöglich ist?« fragte er. »Ich bin ein Cheysuli.«

Ihre Brust schmerzte, aber die Luft kroch erneut hinein. Alix schluckte schmerzhaft. »Bitte ... laßt mich gehen.«

»Ich sagte schon zuvor, wieviele Schwierigkeiten ich auf mich genommen habe, Euch zu bekommen und Euch zu behalten. Laßt mich zumindest ein wenig Entschädigung dafür bekommen.« Seine Finger berührten den Schnitt auf ihrem Gesicht, und sie schrak zurück. »Ihr brauchtet nicht vor mir davonzulaufen, *Mei Jha*.«

Sie zitterte. *Dieser Mann wird zu einem Wolf, wenn er es will.* Sie betrachtete seine Hände nach Anzeichen von Wolfsspuren. Finn grinste sie mit den Zähnen eines Mannes in einem wölfischen Gesicht an.

»Wenn ich die Gestalt eines Mannes trage, *Mei Jha*, dann bin ich ganz Mann. Soll ich es Euch beweisen?«

Alix versteifte sich, als er sich tiefer herabbeugte, die Hände auf beiden Seiten neben ihren Schultern auf dem Boden aufgestützt. Wenn sie sich hochstieß, würde sie in seinen Armen landen, und das wußte er.

»Nein!« schrie sie, als er sich noch tiefer beugte.

Seine Augen, seltsam wild, schauten unmittelbar in ihre. »Ich habe Euch einige Zeit beobachtet, *Mei Jha*. Es war ein einfacher Raubzug, den wir vor einigen Tagen ausgeführt haben, um unseren Keep wieder aufzufüllen. Aber ich habe Beute einer anderen Art gefunden.«

Sie schloß die Augen. »Bitte ...«

Seine Knie hielten ihre Oberschenkel gefangen. Er beugte sich herab, bis seine Lippen ihr Gesicht fast berührten.

»Shaines Soldaten haben uns beinahe alle getötet, *Mei Jha*, und sie haben auch unsere Frauen nicht verschont. Was soll eine stolze Rasse tun, wenn sie ihren eigenen Untergang ansieht? Wir müssen uns mit den Frauen vermehren, die wir noch haben, und andere nehmen, wenn wir können, selbst wenn sie nicht willens sind.«

Ihr Geist zuckte vor seinen Worten zurück, verleugnete sie, selbst als sie den Klang der Wahrheit in seiner Stimme hörte. Die Säuberung des Mujhar hatte vor fünfundzwanzig Jahren begonnen. Sie war mit dem Wissen aufgewachsen, daß die Cheysuli sterben mußten, auch wenn sie die Handlungsweise des Mujhar nach dem, was ihr Vater gesagt hatte, für falsch hielt. Aber jetzt stand sie einem Gestaltwandler gegenüber, der von Gewalt sprach, und sie war mehr als bereit, ihre Überzeugungen aufzugeben, um von ihm freizukommen.

Ihre Finger um seinen Arm bedeuteten nicht mehr als die Berührung einer Feder, unwillkürlich verlockend. Sie sah plötzliche Vorsicht in seinen Augen, und die Kraft seines Körpers brachte sie aus dem Gleichgewicht.

»Müßt Ihr die Erzählungen über Eure Ungezähmtheit und Eure tierhaften Begierden wahrmachen?« flüsterte sie. »Müßt Ihr mir so bereitwillig beweisen, daß Ihr nicht besser seid, als das Dämonengezücht, als das andere Euch bezeichnen?«

Finn sah sie stirnrunzelnd an. »Sanfte Worte werden mich nicht umstimmen, *Mei Jha*.«

Ihre Finger verkrampften sich. »Bitte… laßt mich frei.«

Er roch nach Leder und Gold und Verlangen. *»Mei Jha«*, sagte er rauh, »ich kann nicht…«

Sie öffnete den Mund, um aufzuschreien, als er ein Knie zwischen ihre Oberschenkel preßte. Aber bevor sie einen Ton von sich geben konnte, drang der vertraute Klang, den sie mit Storr verband, in ihre Geister ein.

Lir, das solltest du nicht tun.

Das trieb Finn von Alix fort. Er stieß sie hart zu Boden, als sie sich auf einen Arm aufstützte, fluchte leise und heftig, und sie wich erneut vor der Kraft seiner Hand gegen ihre Schulter zurück. Er kniete neben ihr, steif vor Anspannung, und sie sah, daß er den Wolf betrachtete.

Storr wartete im dichten Unterholz der Bäume, starrte unbewegt zu Finn. Alix konnte das rechtzeitige Erscheinen des Wolfes und sein Eingreifen nur recht sein, wenn sie es auch nicht verstand. Langsam richtete sie sich erneut auf einen Ellenbogen auf.

»Storr!« zischte Finn.

Sie ist nicht für dich bestimmt.

Finn wandte sich zornig zu ihr um. »Wer seid Ihr?«

Sie hielt ihre Stimme mühsam ruhig. »Das habe ich bereits gesagt.«

Er legte eine Hand um ihre verletzliche Kehle. Sie lag dort, ohne zuzudrücken, deutete nur an, aber sie spürte das Ungestüm in seinem Körper.

»Ihr habt nichts gesagt. Wer seid Ihr?«

»Ich bin die Tochter eines Kleinpächters! Mein Vater ist Torrin und meine Mutter war Leyda. Er war Waffenmeister bei Shaine dem Mujhar, bevor er sich um das Land kümmerte.« Sie sah ihn an. »Ich bin seine Tochter. Nicht mehr.«

Finns Augen verengten sich. »Waffenmeister des Mujhar. Wann?«

Alix atmete erschöpft ein. »Ich bin siebzehn. Er verließ die Dienste des Mujhar ein Jahr, bevor ich geboren wurde und nahm ein Mädchen aus dem Tal zur Frau. Aber ich weiß nicht, wie lang er Shaine gedient hat. Er spricht nicht über jene Zeit.«

»Tut er nicht?« sagte Finn sinnend und nahm seine Hand von ihrer Kehle. Er ließ sich auf die Fersen nieder und runzelte nachdenklich die Stirn, während er sich schweres schwarzes Haar aus dem Gesicht strich.

Alix, die sich jetzt sicher fühlte, setzte sich auf und glättete ihr zerdrücktes Gewand. Der Schnitt auf ihrem Gesicht schmerzte, wie auch die Kratzer und Quetschungen an ihren Beinen, aber sie berührte keines davon. Diese Befriedigung würde sie ihm nicht gewähren.

Finn sah sie teilnahmslos an. »Kennt Ihr die Geschichte des *Qu'mahlin?*«

»Es gibt zwei davon.« Sie bedeckte sittsam ihre Beine.

Er grinste. »Ja. Und ich habe Euch dem Prinzen gegenüber von einer sprechen hören, selbst als er Euch davon abbringen wollte. Was glaubt Ihr?«

Seine veränderte Haltung machte sie vorsichtig, erleichterte sie aber auch. Sie fürchtete nicht mehr, daß er sich auf sie stürzen würde wie eine Bergkatze auf einen Hasen. Mit neuerlicher Zuversicht sagte sie es ihm.

»Shaines Tochter brach die zwischen Homana und Solinde geschlossene Verlobung, die die Länder nach Jahrhunderten der Kriege geeint hätte, aber sie wollte nichts von Bellams Sohn, Ellic, wissen. Sie ging statt dessen mit einem Cheysuli.«

»Hale«, stimmte Finn zu. »Shaines ihm verschworener Gefolgsmann.«

Alix zuckte die Achseln. »Das weiß ich nicht. Ich habe nur meinen Vater einmal darüber reden hören, meiner Mutter gegenüber, als er dachte, ich könnte es nicht verstehen.«

»Es ist wahr, *Mei Jha*«, sagte er ernst. »Hale hat Lindir mit sich in die Wälder Homanas genommen, aber nur weil sie ihn darum gebeten hat und nicht, weil sie Ellic von Solinde nicht heiraten wollte.«

Sie sah ihn stirnrunzelnd an, seltsam sicher angesichts seines neuen Selbst. »Was hat das alles mit mir zu tun?«

»Nichts«, belehrte er sie barsch. »Es hat etwas mit mir zu tun, und damit, warum Ihr hier seid. Was ich zuvor gesagt habe, ist die Wahrheit. Das *Qu'mahlin* hat die meisten Krieger und viele der Frauen getötet. Als Rasse sind wir fast vernichtet, wegen Shaine. Und jetzt ist die Tochter des früheren Waffenmeisters des Mujhar – der die ersten Anfänge des *Qu'mahlin* miterlebt hat – in meiner Hand.« Er lächelte träge und machte eine deutende Bewegung. Sie sah erneut die gespreizten Finger und die erhobene Handfläche. »Es ist vielleicht *Tahlmorra*.«

»Was meint Ihr damit?«

»Bestimmung. Schicksal. Es ist ein Cheysuliwort, das bedeutet, daß das, was geschehen soll, auch geschehen wird und nicht verhindert werden kann, weil es in den Händen der Götter liegt.« Finn lächelte sie ironisch an. »Es hat mit der Prophezeiung zu tun.«

»Prophezeiung«, murmelte sie angewidert, seiner Haltung und des angedeuteten Wissens überdrüssig. Sie betrachtete den geduldigen Wolf. »Was hat Storr mit mir zu tun?«

Finn runzelte die Stirn. »Ich weiß es nicht, aber das ist etwas, was ich gern erfahren möchte. Jetzt.« Er sah sie mit unheilvollem Blick an. »Warum hält er mich von Euch fern?«

Sie schaute zurück. »Das weiß *ich* nicht, Gestaltwandler, ich kann sein Handeln nur gutheißen.«

Er überraschte sie, indem er lachte. Dann stand er auf, griff nach ihr und zog sie hoch. Sie stand steif da, mißtrauisch, achtete nicht auf den herausfordernd abschätzigen Blick seiner Augen.

Storr gähnte. *Ich glaube, sie hat nicht so große Angst vor dir, wie sie dich glauben machen will, Lir.*

Finn lächelte dem Wolf zu und schaute dann wieder zu ihr zurück. Seine dunklen Brauen hoben sich. »Seid Ihr so tapfer, *Mei Jha?* Oder spielt Ihr mir etwas vor?«

Alix warf dem Wolf einen tadelnden Blick zu. »Er kennt mich ganz und gar nicht, Gestaltwandler. Hört nicht auf ihn.«

»Auf meinen eigenen *Lir* nicht?« Er lachte. »Wenn ich Storr aufgebe, gebe ich meine eigene Seele auf. Das werdet Ihr bald genug erfahren.«

Storr schüttelte sich und tappte auf die Lichtung. *Genug, Lir, du verstehst das Mädchen nicht. Und sie versteht nicht, was sich in ihrem Blut befindet.*

»In meinem Blut?« fragte Alix erschüttert.

Finns Augen verengten sich, während der Gleichmut aus seinem Gesicht wich. Er wandte sich ihr langsam zu und streckte eine Hand aus, um sie fest um ihr Kinn zu legen. »Was habt Ihr gesagt?«

Sie schluckte, empfand plötzlich wieder Angst. Sie kämpfte ein Erschauern bei seiner Berührung zurück. »Der Wolf. Er sagte etwas über mein Blut. Was meint er damit?«

Der Griff der Hand festigte sich, bis sie zurückwich. »Mein Wolf?« zischte er. »Ihr habt ihn *gehört?*«

Sie schloß die Augen. »Ja.«

Finn ließ sie los. Alix öffnete die Augen und sah, daß er sie forschend anstarrte. Das Gold an seinem Ohr glitzerte, während er sich das Haar aus dem Gesicht strich. Langsam begann er zu lächeln.

»Dann ist die Geschichte wahr.«

»Geschichte?«

Er kreuzte die Arme über der Brust und grinste sie an. »Euer Kleinpächtervater hat Eurer Mutter nicht alles erzählt, was er wußte, oder vielleicht habt Ihr es auch nur nicht gehört.«

»Was meint Ihr damit?«

Finn warf Storr einen schnellen Blick zu. »Habe ich das Recht dazu, *Lir?*«

Kannst du das nicht selbst erkennen?

Der Krieger lachte in sich hinein und wandte sich wieder ihr zu. Spielerisch ergriff er ihren Zopf mit einer Hand und zog grobe Finger durch das gelöste Geflecht.

»Ihr könnt Storr hören, *Mei Jha,* weil Ihr nur zur Hälfte homanisch seid. Die andere Hälfte ist Cheysuli.«

»Nein!«

Er runzelte die Stirn. »Aber es ist trotz alledem seltsam. Die Frauen nehmen sich keinen *Lir,* und sie unterhalten sich auch nicht mit ihnen. Dennoch trägt das nur dazu bei, mir zu versichern, wer Ihr seid.«

Alix verspürte einen neuerlichen Ansturm von Angst. »Ich habe gesagt, wer ich bin. Ihr erzählt mir Lügen.«

Er zog an ihrem Zopf. »Ihr müßt noch viel lernen, *Mei Jha.* Ihr seid getrennt von Eurem Stamm aufgewachsen. Euch fehlt traurigerweise die Weisheit und die Kenntnis der Gebräuche der Cheysuli.«

»Ich bin *homanisch!*«

»Dann erklärt mir, wie es kommt, daß Ihr meinen *Lir* hören könnt, wenn sonst niemand außer mir es kann.«

Sie öffnete den Mund zu einer ärgerlichen Erwiderung, aber kein Ton drang daraus hervor. Kurz darauf entriß sie ihm ihren Zopf und wandte sich ab, legte, Wärme und Sicherheit suchend, die Arme um sich selbst. Sie versteifte sich, als sich seine Hände auf ihre Schultern herabsenkten.

»*Mei Jha*«, sagte er weich, »das ist kein so schlimmes Schicksal. Wir sind Kinder der Erstgeborenen, die von den alten Göttern gezeugt wurden. Die Homaner sind nichts, wenn Ihr das Erbe versteht, das *wir* beanspruchen.«

»Ich bin kein Gestaltwandler!«

Finger gruben sich in ihre Schultern. »Ihr seid eine Cheysuli. *Cheysuli*. Sonst würde Storr Euch nicht seinen Schutz anbieten.«

»Ihr erkennt das Wort eines Wolfes an?« Da schlug Alix die Hände über ihren Mund, fuhr herum und sah ihn an. »Was habe ich gesagt? Was höre ich von meiner eigenen Zunge?« Sie schluckte heftig. »Er ist ein Wolf. Ein *Tier*! Und Ihr seid von Dämonen gesandt, um mich anderes glauben zu machen!«

»Ich bin kein Dämon«, sagte Finn verletzt. »Und Storr auch nicht. Ich habe gesagt, was ich bin und was er ist und – bei allen alten Göttern! – was *Ihr* seid. Jetzt kommt mit mir.«

Sie entwand sich seiner zupackenden Hand. »Rührt mich nicht an!«

Finn betrachtete sie. »Euer Blut hat Euch vor meinen Bemühungen gerettet, *Mei Jha*, eine Zeitlang. Versucht nicht, mich zu verärgern, sonst könnte ich sie wieder erneuern.«

Alix versteifte sich, als er ihren Arm nahm und sie durch die Bäume führte. Er brachte sie zu einem schieferfarbenen Zelt, das in einem zerstörten Steinkreis stand. Das Feuer brannte neben einer blutroten Decke noch immer, und sie wandte ihren Blick rechtzeitig genug davon ab, um von Angesicht zu Angesicht einen Falken sehen zu müssen, der vor dem Zelt auf einer Stange saß. Sie stolperte rückwärts und keuchte.

Der Vogel war groß, sogar mit eingezogenen Schwingen. Er bestand aus einer Myriade von Braun- und Goldtönen, mit dunklen Augen, die sie unter halbgeschlossenen Lidern hervor beobachteten. Sein tödlicher, gebogener Schnabel schimmerte im gedämpften Feuerschein, und sie spürte ein Flüstern der Ehrfurcht und der Wertschätzung in ihrem Geist.

Ein Mann, der einen solchen Lir hat, ist wahrhaftig mächtig ...

»Cai«, sagte Finn ruhig. »Dies ist das Zelt meines Bruders. Er ist der Stammesführer und muß erfahren, wer Ihr seid.«

Müde rieb Alix mit einer schmutzigen Hand über ihre Stirn. »Und was werdet Ihr ihm erzählen, Gestaltwandler?«

»Daß Hales Tochter zu uns zurückgekehrt ist.«

Sie spürte alle Kraft aus ihren Gliedern weichen. »Hales ...«

Seine Augen funkelten spöttisch. »Was glaubt Ihr, was ich Euch von Lindir und dem Cheysuli, den sie begehrte, erzählt habe? Ihr seid deren Tochter.«

Alix spürte große Kälte. Sie kauerte sich in Abwehr gegen seine Worte zusammen. »Nein.«

»Ihr müßt nur meinen *Lir* fragen.«

»Einen Wolf!«

»Die *Lirs* sind mit den alten Göttern verwandt, *Mei Jha*. Sie wissen viele Dinge, die wir nicht wissen.«

»Nein.«

Er seufzte. »Wartet hier, *Rujholla*. Ich werde zuerst mit Duncan sprechen.«

Verärgerung trieb sie aus ihrer Unbeweglichkeit heraus. »Wie nennt Ihr mich *jetzt*, Gestaltwandler?«

»*Rujholla?*« Sein Lächeln ging in Bedauern über. »Das ist – in der Alten Sprache – das Cheysuliwort für Schwester.« Er seufzte. »Hale war auch mein Vater.«

Kapitel Vier

Als Finn schließlich den Zelteingang beiseitezog und Alix bedeutete, hineinzugehen, tat sie es wie betäubt und ohne zu widersprechen. Sie hatte kurz überlegt, wieder davonzulaufen, aber seine Worte hatten ihre Sinne abgestumpft. Sie war nicht in der Lage, eine Entscheidung zu treffen. Sie gehorchte seiner winkenden Hand.

Zuerst sah sie nur die Fackel in der Ecke, blinzelte in ihrem beißenden Rauch. Dann fiel Alix' Blick auf den dasitzenden Mann, der einen wuchtigen Bogen in Händen hielt. Wie magisch angezogen betrachtete sie seine Hände, fest und braun, langfingrig und geschmeidig. Langsam rieb er Öl in das dunkle Holz ein, bis es in einer Patina von Alter und Pracht schimmerte. Während sie hinschaute, legte er den Bogen beiseite und wartete.

Er war Finn sehr ähnlich, wie sie sah, denn sie erkannte charakteristische Gesichtszüge der Rasse der Cheysuli. Aber da war noch mehr in seinem Gesicht zu erkennen: Zeichen von Kraft, ruhiger Überlegung und dieselbe innere Beherrschung, die sie in Carillon heranreifen sah.

Er erhob sich geschmeidig, und sie sah, daß er größer war als Finn, mit langen und weniger schweren Knochen. Sein Gesicht zeigte weit auseinanderstehende Brauen, eine schmale Nase und dieselben hohen Wangenknochen und weichen Flächen wie bei Finn. Wie sein Bruder, trug auch er ein ärmelloses Wams und Ledergamaschen, aber seine goldenen Armreife zeigten die schwungvollen Bilder eines großartigen Falken, gesäumt von seltsamen Runen. An seinem linken Ohr hing ein goldener Falke mit ausgebreiteten Schwingen.

Alix richtete sich unter seinem ruhigen Blick auf, hob ihr Kinn, während sie versuchte, ihre verschwundene Fassung wiederzuerlangen. Er streckte eine Hand aus und wandte ihren Kopf um, so daß das Fackellicht auf ihre Wange fiel.

»Was ist mit Eurem Gesicht geschehen?«

Seine Stimme klang weich und tief. Alix hatte seine Frage aus der Fassung gebracht. »Der Ast eines Baumes, Gestaltwandler.«

Etwas glitzerte in seinen Augen, als sie einen absichtlich groben Ton anschlug. Einen Augenblick lang war sie sehr ängstlich.

Dieser Mann ist feinsinniger als Finn, dachte sie besorgt, *und weitaus unberechenbarer.*

Er ließ ihr Kinn los. »Wie kam ein Ast dazu, den Geschmack Eurer Haut schmecken zu wollen?«

Sie warf Finn einen Blick zu, der ruhig blieb. Aber der andere Mann sah den Blickwechsel und lachte zart, was sie überraschte. Außerdem nahm es ihr schnell den Groll.

»Habt *Ihr* die Absicht, mich zu bezwingen, wie Euer Bruder es versucht hat?«

Er betrachtete sie ernst. »Ich bezwinge keine Frau. Hat Finn es getan?«

Alix biß die Zähne zusammen. »Er hat es versucht. Er wollte es. Der Wolf hat es nicht zugelassen.«

»Die *Lirs* sind oft viel weiser als wir«, sagte er bedeutsam.

Alix war bestürzt, als sie dunkle Röte über Finns Gesicht ziehen sah. Einen Augenblick lang änderte sich ihre Vorstellung von ihm durch die Augen seines älteren Bruders. Alix erkannte in ihm einen unbesonnenen jungen Mann, und nicht einen wilden, bedrohlichen Krieger. Das Bild überraschte sie.

»Gestaltwandler«, begann sie.

»Mein Name ist Duncan. Mich so zu nennen, wird Euch nicht schaden, Mädchen.«

Sie schreckte vor seiner Rüge zurück und antwortete

verdrießlich. »Was wollt Ihr von mir, jetzt, wo ich zur Gefangenen geworden bin?«

Duncans Lippen verzogen sich. »Wenn Ihr wirklich Hales Tochter seid, dann seid Ihr keine Gefangene. Ihr gehört zum Stamm, Mädchen.«

»Nein.«

Finn rührte sich. »Siehst du, *Rujho?* Sie will nicht zuhören.«

»Dann werde ich sie überzeugen müssen.«

Alix erbleichte und wich vor ihm zurück. Er ließ sie bis zum Zelteingang kommen, streckte dann sanft die Hand aus und ergriff ihren Arm.

»Wenn Ihr bei mir bleibt, werde ich die Frage in Eurem Geist beantworten. Dies ist neu für Euch. Aber ich verspreche Euch, daß das Verstehen mit der Zeit kommen wird.«

Seine Hand zog sie beständig von dem Zelteingang fort. Alix ängstigte sich erneut. »Ich glaube nicht, was er gesagt hat. Ich bin Homanerin. Ich bin keine Cheysuli.«

»Wenn Ihr Euch hingesetzt habt, werde ich Euch eine Geschichte erzählen«, sagte Duncan ruhig. »Ich bin kein *Shar Tahl*, der Euch die Geburtslinien und die Prophezeiung erklären kann, aber ich kann Euch viel über das erzählen, was Ihr wissen müßt.« Sein Blick glitt schnell zu Finn. »Laß sie bei mir. Du solltest dich lieber um Carillon kümmern.«

Finn lächelte verzerrt. »Der Prinz schläft, *Rujho*. Die Erdmagie hat ihm seine Sorgen eine Zeitlang genommen.« Er streckte sich unter dem lautlosen Befehl. »Aber ich werde mich dennoch um ihn kümmern. Behandle sie gut, *Rujho*, sie wurde sanft erzogen.«

Er ließ Alix allein mit Duncan in dem Zelt zurück. Sie wartete stumm, unfähig, ihren Geist in zusammenhängende Gedanken zu zwingen.

Duncan deutete auf ein grau gesprenkeltes Fell auf dem Boden, und sie kam seiner Aufforderung schweigend nach, richtete ihre Gewänder um ihre Beine, während sie sich setzte. »Was werdet Ihr mit mir tun?«

Er stand mit verschränkten Armen über ihr. Die Fackel beleuchtete sein dunkles, kantiges Gesicht und tanzte in seinen gelben Augen. Wie Finn, trug auch er sein schwarzes Haar bis zum Nacken gekürzt, so daß es locker herabfiel. Anders als Finn, schien er nicht so ungestüm zu sein.

Duncan setzte sich mit überkreuzten Beinen vor sie, die Hände auf den Knien ruhend. »Ich tue mit Euch nichts anderes, als Euch bei Eurem Stamm willkommen zu heißen. Erwartet Ihr, getötet zu werden?«

Sie betrachtete ihre Hände, die fest verschränkt in ihrem Schoß lagen. »Ihr seid Gestaltwandler. Ich bin in der Furcht vor Euch erzogen worden. Was könnt Ihr anderes erwarten?«

»Finn sagte, Euer *Jehan* sei der Waffenmeister Shaines gewesen, als das *Qu'mahlin* begann. Sicherlich hat er Euch nicht dazu erzogen, den Lügen zu glauben.« Seine ruhige Stimme zwang sie dazu, ihn anzusehen. »Torrin war ein treuer Mann – und ehrenhaft. Er hätte nicht die Samen zur Unwahrheit gelegt, auch nicht auf Shaines Befehl hin.«

»Ihr sprecht, als würdet Ihr meinen Vater kennen.«

Duncan schüttelte den Kopf. »Ich bin ihm niemals begegnet. Ich kenne nur wenige Homaner, jetzt, durch Shaines *Qu'mahlin*. Aber Hale sprach von ihm, als er zum Keep kam.«

»Ich verstehe nicht.«

Er seufzte. »Es wird viel Zeit erfordern. Aber zunächst müßt Ihr glauben, daß *Hale* Euer Vater ist. Nicht Torrin.«

Sie hob starrsinnig das Kinn. »Das kann ich nicht annehmen.«

Duncan sah sie stirnrunzelnd an, und ähnelte Finn plötzlich sehr. »Hier ist kein Platz für Einfältigkeit. Werdet Ihr mir zuhören?«

»Ich werde zuhören.«

Aber das bedeutet nicht, daß ich auch glauben werde.

Er schien ihre rebellischen unausgesprochenen Worte gehört zu haben. Eine Weile war Alix von dem Gefühl verwirrt, aber sie drängte es schnell zurück, als Duncan seine Geschichte begann.

»Hale hat Lindir mit in die Wälder genommen. Ihre *Jehana* – Shaines Frau, Ellinda – starb bald darauf. Shaine nahm sich eine andere Frau, die drei Fehlgeburten hatte und ihm dann einen totgeborenen Sohn schenkte, wodurch sie unfruchtbar wurde. Der Mujhar behauptete, daß es Cheysulihexerei war, die seine Tochter geraubt hat, tötete seine erste Frau und verleugnete seine anderen lebenden Kinder.« Duncan hielt inne. »Und dadurch entstand das *Qu'mahlin*.«

»Krieg«, sagte sie weich.

»Das *Qu'mahlin* ist mehr als ein Krieg. Es ist die Auslöschung der Rasse der Cheysuli. Der Mujhar will, daß auch der letzte von uns getötet wird, damit die Rasse ausgerottet sei.« Seine gelben Augen begegneten den ihren. »Die Verfügung betrifft sogar seine Enkelin.«

Alix spürte, wie alle Farbe aus ihrem Gesicht wich. »Shaines Enkelin ...«

»Eure *Jehana* war Lindir von Homana. Ihr seid die Enkelin des Mujhar.«

»Nein. Nein, Ihr lügt.«

Duncan lächelte zum ersten Mal. »Ich lüge nicht, Kleines. Aber wenn Ihr wollt, könnt Ihr meinen *Lir* befragen. Cai hat mir gesagt, daß Ihr eine Gabe der Götter besitzt und mit allen *Lirs* sprechen könnt.«

»Der Falke ...«, flüsterte sie.

Ein goldener Klang erhob sich sanft in ihrem Geist. *Ihr seid Hales Tochter, Liren, und mit uns allen verwandt. Leugnet Euer Vermächtnis oder die Gabe der Götter nicht.*

Duncan sah die Qual und Angst auf ihrem Gesicht. Er berührte sanft ihre zitternden Hände. »Wenn Ihr Euch ausruhen wollt, kann ich die Geschichte ein anderes Mal zu Ende führen.«

»Nein!« sagte sie heftig. »Nein, ich werde zuhören! Was könnt Ihr schon noch sagen, was meine mir gebliebene Vorstellung nicht zerstören wird?«

Er nahm seine Hände fort. »Hale wurde während des *Qu'mahlin* von Shaines Truppen getötet, wie dieser es schon von Anfang an geplant hatte. Lindir, die ein Kind trug, kehrte zu ihrem *Jehan* zurück, um ihn um sein Verständnis zu bitten. Sie wollte Schutz für ihr Kind.« Duncans Gesicht wurde grimmig. »Der Mujhar brauchte einen Erben. Er hatte keinen Sohn, und seine Frau war unfruchtbar geworden. Lindirs Kind würde, wenn es ein Junge wäre, dieser Erbe sein.«

Ein Frösteln durchlief sie, obwohl sie nicht begriff. »Aber es gab keinen Sohn ...«

»Nein. Lindir gebar eine Tochter und starb. Der Mujhar, der noch immer seiner Säuberung geweiht war, befahl, daß das weibliche Halblingskind in den Wald gebracht und zum Sterben zurückgelassen werden sollte.«

»Aber es war noch ein Kind ...«

»Ein Gestaltwandler. Ein Dämon.« Seine Stimme klang rauh, während er die Homanerworte aussprach. »Ein Mischling, der am besten den Tieren überlassen werden sollte.«

Alix schaute zu seinem leidenschaftslosen Gesicht auf. Sie sah, wie es durch Verständnis, Zuneigung und Festigkeit weicher wurde. Er hatte es ihr erzählt, wie sie erkannte, und er erwartete, daß sie es glaubte.

»Woher wißt Ihr das?« fragte sie. »Ihr?«

»Es wurde dem *Shar Tahl* erzählt, der es wiederum an den Stamm weitergegeben hat.«

»Der *Shar Tahl?*«

»Unser priesterlicher Geschichtsforscher, wie die Homaner ihn nennen würden. Er hält die Rituale und Traditionen aufrecht und stellt sicher, daß alle das wahre Vermächtnis der Cheysuli erkennen. Hauptsächlich hütet er die Worte der Prophezeiung.«

»Wie *lautet* diese Prophezeiung, von der Ihr redet?« fragte sie. »Finn spricht von kaum etwas anderem.«

»Es ist nicht an mir, das zu erklären. Der *Shar Tahl* wird zum gegebenen Zeitpunkt mit Euch darüber sprechen.« Er zuckte die Achseln und hob seine Hand mit weit gespreizten Fingern an. »*Tahlmorra.*«

Alix sah ihn im flackernden Schatten des schieferfarbenen Zeltes an. Er war ihr fremd, Teil der undeutlichen Träume, die sie während der Jahre geträumt hatte, als sie in dem Wissen aufwuchs, daß die Cheysuli verflucht und verfemt und vom Mujhar zum Tode verurteilt waren. Aber sie wußte, daß er sie nicht belog, und sie wollte ihm nach alledem glauben. Keine Falschheit war in seinen Augen.

»Wenn es wahr ist, was Ihr mir erzählt habt, dann ist da noch etwas«, sagte sie hohl. »Dann seid Ihr mein Bruder, wie Finn.«

Duncan lächelte. »Nein. Finn und ich haben dieselbe *Jehana,* aber Hale war für mich das, was die Homaner einen Pflegevater nennen. Mein *Jehan* starb, als ich noch sehr jung war.«

Sie glättete eine Falte ihres Gewandes. »Ich verstehe nicht ganz. Ihr sagtet, Hale habe Lindir fortgebracht und ein Kind von ihr bekommen. Mich.« Das Wort lag trocken in ihrem Mund. »Aber wenn er Finns Vater war und Euer Pflegevater … ich verstehe nicht.«

»Er war ein treuer Gefolgsmann Shaines. Das ist eine Angelegenheit der Cheysuli, der ererbte Dienst für die Mujhars und ihr Blut. Bis zu der Säuberung hatten die Mujhars von Homana immer einen Cheysuligefolgsmann.« Duncan lächelte schwach. »Hale hat die meiste Zeit in Homana-Mujhar verbracht, hat seinem Herrscher gedient, wie es der Brauch befahl. Lindir war ein goldenes Kind, das großes Vergnügen daran hatte, den wilden Gefolgsmann ihres *Jehan* zu necken, das war für sie ein Spiel. Dann blieb sie kein Kind mehr, und Hale konnte ihre Schönheit nicht länger übersehen. Sie hat dieses Versprechen gehalten.« Er sah Alix' bestürztes Gesicht und lächelte. »Die Homaner verbergen ihre *Mei Jhas* und nennen sie Gespielinnen. Die Cheysuli halten *Cheysulas* und *Mei Jhas* – Frauen und Geliebte – und ehren sie beide.«

»Aber Hale hat Eure Mutter *verlassen!*«

»Er tat, was er wollte. Das ist bei uns so. Männern und Frauen steht es frei zu nehmen, wen sie wollen, wenn sie wollen.« Er zog eine Grimasse. »Obwohl wir jetzt weniger Krieger und weniger Frauen haben.«

Alix schluckte mühsam. »Ich möchte lieber Homanerin sein.«

Duncans Augen verengten sich. »Aber Ihr seid zur Hälfte Cheysuli. In unserem Stamm zählt das als Vollblut.«

Doch ihr Geist war darüber hinausgelangt und versuchte das glatte Ufer des Begreiflichen zu erreichen. Sie stellte die Beziehungen in einen Zusammenhang, bis sie eine Vorstellung davon hatte. Dann sah sie Duncan an.

»Lindir gebar eine Tochter, und Shaine verlor den Erben, den er hatte haben wollen.«

»Ja«, stimmte er zu.

»Also wandte er sich seinem Bruder Fergus zu, der einen Sohn besaß.«

»Ja.«

Alix atmete zitternd ein. »Er hat diesen Sohn – seinen Neffen zum Erben gemacht. Zum Prinz von Homana.«

Duncan beobachtete sie genau. »Ja.«

Sie spürte, daß ihr Herz zu schmerzen begann. »Dann ist Carillon mein *Cousin!*«

»Ja«, sagte Duncan weich und verständnisvoll.

Alix zog die Knie hoch und legte ihre Arme fest darum. Sie drückte die Stirn dagegen und preßte in Abwehr und Erkenntnis die Augen zu.

Zuvor war ich nur die Tochter eines Kleinpächters, aber eine, die ihm gefiel. Jetzt bin ich eine Cheysuli – eine Gestaltwandlerin! – verfemt, und noch dazu seine uneheliche Cousine. Kummer stieg in ihrer Kehle auf. *Er wird niemals wieder zu mir kommen!*

Sie umfaßte ihre Knie fester und gab sich im Zelt des Gestaltwandlers ihrer Trauer hin.

Kapitel Fünf

Alix saß in der Dämmerung, warm in eine braune Decke gewickelt, sich dumpf der Tatsache bewußt, daß sie in Gegenwart des Gestaltwandlers geschlafen hatte. Sie hatte das nicht gewollt. Sie erinnerte sich nur bruchstückhaft an ihre stummen Tränen und sein Drängen, daß sie schlafen sollte, aber nicht an mehr. Jetzt saß sie allein in seinem Zelt, des Erbes beraubt, das sie ihr ganzes Leben lang gekannt hatte.

Der Zelteingang bewegte sich, und Alix schaute, Duncan erwartend, auf. Statt dessen sah sie Carillon und erhob sich mit einem Schrei, ließ die Decke zu Boden gleiten.

Dann gefror sie an ihrem Platz. Sein Blick war von ihr abgewandt, fremd, und sie sah nichts von dem warmen Willkommen, das sie erwartet hatte.

Sie haben es ihm gesagt ...

Alix' Arme sanken herab. Einsamkeit durchdrang sie und erfüllte ihre Seele. Sie würde ihm nicht ins Gesicht sehen und erkennen, daß er sie zurückstieß.

»Alix ...«

»Ihr müßt nichts sagen, mein Prinz«, sagte sie versonnen. »Ich kann verstehen, wie sich ein Prinz fühlen muß, wenn er erfährt, daß die Kleinpächtertochter, in deren Gesellschaft er war, eine Gestaltwandlerin ist.«

Er betrat das Zelt. »Bist du so sicher, daß sie recht haben?«

Ihr Kopf zuckte hoch. »Dann glaubt Ihr ihnen nicht?«

Er lächelte. »Denkst du, daß man mich so leicht beeinflussen kann, Alix? Ich glaube, sie haben dich angelogen. Es ist nichts von einer Cheysuli an dir. Dein Haar ist braun, nicht schwarz, und deine Augen sind bernstein-farben. Nicht bestiengelb.«

Carillon ließ es zu, daß sie an seine Brust sank und leise schluchzte. Ihre Ängste, eine Vertrautheit herbeizu-führen, deren sie nicht würdig war, schwanden, während sie in seiner Kraft Trost suchte. Seine Arme legten sich um sie und hielten sie fest, das erste Mal, seit sie sich begegnet waren.

»Du wirst mit mir kommen, wenn ich freigelassen werde«, sagte er in ihr zerzaustes Haar hinein. »Sie können dich nicht festhalten.«

Sie hob ihr Gesicht. »Duncan hat gesagt, daß ich blei-ben muß.«

»Ich werde dich mit mir zurücknehmen.«

»Woher wollt Ihr wissen, daß sie *Euch* gehen lassen werden?«

Er lächelte verzerrt. »Ich bin meinem Onkel zuviel wert, als daß sie mich lange festhalten könnten.«

»Und ich?«

»Du, Alix?«

Sie benetzte ihre Lippen. »Wenn ich bin, was sie be-haupten, dann bin ich die Enkelin des Mujhar. Die Toch-ter Lindirs.«

»Also wirst du zugeben, Gestaltwandlerblut zu haben, wenn dir damit nur auch königliches Blut zuerkannt wird«, sagte er belustigt.

Alix drängte von ihm fort. »Nein! Ich suche nur Er-klärungen... die Wahrheit! Carillon, wenn ich Shaines Enkelin bin – wird er mich dann nicht von diesem Ort befreien?«

»Glaubst du, daß der Muhjar eine Enkelin, die zur Hälfte Gestaltwandlerin ist, anerkennen würde?«

Sie schrak vor der grausamen Frage zurück. »Caril-lon...«

»Du mußt dich daran gewöhnen. Wenn das, was der Gestaltwandler sagt, wahr ist, sind wir Cousins. Aber Shaine wird dich niemals beanspruchen. Er wird niemals auch nur eine einzige Münze für deine Rückkehr anbieten.« Carillon schüttelte den Kopf. »Das sind harte Worte, ich weiß, aber ich kann es nicht zulassen, daß du etwas erwartest, was nicht eintreten wird.«

Sie legte ihre kalten Hände an ihr Gesicht. »Dann werdet Ihr mich hierlassen ...«

Er ergriff ihre Arme, zog die Hände vom Gesicht weg. »Ich werde dich nicht hierlassen! Ich werde dich nach Homana-Mujhar bringen, aber ich weiß nicht, wie dein Empfang dort sein wird.«

»Ihr müßtet ihm nicht sagen, wer ich bin.«

»Soll ich also sagen, du wärst meine Gespielin? Ein Mädchen aus dem Tal, das ich getroffen habe?« Er seufzte, als er ihren Gesichtsausdruck wahrnahm. »Alix, was sollte ich ihm wohl sonst sagen?«

»Die Wahrheit.«

»Und ihn befehlen lassen, dich zu töten?«

»Das würde er *nicht* tun!«

Seine Hände legten sich fester um ihre Arme. »Der Mujhar hat die Cheysuli zu Verfluchten, Verfemten, dem Tode durch jedermanns Hände Geweihten erklärt. Glaubst du, er wird seine Säuberung für die Tochter des Mannes, der *seine* Tochter geraubt hat, aufgeben?«

Alix wich vor ihm zurück. »Sie wurde nicht geraubt! Sie ging freiwillig mit! Duncan sagte ...« Sie brach jäh, entsetzt ab.

Carillon seufzte schwer. »Also glaubst du ihre Worte. Mit so wenig Widerstand, Alix, leugnest du also dein Homanerblut und wendest dich den Gestaltwandlern zu?«

»Nein!«

Du bist eine Cheysuli, Liren. Erklang die goldene Stimme des Falken. *Verleugne die Wahrheit nicht vor dir. Bleibe.*

Alix riß den Zelteingang beiseite und blickte in den Himmel. Cai flog hoch oben, schwebte auf einer Sommerbrise dahin.

»Ich muß gehen!« schrie sie.

Hier ist dein Platz, Liren.

»Nein!«

»Alix!« Carillon trat zu ihr und ergriff ihren Arm. »Mit wem sprichst du?«

Homana-Mujhar ist nicht deine Heimat, sagte der Vogel sanft.

»Ich kann nicht bleiben«, beharrte sie, überrascht über ihre Bereitschaft, mit einem Vogel zu sprechen. »Ich kann nicht!«

»Alix!« rief Carillon aus.

Sie gestikulierte wild. »Der Vogel! Der Falke! Dort!«

Er ließ ihre Arme sofort los und sah sie bestürzt an. Langsam wanderte sein Blick zu dem anmutigen Falken.

»Laß mich mit Carillon gehen«, bat sie, sich nur der Tatsache bewußt, daß der Vogel sie dabehalten wollte.

Ich kann dich nicht aufhalten, Liren. Ich kann dich nur bitten.

Alix riß ihren Blick von dem Falken los und schaute hilfesuchend zu Carillon. Außer sich streckte sie die Hände aus, um sich an sein schwarzes Lederwams zu klammern.

»Nehmt mich mit Euch. Erzählt dem Mujhar, was immer Ihr wollt, aber zwingt mich nicht, an diesem Ort zu bleiben!«

»Du verstehst, was der *Vogel* sagt?«

»In meinem Kopf. Eine Stimme.« Sie konnte seine Bestürzung spüren und wollte ihn überzeugen. »Keine Worte. Einen Klang ... ich kann verstehen, was er denkt.«

»*Alix ...*«

»Ihr habt gesagt, Ihr würdet mich mitnehmen«, flüsterte sie.

Er streckte eine Hand aus, um auf Cai zu deuten, wobei der Rubinsiegelring funkelte. »Du unterhältst dich mit *Tieren!*«

Alix schloß die Augen und ließ ihn los. »Also *werdet* Ihr mich hierlassen.«

»Gestaltwandlermagie ...«, sagte er langsam.

Sie betrachtete ihn, versuchte, seinen Gesichtsausdruck und die darin widergespiegelten Empfindungen zu deuten. Dann ergriffen seine Hände ihre Schultern so fest, daß es schmerzte.

»Du bist nicht anders«, sagte er. »Du bist noch immer Alix. Ich sehe dich an und sehe eine starke, stolze Frau, deren Seele von diesen Gestaltwandlerworten fast zerstört wird. Alix, ich möchte dich noch immer bei mir haben.«

Du bist für jemand anderen bestimmt, sagte der Falke sanft. *Der Prinz ist nicht für dich gedacht. Bleibe.*

»Bei allen Göttern«, flüsterte sie und sah Carillon blinden Blickes an, »wird keiner von euch mich lassen wollen, wer ich sein will?«

»Alix!«

Aber sie riß sich von ihm los und lief vor beiden davon, versuchte in den Wald zu entkommen.

Sie floh zu einer üppig grasbewachsenen Lichtung, einem Teich von Sonnenlicht. Dort sank sie auf die Knie und saß wie betäubt da, versuchte die Kontrolle über ihren verwirrten Geist zurückzuerlangen. Sie zitterte krampfhaft.

Gestaltwandlerin! Gezücht eines Gestaltwandlerdämons und der Tochter eines Königs! schrie es in ihrer Seele.

Alix rieb mit den Handballen über ihre brennenden Augen und kämpfte die Tränen zurück. Sie hatte niemals leicht geweint, aber die Anspannung und die Angst der vergangenen Stunden hatten ihre natürlichen Reserven erschöpft. Sie wollte Sicherheit und Trost – wie ein Kind, das an der Brust der Mutter Geborgenheit sucht.

Mutter! schrie es in ihr. *Wurde ich von einer homanischen Talbewohnerin geboren oder von einer stolzen, herausfordernden Prinzessin?*

Alix spürte den Kampf in ihrer Seele. Sie sehnte sich nach Carillons Vertrauen in ihre homanische Abstammung, spürte jedoch auch die verlockende Anziehung

61

des Geheimnisses um die legendäre Magie der Cheysuli. Und obwohl Torrin sie so erzogen hatte, daß sie allen Menschen, auch den Cheysuli, gegenüber in ihren Gedanken gerecht sein sollte, hatte er in ihr auch das Verständnis für alles, was diese Rasse betraf, geweckt.

Sie hörte das Laub rascheln und schaute schnell auf, befürchtete, daß Finn ihr erneut gefolgt war. Sie traute seinen Absichten nicht ganz, obwohl er ihr Halbbruder zu sein behauptete. Alix spürte etwas Elementares in ihm, ungezähmt und fordernd.

Ein Falke saß mit Leichtigkeit auf einem schwingenden Ast, die Federn im Wind gekräuselt. Obwohl er dieselbe Färbung zeigte, erkannte sie, daß es nicht Cai war. Dieser Falke war kleiner und glatter, ein schneller Jagdfalke, der auf kleine Beutetiere herabstürzen und sie sofort ergreifen konnte.

Alix erschauerte unfreiwillig, während sie an die tödlichen Klauen dachte, die sich um den Ast krallten.

Hast du dich entschieden zu bleiben? fragte er.

Sie sah ihn an, erstaunt über die große Verschiedenheit zwischen seinem und Cais Ton. Er sah sie aus hellen Augen an, bewegungslos auf dem Ast sitzend.

Bleibst du? fragte er erneut. *Oder gehst du fort?*

Ärgerlich und herausfordernd wollte Alix den Klang beiseiteschieben. Sie würde den Cheysuli nicht erlauben, ihren Geist auf diese Weise zu beeinflussen. Sie würde sich von ihnen und ihrer Magie fernhalten, ungeachtet der Verlockung ihrer Macht.

Aber gerade, als sie dies beschlossen hatte, glitt die Angst von ihr ab und wurde von Verwunderung ersetzt. Zuerst hatte sie mit einem Wolf gesprochen, der vollkommen in der Lage gewesen zu sein schien, Antworten zu geben, dann mit Cai. Und jetzt dieser kleinere Falke.

Bei den Göttern, es ist an mir, mit diesen Tieren zu sprechen! Sie atmete zitternd ein. *Wenn dies Magie ist, kann sie nicht von Dämonen kommen. Sie ist eine wirkliche Gabe.*

Der Falke betrachtete sie anerkennend. *Du beginnst be-*

reits zu lernen. *Der Lirbund ist wahre Magie und schadet niemandem. Und du bist etwas Besonderes, denn niemand sonst kann mit all den Lirs sprechen. Durch dich können wir vielleicht ein wenig unseres Blutstolzes und unserer Achtung zurückerlangen.*

»Ihr habt sie durch Hales selbstsüchtige Handlungsweise verloren!« erwiderte sie und schrak dann vor ihrer Kühnheit zurück. Vorsichtig betrachtete sie den Falken, um zu sehen, ob er beleidigt war.

Er schien eher belustigt zu sein. *Was die Cheysuli betrifft, ja, für sie wäre es besser gewesen, wenn er Lindir niemals angesehen hätte. Aber dann würdest du nicht leben.*

»Und was bin ich?« schoß sie zurück. »Nur eine Frau, die ein einfältiger Krieger für sich haben will.«

Finn erlaubt seinen Gefühlen unter bestimmten Umständen, sein Urteilsvermögen zu beherrschen. Aber das macht ihn zu dem, was er ist.

»Ein Tier«, grollte sie und pflückte einen Grashalm.

Er ist ein Mann. Tiere sind weiser, haben ein besseres Empfindungsvermögen und weitaus bessere Manieren. Mache ihn nicht zu etwas, was er nicht sein kann.

Alix, überrascht über die gewundenen Worte des Falken, lachte erfreut zu ihm hinauf. »Schade, daß er dich nicht hören kann, Vogel. Vielleicht würde er seine vorschnelle Handlungsweise dann noch einmal überdenken.«

Finn überdenkt sehr weniges.

Sie sah den Vogel an, die Augen pfiffig verengt. Der Grashalm, den sie gepflückt hatte, verwelkte in ihren Fingern. »Wenn du nicht Cai bist, wer bist du dann? Zeige dich.«

Ein anderes Mal vielleicht, sagte der Vogel schrill. *Aber wisse, daß ich jemand bin, der sich kümmert.*

Er erhob sich von dem schwingenden Ast und flog in den blauen Himmel hinauf.

Alix ließ den Grashalm fallen und schaute entmutigt hinter dem flinken Vogel her. Einen Augenblick lang verspürte sie ein Aufwallen der Ehrfurcht und der Verwunderung darüber, daß sie mit dem *Lir* gesprochen hatte. Jetzt war sie ein erschrecktes und verwirrtes Mädchen. Langsam stand sie auf und wanderte zum Cheysulilager zurück.

Sie war überrascht, die Zelte abgeschlagen und zu festen Bündeln zusammengerollt zu sehen. Die Krieger banden sie auf ihre Pferde und versicherten sich, daß die Feuer erloschen und verstreut worden waren. Alix stand inmitten der kahlen Lichtung und erkannte, daß ihre Seele und ihr Bild von sich selbst genauso kahlgefegt waren.

Carillon trat zu ihr, während sie wie blind die schnelle Veränderung des Lagers betrachtete. Er berührte ihre Hand und barg sie dann in seiner viel größeren.

»Ich werde bei dir sein«, sagte er sanft. »Sie haben gesagt, daß ich mit ihnen gehen muß.« Er zog eine Grimasse. »Sie sagen, ich sei noch nicht stark genug für den Ritt nach Mujhara, aber sie haben nicht gelogen, was die Wunde betrifft. Sie ist fast verheilt, und ich fühle mich stark genug, jeden von ihnen zu bekämpfen.«

Sie betrachtete das Handgelenk und sah, daß Heilränder den Wolfsbiß begrenzten. Die Schwellung und das Sickern waren vergangen und durch neue Haut ersetzt worden.

Sie verfügen über Heilkünste, sagte sie in ihrem Geist, womit sie, ohne es zu wissen, Finns Worte wiederholte.

»Nun, mein Prinz, vielleicht ist es so am besten«, sagte sie laut. »Ich möchte Euch nicht so bald verlieren.«

»Ich habe gesagt, daß du mit mir nach Homana-Mujhar kommen wirst.«

Sie lächelte ihn traurig an. »Als Eure Gespielin?«

Carillon grinste und hob ihre Hand an, um mit seinen Lippen über ihr Handgelenk zu streifen. »Wenn es sein muß, Alix, werde ich mich nicht als unwillig erweisen.«

Sie errötete und versuchte ihm ihre Hand zu entziehen, aber er hielt sie fest. Er schüttelte leicht den Kopf und lächelte. »Ich möchte dich nicht verwirren. Ich habe nur gesagt, was mir durch den Kopf geht.«

»Ich bin Eure Cousine.« Sie glaubte ihm nicht ganz.

Carillon zuckte die Achseln. »In Herrscherhäusern heiraten Cousins einander häufig, um die Nachfolge zu sichern. *Dieser* Bund wäre nichts, was die Homaner verurteilen würden.«

Alix versuchte zu antworten. »Mein Prinz ...«

Seine Brauen hoben sich ironisch. »Sicherlich kannst du auf meinen Titel verzichten, wenn wir auf diese Weise über unsere Zukunft sprechen.«

Alix wollte ihn anlachen, konnte es aber nicht. Sie hatte sich ihre ganze kurze Bekanntschaft lang nach solchen Gedanken und Worten von ihm gesehnt, hatte sie jedoch niemals für möglich gehalten. Jetzt konnte sie es nicht verstehen. Die Enthüllung ihrer Abstammung hatte den Boden zerstört, auf denen sie gebaut hatte.

»Ich werde eines Tages eine Prinzessin heiraten«, sagte er leichthin, »um Erben für den Thron zu bekommen. Aber Prinzessinnen haben oft genug Kammerfrauen.«

Sie hörte das Echo von Duncans Stimme in ihrem Geist, der ihr den üblichen Cheysulibrauch der Frauen und Geliebten erklärte. Eine freie Praxis, die sie nicht verstehen konnte.

Und doch bietet Carillon mir fast genau das gleiche an ... Sie erschauerte krampfhaft. *Wer hat das Recht dazu – die Cheysuli oder die Homaner?*

»Alix?«

Sie befreite ihre Hand vorsichtig aus der seinen und blickte in seine blauen Augen. »Ich weiß es nicht, Carillon. Wir sind noch nicht einmal von diesem Ort befreit.«

Er wollte etwas sagen, aber Finns Herannahen ließ ihn schweigen. Carillon sah den Cheysulikrieger an, der nur spöttisch lachte. Dann wandte sich Finn an Alix.

»Werdet Ihr mit mir reiten, *Rujholla?*«

Sie bemerkte die veränderte Anrede und empfand eine Mischung aus Dankbarkeit und Bedauern. Sie würde ihm keine Blutsverwandtschaft zugestehen, noch würde sie die Art der Willigkeit anerkennen, die er von ihr verlangte.

Sie trat näher an Carillon heran. »Ich reite mit dem Prinzen.«

»Und riskiert, daß er wahrscheinlich vor Euch sitzend vom Pferd fällt.«

Carillon sah ihn an. »Ich werde mich auf dem Pferd halten, Gestaltwandler.«

Finns Ohrring blitzte, als er lachte. »Ihr solltet uns besser einen anderen Namen geben, Prinz, oder Ihr beleidigt Eure Cousine ebenfalls.«

»*Ihr* versucht das zu tun, nicht er!« fauchte Alix.

Er grinste sie an und warf dann einen spöttischen Blick auf Carillon. »Habt Ihr es vergessen? Ihr gewannt heute mehr als nur Eure Gespielin als Cousine. Ihr habt auch Verwandte unter uns anderen.«

»Verwandte unter Euch?« fragte Carillon verächtlich.

»Ja«, sagte Finn ruhig. »Ich selbst. Sie ist meine *Rujholla*, Prinz, wenn auch nur zur Hälfte. Aber das macht Euch und mich zu Cousins.« Er lachte. »Ich bin mit Homanas Prinz verwandt, der dem Lehnsherrn damit dienen würde, uns alle zu töten. Aber um das zu tun, müßtet Ihr auch *sie* töten, nicht wahr?«

Carillons Gesicht rötete sich. »Wenn ich einen Gestaltwandler töte, dann werdet Ihr es sein. Den Rest überlasse ich meinem Onkel, dem Mujhar.«

»Carillon!« sagte Alix entsetzt.

Finn lachte sie beide an und spreizte die Hände. »Seht Ihr, Prinz? Was Ihr über uns sagt, macht sie besorgt. Behaltet Eure Absichten für Euch, wenn Ihr sie in Sicherheit wissen wollt.«

Carillons Hände sanken zu dem schweren, um seine Hüften gebundenen Schwert hinab. Alix wunderte sich noch immer darüber, daß die Cheysuli es ihn behalten ließen. Aber er zog es nicht. Finn lächelte sie beide an und ging fort, während er einem anderen Krieger etwas in der Alten Sprache zurief.

»Er will Euch nur aufstacheln«, sagte Alix weich. »Um seine eigene Sehnsucht nach einem Platz zu befriedigen.«

Carillon sah sie überrascht an. Dann lächelte er. »Willst du mir weissagen, Alix? Kannst du in mein und in sein Herz sehen?«

Innerlich schreckte sie vor der Anspielung auf die Magie zurück, und das aus eigenem Antrieb. »Nein. Ich sage nur, was ich in ihm spüre. Und was Euch betrifft…« Sie zögerte und lächelte dann. »Ich denke, Ihr werdet eines Tages der Mujhar sein.«

Er lachte, zog sie in seine Arme und hob sie hoch. »Alix, ich danke den Göttern, daß ich mein Streitroß heute durch deinen Garten geführt habe! Sonst könnte ich nicht deine große Weisheit teilen.«

Sie lächelte ihn an und erfreute sich an den Gefühlen, die ihren Körper durchströmten. Seine Hände auf ihrer Taille griffen fest und sicher, zeigten keinerlei Anzeichen der Schwäche von der Wolfswunde. Alix legte eine ihrer Hände um seinen Nacken und streichelte sein braunes Haar.

»Habe ich meine Weisheit denn nicht mit Euch geteilt, als Ihr all meine jungen zarten Pflanzen niedergetreten habt?«

Er wirbelte sie erneut herum und setzte sie dann mit wehmütigem Lächeln ab. »Ja, das hast du getan. Ich habe mich fast für meine Geburt geschämt.«

Alix lachte ihn an. »Sogar einem Prinzen kann es gelingen, einen Garten zu umgehen, wenn seine Beute es ihm vormacht. Ich fand wenig Reiz an den erlesenen Kleidern, die Ihr trugt, oder an dem Gold, das Ihr mir zugeworfen habt, um den Schaden wiedergutzumachen.« Sie hob stolz den Kopf, ahmte das Verhalten einer hochwohlgeborenen Hofdame nach. »Man kann mich nicht *kaufen*, mein Prinz, auch wenn Ihr der Erbe Homanas seid.«

»Aber man kann Euch erobern?« fragte er fest.

Ihr Lächeln verblaßte. Sie wandte ihr Gesicht ab.

»Wenn ich erobert werden kann, dann ist das etwas, was mir noch zu entdecken bleibt. Ich weiß es nicht.«

»Alix ...«

»Ich weiß es nicht, Carillon.«

Duncan kam heran, bevor Carillon noch etwas sagen konnte. Er führte ein kastanienbraunes Pferd mit sich und trug diesen seltsam wuchtigen Bogen, den er am Abend zuvor poliert hatte. Carillon, der ihn scharf betrachtete, sog den Atem ein.

Duncan sah ihn stirnrunzelnd an. »Mein Prinz?«

»Euer Bogen.«

Der Cheysuli hielt ihn hoch. »Dieser? Er ist nichts so Besonderes. Ich habe im Keep bessere. Dieser ist für Angriffe und für die Jagd gedacht – und entbehrlich.«

»Aber es ist dennoch ein Cheysulibogen«, sagte Carillon ernst. »Ich habe mein ganzes Leben lang davon gehört.«

Duncan lächelte kurz und streckte ihn aus. »Hier. Aber bedenkt, daß es nicht der beste ist, den ich gefertigt habe.«

Carillon achtete nicht auf die bescheidene Feststellung und nahm den Bogen fast ehrfurchtsvoll entgegen, untersuchte die Waffe seines Feindes. Sie war sorgfältig gearbeitet: auf alt poliertes Hartholz. Der Griff war mit Leder geschnürt, um die Handfläche des Jägers zu schützen. Seltsame runenartige Symbole verliefen von oben nach unten, wanden sich um den Bogen wie eine Schlange.

Carillon sah Duncan an. »Ihr wißt, was von einem Cheysulibogen erzählt wird.«

Duncan lächelte ironisch. »Daß ein von einem solchen geschossener Pfeil sein Ziel nicht verfehlen kann. Aber das ist alles nur Legende, mein Prinz.« Seine Augen verengten sich zynisch. »Obwohl uns das sehr dienlich ist. Wenn Shaines Truppen einen Cheysulibogen fürchten, ist es umso besser für uns.«

»Wollt Ihr damit sagen, daß man sein Ziel mit diesem Bogen verfehlen *kann?*«

Duncan lachte. »Jeder Pfeil kann sein Ziel verfehlen. Es geschieht nur selten, daß ein Cheysuli eines verfehlt, weil er schlecht zielt.« Sein Lächeln verblaßte zu Unerbittlichkeit. »Das kommt, wenn man ums Überleben kämpfen muß, mein Prinz. Wenn man von den Wachen des Mujhar wie ein lästiges Tier gejagt wird, lernt man, so gut zurückzuschlagen, wie es möglich ist.«

Carillons Gesicht verhärtete sich. »Die Legende dieser Bogen war schon *vor* der Säuberung bekannt, Gestaltwandler.«

Duncans Mund verzog sich. »Dann laßt uns sagen, daß das Können dadurch noch *verfeinert* worden ist, Prinz.«

Carillon reichte ihm den Bogen. Duncan nahm ihn ohne Worte entgegen und sah Alix an. »Es ist Zeit zu gehen. Werdet Ihr mit mir reiten?«

Sie hob den Kopf. »Ich habe es bereits Eurem Bruder gesagt – ich reite mit dem Prinzen.«

Duncan übergab die Zügel des kastanienbraunen Pferdes Carillon. »Euer Streitroß wird Euch zurückgegeben werden, wenn es Euch wieder besser geht, mein Prinz. Im Augenblick könnt Ihr meines reiten.«

Carillon stieg schweigend auf. Bevor Alix versuchen konnte, ebenfalls mühsam hinaufzuklettern, hob Duncan sie hinter den Cheysulisattel. Sie schaute in seine gleichmütigen Augen hinab und verspürte eine schwache Anziehung der Vertrautheit. Aber er ging fort, bevor sie sich danach fragen konnte.

Finn, der auf einem Grauen saß, ritt neben ihr. »Sollte der Prinz vor Euch schwanken, *Rujholla*, werde ich Euch ausgesprochen gern auf mein Pferd nehmen.«

Alix schaute mitten in sein kantiges, spöttisches Gesicht und sagte nichts, beachtete ihn nicht, so gut sie nur konnte.

Finn grinste nur und ritt ihr voran. Die Reise hatte begonnen.

Kapitel Sechs

Der lange Ritt forderte von Alix alles, während sie sich an Carillon klammerte. Sie saß matt und entmutigt an seinen breiten Rücken gelehnt und sehnte sich danach, der ständigen Bewegung des Pferdes zu entkommen. Wann auch immer Finn vorüberritt, richtete sie sich auf und verlieh ihrem Gesicht einen Ausdruck der Entschlossenheit, aber wenn er wieder voranritt, kehrte sie in ihren Nebel der Erschöpfung zurück.

Die Cheysuli sagten keinem der Gefangenen, wohin sie ritten, nur daß ihr Keep am Ende dieser Reise lag. Als Carillon seine und Alix' sofortige Freilassung forderte und mit Ungehaltenheit und Vergeltung drohte, wehrte Duncan dies höflich ab. Alix, die ihn an diesem Tag während des größten Teils des Ritts beobachtete, wunderte sich über die so offensichtliche Unterschiedlichkeit der Brüder. Finn schien der Gewaltsamere der beiden, Duncan verließ sich nur auf sich selbst und gab nichts preis. Obwohl Alix nichts mehr wollte, als die Gegenwart der Gestaltwandler in Carillons Begleitung hinter sich zu lassen, zog sie Duncans Gesellschaft derjenigen Finns jedoch bei weitem vor.

Am Abend saß sie mit Carillon vor einem kleinen Feuer und starrte erschöpft in die Flammen. Der Prinz hatte seinen grünen Umhang abgenommen und ihn ihr um die Schultern gelegt. Sie drapierte ihn dankbar um sich. Carillon sah müde und ausgelaugt aus, als er seine Hände zur Wärme des Feuers hin ausstreckte. Obwohl der Sommer bereits begonnen hatte, waren die Nächte noch immer kalt. Alix wußte, daß sie selbst nicht besser aussah. Ihr Zopf hatte sich gelöst, das Haar war zerzaust, und ihr Gewand zeigte Spuren des zu langen Rittes. Ihr Gesicht fühlte sich schmutzig an und der Schnitt auf ihrer linken Wange schmerzte.

Die Cheysuli, so bemerkte sie, hatten bei einem Beuteritt wenig bei sich. Ihre Pferde waren nur leicht bepackt, und die Krieger trugen lediglich ein Gürtelmesser und die Jagdbogen als Waffen. Alix beobachtete verdrießlich, wie sie schnell ein kleines Lager errichteten, Decken an den Stellen ausbreiteten, wo sie schlafen wollten und kleine Feuer errichteten, um ihre Abendration des für die Reise mitgenommenen Eintopfs zu erwärmen. Die farbigen Zelte blieben eingepackt. Alix erkannte, daß sie die Nacht mit dem Schutz nur einer Decke würde verbringen müssen.

Mit Unbehagen warf sie Carillon, der neben ihr auf Duncans blutroter Decke saß, einen Blick zu. »Ich würde fast meine Seele geben, um in der Sicherheit meines Bettes im Haus meines Vaters sein zu können.«

Carillon sah mit leerem Blick ins Feuer und wandte sich dann mühsam ihr zu. Er lächelte. »Wenn ich die Wahl hätte, wäre ich gern in meinen eigenen Räumen in Homana-Mujhar. Aber selbst euer Haus würde für diese Nacht genügen.«

»Eher als das hier«, stimmte sie mürrisch zu.

Carillon regte sich und setzte sich mit gekreuzten Beinen zurecht. Die Flammen schimmerten auf seinen weißen Zähnen, als er boshaft lächelte.

»Wenn ich die Chance bekomme, Alix, werden diese Dämonen bedauern, was sie getan haben.«

Ein seltsames Frösteln glitt ihr Rückgrat hinab, während sie scharf sein entschlossenes Gesicht betrachtete. »Ihr würdet sie alle töten lassen?«

Seine Augen verengten sich bei ihrem tadelnden Tonfall. Dann entspannte sich sein Gesicht, und er berührte ihren zerzausten Zopf, legte ihn über ihre Schulter. »Eine Frau versteht das vielleicht nicht. Aber ein Mann muß seinem Lehnsherrn in jeder Beziehung dienen, auch wenn es um das Töten anderer geht. Der Kampf meines Onkels wird noch immer fortgeführt, Alix. Es wäre ihm nicht dienlich, wenn ich diese Brut von Dämonen am Leben lassen würde. Sie sind verfemt worden. Der Mujhar selbst hat sie zum Tode verurteilt.«

Alix zog den Umhang fester um ihre Schultern. »Carillon, was wäre, wenn keine Magie gegen Euer Haus eingesetzt würde? Was wäre, wenn die Cheysuli recht hätten? Würdet Ihr dann noch immer ihren Tod wollen?«

»Die Gestaltwandler haben das Haus meines Onkels verflucht, als Hale Lindir mit sich genommen hat. Die Königin starb daraufhin an Schwindsucht, und Shaines zweite Frau gebar ihm keine lebenden Kinder. Wenn nicht Hexerei, was sonst hätte diese Dinge bewirken können?«

Alix seufzte und betrachtete ihre den grünen Stoff umklammernden Hände. Sie hielt ihre Stimme absichtlich leise, fast besänftigend. Aber was sie sagte, hatte nichts mit Sanftmut zu tun.

»Vielleicht war es das, was die Cheysuli *Tahlmorra* nennen. Vielleicht war es nur der Wille der Götter.«

Seine Hand wanderte von ihrem Zopf zu ihrem Kinn, und er hob ihr Gesicht ins Licht. »Verteidigst du die Dämonen schon wieder, Alix? Hörst du aufgrund der Dinge, die sie dir erzählt haben, auf sie?«

Sie sah ihn fest an. »Ich verteidige sie nicht, Carillon. Ich lasse ihnen ihren Glauben. Es ist nur angemessen, die Überzeugungen anderer anzuerkennen.«

»Auch wenn der Mujhar sie als Magier der dunklen Götter brandmarkt?«

Alix berührte sanft sein Handgelenk und spürte die erhabenen Narben des Bisses von Storr. Erneut tauchte das Bild Finns, der seine Gestalt veränderte, in ihrem Geist auf, und nur mit erheblicher Anstrengung konnte sie eine angstvolle Ehrfurcht aus ihrer Stimme verbannen.

»Carillon, werdet Ihr ihm erlauben, *mich* zu brandmarken?«

Er seufzte und schloß die Augen, zog seine Hand zurück. Er rieb müde über seine Stirn und schob sich gereizt das Haar aus den Augen.

»Shaine ist nicht leicht zu überzeugen. Wenn du vor ihn hintrittst und erklärst, daß du eine Gestaltwandlerin bist, und seine Enkelin, dann greifst du seinen Stolz an. Mein Onkel ist wahrhaftig ein eitler Mann.« Carillon lächelte sie grimmig an. »Aber ich werde nicht zulassen, daß er dir Schaden zufügt. Soviel verlange ich von ihm.«

Alix zog die Knie an und legte die Arme darum. »Erzählt mir von Homana-Mujhar, Carillon. Ich habe zuvor immer Angst gehabt, danach zu fragen, jetzt aber nicht mehr. Erzählt mir von dem großen befestigten Palast des Mujhar.«

Er lächelte über ihren sehnsüchtigen Tonfall. »Er entsteht aus den Träumen der Menschen. Eine Festung innerhalb einer Stadt von Tausenden. Ich weiß wenig genug von seiner Geschichte, außer daß er seit Jahrhunderten stolz auf seinem Platz steht. Keine feindliche Macht hat seine Mauern jemals durchbrochen, noch seine Hallen und Gänge betreten. Homana-Mujhar ist mehr als ein Palast, Alix. Es ist das Herz Homanas.«

»Und Ihr habt immer dort gelebt?«

»Ich? Nein. Ich habe in Joyenne gelebt, dem Schloß meines Vaters. Es ist nur drei Tage von Mujhara entfernt. Dort bin ich geboren.« Er lächelte, als schwelge er in Erinnerungen. »Mein Vater hat es immer vorgezogen, sich von Städten fernzuhalten, und mit mir steht es genauso. Mujhara ist wunderschön, eine schmucke Stadt, aber ich fühle mich auf dem Land wohler.« Er seufzte. »Bis zu meiner Ernennung zum rechtmäßigen Erben im letzten Jahr habe ich in Joyenne gelebt. Ich habe einige Zeit in Homana-Mujhar verbracht. Ich bin für seine Großartigkeit nicht unempfänglich.«

»Und ich habe Mujhara noch nicht einmal gesehen«, sagte sie traurig.

»Das ist etwas, was ich nicht verstehen kann. Die Stadt gehört dem Mujhar und ist gut beschützt. Frauen und Kinder gehen sicher durch ihre Straßen.«

Alix wich seinem Blick aus. »Vielleicht war es ein dem Mujhar von Torrin gegebenes Versprechen, daß er Lindirs Gestaltwandlertochter nicht erlauben würde, die Stadt zu betreten.«

Carillon versteifte sich. »Wenn du dieses Kind bist.«

Alix schloß die Augen. »Ich beginne zu glauben, daß ich es bin.«

»Alix …«

Sie wandte den Kopf, legte ihre unverletzte Wange auf ein Knie, und betrachtete ernst Carillons Gesicht. »Ich spreche mit den Tieren, mein Prinz. Und ich verstehe sie. Wenn das nicht Gestaltwandlermagie ist, dann muß ich ein Wesen der dunklen Götter sein.«

Seine Hand sank auf ihre Schulter. »Alix, sage so etwas nicht. Du bist nicht der Nachkomme eines Dämons.«

»Und wenn ich eine Cheysuli bin?«

Carillons Blick glitt über das schattige Lager und betrachtete all die schwarzhaarigen, gelbäugigen Krieger in geschmeidigem Leder und barbarischem Gold. Er schaute zu Alix zurück und sah kurz die tanzenden Flammen in ihren Augen widergespiegelt, wodurch sie von bernsteinfarben zu gelb wechselten.

Er schluckte und zwang sich, sich zu entspannen. »Das ist unwichtig. Was auch immer du bist, ich erkenne es an.«

Alix lächelte traurig und berührte seine Hand. »Wenn Ihr mich also bejaht, dann müßt Ihr es ebenso mit den anderen tun.«

Er öffnete den Mund, um dies abzulehnen, unterließ es dann aber. Er sah die Leere in ihren Augen und die Erschöpfung in ihren Bewegungen, während sie sich in eine bequemere Lage setzte. Carillon streckte einen langen Arm aus und zog sie an seine Brust.

»Alix, ich sagte, es ist nicht wichtig.«

»Ihr seid der Erbe«, antwortete sie weich. »Für Euch muß es wichtig sein.«

»Bis ich der Mujhar bin, ist es überhaupt nicht wichtig, was ich glaube.«

Und wenn Ihr der Mujhar seid, werdet Ihr meine Verwandten dann töten? fragte sie sich.

Am Morgen führte Duncan Carillons kastanienbraunes Streitroß zu ihnen. Alix schaute von dem Pferd zu dem Stammesführer und bemerkte seinen ernsten Gesichtsausdruck. Finn, der bei ihm stand, lächelte sie vielsagend an. Alix errötete und sah über ihn hinweg, beobachtete statt dessen Duncan.

»Ihr seid gestern recht gut geritten, mein Prinz«, sagte dieser ruhig. »Ihr habt unsere Erlaubnis zu gehen. Finn wird Euch begleiten.«

Carillon sah ihn an. »Ich kann meinen Weg zurück allein finden, Gestaltwandler.«

Duncans Lippen verzogen sich. »Das bezweifle ich nicht. Aber die Cheysuli haben fünfundzwanzig Jahre damit verbracht, vor dem unnatürlichen Zorn des Mujhar zu fliehen, und wir wären wirklich Narren, wenn wir seinen Erben in unsere neue Heimat führen würden. Finn wird dafür sorgen, daß Ihr uns nicht zu unserem Keep folgt.«

Carillon wurde rot vor Wut, beachtete aber den trockenen Tonfall des Cheysuli nicht. Er nahm die scharlachroten Lederzügel von Duncan entgegen und wandte sich zu Alix um.

»Du kannst vor mir im Sattel reiten.«

Duncan trat schnell zwischen das Pferd und Alix, als sie aufsteigen wollte. Seine Augen waren kalt und hart. »Ihr bleibt bei uns.«

»Ihr könnt mich nicht zwingen zu bleiben!« sagte sie

ärgerlich. »Ich habe Eure Worte gehört, und ich achte sie, aber ich werde nicht mit Euch gehen. Mein Heim ist bei meinem Vater.«

»Euer Heim ist bei den Leuten Eures Vaters.«

Alix spürte, wie sie fror. Ohne darüber nachzudenken, hatte sie von Torrin gesprochen, aber der Stammesführer erinnerte sie mit einem Satz daran, daß sie nicht mehr nur die einfache Tochter eines homanischen Kleinpächters war.

Sie beruhigte sich mühsam. »Ich möchte mit Carillon gehen.«

Sein Falkenohrring schwang hin und her, als er den Kopf schüttelte. »Nein.«

Finn lachte sie an. »Ihr könnt uns nicht so bald verlassen wollen, *Rujholla*. Ihr wißt kaum unsere Namen. Es gibt noch vieles mehr, was Ihr über den Stamm erfahren könnt.«

»Ich bin noch immer zur Hälfte Homanerin«, sagte sie fest, »und von jedes Mannes Forderungen, außer von denen meines Vaters, frei.« Sie sah Duncan trotzig an. »Ich werde mit Carillon gehen.«

Der Prinz trat neben sie, legte eine Hand auf ihre Schulter. »Ihr habt selbst gesagt, daß sie meine Cousine sei. Ich möchte sie bei mir in Homana-Mujhar haben. Das könnt Ihr ihr nicht verweigern.«

Finn hob neugierig seine Brauen. »Können wir nicht? Eure Schicksale wurden letzte Nacht, während Ihr schlieft, im Rat beschlossen. Es war meine Meinung, daß wir Euch beide hierbehalten und Euch zwingen sollten, zu erkennen, daß wir nicht die Dämonen sind, für die Ihr uns haltet, aber ich wurde überstimmt. Mein *Rujholli* wollte, daß Ihr sicher zu Eurem Onkel zurückkehrt, der Wachen schicken wird, um uns zu töten.« Er zuckte die Achseln. »Einige glaubten sogar, Ihr könntet davon überzeugt werden, daß wir nur Menschen sind, wie Ihr selbst, wenn Ihr einige Zeit bei uns bliebet, aber ich glaube, daß Ihr uns immer würdet schaden wollen, wo

Ihr nur könnt.« Finn lächelte humorlos. »Was hättet Ihr getan, Prinz, wenn Ihr bei uns geblieben wärt?«

Carillons Finger gruben sich in Alix' Schulter. »Ich hätte eine Fluchtmöglichkeit gefunden, Gestaltwandler, und wäre nach Mujhara zurückgekehrt. Ihr habt recht. Ich würde meinem Verwandten dabei helfen, Euch zu vernichten.«

»Und ihr Leben riskieren?« fragte Finn weich.

Alix erschauerte. Carillons Hand sank zu seinem Schwertheft hinab. »Ihr werdet ihr nichts antun, Gestaltwandler.«

»Wir tun unseren eigenen Leuten nichts an«, sagte Duncan kalt. »Aber befiehlt Shaine seinen Männern, das Leben auch nur eines einzigen Cheysuli zu verschonen? Sie machen keine Unterschiede. Wenn Ihr es zulaßt, daß sie uns folgen und angreifen, dann setzt Ihr das Leben des Mädchens aufs Spiel.«

»Dann laßt mich gehen«, sagte Alix. »Vielleicht würde der Mujhar keine Truppen senden.«

»Alix!« sagte Carillon scharf.

Finn grinste zynisch. »Seht Ihr, *Mei Jha*, welche Art Mann Euer Prinz ist? Und dennoch will er Euch glauben machen, daß *wir* die blutdürstigen Dämonen seien. Ich will damit sagen, es waren die Homaner, die das *Qu'mahlin* begonnen haben, und es sind die Homaner, die es fortsetzen. Das war keine Angelegenheit der Cheysuli.«

»Genug davon!« schrie Alix. »Genug!«

Carillon trat von ihr fort und zog sein Schwert zischend aus der Scheide. Er stand mit der wuchtigen, schimmernden Klinge vor ihnen, sie mit beiden Händen umklammernd. Alix sah den Rubin im Sonnenlicht rötlich strahlen und hielt dann den Atem an. Die Klinge entlang verliefen runenartige Symbole, die denen auf Duncans Bogen sehr ähnlich waren.

»Ihr nehmt sie nicht mit«, sagte Carillon leise. »Sie kommt mit mir.«

Finn kreuzte beide Arme über der Brust und wartete schweigend, wobei seine Armreife im Licht aufblitzten. Alix, die an ihrem Platz festgefroren schien, spürte, wie die Zeit seltsam verlangsamt ablief. Carillon stand mit freigezogener Klinge neben ihr, die Füße fest aufgestellt, seine Größe allein schien Warnung genug für jedermann. Und dennoch stand Duncan gelassen vor der Waffe, als beunruhige ihn dies alles nicht im geringsten.

Ihre Haut zog sich in banger Vorahnung zusammen. *Werde ich heute einen Mann wegen mir sterben sehen?* Sie schluckte schwer, wünschte, sie könnte fortschauen, und wußte, daß sie es nicht konnte. *Lindirs Handlungsweise hat die Ausrottung in Gang gesetzt. Wenn ich wirklich ihre Tochter bin, trägt dies dann nicht noch mehr dazu bei?*

Duncan lächelte seltsam. »Ihr solltet lieber an den Gestalter dieser Klinge denken, mein Prinz.«

Finns Zähne wurden in einem barbarischen Lächeln sichtbar. »Eine Cheysuliklinge erkennt ihren ersten Herrn immer wieder.«

Alix betrachtete erneut die Runen auf dem Schwert, und schien von ihren fremdartigen Formen und deren Verflechtungen wie erstarrt.

Carillon hielt stand. »Ihr gebraucht nicht einmal selbst Schwerter, Gestaltwandler!«

Finn zuckte die Achseln. »Wir ziehen es vor, Menschen einen schnellen Tod zu gewähren. Ein Schwert kann uns dabei nicht dienlich sein. Wir kämpfen mit Messern.« Er hielt inne und sah Alix an. »Mit Messern... und in *Lir*gestalt.«

»Und was ist mit Euren Bogen?« knurrte Carillon.

»Sie waren ursprünglich für die Jagd gedacht«, sagte Duncan leichthin. »Dann begannen die Mujhars von Homana unsere Kriegsdienste zu fordern, und wir lernten, sie gegen Menschen einzusetzen.« Seine gelben Augen blickten unerbittlich. »Als das *Qu'mahlin* begann, gebrauchten wir sie gegen jene, denen wir einst gedient hatten.«

Finn trat vor, trat so dicht an Carillon heran, daß die Spitze des Breitschwertes an seiner Kehle ruhte. »Gebraucht es«, höhnte er mit flüsternder Stimme. »Gebraucht es, Prinz. Schlagt zurück, wenn Ihr könnt.«

Carillon rührte sich nicht, als sei er durch die Aufforderung verwirrt. Alix, die unter den Spannungen sehr litt, biß sich auf die Unterlippe.

Finn lächelte und legte seine Hand an die Klinge. Seine gebräunten Finger ruhten leicht auf den sorgfältig geschliffenen Kanten. »Sagt mir, mein Prinz, wem Hales Schwert antworten wird. Dem Erben des Mannes, der das *Qu'mahlin* begann, oder Hales eigenem Sohn?«

»Finn«, sagte Duncan sanft. Alix fand, er klang tadelnd.

Ihre Finger verflochten sich in den Falten ihrer gelben Gewänder, schabten auf dem rauhen Wollstoff. Sie wußte, daß sie Finn sterben sehen würde. Selbst mit seiner Hand auf der Klinge könnte der Krieger Carillon niemals davon abhalten, ihn zu töten. Sie schuldete Finn, der sie so grob geraubt hatte, kein Wohlwollen, aber sie wollte ihn auch nicht vor ihren Augen getötet sehen. Der beißende Geschmack der Angst erfüllte ihren Mund.

»Carillon …«, bat sie. Sie schluckte gegen die Verengung in ihrer Kehle an. »Setzt Ihr die Arbeit Eures Onkels bereits fort?«

Finns Finger auf der Klinge verlagerten sich leicht. Alix dachte, er würde die Hand herunternehmen und in Verteidigungsstellung gehen, aber das tat er nicht. Bevor sie aufschreien konnte, wendete er das Schwert mit nur einer Hand beiseite. Sein eigenes Messer blitzte auf, als er auf Carillon zutrat.

»Nein!« schrie sie und sprang vorwärts.

Duncans Hand senkte sich auf ihren Arm und zog sie zurück. Sie versuchte sich loszureißen und konnte es nicht, stand dann still, während sie die Cheysuliklinge an Carillons Kehle gelegt sah. Das Breitschwert befand sich in seiner rechten Hand, aber sie erkannte, daß die

Waffe zu wuchtig war, als daß er sie hätte zurückziehen und trotz dieser engen Berührung zuschlagen können, insbesondere weil Finn so nahe war.

»Seht Ihr, Prinz, was es für einen Mann bedeutet, einem Cheysuli im Kampf zu begegnen?« fragte Finn freundlich. »Ich bezweifle nicht, daß Ihr in den Mauern Eures edlen Palastes gut trainiert worden seid, aber Ihr habt noch keinem Cheysuli gegenübergestanden. Bis das getan ist, habt Ihr nichts gelernt.«

Carillon biß die Zähne zusammen, nachdem er den Mund hörbar geschlossen hatte. Seine Kiefermuskeln mahlten und veränderten die Linie seines Gesichts, aber er sagte gar nichts. Und er wich auch nicht vor dem Messer an seiner Kehle zurück.

Finn warf einen strahlenden Blick auf Alix. »Werdet Ihr mich um sein Leben bitten, *Mei Jha?*«

»Das werde ich nicht tun«, sagte sie deutlich. »Aber wenn Ihr ihn hier tötet, werde ich selbst für *Euren* Tod sorgen.«

Seine Augenbrauen schossen in spöttischem Erstaunen aufwärts. Dann grinste er in Carillons starres Gesicht. »Nun, Prinz, Ihr habt Frauen, die für Euch kämpfen. Vielleicht sollte ich das beachten.« Er zuckte die Achseln und trat zurück, steckte das Messer in seinen Gürtel zurück. »Aber sie *ist* eine Cheysuli und meine *Rujholla,* und das werde ich nicht aufs Spiel setzen.«

Duncan bückte sich und nahm die scharlachroten Zügel auf, die Carillon fallengelassen hatte. Er streckte sie ihm entgegen. Schweigend ließ der Prinz sein Schwert in die silbergeschnürte Scheide gleiten und nahm sie an.

»Finn wird Euch nach Mujhara begleiten.«

Carillon sah nur Alix an. »Ich werde dich holen kommen.«

»Carillon...«

»Ich werde dich holen kommen.«

Alix nickte und legte die Arme um sich, zog abwehrend die Schultern hoch. Sie wußte, daß er ihre Freiheit nicht erwirken konnte, ohne sich selbst zu opfern – was für sie keine Freiheit bedeuten würde. Die Cheysuli hatten sie beide entwaffnet.

Carillon wandte sich von ihr ab und bestieg den wuchtigen Kastanienbraunen. Von der großen Höhe des Pferdes herab, betrachtete er sie alle.

»Ihr seid Narren«, sagte er steif, »daß Ihr mich freilaßt, ohne Gold zu fordern.«

Finn lachte. »Ihr wollt uns Anweisungen geben, obwohl Ihr dabei Euer eigenes Leben riskiert?«

»Ich kann nur nicht verstehen.«

Duncan lächelte. »Die Cheysuli fordern kein Gold, mein Prinz, abgesehen von den *Lir*münzen und dem Schmuck, den unsere Frauen tragen. Wir möchten nur diesen Krieg, den der Mujhar gegen uns führt, beenden und die Möglichkeit bekommen, so zu leben, wie wir es einst getan haben. Frei, ohne Angst haben zu müssen, daß unsere Kinder wegen ihrer gelben Augen getötet werden.«

»Wenn Ihr nicht versucht hättet, die Herrschaft der Homaner zu stürzen…«

Duncan unterbrach ihn scharf. »Das haben wir nicht getan. Wir haben dem Blut der Mujhars stets gedient. Hale hat Lindir, indem er sie von ihrem *Jehan* fortgebracht hat, von einer Heirat befreit, die sie nicht gewollt hat. Indem er dies tat, hat er den Dienst geleistet, zu dem er sich selbst verpflichtet fühlte – er diente dem Blut des Mujhar.« Er lächelte leicht. »Es war vielleicht nicht das, was Shaine von seinen Diensten erwartet hatte, weil Hale sein Lehnsmann war. Es war nur so, daß er Lindir mehr begehrte.«

»Eure *Jehana* war eine eigenwillige Frau«, sagte Finn zu Alix, absichtlich offen, als wolle er keinen Zweifel lassen. »Ahmt Ihr sie nach?«

Sie hob stolz den Kopf an und trotzte ihm. »Wenn *ich* in Homana-Mujhar wäre, würde ich es nicht verlassen, um mit einem Cheysulikrieger in die Wälder zu gehen. Beurteilt mich nicht nach meiner Mutter.«

Finn grinste triumphierend. »Wenn ich es letztlich erreicht habe, daß Ihr Euch zu Eurem Blut bekennt, *Mei Jha*, dann werde ich Euch nach allem beurteilen.«

Bevor sie etwas erwidern konnte, wandte er sich um und verschwand in den Bäumen. Alix sah hinter ihm her und runzelte dann die Stirn, als er kurz darauf auf seinem grauen Pferd zurückkehrte.

Duncan trat zu Carillons Pferd und sah zu dem Prinzen hoch. »Ich würde Shaine dem Mujhar Grüße übersenden, wenn ich glauben dürfte, daß er sie annähme. Wir wollen diesen Krieg nicht.«

Carillon lächelte freudlos. »Ich glaube, der Mujhar hat seine Wünsche deutlich gemacht, Gestaltwandler.«

Duncan legte eine Hand träge auf die glänzende Schulter des Streitrosses. »Wenn Ihr das *Qu'mahlin* fortführen wollt, mein Prinz, dann seid Ihr nicht der Mann, für den ich Euch gehalten habe. So sagt es die Prophezeiung.« Er lächelte und trat fort, vollführte die Geste mit den gespreizten Fingern. »*Tahlmorra*, Carillon.«

»Ich verzichte auf Eure Prophezeiung«, sagte der Prinz tonlos.

Der Stammesführer streckte die Hand aus und ergriff Alix' Arm, zog sie nah an sich heran. »Wenn Ihr das tut, mein Prinz, verzichtet Ihr auf sie.«

Alix erschauerte unter seiner Hand. »Laßt mich mit Carillon gehen.«

»Nein.«

Finn führte sein Pferd neben den Kastanienbraunen und lächelte den Prinzen sarkastisch an. »Verschwendet keine Zeit mehr. Ich möchte nicht, daß der Mujhar ärgerlicher als notwendig wird. Kommt, Prinz. Reiten wir los.«

Er schlug mit seiner Hand auf den breiten Rumpf des Kastanienbraunen und ließ ihn damit vorwärtsschießen. Finn drängte sein Pferd hinterher, so daß Carillon seines nicht wieder zurücklenken konnte, und das letzte, was Alix von dem Prinzen sah, war sein dunkelbrauner Schopf, der sich unter einem niedrigen Zweig hinwegduckte.

Sie machte eine unwillkürliche Bewegung, ihm zu folgen, und erneut hielt Duncans Hand sie zurück. Kurz darauf ließ er sie los.

»Es ist nicht so schlimm«, sagte er ruhig. »Ihr müßt noch viel lernen, aber das wird schnell genug geschehen, sobald Ihr Euer Blut anerkannt habt.«

Alix atmete zitternd ein und sah ihn hart an. »Ich werde Euch nicht einen Lügner nennen, Gestaltwandler, aber ich werde mich auch nicht Eurer Herrschaft unterwerfen. Wenn ich dies als Euer – *Tahlmorra* annehme, dann tue ich es zu meinen eigenen Bedingungen.«

Der große Krieger lächelte sie an. »Ein Cheysuli könnte es gar nicht anders handhaben.«

Alix betrachtete ihn stirnrunzelnd. Rebellisch folgte sie ihm durch den Wald zu seinem wartenden Pferd.

Kapitel Sieben

Alix war so müde, als der Abend hereinbrach, daß sie sich von Duncan zum Feuer führen und auf ein dickes braunes Fell drängen ließ, ohne ein Wort dazu zu sagen. Die Tochter eines Kleinpächters verbrachte gewöhnlich wenig Zeit auf einem Pferderücken; ihre Muskeln schmerzten und ihre Beine zeigten Abschürfungen vom Reiten. Sie kauerte sich wie betäubt auf dem Fell zusammen und zog die zerknitterten Gewänder um ihre bloßen Füße herum, so gut sie konnte. Als Duncan ihr eine Schale mit heißem Eintopf reichte, dankte sie ihm zitternd und begann das Essen in ihren Mund zu löffeln.

Er setzte sich auf ein weiteres Fell ihr gegenüber und nahm den Bogen auf, den Carillon gerühmt hatte. Schweigend begann er ihn mit einem Öltuch abzureiben, den Blick auf seine Arbeit gesenkt.

Alix trank den Becher Met, den er ihr gegeben hatte, und mußte bei seinem beißenden Geschmack fast würgen. Sie verbarg ihren Widerwillen vor ihm, indem sie den Mund mit einer Hand verdeckte und versuchte, nicht laut zu keuchen. Sie wollte nicht, daß er ihr Unvermögen oder ihre Müdigkeit bemerkte.

Er schien sie nicht zu beachten, während sie den letzten Rest des Eintopfs aufnahm und die Schale beiseitestellte, wobei der hölzerne Löffel klapperte. Ihr Magen fühlte sich besser, aber das machte sie den bevorstehenden Gefahren gegenüber auch wachsamer. Sie konnte sich nicht länger in den Nebel der Erschöpfung und Hilflosigkeit flüchten, der sie während des langen Ritts eingehüllt hatte. Jetzt schaute sie über das kleine Lager hinaus auf die dunklen Krieger, die so erpicht darauf waren, sie von ihren Leuten fortzubringen.

Alix war noch immer ängstlich, aber der größte Teil der überwältigenden Furcht war von ihr abgefallen. Duncan hatte sie den ganzen Tag über mit ruhiger Freundlichkeit behandelt, und da Finn fort war, fühlte sie sich selbst oder ihr inneres Gleichgewicht nicht bedroht. Sie hatte die Gelegenheit, ihre Lage aus einem vernünftigeren Blickwinkel aus zu betrachten.

»Werdet Ihr mir meine Fragen beantworten, Gestaltwandler?«

Duncan schaute nicht auf. »Ich habe Euch meinen Namen genannt. Gebraucht ihn, wenn Ihr mit mir sprechen wollt.«

Alix betrachtete seinen gesenkten Kopf, bemerkte, daß ihm das schwarze Haar beim Arbeiten vornüber ins Gesicht fiel. Der goldene Ohrring blinkte durch dichte Strähnen Haars hindurch. Dann betrachtete sie den Falken, der so ruhig in einem Baum saß.

»Wie bekommt man einen *Lir?*«

Der Bogen schimmerte in seinen arbeitenden Händen. »Wenn ein Cheysuli zum Mann wird, muß er in die Wälder oder in die Berge gehen und seinen *Lir* suchen. Es ist eine Frage der Zeit, vielleicht eine Frage von Wochen. Er lebt abgeschieden, öffnet sich den Göttern, und dort sucht das Tier, das sein *Lir* werden wird, ihn auf.«

»Wollt Ihr damit sagen, das *Tier* trifft die Wahl?«

»Es ist *Tahlmorra.* Jeder Cheysuli wird einem *Lir* geboren und ein *Lir* ihm. Sie müssen einander nur finden.«

»Aber nicht alle Tiere sind *Lirs*, sagte Finn mir.«

»Nein. Genau wie nicht alle Menschen Cheysuli sind.«

Sie mußte bei seinem trockenen Tonfall wider Willen lächeln, obwohl er sie nicht ansah. »Was geschieht, wenn der *Lir* nicht gefunden wird?«

Seine Hände hielten in ihrer Arbeit inne, während seine Augen den ihren begegneten. »Ein Cheysuli ohne *Lir* ist nur ein halber Mann. Wir werden mit dem *Lir* in unseren Seelen geboren. Wenn er fehlt, sind wir nicht vollständig.«

»Nicht vollständig ...«

»Das ist etwas, was Ihr nicht verstehen könnt, aber ein Mann, der nicht vollständig ist, erfüllt keinen Zweck. Er kann der Prophezeiung nicht dienen.«

Alix sah ihn stirnrunzelnd und nachdenklich an. »Wenn man dann nicht vollständig ist ... was geschieht mit Euch, wenn Cai getötet wird?«

Duncans Hände verkrampften sich um den Bogen. Zunächst schaute er zu dem Falken im Baum, legte dann den Bogen beiseite und wandte ihr seine volle Aufmerksamkeit zu. Er beugte sich ernst vor, und Alix spürte seine Kraft.

»Ihr fragt nicht aus bloßer Neugier. Wenn Ihr entkommen wollt, indem Ihr meinen *Lir* tötet, werdet Ihr von den Cheysuli verflucht werden. Damit ist nicht leicht zu leben.« Ein Flackern lief über sein Gesicht. »Aber Ihr würdet nicht lang genug leben, um wirklich zu leiden.«

Alix schrak vor dem tödlichen Versprechen in seiner Stimme zurück. Sie schüttelte in sprachloser Abwehr den Kopf.

»Ich werde es Euch sagen, ungeachtet Eurer Absichten«, sagte er ruhig, »damit Ihr es wißt. Ich lege mein Leben in Eure Hände.« Er beobachtete sie genau, abschätzend. »Wenn ein Mensch versucht, einen Cheysuli zu töten, muß er nur seinen *Lir* töten. Wenn er diesen *Lir* einsperrt, sperrt er den Cheysuli ein. Er ist machtlos, ohne Zugriff zu den Gaben, die die Götter ihm gegeben haben.« Er entspannte sich zusehends. »Und jetzt kennt Ihr den Preis für den *Lir*-Bund.«

»Wie kann er so zerstörerisch sein?« fragte sie. »Ihr seid ein Mann, Cai ist ein Vogel. Wie erhaltet Ihr diesen Bund?«

Duncan zuckte die Achseln, während er das Leder seiner weichen Gamaschen glättete. »Das weiß ich nicht genau. Es ist eine Gabe der alten Götter. Es ist schon seit

Jahrhunderten so und wird zweifellos so bleiben.« Er verzog das Gesicht. »Es sei denn, der Mujhar tötet uns alle. Dann wird Homana seine Vorfahren verlieren.«

»Vorfahren!« rief sie aus. »Ihr wollt mich glauben machen, daß *Ihr* dieses Land zu dem gemacht habt, was es ist, wenn Ihr das sagt.«

Duncan lächelte seltsam. »Vielleicht.«

Alix sah ihn stirnrunzelnd an. »Ich glaube Euch nicht.«

»Glaubt was Ihr wollt. Wenn Ihr ihn fragt, wird der *Lir* es Euch erzählen.«

Ihr Blick wanderte zu dem Falken. Aber sie weigerte sich, es von dem Vogel anzuhören, sondern zog vor, Duncan zu befragen. »Und wenn Ihr getötet werdet, was wird dann aus dem *Lir?*«

»Der *Lir* kehrt in die Wildnis zurück. Für das Tier ist die unterbrochene Verbindung nicht so schlimm.« Er lächelte. »Die Tiere waren schon immer stärker als die Menschen. Cai würde vielleicht eine Weile trauern, aber er würde leben.«

Verkenne meinen Kummer nicht so leichtfertig, schalt der Vogel. *Sonst spottest du unserem Bund.*

Duncan lachte leise, und Alix, darüber erstaunt, sah ihn an. Die Ernsthaftigkeit, die sie gelernt hatte mit ihm zu verbinden, war nicht so beständig vorhanden wie sie angenommen hatte.

Kurz darauf nahm sie ihre Arme heraus und streckte sie, so daß die Sehnen knackten. »Was wird wirklich aus Euch, wenn der *Lir* getötet wird?«

Duncan wurde sehr still. »Ein Cheysuli ohne *Lir* ist, wie ich schon sagte, nicht vollständig. Er ist entleert. Er entschließt sich, nicht zu leben.«

Sie gefror und starrte ihn an. »Entschließt sich ...«

»Es gibt ein Todesritual.«

Ihre Arme sanken herab. »Tod!«

Duncan schaute erneut in die Bäume, die Augen auf Cai gerichtet. »Ein Cheysuli verläßt seinen Stamm und geht in die Wälder, um den Tod bei den Tieren zu suchen. Unbewaffnet und bereit. Wie auch immer es kommt, er wird diesen Tod nicht ablehnen.« Er zuckte die Achseln und nahm der Angelegenheit so das Gewicht. »Er ist recht willkommen, einem Mann ohne *Lir*.«

Alix schluckte gegen ihren Abscheu an. »Das ist eine barbarische Einstellung. Barbarisch!«

Duncan blieb teilnahmslos. »Ein Schatten hat kein Leben.«

»Was wollt Ihr damit sagen?« fauchte sie.

Er seufzte. »Ich kann Euch nicht die richtige Bezeichnung nennen. Ihr müßt euch mit dem begnügen, was ich sage. Ein Mann ohne *Lir* ist kein Mann, sondern ein Schatten. Und ein Cheysuli kann so nicht leben.«

»Ich halte das für barbarisch.«

»Wenn Ihr wollt.«

»Was soll ich *sonst* denken?«

Er beugte sich vor und legte weiteres Holz auf das kleine Feuer auf. Es knackte und flackerte daraufhin, ließ seine hellen Augen in einem animalischen Schimmern erstrahlen.

»Wenn Ihr mehr über unseren Stamm erfahren habt, werdet Ihr anders darüber denken.« Duncan entspannte sich und legte den Bogen beiseite, während er sie wie unbeteiligt betrachtete. Dann flackerte Neugier in seinen Augen auf. »Würdet Ihr Carillon heiraten?«

Alix sah ihn an. »Carillon!«

»Ja. Ich habe bemerkt, was zwischen Euch ist.«

Einen Augenblick lang konnte sie keine richtige Antwort finden. Die Frage verwirrte sie, sowohl aufgrund ihrer Verwegenheit, als auch hinsichtlich ihrer Bedeutung. In allen ihren Träumen von dem Prinzen hatte sie niemals an eine Heirat mit ihm gedacht. Der Gedanke daran war, wie das Bedauern darüber, daß es nicht sein konnte, schmerzlich.

»Nein«, sagte sie schließlich. »Carillon würde mich niemals zur Frau nehmen. Er ist für eine fremde Prinzessin bestimmt, eine hochwohlgeborene Dame von Atvia vielleicht, oder von Erinn. Vielleicht sogar eines Tages von Solinde, wenn dieser Krieg zwischen den Reichen endet.«

»Dann werdet Ihr seine Gespielin. Seine *Mei Jha*.«

Diese leichtfertige Annahme gefiel ihr nicht. »Das wird schwierig sein, wenn ich bei diesem Stamm bleiben muß, über den Ihr redet.«

Duncan grinste und ähnelte Finn plötzlich so sehr, daß es sie erschreckte. Aber die Ähnlichkeit schwand, als sie genauer hinsah, denn an Duncan war nichts von Finns schalkhafter Art.

»Ihr seid keine Gefangene, obwohl es Euch so scheinen muß. Was den Prinzen betrifft ... ich denke, er meint, was er sagt. Er wird Euch holen kommen.« Er seufzte, und die Lebhaftigkeit wich aus seinem Gesicht. »Ich weiß nicht warum, aber er wird es tun.«

»Es wird mir willkommen sein, Gestaltwandler.«

Duncan betrachtete sie einen Augenblick lang ernst. »Warum fürchtet Ihr uns so? Ich sagte Euch bereits, daß wir den unseren keinen Schaden zufügen.«

Alix sah von ihm fort. »Auch *ich* sagte es bereits. Ich wurde in der Angst vor Euch erzogen, und dazu, die Magie in Eurem Blut zu erkennen. Ich habe immer nur gehört, daß die Cheysuli Dämonen sind ... und gefährlich.«

Sie schaute wieder zu ihm. »Ihr überfallt Pächter und stehlt das Vieh. Menschen werden verletzt. Wenn das kein Schaden ist, habt Ihr eine seltsame Art, Eure friedlichen Absichten zu bekunden.«

Duncan lächelte. »Ja, so mag es scheinen. Aber vergeßt nicht ... Shaine hat uns dazu gezwungen. Vorher haben wir ruhig in den Wäldern gelebt, haben gejagt, wenn wir wollten, und brauchten unsere Nahrung nicht zu *stehlen*. Das *Qu'mahlin* hat uns zu kaum mehr als Banditen gemacht, wie jene, die betrügen, um ehrliche Leute zu bestehlen. Das war niemals unsere Art. Wir sind Krieger, keine Diebe –, aber Shaine hat uns kaum eine Wahl gelassen.«

»Wenn Ihr die Wahl hättet… würdet Ihr zu Eurer früheren Lebensweise zurückkehren?«

Er betastete abwesend das Goldheft des Langmessers an seinem Gürtel, den Blick seltsam gelöst. Als er antwortete, hörte Alix den Widerhall einer Prophezeiung in seiner Stimme.

»Wir werden unsere frühere Lebensweise niemals zurückerlangen können. Wir sind für ein anderes Leben bestimmt. Das haben die alten Götter gesagt.«

Sie erschauerte, schrak vor dem zurück, was seine Worte beinhalteten. Sie nahm den hölzernen Becher auf, wollte etwas trinken, um ihre Verwirrung zu verbergen, sah, daß er leer war, und setzte ihn wieder ab.

»Ihr werdet Carillons Gespielin sein?«

Der Becher kippte um, als sich ihre Finger verkrampften. »Ich werde niemandes Gespielin sein.«

Duncan lächelte verzerrt, ungläubig. »Man hat mich zu dem Glauben geführt, daß die meisten Frauen sogar töten würden, um auf diese Weise geehrt zu werden.«

»Ich bin nicht wie die meisten Frauen«, erwiderte sie. Sie seufzte und zupfte Zweigstücke aus ihrem zerzausten Zopf. »Ich kann mir jetzt nicht vorstellen, daß das jemals geschehen könnte, also muß ich auch nicht darüber nachdenken.«

»Also gebt Ihr ihn so leicht auf?«

Alix ließ den Zopf sinken und sah ihn verzagt an, vergaß, daß er ihr Feind war, und hörte nur das Mitgefühl in seiner Stimme.

»Ich weiß nicht, was ich tun werde. Ich weiß nicht einmal, was ich *will!*«

Er grunzte. »Das sind die Euch in der homanischen Erziehung auferlegten Beschränkungen. Bei den Cheysuli nimmt eine Frau den Mann, den sie will.« Ein flüchtiger Schatten überzog sein Gesicht, und er runzelte die Stirn. Ein Achselzucken verbannte den Ausdruck wieder. »Eine Frau des Stammes kann einen Mann einfach ablehnen und einen anderen nehmen.«

»Mein Vater hat mich nicht zur Gespielin erzogen«, sagte sie fest. »Eines Tages werde ich einen Pächter heiraten, wie mein Vater einer ist, oder einen Dorfbewohner.« Sie zuckte die Achseln. »Eines Tages.«

»Euer Vater hat Euch überhaupt nicht erzogen«, sagte er schroff.

Alix wollte widersprechen *doch, das hat er ganz bestimmt doch getan*, erkannte aber dann, daß Duncan von Hale sprach. Erneut erinnerte sie sich an die erstaunliche Geschichte ihrer Geburt – wenn sie diese Geschichte als eine wahre glaubte. Aber sie konnte ihm nicht sagen, was sie dachte, so eingebunden war sie in die vertraute Litanei, die sie für sich jeden Abend wiederholt hatte.

»Carillon wird eine Prinzessin heiraten. Natürlich.«

»Natürlich«, spottete er. »Wenn er überhaupt lebt, wird er eine Prinzessin heiraten.«

»Wenn er lebt!«

Duncan rieb sich die Augen. »Die Ihlini werden dafür sorgen, daß Carillon nicht lebt, um heiraten zu können.«

»Die Ihlini!« Alix sah ihn entsetzt an. »Die Magier, die den dunklen Göttern dienen? Aber warum? Was geht sie Carillon an? Ist nicht Bellam derjenige, der bestimmt, was Solinde tun wird?«

Duncan nahm seinen Bogen auf und betrachtete ihn, begann dann erneut, ihn einzufetten. Seine Stimme, tief und ruhig, nahm einen belehrenden Tonfall an. »Solinde war schon immer ein starkes Land, aber seine Herrscher sind habsüchtig. Sie sind mit Solinde allein nicht zufrieden. Sie wollen auch Homana als Lehen. Bellam hat das sein ganzes Leben lang zu erreichen versucht, aber diese ständigen Scharmützel an den Grenzen – und die regelrechten Schlachten, die so vielen das Leben gekostet haben – brachten ihm nichts ein. Er versuchte Homana jetzt auf jede nur mögliche Art zu erobern.«

»Indem er sich an die *Ihlini* wendete?«

»Solinde ist bereits viel stärker als zuvor. Bellam versucht die widernatürliche Macht von Tynstar, der die Ihlini regiert – wenn ein Hexer seine eigene Rasse überhaupt regieren kann – für sich zu gewinnen.« Er beugte den Kopf über seine Arbeit. »Tynstar ist die Macht hinter Solinde, nicht Bellam.«

»Tynstar ...«, flüsterte sie. Einen Augenblick lang ließ sie ihren Geist zu den Erzählungen wandern, die sie als Kind gehört hatte, als ihre Mutter – die daran verzweifelt war, Alix' Aufmerksamkeit auf die Hausarbeit zu richten – ihr mit Ihlinistrafen gedroht hatte.

Bis mein Vater sagte, sie solle es nicht tun, denn von Tynstar und den Ihlini zu sprechen, würde seine Macht auf uns herabbeschwören. Alix erschauerte, wollte diesen Geist abschütteln, aber Duncan schien es nicht zu bemerken.

»Tynstar, der Ihlini genannt«, sagte er, »vielleicht der mächtigste aller jener, die den dunklen Göttern der Unterwelt dienen. Er hat Fähigkeiten zu seiner Verfügung, die kein Mensch zur Verfügung haben sollte, und er gebraucht sie zum Nutzen Bellams. Dieses Mal kann sich Homana nicht mehr gegen seine Feinde behaupten.«

Alix richtete sich auf, ihr Gesicht vor Verletztheit und Trotz gerötet. »Homana wurde niemals besiegt! Niemals in all den Jahren, in denen die Herrscher von Solinde versucht haben, uns zu schlagen.« Sie hob ihr Kinn an. »Das hat mein Vater gesagt.«

Duncan betrachtete sie über das Feuer hinweg, begegnete ihr mit einem Gesichtsausdruck dermaßen belustigter Duldsamkeit, daß sie das Bedürfnis verspürte, ihm den Becher an den Kopf zu werfen. »Und in all diesen Jahren wußten die Mujhars von Homana die Cheysuli neben sich. Wir haben unsere eigenen Göttergaben genutzt, um die Solindetruppen zu bekämpfen. Nicht einmal die Ihlini konnten uns aufhalten.« Die Geduld schwand. »Vor fünfundzwanzig Jahren haben wir Shaine geholfen, seine Grenzen gegen Bellam zu verteidigen, indem wir eine gewaltige Macht besiegten, die

Homana sehr wohl hätte zerstören können. Der Friede, der unserem Sieg folgte, wäre durch eine Heirat zwischen Lindir und Bellams Sohn Ellic gefestigt worden. Als diese Verbindung brach, brach auch der Friede. Jetzt tötet Shaine uns, und Homana wird den Ihlini zufallen.«

»Fünfundzwanzig Jahre …«, wiederholte sie.

»Lindir blieb während acht Jahren des *Qu'mahlin* mit Hale im Verborgenen, floh dem Zorn ihres *Jehan*. Als er getötet wurde, kehrte sie zurück, und gebar nur Wochen später Euch.«

»Nun … wenn die Ihlini so mächtig sind, wie konntet Ihr ihnen dann bisher widerstehen?«

»Das ist eine Angelegenheit zwischen den Rassen. Ich weiß es nicht.« Er runzelte leicht die Stirn. »Die Ihlini haben uns keine wahre Macht voraus. Oh, sie haben Zugriff zu einigen Täuschungen und einfachen Fertigkeiten, aber nicht zu der dunklen Magie. Aber wir leiden auch, denn die Ihlini können uns zwar nicht mit ihren Fertigkeiten überwältigen, aber wir können vor ihnen auch nicht *Lir*gestalt annehmen oder unsere *Lirs* hören. Vor ihnen sind wir wie andere Menschen.«

Alix, wie betäubt durch seine Worte, sagte nichts. Ihr ganzes Leben lang hatte sie gewußt, daß die Cheysuli furchteinflößende Fähigkeiten besaßen, obwohl sie nicht hätte benennen können, was sie taten. Duncan von den Ihlini als von Dämonen sprechen zu hören, was sie stets als eine Eigenschaft der Cheysuli angesehen hatte, beeinträchtigte ihre früheren Ansichten über die Ordnung der Dinge. Finn hatte bereits das unschuldige Vertrauen ihrer Kindheit zerstört. Duncan hatte ihre Grundlage weiterhin erschüttert, indem er von einer Prophezeiung und der Zukunft, die ihr mit diesem Stamm bevorstand, gesprochen hatte. Jetzt, wenn sie an die Ihlini als die wahre Bedrohung des von ihr geliebten Landes dachte, nahm ihre Verzweiflung noch zu.

Zu vieles wird zerstört … dachte sie vage. *Sie nehmen mir zuviel, verwirren mich, versprechen mir Dinge, die ich immer gefürchtet habe ...*

»Hier«, sagte Duncan freundlich, »Ihr habt lang genug gelitten.«

Sie wandte ihren Blick vom Feuer ab und mußte blinzeln, als die restlichen Flammen sein dunkles Gesicht beleuchteten. Er hielt etwas in der Hand und streckte es ihr hin. Sie sah, daß es ein silberner Kamm war, der im Feuerschein schimmerte. Langsam streckte sie eine Hand aus und nahm ihn entgegen, befühlte die verschlungenen runenartigen Gravuren, die in den flackernden Schatten tanzten und sich wanden.

»Ihr könnt ihn behalten«, sagte Duncan. »Ich habe ihn für ein Mädchen im Keep bei mir getragen. Aber Ihr könnt ihn besser gebrauchen.«

Alix zögerte und sah ihn an. Sie konnte ihn nicht als ihren Feind betrachten, selbst wenn sie es wollte. Die Bedrohung durch Finn war unmittelbar und wesentlich. Die durch Duncan war es nicht.

Oder er verbirgt es vor mir ...

»Gebraucht ihn«, drängte er sanft.

Kurz darauf legte sie den Kamm hin und begann ihren zerzausten Zopf zu lösen. Duncan bearbeitete das Feuer mit einem Stock und hauchte den rötlich glühenden Kohlen wieder Leben ein.

Sie zupfte weiter Teile von Zweigen und Blätter aus dem schweren Zopf und biß vor Schmerz die Zähne zusammen, als sie tiefsitzende Knoten regelrecht herausriß. Um ihre Grimassen zu verbergen, sprach sie mit Duncan.

»Habt Ihr eine Frau?«

»Nein, ich habe keine *Cheysula*.«

Sie zog den Kamm durch ihr Haar. »Also habt Ihr eine ... *Mei Jha?*«

Er sah sie kurz mit verschlossenem Gesicht an. »Nein.«

Sie betrachtete ihn stirnrunzelnd, während sie an

einem Knoten zog. »Warum habt Ihr Euch solche Mühe gegeben, die Freiheit Eurer Rasse zu erklären, wenn Ihr das selbst nicht gutheißt?«

Duncan bearbeitete weiterhin das Feuer, obwohl es nicht mehr wirklich notwendig war. »Ich bin der Stammesführer. Das bin ich seit acht Monaten, seit Tiernan gestorben ist. Damit ist große Verantwortung verbunden, und ich habe beschlossen, mich in diesem Jahr nicht zwischen einer *Cheysula* und der Führerschaft aufzuteilen.« Er wedelte müßig mit dem Stock. »Vielleicht im nächsten Jahr.«

Alix nickte wie abwesend, während sie den letzten Knoten in ihrem Haar löste. Ihre Aufmerksamkeit war nicht wirklich auf Duncan gerichtet, aber sie nahm eine seltsame Anspannung an ihm wahr, während er sie schweigend beobachtete. Sein Blick folgte ihren Händen, während sie den silbernen Kamm durch die schwere Länge ihres dunklen Haars zog.

Diese Beschäftigung vergrößerte ihr Wohlbefinden und ihre Gefühle gegenüber dem Stammesführer. Kein Mann, der sie irgendeinem unsäglichen Gott opfern wollte, würde ihr mit dieser Höflichkeit solche Annehmlichkeiten zugestehen. Sie war ihm dankbar.

»Danke«, sagte sie ernst und lächelte ihn dann über das Feuer hinweg warm an.

Duncan war mit einer einzigen Bewegung aufgesprungen, murmelte etwas in der lyrischen Alten Sprache. Seine Lippen schienen zu einer dünnen Linie zusammengepreßt, und seine Augen blickten sie plötzlich feindselig und durchdringend an.

»Was habe ich getan?« rief sie erschrocken.

»Könnt Ihr es nicht spüren?« fragte er. »Könnt Ihr das *Tahlmorra* in Euch nicht hören?«

Alix ließ den Kamm fallen. »Was meint Ihr?«

Er fluchte und wandte sich von ihr ab, die Hände zu Fäusten geballt. Dann nahm er eine zusammengerollte Decke und warf sie ihr heftig zu.

Alix fing sie auf, bevor sie ins Feuer fallen konnte, wich vor seinem kalten Zorn zurück, bis sie einen Baum in ihrem Rücken spürte. Als er sie weiterhin mit unverwandt animalischem Blick anstarrte, stand Alix auf und umklammerte die Decke, als könne sie ihr Schutz gewähren.

»Was meint Ihr?« flüsterte sie.

»*Tahlmorra*... und Ihr wißt nichts davon«, fauchte er.

»Nein!« schrie sie, sonderbarerweise verärgert, obwohl sie eigentlich hätte verängstigt sein sollen. »Ich weiß es nicht! Und sprecht mir gegenüber nicht davon, wenn ich nicht verstehen kann, was es ist. Wie soll ich mich verhalten, wenn Ihr mir nichts erzählt?«

Duncan atmete zitternd ein und brachte sich sichtlich mühsam wieder unter Kontrolle, als er erkannte, daß er sie erschreckt hatte. »Ich hatte es vergessen«, gab er leise zu. »Ihr könnt das nicht wissen. Aber ich bezweifle, daß Ihr nichts spürt.«

»Daß ich *was* spüre?«

»Wir dienen der Prophezeiung«, sagte er mühsam, »aber wir können sie nicht genau kennen. Die *Shar Tahls* sagen uns, was sie können, aber sogar sie können nicht alles wissen, was die Götter beabsichtigen. Das *Tahlmorra* ist uns als Ganzes unbekannt. Aber wir fühlen es. Erspüren es.« Er seufzte unterdrückt und ließ eine starre Hand durch kohlrabenschwarzes Haar gleiten. »Mir wurde ein Teil meines *Tahlmorra* gezeigt, den ich nicht gekannt hatte. Ich sollte das begrüßen... aber ich kann es nicht. Ich kann es nicht annehmen. Und das ist eine Verweigerung meines Erbes.«

Alix spürte einen Teil des Ausmaßes seiner Qual, erstaunt über die Heftigkeit seiner Unruhe. Seine Ernsthaftigkeit war geschwunden. Der Mann, den sie für so beherrscht und unversöhnlich gehalten hatte, war nicht anders als sie selbst. Aber sie verstand nicht, und sagte es auch.

Duncan entspannte sich zusehends. »Nein. Das könnt

Ihr auch nicht. Ihr seid zu jung… und zu sehr Homane-
rin.« Sein Blick, der auf den schweren Vorhang ihres
Haars gerichtet war, wurde kalt. »Und Carillon hat Euer
Herz bereits erobert.«

»Carillon!«

Er deutete auf die Decke, die sie noch immer umklammerte. »Schlaft jetzt. Wir reiten früh los.«

Alix beobachtete, wie er in die Schatten entschwand,
so leicht entschwand, als sei er ein Teil der Nacht. Sie
fragte sich, während sie die Decke ausschüttelte und sie
neben dem Baum ausbreitete, ob er es tatsächlich war.

Die Götter sandten ihr einen traumlosen Schlaf.

Kapitel Acht

Alix ritt am nächsten Tag mit Duncan, die Hände den Sattel umklammernd, den Körper sorgfältig aufrecht haltend, damit sie seinen Rücken nicht berührte. Was Finn betraf, so hatte sie sich wegen seiner unverhüllten Begierde von ihm ferngehalten. Und Duncans Würde schien ein solches Verhalten von ihrer Seite zu erfordern. Sie konnte sich nicht vorstellen, sich an ihm festzuhalten oder ihn auf andere Weise bei dem zu stören, was er tat. Und er hielt sich bereits seit ihrer Unterhaltung vom Vorabend vor ihr verschlossen. Obwohl immer noch höflich, zeigte er sich ihr gegenüber doch auch kühl.

Als der Abend kam und die Cheysuli haltmachten, um ein Lager zu errichten, fand sich Alix dazu beauftragt, sich wie eine Dienerin um Duncans Feuer zu kümmern. Das Gefühl gefiel ihr nicht. Es ließ sie sich wie eine wirkliche Gefangene fühlen, auch wenn sie überwiegend wie ein Gast behandelt wurde.

Alix warf einen Ast ins Feuer und betrachtete ihn finster und stirnrunzelnd, war ärgerlich auf sich selbst, weil sie so bereitwillig Befehle befolgte, und ärgerlich auf die Umstände im allgemeinen. Als sie jemanden am äußeren Rand des Feuerscheins spürte, richtete sie sich auf, keuchte dann und taumelte einen Schritt zurück, da sie die unheilvoll schimmernden Augen eines rötlichen Wolfes sah.

Er kam näher, kam ins Licht, und verschwamm vor ihr. Alix ließ den Atem ausströmen und biß die Zähne zusammen, als sie die Gestalt sich in Finn verwandeln sah.

»Wollt Ihr mich zu Tode erschrecken?«

Finn lachte sie an und kauerte sich hin, um sich einen Becher Met aus dem Gefäß einzugießen, das Duncan über das Feuer gehängt hatte. Nach mehreren stärkenden Schlucken betrachtete er sie mit offenem Blick und kratzte sich träge an der Wange.

»Nun, ich habe Euren Prinzen wieder in Sicherheit gebracht.«

Alix kniete sich auf ein dichtes dunkles Fell, verärgert genug, um sogar mit ihm barsch zu sprechen. »Ihr habt ihn nicht getötet?«

»Carillon ist für einen Tod bestimmt, wie alle Menschen, aber er wird ihn nicht durch meine Hände finden.«

Sie warf ihm einen zweifelnden Blick zu. »Ihr würdet in diesem persönlichen Krieg, den Ihr gegen den Mujhar führt, tun, was immer Ihr könnt. Auch seinen Erben töten, wenn Ihr die Gelegenheit dazu hättet.«

»Aber Duncan wollte es nicht zulassen.« Er lachte über ihren verwirrten Blick. »Nein, ich würde Carillon nicht töten. Er hat Anteil an unserer Prophezeiung, wenn wir glauben, daß er derjenige ist, den die Runen uns zeigen. Es wird kein Name genannt, nur seine Taten sind niedergelegt. Die Prophezeiung sagt seinen Tod nicht so bald voraus, wenn Euch das tröstet. Zuerst muß er Mujhar sein.« Finn betrachtete sie über den Becher hinweg, während er daraus trank, noch immer beim Feuer kauernd. »Ihr scheint Euch nicht um ihn zu sorgen, *Mei Jha*. Habt Ihr ihm Euer Herz so schnell entzogen?«

Alix hob abwehrend das Kinn. »Ich werde bald genug wieder bei ihm sein, wenn er zurückkommt, um mich zu holen.«

»Euer Platz ist bei uns«, sagte er ernst. »Wir sind Euer Volk. Ihr gehört nicht zu den Talpächtern oder zu Seiner Hoheit dem Mujhar und seinem Erben.«

Sie kniete auf dem dicken Fell, beugte sich bittend vor. »Ihr habt mich von meinem Volk fortgebracht. Ihr habt mich *geraubt*, wie Hale es, die Homaner sagen das, mit

Lindir getan hat. Könnt Ihr nicht verstehen, wie ich für die Rasse empfinde, von der Ihr sagt, sie sei die meine? Bei den Göttern, Finn, Ihr habt sogar gedroht, mich zu bezwingen!«

»Ich dachte nicht, daß Ihr mich freiwillig haben wolltet.«

Alix stieß enttäuscht den Atem aus. »Warum wollt Ihr mich nicht hören? Seid Ihr immer so unverständig, wie Ihr scheint?«

»Unverständig!«

»Tut Ihr irgend etwas auch nur mit einem Gedanken an die Folgen?«

»Das *Qu'mahlin* hat uns wenig Zeit zum Nachdenken gelassen. Meist handeln wir, weil wir es müssen.«

»Ihr nehmt das als Entschuldigung!« rief sie. »Ihr redet über das *Qu'mahlin*, als hättet nur Ihr darunter gelitten. Ihr laßt mir keine Möglichkeit zu denken, daß Eure Rasse vielleicht das Recht hat, Shaine zu verfluchen, denn Ihr verhaltet Euch, als könntet Ihr tun, was Ihr wollt. Duncan möchte, daß ich Euch wie alle anderen Menschen auch beurteile, und dennoch verhaltet Ihr Euch, als *wären* die Cheysuli Dämonen, die nicht verstehen, was sie anderen antun.«

»Ihr müßt lernen«, sagte er schroff. »Wenn wir den Keep erreicht haben und Ihr mit dem *Shar Tahl* gesprochen habt, werdet Ihr besser verstehen, was es bedeutet, eine Cheysuli zu sein. Ihr werdet verstehen, was das *Qu'mahlin* bewirkt hat. Bis dahin bleibt Euer Irrtum bestehen.«

»Bringt mich nach Hause«, sagte sie weich. »Finn, bringt mich nach Hause.«

Er stellte den Becher ab und sah sie an. »Das tue ich.«

Alix preßte die Hände gegen ihre Augen, spürte die Zermürbung der Erschöpfung und Anspannung. Ihre Verzweiflung schwoll in ihr an, bis sie ihre Brust zu zersprengen und die Tränen aus ihren Augen herauszudrängen schien. Sie wollte vor allem vor Finn nicht weinen, und das Gefühl der Sinnlosigkeit und der Hilflosigkeit schmerzte so sehr, daß sie nur daran denken konnte, ebenfalls zu verletzen.

»Ich werde entkommen«, sagte sie fest. »Wenn ich die Zeit und die Gelegenheit bekomme, werde ich mich von Euch befreien. Selbst wenn ich dafür ein Messer gegen Euch erheben müßte.«

Er lächelte. »Das könntet Ihr nicht.«

»Das könne ich.«

»Ihr habt weder den Mut noch die Kraft, das zu tun.«

Wütend ergriff Alix den Topf mit dem brodelnden Met und warf ihn nach ihm. Sie sah es seinen erhobenen Arm und einen Teil seines Gesichts treffen und sprang dann auf und rannte los.

Finn erwischte sie, bevor sie den Rand des Feuerscheins erreicht hatte. Alix schrie auf, als er ihren Arm ergriff und ihn ihr auf den Rücken drehte. Dann riß er sie herum, bis sie ihm gegenüberstand – und sie hatte plötzlich Angst, als er sich über sie beugte.

»Wenn Ihr so kühn wärt, das zu tun, *Mei Jha,* und dennoch gefangen würdet, solltet Ihr besser darauf vorbereitet sein, die Folgen zu tragen.«

Alix schrie erneut auf. Sie konnte seinen Atem auf ihrem Gesicht spüren, die Feuchtigkeit des vergossenen Getränks, das ihr Gewand zu durchtränken begann. Sie spürte, wie ihre Lippen in seinen Zähnen gefangen wurden und stolperte dann rückwärts, als Finn von ihr zurückgerissen wurde.

Alix keuchte vor Qual und Entsetzen, als Finn aufstand, die Hand am Messer. Dann erstarrte er, betrachtete verärgert seinen Angreifer.

»Du wirst eine Cheysulifrau nicht zwingen«, sagte Duncan kalt.

Finn nahm die Hand von seinem Messer fort. »Sie hat vielleicht unser Blut, Duncan, aber sie ist als Homanerin aufgewachsen. Sie will erniedrigt werden. Wenn du sie mir überläßt, werde ich dafür sorgen, daß sie sich ziemlicher verhält.«

»Wir erniedrigen *unsere* Frauen auch nicht«, fauchte Duncan. »Laß sie in Ruhe.«

»Warum?« fragte Finn, ganz angegriffener männlicher Stolz. »Damit du sie nehmen kannst?«

»Nein.«

»Wenn sie das ist, was du als *Cheysula* haben willst, Stammesführer, dann solltest du besser der Tradition folgen und im Rat ihre Stammesrechte fordern.«

Duncan lächelte dünn. »Ich fordere in diesem Jahr für keine Frau die Stammesrechte, *Rujho*. Aber wenn du so scharf darauf bist, sie zu nehmen, solltest du dir selbst zuhören. Sie ist keine Gespielin, Finn. Fordere die Stammesrechte für sie, wenn sie sich als würdig erwiesen hat, sie zu bekommen.«

Finn sah ihn an. »Ich brauche keine formellen Stammesrechte, wenn es um eine Frau geht. Es gibt genügend andere, die man haben kann, ohne sie zur *Cheysula* zu nehmen.«

»Halt!« schrie Alix so laut, daß sie sie beide überrascht anstarrten. Selbstbewußt warf sie ihr offenes Haar zurück und sah sie stirnrunzelnd an. »Ich weiß nichts von diesen Traditionen, über die Ihr sprecht, und auch nichts von Stammesrechten oder einem Rat ... oder *irgend etwas!* Aber Ihr solltet besser wissen, daß ich *nichts* gegen meinen Willen tun werde! Ihr habt mich vielleicht gezwungen, jetzt mit Euch zu gehen, aber es wird eine Zeit kommen, wenn Ihr mich nicht bewacht, und dann werde ich mich von Euch allen befreien. Hört Ihr? Ihr könnt mich nicht festhalten!«

»Ihr werdet bleiben«, sagte Duncan ruhig. »Niemand entkommt den Cheysuli.«

Finn lächelte. »Der Stammesführer hat gesprochen, *Mei Jha*. Wir sind vielleicht unterschiedlicher Meinung, mein *Rujho* und ich, aber nicht in diesem Punkt.«

Alix spürte Tränen in ihre Augen treten. Sie weitete sie unwillkürlich, versuchte die Tränen zurückzudrängen, aber die erste Träne fiel bereits herab. Mit einem unterdrückten Schluchzen wirbelte sie herum und rannte vor ihnen davon, wobei sie sich fragte, welches Tier sie wohl schicken würden, um sie zurückzuholen.

Sie fand eine feuchte moosbewachsene Stelle unter einer großen Buche nicht weit vom Lager entfernt und setzte sich schnell hin, mit zitternden Gliedern und hilflos. Einen Augenblick lang schaute sie blind in die Schatten und fragte sich verzweifelt, ob sie ihr Heim jemals wiedersehen würde. Dann ergriff sie die Ungeheuerlichkeit ihrer Lage. Alix zog die Knie an die Brust und legte die Arme darum, verbarg ihr Gesicht in den zerrissenen und schmutzigen Gewändern.

Liren, sagte eine sanfte Stimme, so einfühlsam, daß es sie fast aus der Fassung brachte. *Liren.*

Alix wandte den Kopf aus dem rauhen Gewebe ihres Gewandes und sah Storr ruhig im Mondlicht warten. Kurze Zeit ersetzte Groll ihren Kummer und verblaßte dann. Sie wußte, daß Storr von sich aus gekommen war, nicht weil er geschickt worden war, um sie zum Lager zurückzubringen.

Ich bin nicht gesandt worden, sagte er. *Ich bin gekommen, weil du Qualen und Not verspürst.*

»Du sprichst wie ein weiser alter Mann«, flüsterte sie.

Ich bin ein weiser alter Wolf, sagte er und klang amüsiert. *Aber das ist eigentlich kein so großer Unterschied.*

Alix lächelte ihn an und streckte eine Hand aus. Storr trat zu ihr und ließ sie ihre Hand auf seinen Kopf legen. Einen Augenblick lang war sie überrascht über das, was sie tat, *einen Wolf zu berühren,* dachte sie still. Aber Storr war geduldig und sehr sanft, und sie hatte keine Angst vor ihm.

»Du bist Finns *Lir*«, murmelte sie. »Wie kannst du so weise und vertrauenswürdig sein und *ihm* gehören?«

Storrs Augen schlossen sich, während sie ihre Finger durch sein dichtes Fell gleiten ließ. *Mein Lir ist nicht immer so ungeduldig und unklug. Du hast ihn verwirrt.*

»Ich!«

Er hat dich gesehen und hat dich gewollt. Dann hat er herausgefunden, daß du eine Cheysuli bist und seine Rujholla. Er hat zu lange Zeit niemanden außer Duncan gehabt.

»Nun, mich wird er nicht bekommen.«

Du mußt jemanden nehmen … eines Tages.

»Ich werde kein Tier wie ihn haben!«

Storr seufzte. *Erinnere dich, der Name, den du ihm gibst, paßt auch auf dich. Du bist eine Cheysuli. Das mag jetzt seltsam scheinen, aber du wirst bei uns glücklicher sein als anderswo.*

»Ich würde lieber nach Hause gehen: mein *eigenes* Zuhause, nicht dieser Keep.«

Auch wenn du weißt, daß du nicht wie andere bist?

»Ja. Und ich bin auch gar nicht anders.«

Aber das bist du doch. Zu wissen, daß du anders bist, macht dich auch anders. Denk an das Qu'mahlin. Der Erlaß des Mujhar gilt auch für dich.

»Ich bin seine Enkelin.«

Und eine Cheysuli. Du kennst Shaine nicht. Aber wisse – wenn deine Verwandtschaft mit ihm wichtiger wäre als deine Rasse, dann wärest du in Homana-Mujhar.

Sie wußte, daß er recht hatte. Aber sie konnte es nicht sagen, selbst als er ihre Hand leicht anstieß und davonging.

»Ich entschuldige mich für meinen *Rujholli.*« Duncan trat leise aus den Schatten. »Ihr dürft seinen Worten keine Bedeutung beimessen. Nur zu oft redet Finn, ohne nachzudenken.«

Alix sah ihn an und wünschte sich so weit von Duncan und seinem Bruder fort wie nur möglich. Aber da der Wunsch sich nicht erfüllte, antwortete sie ihm.

»Ihr seid einander überhaupt nicht ähnlich.«

»Das sind wir doch. Ihr habt es nur noch nicht bemerkt.«

»Ihr könnt mir nicht weismachen, daß Ihr genauso aufbrausend seid, oder so grausam.« Sie seufzte ergeben und zupfte an dem Moos. »Oder vielleicht zeigt Ihr es auch ganz einfach nicht.«

Duncan ließ sich vor ihr nieder, die Hände locker über

die Knie gelegt. »Finn war erst drei Jahre alt, als das *Qu'mahlin* begann. Er hat wenig Erinnerung an den Frieden, der davor in unserem Stamm – oder auch im Land – herrschte. Er kennt nur die Dunkelheit und das Blut und den Schmerz von Shaines Krieg.«

»Was ist mit Euch?«

Er betrachtete das Moos, das sie mit steifen Fingern unruhig zerpflückte. »Ich war fünf«, sagte er schließlich. »Wie er, erwachte auch ich mitten in der Nacht, als unser Zelt unter den Hufen der homanischen Pferde zusammenfiel. Es wurde in Brand gesetzt, obwohl die Männer des Mujhar sahen, daß wir nur Kinder und zu klein waren, um ihnen schaden zu können. Es war ihnen gleich.« Er ergriff plötzlich ihre Hand, beruhigte sie, als würden ihre Bewegungen ihn durcheinanderbringen. Seine Augen wirkten im Mondlicht hell. »Ihr müßt verstehen. Wir waren klein, aber solche Dinge bleiben in deutlicher Erinnerung.«

»Was wollt Ihr damit sagen?« flüsterte sie und spürte, daß er ihres Verständnisses bedurfte.

»Daß Ihr verstehen solltet, warum er Euch quält. Er ist Shaine und allen Homanern gegenüber verbittert. Carillon ist der Erbe des Mujhar.« Er hielt inne. »Und Ihr wollt *ihn* ... nicht Finn.«

»Aber wenn Eure Geschichte wahr ist, dann ist Finn mein Bruder!«

Duncan seufzte. »Ihr seid getrennt voneinander aufgewachsen. Warum sollte er eine Frau nicht begehren, selbst *nachdem* er erfahren hat, daß sie eine Blutsverwandte ist?«

Alix sah ihn an, ihre Hand noch immer in der seinen gefangen. Der hartnäckige Kampf, den sie bei der Nennung von Finns Namen in sich aufkommen spürte, verblaßte unter einem neuen – und noch beängstigenderen – Verständnis. Vor sich sah sie einen Krieger mit ernsthaftem Gesichtsausdruck, der auf ihre Antwort zu warten schien.

Einen Augenblick lang wäre sie fast aufgestanden und geflohen, unfähig, sich der Auseinandersetzung zu stellen. Aber sie unterdrückte den Wunsch. In ihrer Seele erklang das schwache Flüstern eines Wissens, die Erkenntnis einer Macht, die sie niemals zu haben geglaubt hatte, und das erstaunte sie.

»Duncan...«, sagte sie weich, »worin besteht dieses *Tahlmorra*, das ich, wie Ihr sagtet, spüren müßte?«

»Ihr werdet es wissen.«

»Wie?«

»Ihr werdet es wissen.«

»Und meint Ihr... meint Ihr, daß jeder Cheysuli dieses *Tahlmorra* hat?«

»Es ist etwas, was uns alle bindet, so fest wie die Prophezeiung. Aber es ist in vielen von uns schwächer geworden, weil so viele von uns verloren wurden und wir gezwungen waren, homanische Frauen zu nehmen, um Kinder bekommen zu können.« Sein Mund verzog sich zu einem schiefen Lächeln. »Ich bin nicht stolz darauf. Aber es muß getan werden, wenn wir überleben wollen. Jedoch spüren einige von uns das *Tahlmorra* deutlicher als andere.« Er hob ihre Hand, strich mit dem Daumen weich über ihren Handrücken. »Meines hat mir gezeigt, was geschehen wird. Wenn wir den Keep erreichen, werde ich den *Shar Tahl* aufsuchen und ihn bitten, mir zu sagen, daß sich die Prophezeiungsrunen nicht irren. Aber ich weiß es bereits.«

Alix zog unbehaglich ihre Hand zurück. »Das hat nichts mit mir zu tun.«

»Sie irren sich niemals. Die Prophezeiung ist uns von den Erstgeborenen überliefert, die von den alten Göttern gezeugt wurden. Sie offenbart sich, wenn die Zeit erfüllt wird, und zwar jenen, die zuhören und verstehen. Ich bin einer jener, die diesem Pfad folgen, Alix. Ich *werde* mein Leben dafür geben, erleben zu können, daß die Prophezeiung erfüllt wird. So viel ist gewiß.«

»Ihr wißt von Eurem eigenen Tod?« flüsterte sie.

»Nur daß ich sterben werde, wie es mir bestimmt ist, indem ich dem *Tahlmorra* der Prophezeiung diene. So haben es die Erstgeborenen gesagt.«

Alix wich seinem stehenden Blick aus. »Ihr verwirrt mich.«

»Wenn Ihr mit dem *Shar Tahl* gesprochen habt, wird Eure Verwirrung vergehen. Seid dessen versichert.«

»Und dient Finn diesem selben *Tahlmorra?*«

Duncan lachte. »Finn folgt einer *Art Tahlmorra*. Ich glaube, er macht sein eigenes.«

»Und ich bin ein Teil davon«, belehrte sie ihn finster.

Seine Augen blickten sanft. »Oh, Finn ist … nein. Die Fäden Eures *Tahlmorra* sind mit denen eines anderen Mannes verbunden.«

»Carillon?« fragte sie in einem Auflodern plötzlicher Hoffnung.

Er antwortete nicht. Dann verstand sie. Sie hob den Kopf, bis sie seinem Blick offen begegnete. Dann stand sie auf und schüttelte ihre zerdrückte Kleidung aus.

»Wenn ich eine Cheysuli bin, mache ich mir mein eigenes *Tahlmorra*. Wie Finn.« Sie schaute auf ihn hinab. »Ihr könnt mich nicht zwingen, Duncan.«

»Das würde ich auch nicht.« Er schüttelte den Kopf und erhob sich, ragte in der Dunkelheit über ihr auf. »Das brauche ich nicht.«

»Ihr werdet mich nicht zwingen!«

Seine Hand berührte sanft ihr Gesicht. »Ich würde es auch nicht tun, Kleines. Euer eigenes *Tahlmorra* wird es tun.«

Alix trat von ihm fort, hielt seinen Blick mit dem ihren fest und verleugnete, was sie in seinem Gesicht las. Dann wankte ihre Entschlossenheit.

Sie wandte sich um und floh in die Schatten des Lagers.

Kapitel 9

Die Warnung kam, als sich die Krieger ihren Weg durch den dichten Wald bahnten. Cai brach durch den dünnen Schleier der Zweige und des Laubs hindurch, um Duncan aufzusuchen. Alix, die überrascht aufschaute, sah den Falken herabschwingen und sich auf einem Ast niederlassen.

Sie kommen, Lir, sagte der Vogel. *Berittene Männer in den Farben des Mujhar. Eine halbe Legion, nicht mehr.*

Duncan brachte sein Pferd zum Stehen. Alix, die versuchte, aufrecht auf dem Tier sitzenzubleiben, umfaßte Duncans Taille. Sie spürte die Anspannung seines Körpers, als wäre es ihre eigene.

Er wandte sich halbwegs im Sattel um, murmelte leise etwas. Dann: »Ich muß einen Platz für Euch finden.«

»Ihr werdet gegen sie kämpfen?«

»Sie werden uns keine Wahl lassen, Alix. Warum, glaubt Ihr, kommen sie, wenn nicht, um uns alle zu töten?«

Alix öffnete den Mund zu einer Erwiderung, konnte aber plötzlich die Worte nicht finden. Ihr Geist war von einem so dichten Klang erfüllt, daß sie wußte: dies war nichts, das sie mit ihren Ohren hörte. Sie dachte, ihr Kopf würde vor Worten bersten, und nur die Tatsache, daß sie Duncans Taille umfassen konnte, ermöglichte es ihr, sich auf dem Pferd zu halten. Sie murmelte etwas, schloß die Augen vor dem Gewicht der Stimmen und hörte undeutlich das Herannahen eines Pferdes. Duncan bemerkte ihre plötzliche Schwäche nicht.

»Nun, *Rujho*«, sagte Finns Stimme, »der Prinz hat nicht gelogen. Er hat uns wenig Zeit gegeben.«

Alix sperrte ihre Augen auf und sah ihn an, obwohl

ein Teil ihrer Aufmerksamkeit noch immer von der Vielfalt der Stimmen in Anspruch genommen wurde.

Hören sie sie nicht? fragte sie sich.

Duncan griff herum und umfaßte ihren Arm, ließ sie von dem Pferd herab, bis sie mühsam Halt fand. »Nimm sie«, befahl er Finn.

Alix löste ihren Geist gewaltsam von den anderen Stimmen. »Nein! Nicht mit ihm!«

»Kümmere dich um sie, *Rujho*«, sagte Duncan ruhig. »Ich möchte nicht, daß ihr etwas geschieht. Diese Männer werden nur eine Gestaltwandlerin sehen und sie verletzen. Ich lasse sie bei dir.«

Finn grinste zu ihr herab. »Seht Ihr, *Mei Jha?* Der Stammesführer gibt Euch an mich zurück.«

»Ich will von keinem von Euch etwas wissen«, sagte sie mühsam, versuchte, des Stimmenlärms in ihrem Geist zu sprechen. »Hört Ihr mich?«

Duncan sagte etwas zu ihr, aber Alix hörte nichts. Sie sah nur, daß sich sein Mund bewegte. Sie schlug die Hände über die Ohren und beugte den Kopf, versuchte den Mustern und Klängen in ihrem Geist zu widerstehen.

Finns Hände legten sich auf ihre Schultern. Sie sah undeutlich, wie Duncan sein Pferd davonführte und Finn und sie unberitten zurückließ. Sie spähte unsicher zu ihm hinüber.

»Ihr seid meiner Obhut unterstellt worden«, verkündete er. »Ich habe nicht die Absicht, Euch daraus zu entlassen.«

»Ist es Magie?« keuchte sie. »Versucht Ihr, mir meinen Geist zu nehmen?«

Finn sah sie stirnrunzelnd an. »Ihr redet dummes Zeug, *Mei Jha.* Aber ich habe jetzt keine Zeit, Euch zuzuhören … könnt Ihr sie nicht hören?«

»Ich höre ihre Stimmen!« schrie sie zitternd. Finn sah sie verwundert an. »Ich spreche von ihren Pferden, *Mei Jha.* Ich höre keine Stimmen.«

Einen Augenblick lang schob sie die geräuschlosen Worte beiseite und lauschte nach draußen. Durch den Wald erklangen die Geräusche von Männern, die sich ihren Weg durch hinderliches Gestrüpp bahnten. Ihre Augen flogen zu denen Finns.

»Sie werden Euch töten«, sagte er sanft.

Das Gewicht begann von ihrem Geist abzufallen. Schwach hörte sie den Widerhall der Klänge und Muster, aber sie fühlte sich nicht mehr so von ihnen gebunden. Ihre Kraft war aufgebraucht. Sie nickte Finn müde zu und widersprach nicht, als er sie tiefer in den Wald hineinführte.

»Storr?« fragte sie leise.

»Er ist hinter uns und wacht. Er wird – wie auch die anderen – gegen die Männer des Mujhar kämpfen.«

Finn zog sie in den Schutz umgestürzter Baumstämme hinab, die schräg gegeneinanderlagen. Schnell schob er totes Laub über sie, webte einen eiligen Schutzschirm. Als das getan war, drückte er sie auf den Bauch hinab und kniete sich neben sie. Alix, die noch immer von den lautlosen Stimmen erschüttert war, beobachtete wie aus weiter Ferne, daß er sein Gürtelmesser löste und mühelos einen gelbbefiederten schwarzen Pfeil in seinen gewaltigen Bogen einspannte.

Alix senkte den Kopf auf einen Arm und sehnte sich nach der Sicherheit des Hauses ihres Vaters.

»Bewacht die Rückseite, *Mei Jha*«, sagte Finn rauh. »Ich habe keine Zeit für Frauenängste.«

Sie hob ruckartig den Kopf und schaute zu ihm hin. Er wandte ihr den Rücken zu und gab so ein ausgezeichnetes Ziel für eine wütende Faust ab, doch die Bedenklichkeit ihrer Lage behielt in ihrem Geist die Oberhand. Sie verdrängte das Bedürfnis, ihm Schaden zufügen zu wollen, und wandte sich statt dessen der Rückseite zu, so wie er gesagt hatte.

Alix' Kopf schmerzte. Sie rieb über ihre Stirn, als wollte sie den Schmerz vertreiben, aber es nützte nichts.

Die Stimmen waren fort, nur eine Täuschung der Erinnerung, aber es hatte genügt, um Spuren zu hinterlassen. Ihr ganzer Körper schmerzte durch die schimpfliche Behandlung, die sie hatte erdulden müssen, Wunden blieben vom ständigen Reiten an ihren Beinen zurück, blaue Flecke sprenkelten ihre Haut, Knochen und Muskeln fühlten sich verbraucht an. Ihr Geist, das war ihr schwach bewußt, war genauso erschöpft. Obwohl sie darauf beharrten, daß sie ihr nichts antun würden, waren die Cheysuli für mehr Qual und Erschöpfung verantwortlich, als sie jemals für möglich gehalten hätte.

Zuerst dachte sie, es sei ein Cheysulipferd, das durch das Gestrüpp auf ihren dünnen Schutzschirm zu hindurchbrach. Alix sah eine Weile schweigend zu dem Mann hinauf, bis sie erkannte, daß es ein Krieger in der scharlachrot-schwarzen, tunikaähnlichen Kleidung des Mujhar war, der das Schwert zog.

Erleichterung durchzog sie. Sie würde Finn und den anderen jetzt entkommen können, und sich in den Schutz des Kriegers des Mujhar begeben, der sie aus ihrer Lage befreien würde. Alix seufzte erleichtert und kroch vorwärts, als der Blick des Mannes dem ihren begegnete. Ihr gerade erwachendes Begrüßungslächeln schwand.

Das Schwert wurde von einer behandschuhten Hand angehoben und über seine Schulter nach hinten geschwungen. Wie betäubt starrte Alix auf die schimmernde Klinge. Sie hing über ihr, schwebte, bereit herabzufallen, und in einem blendenden Blitz der Erkenntnis wurde ihr klar, daß Duncans Worte wahr gewesen waren. Sie würden sie da töten, wo sie stand – als Gestaltwandlerin.

Alix sprang zurück und prallte auf Finn. Er wandte sich heftig um und zischte ihr etwas zu, sah aber dann, warum sie sich bewegt hatte. Er sagte nichts mehr. Der Pfeil flog lautlos vorbei, aber dann sah Alix den befiederten Schaft in der Kehle des Wächters zittern. Er fiel im Sattel zurück, stieß einen gurgelnden Laut aus, und taumelte von dem davonstürzenden Pferd hinunter.

Sie stopfte sich eine Faust in den Mund, um nicht zu schreien, wissend, daß Finn sie zurückgelassen hatte und Mann gegen Mann gegen einen weiteren Krieger kämpfte. Alix wich zurück, beobachtete mit geöffnetem Mund die kämpfenden Männer. Ein Ast prallte in ihren Rücken, drang durch den Wollstoff hindurch in ihre Haut, aber sie bemerkte den Schmerz nicht.

Finn drückte Arm und Messer des Mannes von seiner Kehle –, ein furchterregender Einsatz von Kraft, mit entblößten Zähnen heraufbeschworen. Muskeln wölbten sich unter seinen Armreifen, während er darum kämpfte, die Klinge von seiner Kehle fernzuhalten.

Alix murmelte vor sich hin, merkte nicht, daß sie sprach. Finn trieb sein Messer in den Bauch des Wächters, aber zuvor gelang es dem Mann, seine eigene Waffe mit einer zuschlagenden Bewegung herabzubringen und Finns Rippen zu durchbohren.

Alix schrie erneut auf, hörte dann einen seltsam klagenden Laut und sah, daß der Cheysuli zu seiner Wolfsgestalt verschwamm. Vor ihren entsetzten Augen sprang der Wolf den Mann an, warf ihn zu Boden und riß seine Kehle auf.

Mit Übelkeit im Magen, sprang sie auf die Füße und entfloh der Deckung.

»Alix!«

Sie lief weiter, überhörte Finns jetzt menschlichen Schrei.

»Alix!«

Ein gequälter Blick über die Schulter zeigte ihr, daß er hinter ihr herkam, das blutige Messer in einer Hand. Sie stieß einen unterdrückten, abwehrenden Laut aus und lief weiter, bahnte sich mit ausgestreckten Händen ihren Weg.

Ein Pferd wurde durch das Gestrüpp vor ihr getrieben, stampfende Hufe kamen auf ihren Kopf zu, während sein Reiter es zu einem jähen Halt brachte. Alix duckte sich und hob eine abwehrende Hand, in der Erwartung, von einem der Hufe getroffen zu werden. Sie sah ein zorniges Gesicht über sich, während der Krieger sein Breitschwert zog.

»Gestaltwandlerhexe!«

»Nein!« schrie sie. »*Nein!*«

»Du wirst nicht leben, um noch mehr dieser Dämonen zu gebären!« rief er und senkte seine Klinge zu einem heimtückischen Schlag.

Alix warf sich flach auf den Boden und hörte ein grausiges Pfeifen, als die Klinge an ihrem Kopf vorbeisauste. Dann stand sie stolpernd auf und warf sich unwillkürlich auf das Pferd zu.

Die Wolfsgestalt schoß an ihr vorbei, setzte zum Sprung an und riß den Mann mit einem wuchtigen Stoß vom Pferd. Alix hörte den Krieger einen Schrei ausstoßen. Das Pferd schrie ebenfalls auf, wich zurück und schlug aus.

Das Breitschwert des Kriegers fiel zu ihren Füßen, während sie von dem erschreckten Pferd zurücktaumelte. Der Mann, jetzt zu Fuß, hob sein Messer, um den auf seine Kehle zuspringenden Wolf zu erstechen. Die Spitze des Messers glitt seitwärts ab und riß eine pelzige Schulter auf –, der Wolf wurde zurückgetrieben.

Der Krieger beugte sich zu seinem Schwert herab, nahm es auf und ging auf das knurrende Tier zu. »Dämon!« zischte er. »Du weißt, was es heißt, in dieser Gestalt zu *sterben!*«

Alix warf sich vorwärts und ergriff seinen Arm, vereitelte seinen Stoß. Seine Rüstung schnitt in ihre Hände und ihr Gesicht ein, während sie sich weiterhin an den Arm klammerte. Ein Ruck stieß sie so heftig zu Boden, daß sie halb betäubt dalag.

Schadenfroh wandte sich der Mann wieder dem Wolf zu. Aber das Tier war fort. An seinem Platz stand ein Cheysulikrieger, dessen Messer in der Kehle des Wächters eine neue Scheide fand. Sein Blut bespritzte Alix, als der Körper neben ihr fiel.

Finn stand über ihr, umklammerte seine linke Schulter. Sein Wams war von der Wunde an seinen Rippen stark blutdurchtränkt. Überrascht sah Alix ein Grinsen auf seinem zerschlagenen Gesicht.

»Also, *Mei Jha,* Ihr empfindet genug für mich, um Euer Leben für mich zu riskieren.«

Aufkommende Panik und der Übelkeit erregende Geruch von Blut trieben sie hoch. Alix stand schwankend vor ihm, zitterte vor Wut auf das alles. Sie wischte sich mit einer Hand über das Gesicht und spürte die Feuchtigkeit des Blutes, das der Mann vergoß.

»Ich wünsche niemandem den Tod, Gestaltwandler. Nicht einmal Euch.«

Ein weiteres Pferd brach durch die Bäume, übersprang von Rüstungen verhüllte Körper, die verstreut auf dem Waldboden lagen. Alix fuhr erschreckt herum und sah Carillon auf seinem kastanienbraunen Streitroß. Er trug sein Cheysulischwert bei sich, hatte es aber nicht aus der Scheide gezogen.

»Alix!« Er brachte das Pferd ruckartig zum Stehen und sah auf den Mann hinab, den Finn getötet hatte. Der Cheysulikrieger, der unbewaffnet war, sah den Prinzen zornig an.

»Tötet Ihr mich jetzt, Prinz?« fragte er und nahm die Hand von der Wunde an seiner Schulter herab.

Carillon achtete nicht auf ihn und streckte die Hand nach Alix aus. »Schnell. Klettere hinter mir herauf.«

Sie trat vorwärts, wie betäubt von der Plötzlichkeit ihrer Rettung, aber Finns blutige Hand auf ihrem Arm hielt sie auf.

»*Mei Jha*...«

Sie zog ihren Arm frei. »Ich gehe mit Carillon«, sagte sie fest. »Wie ich es Euch bereits einmal zuvor gesagt habe.«

»Alix, verschwende keine Zeit«, drängte Carillon.

»*Mei Jha*, bleibt bei Eurem Stamm«, sagte Finn.

Alix ergriff Carillons Hand und zog sich auf den breiten Pferderücken. Ihre Arme legten sich um die Brust des Prinzen, ruhten auf seinem Schwertgürtel. Sie warf Finn einen triumphierenden Blick zu.

»Ich bleibe nicht. Ich gehe nach Hause ... mit Carillon.«

Finn starrte finster und stirnrunzelnd zu ihnen hinauf. Carillon, der seltsam lächelte, pochte auf seinen Schwertgürtel. »Ein anderes Mal, Gestaltwandler.« Er riß den Kastanienbraunen herum und ließ ihn den Weg zurückgaloppieren, den er gekommen war.

Alix, die sich an ihn klammerte, betrachtete mit Entsetzen das Blutbad, an dem sie vorüberritten. Uniformierte Krieger lagen überall im Wald verstreut, einige von Tierspuren gezeichnet. Sie erschauerte und preßte sich gegen Carillons Rücken. Noch immer war ihr von der Waldschlacht übel.

Carillons Pferd brach auf eine Lichtung durch und galoppierte über eine üppige Wiese. Der Waldrand fiel hinter ihnen zurück und damit der furchtbare Zoll, den der Tod gefordert hatte.

»Ich sagte, daß ich kommen würde«, sprach Carillon über das Geräusch der stampfenden Pferdehufe hinweg.

»So viele wurden getötet ...«, sagte sie.

»Die Rache des Mujhar.«

Alix schluckte und fuhr mit einer Hand durch ihr zerzaustes blutbeflecktes Haar. »Ich habe nur getötete *Krieger* gesehen, Carillon. Es waren keine Cheysuli da.«

Sie spürte, wie er sich versteifte, und erwartete eine barsche Erwiderung, aber der Prinz sagte nichts. Das goldene Heft seines Schwertes drückte gegen ihren linken Arm, während sie sich anklammerte, und sie betrachtete verwundert den großen Rubin und die goldene Homanalöwenmähne.

Hales Schwert ... flüsterte sie in ihrem Geist. *Mein Vater?*

Ein Falke brach aus den Bäumen hervor und flog hinter ihnen her. Er kreiste über ihnen, schwebte einen Augenblick ruhig in der Luft und kam dann näher. Das Streitroß scheute, als sich der Vogel seinem Kopf näherte, und wich seitwärts aus.

Alix sah den Falken, als er an ihnen vorbeistrich und dann einen Bogen beschrieb, um zu ihnen zurückzukehren. Er war kleiner als derjenige, mit dem sie im Wald gesprochen hatte, und als sie ihren Griff entsetzt lockerte, fiel sie fast von dem ausweichenden Pferd herab. Carillon versuchte fluchend, den Hengst wieder unter Kontrolle zu bekommen.

Der Falke kam erneut nahe heran, die Schwingen schlugen gegen den Kopf des Hengstes. Alix spürte, wie sie von der glatten Kruppe abrutschte, die unter ihr wegglitt, obwohl sie sich an Carillons Lederwams klammerte. Sie schrie auf und stürzte schwer zu Boden.

Carillon rief ihren Namen, doch das erschreckte Pferd ließ ihn nicht herankommen. Der Prinz kämpfte mit den Zügeln, murmelte leise schreckliche Drohungen, aber Alix sah keine Wirkung seiner Worte. Sie setzte sich benommen auf und betastete die Beule an ihrem Hinterkopf.

Bleib bei mir, sagte der Vogel. *Bleib.*

»Laß mich gehen!« schrie sie und stand schwankend auf.

Bleib.

»Nein!«

Ich bitte dich, Kleines. Ich bin nicht Finn, der fordert. Der Vogel zögerte. *Ich bitte dich.*

Da begriff sie. »Duncan!«

Bleib bei mir.

»Duncan... laßt mich mit ihm gehen. Das ist es, was ich möchte.«

Das dient nicht der Prophezeiung.

»Es ist nicht *meine* Prophezeiung!« schrie sie und hob eine Faust in die Luft. »Es ist nicht meine!«

Und das Tahlmorra?

Alix wurde klar, daß Carillon das Streitroß ein wenig beruhigt hatte. Der Prinz sprang von dem Kastanienbraunen herab und zog ihn hinter sich her, während er mit großen Schritten zu ihr herüberkam.

»Alix!«

Sie schaute zu dem Falken, der müßig am Himmel schwebte. »Es ist nicht meine Prophezeiung«, sagte sie, jetzt ruhiger. »Und es ist auch nicht mein *Tahlmorra*.«

Aber es ist meines…

Alix wandte sich Carillon zu, schob sich locker zerzaustes Haar aus dem Gesicht. »Ich gehe mit Euch. Wenn Ihr Euer Pferd im Zaum halten könnt, werde ich oben bleiben.«

Sie sah Fragen in seinem Blick, doch er stellte sie nicht laut. Schweigend, aber gleichzeitig beredt deutete er auf den Falken.

Alix sah bedauernd zu ihm hinauf. »Wenn Ihr mich aufhalten wolltet, Gestaltwandler, müßtet Ihr so handeln wie Euer Bruder. Und das zu tun, würde Euch meine Feindschaft einbringen.«

Der Vogel hielt mitten im Flug inne. *Das,* sagte er kurz darauf, *ist nicht das, was ich suche.*

»Dann laßt mich gehen.«

Der Falke sagte nichts mehr. Er kreiste ein letztes Mal über ihnen, schraubte sich dann höher in den Himmel hinauf und flog davon.

Carillon berührte ihre Schulter. »Alix?«

Seltsam unterlegen und irgendwie verloren, wandte sie sich ihm zu. Sie breitete die Hände aus. »Ihr könnt mich nach Homana-Mujhar bringen, mein Prinz, und zu meinem Großvater.«

Seine Hand festigte sich um ihre Schulter. »Ich habe Euch vor dem gewarnt, was er empfinden wird, wenn er Euch sieht.«

Sie lächelte grimmig durch ihre Schmutz- und Blutflecke hindurch. »Ich werde es wagen.«

Carillon griff sie um die Taille und hob sie mit einem Schwung auf das wieder beruhigte Pferd. Er setzte sie auf den Sattel und sie klammerte sich überrascht daran fest. Er stieg hinter ihr auf und nahm die Zügel, legte wieder die Arme um ihre Taille.

»Ich denke, der Mujhar könnte feststellen, daß seine Enkelin nicht nur das einfache Kind eines Kleinpächters ist.«

Alix lächelte erschöpft, während der Hengst voranging. »Er hat eine eigenwillige Tochter aufgezogen. Laßt ihn nun sehen, wie dieser Geist Lindirs Kind dienen kann.«

BUCH II

Die Mei Jha

Kapitel Eins

Carillon brachte Alix zunächst zum Haus ihres Vaters, damit sie Torrin sehen und ihm zeigen konnte, daß es ihr gut ging. Während sie die Hügel hinab in das Tal ritten, das Alix bereits ihr ganzes Leben lang kannte, verspürte sie ein seltsames Gefühl des Nachhausekommens, jedoch vermischt mit Einsamkeit. Ihre Erleichterung, das fruchtbare Tal wiederzusehen, wurde von Traurigkeit und Bedauern überschattet, denn sie erkannte, daß die wenigen Tage bei den Cheysuli ihren Sinn für immer verändert hatten.

»Es scheint seltsam«, sagte Carillon leise, während er den Kastanienbraunen auf das am Waldrand stehende Steinhaus des Kleinpächters zulenkte.

»Seltsam?«

»Torrin hat in den Hallen von Homana-Mujhar gelebt und war in viele von Shaines Geheimnisse eingeweiht. Und dennoch hat er das alles aufgegeben, um dieses Land als Kleinpächter zu bearbeiten, der Jahr für Jahr Abgaben an seinen Herrscher leisten muß.«

Alix, die müde im Sattel kauerte, nickte. »Mein Vater ...« Sie brach ab und fuhr dann in leicht verändertem Tonfall fort. »*Torrin* war schon immer ein Mann der Tiefgründigkeit und des düsteren Schweigens. Ich glaube, ich beginne zu erkennen, warum.«

»Wenn die Geschichte stimmt, hat er viele Jahre lang eine schwere Last auf seiner Seele getragen.«

Alix richtete sich auf, als sich die weißgestrichene Tür des Hauses quietschend öffnete. Torrin kam heraus und sah ihnen entgegen, während Carillon das Pferd auf ihn zuführte.

»Bei den Göttern ...«, sagte Torrin rauh. »Ich dachte, du wärst von Bestien zerrissen worden, Alix.«

Sie, die ihn jetzt mit anderen Augen sah, bemerkte die Spuren des Alters in seinem erschöpften Gesicht und die lichteren grauen Haare, die ganz kurz geschoren waren. Seine Hände, einst so kräftig, waren voller Schwielen und verkrümmt von der jahrelangen Arbeit als Kleinpächter, die so anders war als diejenige eines Waffenmeisters. Selbst seine breiten Schultern schienen eingesunken, als ob das Gewicht des ganzen Reiches auf ihnen ruhte.

Welche Art Mann war er, bevor er mich vom Mujhar übernahm? fragte sie sich. *Was hat diese Last für ihn bedeutet?*

Alix glitt von dem Pferd herab, als Carillon es zum Stehen gebracht hatte, hielt sich gerade und aufrecht vor dem Mann, den sie ihr ganzes Leben lang Vater genannt hatte. Dann streckte sie die Hand aus, die Handfläche nach oben gerichtet, und spreizte die Finger.

»Weißt du, was das ist?« fragte sie sanft.

Torrin starrte wie gelähmt ihre Hand an. Alle Farbe wich aus seinem wettergegerbten Gesicht, bis er an kaum mehr als einen toten Mann mit glänzenden Augen erinnerte.

»Alix ...«, sagte er weich. »Alix, ich konnte es dir nicht sagen. Ich fürchtete, dich dann zu verlieren.«

»Aber ich bin zurückgekommen«, sagte sie. »Ich war bei ihnen, und ich bin zurückgekommen.«

Er alterte vor ihren Augen. »Ich konnte es dir nicht sagen.«

Carillon stieg ab und kam langsam vorwärts, die Haut über den Knochen seines Gesichts fest angespannt. »Dann ist sie wahr, diese Gestaltwandlergeschichte. Lindir ist freiwillig gegangen, hat die Verlobung wegen Shaines Gefolgsmann gebrochen.«

Torrin seufzte und ließ eine verkrümmte Hand durch sein Haar gleiten. »Das war vor langer Zeit. Ich habe vieles davon vergessen wollen. Aber ich weiß, daß ihr es jetzt erfahren müßt.« Er lächelte schwach. »Mein Prinz, als ich Euch das letzte Mal sah, wart Ihr erst ein Jahr alt. Es ist schwer zu glauben, daß das schreiende Kleinkind ein Mann geworden ist.«

Alix trat zu Torrin und nahm eine seiner Hände in die ihre. Sie spürte die Müdigkeit und Erschöpfung in seinem Körper.

»Ich werde zu meinem Großvater gehen«, sagte sie sanft. »Aber zuerst möchte ich die Wahrheit über meine Herkunft hören.«

Torrin führte sie hinein und bedeutete Carillon, sich an einen rechteckigen Tisch aus narbigem Holz zu setzen. Alix durchschritt den Raum wie ein leicht reizbarer Hund, suchte Sicherheit in der vertrauten Atmosphäre, die ihr von jeher bekannt war.

Schließlich, als sie merkte, daß es ihr nicht gelang, blieb sie vor dem Kamin stehen und sah Torrin an. »Erzähle es mir. Ich möchte alles wissen.«

Er nickte, goß einen Becher dünnen Wein für Carillon und einen weiteren für sich selbst ein. Dann setzte er sich auf einen Stuhl und blickte starr auf den gestampften Lehmboden.

»Lindir hat Ellic von Solinde von Anfang an abgelehnt. Sie wollte kein Heiratsköder sein, sagte sie, der Ellic wie eine geistlose Puppe überlassen würde. Shaine war wütend und befahl ihr, seinem Befehl zu folgen. Als sie widerspenstig blieb, sagte er, er würde sie bewachen und nach Lestra, Bellams Stadt, bringen lassen. Lindir war immer eine entschlossene Frau gewesen, aber sie erkannte auch die Stärke ihres Vaters. Er würde tun, was er gesagt hatte.«

»Also floh sie«, sagte Alix leise.

»Ja.« Torrin atmete heftig aus. »Hale hat sie nicht geraubt. Das war die Geschichte, die der Mujhar in die Welt gesetzt hat, um seinen verletzten Stolz zu rechtfertigen. Später, als Ellinda gestorben war und Lorsilla keine lebenden Kinder gebar, erkannte er, daß sein Haus von den Cheysuli mit einem Fluch belegt worden sein mußte. Was Lindir getan hatte, hat ihn halb wahnsinnig gemacht, denke ich. Sie hatte ihr Geheimnis gut gehütet. Keiner hat von ihren Gefühlen für Hale gewußt.«

»Er hatte im Keep eine Frau«, sagte Alix. »Und dennoch verließ er sie für Lindir.«

Torrin sah sie fest an. »Du wirst diese Dinge eines Tages verstehen, Alix, wenn du den Mann getroffen hast, mit dem du leben willst. Lindir war die Art Frau, die alle Männer liebten, aber sie wollte keinen von ihnen, bis Hale kam.« Er zuckte die Achseln. »Sie war achtzehn und schöner als alles, was ich je gesehen habe. Wäre sie als Junge geboren worden – mit all ihrem Stolz und ihrer Kraft – hätte sie Shaine den besten Erben beschert, den ein Herrscher sich wünschen kann.«

»Aber sie hat Ellic *abgelehnt*.«

Torrin schnaubte. »Ich habe nicht gesagt, daß sie fügsam war. Lindir hatte eine Art an sich, die alle Männer bezauberte, sogar ihren Vater, bis er sie mit dem Solindeerben verheiraten wollte. Dann zeigte sie ihr eigenes Maß der Kraft und Sturheit des Mujhar.«

Carillon trank seinen Wein und setzte den Becher dann ab. »Mein Onkel spricht niemals darüber. Was ich gehört habe, kam von anderen.«

»Ja«, stimmte Torrin zu. »Der Mujhar war ein stolzer Mann. Lindir hatte ihn besiegt. Wenige so stolze Männer würden über solche Dinge sprechen.«

»Was geschah dann?« fragte Alix, die sich vor dem Feuer zusammengekauert hatte.

In der Nacht der Verlobung, als sich alle Herrscher von Solinde und Homana in der Großen Halle versammelt hatten, verließ Lindir Homana-Mujhar in der Aufmachung einer Dienerin. Hale ging als roter Fuchs davon, und niemand erkannte einen von beiden, als sie die Stadt verließen. Hale wurde nicht wieder gesehen.

»Was ist mit Lindir?« fragte Carillon.

Torrin seufzte. »Sie verschwand. Shaine sandte natür-

lich Krieger hinter ihnen her und schwor, daß Hale sie
für sich selbst geraubt hatte. Aber keiner von beiden
wurde je gefunden, und innerhalb eines Jahres starb
Lady Ellinda an Schwindsucht. Shaines zweite Frau, die
Lady Lorsilla, wurde unfruchtbar, als sie den Jungen
verlor, der Prinz geworden wäre. Aber das habe ich euch
bereits gesagt. Shaine begann seine Säuberung an dem
Morgen, nachdem der Junge tot geboren wurde, und sie
wird seitdem fortgeführt.«

Alix erschauerte. »Aber ... Lindir kam zurück.«

Torrins Hände verkrampften sich um seine Knie. »Sie
kam acht Jahre, nachdem Shaine mit der Säuberung begonnen hatte, zurück. Hale war tot, und sie selbst war
krank. Der Muhjar nahm sie nur wieder auf, weil er
einen Erben brauchte, und als Lindir bei der Geburt
eines Mädchens starb, wollte er es nicht anerkennen. Er
sagte, die Säuberung würde weiter fortgeführt. Die Lady
Lorsilla und ich selbst flehten ihn an, das Kind nicht in
den Wäldern zum Sterben zurückzulassen. Er sagte, ich
könne das Mädchen mitnehmen, wenn ich seine Dienste
verließe und schwüre, ihr niemals zu erlauben, Mujhara
zu betreten. Ich stimmte zu.«

Alix sah ihn an. »Das alles hast du für ein kleines
Mischlingsmädchen getan ...«

Er schluckte schwer. »Hätte Shaine dich verstoßen, dann hätte ich ihm nie wieder dienen können. Dich
zu mir zu nehmen, war das beste, was ich je getan
habe.«

»Also sind sie keine Dämonen?«

Torrin schüttelte langsam den Kopf. »Die Cheysuli
sind niemals Dämonen gewesen. Sie haben Fertigkeiten,
die wir nicht haben, und die meisten von uns fürchten
sie dafür, aber sie verwenden sie nicht zum Bösen.«

»Warum hast du es zugelassen, daß ich glaubte, sie
seien es?«

»Ich habe sie niemals Dämonen genannt, Alix. Aber
ich konnte dir auch nichts anderes sagen, sonst hätte

deine unschuldige Verteidigung für sie Mißtrauen erweckt. Hätte Shaine jemals von dir gehört, hätte er dich vielleicht zu sich gerufen. Er hätte seine Entscheidung, mir dich als meine Tochter zu überlassen, vielleicht widerrufen.«

»Und Hale?« fragte sie leise.

Torrin beugte den Kopf. »Hale hat seinem Herrscher mit einer Treue gedient, wie sie kein anderer Mann jemals erhoffen könnte. Lindir war es, die diese Treue mißbrauchte. Hale war ein guter Mann. Du brauchst das Andenken deines Vaters nicht zu fürchten.«

Alix ging zu ihm und kniete sich vor ihn hin, legte sanft die Hände über seine Schwielen. Sie legte ihre Stirn auf sein Knie.

»*Du* wirst immer mein Vater sein«, sagte sie mit gebrochener Stimme.

Torrin legte eine Hand auf ihren gebeugten Kopf. »Du bist meine Tochter, Alix. Wenn dein Blut dir einen anderen Weg zu zeigen beginnt, verstehe ich das. Es ist Magie in einer Cheysuliseele.« Er seufzte und streichelte ihr Haar. »Aber du wirst meine Tochter sein, solange ich lebe.«

»Ich werde dich niemals verlassen!«

Er umfaßte ihren Kopf, hob ihn, so daß sie sein Gesicht sehen konnte. »Alix, ich glaube, das mußt du. Ich habe schon Jahre vor deiner Geburt mit den Cheysuli zu tun gehabt. Ich kenne ihre Stärke und Hingabe und ihr großartiges Ehrgefühl. Sie haben nicht um dieses *Qu'mahlin* gebeten. Aber sie erkennen, daß es ein Teil ihres *Tahlmorra* ist.«

»*Du* weißt davon!«

Er lächelte traurig. »Ich habe ein Cheysulimädchen in meinem Haus – und in meinem Herzen – aufgezogen. Wie könnte ich es nicht wissen?«

Ein frostiges Gefühl durchlief ihren Körper. »Dann weißt du … eines Tages …«

»Ich habe es immer gewußt.« Er beugte sich vor und

küßte sanft ihre Stirn. »Ein Cheysuli kann sein *Tahlmorra* niemals verleugnen. Das zu tun, erzürnt die Götter.«

»Ich will das nicht«, sagte sie niedergeschlagen.

Torrin nahm seine Hände fort und lehnte sich von ihr zurück, als wollte er das Opfer, das er brachte, bekräftigen. »Geh mit dem Prinzen, Alix. Ich würde dich hierbehalten, wenn ich es könnte, aber es ist nicht der Wille der Götter.« Er lächelte, aber der Schmerz blieb in seinen Augen sichtbar. »Der Pfad zu deinem *Tahlmorra* liegt in einer anderen Richtung.«

»Ich werde bleiben«, flüsterte sie.

Carillon erhob sich leise und trat zu ihr. »Komm, Cousine. Es ist an der Zeit, daß du deinen Großvater triffst.«

»Ihr habt mich nach Hause gebracht, Carillon. Das ist genug.«

Er beugte sich herab und ergriff ihre Arme, zog sie hoch. Alix fuhr herum und sah ihn an. »Ihr macht mich glauben, daß Ihr nicht besser seid als Finn – der mich hierhin und dorthin befehligt hat!«

Er grinste sie an. »Dann hat er vielleicht recht. Was kann ein Mann sonst tun, wenn eine Frau ihm trotzt – als sie zu zwingen?«

Sie trat einen Schritt von ihm zurück. »Ich werde den Mujhar ein anderes Mal aufsuchen.«

»Wenn Ihr jetzt nicht mitkommt, werdet Ihr es niemals tun.« Carillon sah Torrin an und sah die Bestätigung in seinen Augen. Der Prinz lächelte und ergriff erneut ihren Arm.

»Du wirst ein anderes Mal wieder hierherkommen«, sagte Torrin.

Alix, die zaghaft Carillons Griff zu entkommen versuchte, gab auf. Sie schaute auf den Mann mit den eingefallenen Schultern hinab, der der Waffenmeister eines Herrschers gewesen war, bevor er ein kleines Mischlingsmädchen in sein Herz geschlossen hatte.

»Ich habe dich sehr geliebt«, flüsterte sie.

Torrin erhob sich und schaute sie an, als empfinde er

Schmerzen. Dann nahm er ihren Kopf in seine ver-
krümmten Hände und küßte ihre Stirn.

Carillon führte sie aus dem Haus.

Der Prinz geleitete sie aus den Wäldern und Tälern nach
Mujhara hinein und über die gepflasterten Straßen. Alix
saß schweigend hinter ihm, umklammerte seine Taille,
als würde seine Nähe ihr Zuversicht geben. Die schimmernde Stadt mit ihren gewundenen engen Straßen
raubte ihr die Sprache. Alix wurde sich plötzlich ihrer
zerrissenen und beschmutzten Kleidung und ihrer bloßen Füße bewußt.

»Ich gehöre nicht hierher«, murmelte sie.

»Du gehörst dorthin, wo immer du sein willst«, sagte
Carillon. Er vollführte eine Geste. »Homana-Mujhar.«

Sie schaute an seinem Arm vorbei und sah die Steinmauern vor sich aufragen. Der Palast stand leicht erhöht
innerhalb der Stadt selbst, hinter von der Zeit gezeichne-
ten Mauern aus rötlich unbehauenem Gestein verborgen. Vor ihnen ragten wuchtige Bronze- und Holztore
auf, bewacht von acht Männern, die die Farben des
Mujhar trugen. Alix sah rote Tuniken über leichten Kettenpanzern, mit dem Emblem eines wilden, schwarzen
Löwen. Es war das stolze Wappen, daß sie in Carillons
rubinroten Siegelring und in das schwere Gold des
Schwerthefts eingeprägt gesehen hatte.

Die Wächter stießen die riesigen Tore auf, würdigten
Carillon mit kurzem Gruß. Als ihre neugierigen Blicke
auf sie fielen, ließ sie Carillons Taille los und errötete vor
Scham.

»Carillon … bringt mich zurück! Ich sollte nicht hier
sein!«

»Sei still, Alix. Dieser Ort ist dein Erbe.«

»Und Shaine hat mich daraus *fort*geschickt!«

Er antwortete ihr nicht. Sie war gezwungen, still auf
seinem Streitroß zu sitzen und unerbittlich auf den riesigen Palast zuzureiten. Alix schloß die Augen, als sie die

Außenmauer passierten, und wünschte sich an einen anderen Ort.

Duncan hatte recht ... Homana-Mujhar ist nicht für mich bestimmt.

Carillon zügelte das Pferd vor einer Marmortreppe, die zu dem Palast der homanischen Herrscher hinaufführte. Ein Stallknecht eilte herbei, um die Zügel in Empfang zu nehmen, und verbeugte sich ehrerbietig. Carillon sprang hinab und hob Alix von dem Pferd, bevor sie widersprechen konnte. Sie hielt ihren Kopf gesenkt, während er sie die glatte, dunkel marmorierte Treppe in den rötlichen Palast hinaufführte, bis sie den ersten Diener sich und den Prinzen mit unverhüllter Verachtung anstarren sah. Carillon bemerkte es nicht, aber Alix war sich augenblicklich darüber im klaren, wie ihre Ankunft beurteilt werden würde. Jeder mußte sie für eine verlauste Frau von der Straße halten, wenn sie sich wie eine solche verhielt, und so hob sie resolut den Kopf. Sie berief ihren Stolz und ihre Zuversicht herauf und ging mit Carillon, als gehörte sie zu ihm.

Sie sah phantastische Wandteppiche in ausgesuchten Regenbogenfarben, Kerzenhalter mit lebendig flackernden Kerzen, dicke Teppiche und saubere Binsen, Ornamente und schwer bestickte Vorhänge an den Eingängen. Livrierte Diener verbeugten sich respektvoll vor Carillon und schlossen sie in ihre Ehrerbietung mit ein. Innerlich lächelte sie über die veränderte Haltung, die ein wenig Hochmut bewirkte.

Aber als Carillon sie eine gewundene Treppe aus rotem Gestein hinauf und auf eine Tür aus gehämmerter Bronze zu begleitete, blieb Alix plötzlich stehen. »Wo bringt Ihr mich hin?«

»Dies sind die Räume der Lady Lorsilla.«

»Shaines *Frau?*«

»Sie wird dafür sorgen, daß du baden und dich ankleiden kannst, wie es sich für eine Prinzessin geziemt, bevor du dem Mujhar begegnest.« Er lächelte sie an.

»Alix, ich verspreche dir, daß du hier in Sicherheit bist.«

Sie schluckte und sah ihn an. »Ich möchte nicht in Sicherheit sein. Ich möchte zu meinem Vater zurückkehren.«

Carillon überhörte das und klopfte an die Bronzetür. Alix schloß die Augen und überantwortete sich ihrem Schicksal. Der Widerstand, den sie sich bewahrte, seit sie zum ersten Mal von ihrem Erbe erfahren hatte, schwand und ließ sie innerhalb des wuchtigen Palastes kalt und einsam zurück.

»Carillon«, rief die Stimme einer Frau, als die Tür aufschwang. »Du bist schon so bald zurück?«

Alix öffnete die Augen. Sie sah ein Stubenmädchen an der Tür, das vor Carillon knickste, und hinter ihr eine kleine, blonde Frau in einem blauseidenen Gewand, das mit weißem Pelz besetzt war.

»Ich habe zurückgebracht, was zurückbringen zu wollen ich angekündigt hatte«, sagte Carillon ernst. »Ungeachtet der Wünsche meines Onkels.«

Die Frau seufzte und lächelte verzerrt. »Du bist Shaine manchmal ähnlicher als du glaubst. Nun, laß mich sie anschauen.«

Carillon führte Alix vorwärts. Sie hörte, wie sich die Tür hinter ihnen schloß, und schluckte gegen die plötzliche Angst in ihrer Kehle an.

Die Frau saß auf einer gepolsterten Bank aus dunklem Stein. Sie rückte ihr üppiges Gewand bequem um ihre Schultern zurecht. »Alix, Ihr seid willkommen.«

»Nein«, sagte Alix. »Das bin ich nicht. Shaine hat mich zuvor verstoßen, und ich bezweifle nicht, daß er es erneut tun würde.«

Lorsilla, die Herrscherin von Homana, lächelte warm. »Er muß Euch zuerst sehen. Und ich denke, er wird den Mund halten, wenn auch nur aus reiner Verwunderung.«

»Oder aus Haß.«

»Er kann nicht hassen, was er nicht kennt«, sagte Lorsilla sanft. »Alix, er ist Euer Großvater. Seine Verärgerung galt niemals Euch, sondern sich selbst, weil er Lindir verloren hatte. Wenn er sie freundlicher behandelt hätte, als sie Ellic ablehnte, wäre sie vielleicht hiergeblieben.«

Alix machte eine hilflose Geste, deutete auf ihre zerrissene Kleidung und das blutverschmierte Gesicht. »Ich bin nicht von der Art, die ein Herrscher anerkennen würde.«

Carillon lachte. »Das wirst du sein, wenn *sie* mit dir fertig ist. Was mich betrifft, so werde ich dich jetzt der Dame überlassen. Wenn ich dich holen komme, wirst du bereit sein, auch dem härtesten Mann gegenüberzutreten.«

Instinktiv wirbelte sie herum und ergriff seine Hand. »Carillon!«

Er löste sich sanft. »Ich muß gehen, Alix. Es steht mir nicht zu, zuzusehen, wie du gebadet und angekleidet wirst.« Er grinste amüsiert. »Obwohl es mir selbst nicht soviel ausmachen würde.«

Lorsilla hob eine feine Augenbraue. »Carillon, benimm dich anständiger.«

Er lachte sie an, verbeugte sich und verließ dann den Raum.

Alix stand vor der Herrscherin von Homana, und unwillkürlich erschauerte sie kurz. Ihre Füße schmerzten und ihr Gesicht brannte vor Scham.

Lorsilla erhob sich und trat vor. Sie berührte mit sanfter Hand die heilende Wunde auf Alix' Gesicht und wischte die getrockneten Überreste des Blutes fort. Ihre Stimme klang sehr sanft.

»Ihr habt keinen Grund, mich zu fürchten, Alix. Ich bin Eure Großverwandte.«

Alix' Stimme zitterte. »Aber ich bin ein *Mischling* ...«

Die kleine Frau lächelte traurig. »Ich werde keine eigenen Kinder haben, und auch keine Enkelkinder. Überlaßt mir zumindest Lindirs Tochter für eine Weile.«

Sie senkte den Kopf und nickte, verbarg den aufwallenden Kummer in ihrem Herzen. Sie hörte die Frau befehlen, ein Bad vorzubereiten und Kleidung bereitzulegen. Dann lachte Lorsilla weich.

»Ihr seid als Tochter eines Pächters aufgewachsen, Alix. Jetzt werdet Ihr erfahren, was es bedeutet, das Erbe zu beanspruchen, das Shaine Euch verweigert hat. Ich werde Euch zur Prinzessin machen, mein Mädchen.«

Sie schluckte schmerzlich. »Aber ich bin eine Cheysuli.«

Lorsillas feines Gesicht wurde starr. »Das ist unwichtig. Ihr seid Shaines Enkelin, und das genügt mir.«

Aber was ist mit ihm? fragte sie sich furchtsam. *Was ist mit dem Mujhar selbst?*

Kapitel Zwei

Alix trat in Seide und Samt, von Gold und Granaten umgeben vor ihren Großvater. Der schwere, braune Stoff raschelte um ihre Beine, und zierliche Schuhe umhüllten ihre schmerzenden Füße. Ihr Kopf fühlte sich durch das Gewicht ihres Haars, das mit Perlen und kleinen Granaten geschmückt war, schwer an. Ihre Ohrläppchen schmerzten dumpf, da sie gerade erst durchstochen worden waren, aber die in ihnen glitzernden Edelsteine linderten ihren Schmerz.

Das Kleinpächtermädchen war fort, als sie vor dem Mujhar von Homana stand, und sie fragte sich, ob dieses Mädchen jemals wieder zu ihr zurückkehren würde.

Carillon, der neben ihr in der großen Audienzhalle stand, strahlte Stolz und Zuversicht aus. Aber Shaine beherrschte den Raum mit angeborener Kraft und Willensstärke.

»Mein König«, sagte Carillon ruhig, »dies ist Alix, Lindirs Tochter.«

Der Mujhar stand auf einem niedrigen Marmorpodium, das sich über die ganze Länge der Halle erstreckte. Hinter ihm, auf zupackenden Löwenklauen errichtet, stand ein geschnitzter und mit Bronze und Silber verzierter Thron, der mit Seide und Samt gepolstert war. Mit Goldfarbe gestaltete Verzierungen waren tief in den Thron eingraviert, und das polierte Holz glänzte. Der Geruch von Bienenwachs und Macht hing in der Luft. Shaine selbst trug Schwarz und Gold und die rauhe Würde eines hochmütigen Mannes.

Seine grauen Augen verengten sich bei Carillons Verkündigung. Alix sah ihn an, dachte daran, daß er ihr

Großvater war und nicht Homanas Herrscher. Es half nicht.

Ein breites Diadem aus in Gold eingelassenen Smaragden und Diamanten umgab seine Stirn, glättete sein dunkles, von Silberfäden durchzogenes Haar. Er trug einen Bart, aber dieser verbarg nicht den entschlossenen Zug um seinen Mund oder die feste Linie seiner Lippen.

Es ist keine Versöhnlichkeit an diesem Mann... erkannte Alix.

Demgemäß hob sie stolz den Kopf und spannte ihren Mund fest an. Carillon trat von ihr fort, verzichtete auf sein Recht, für sie zu sprechen, aber das störte sie nicht. Sie war jenseits von Furcht oder Zurückhaltung und ließ die Instinkte, die sie bisher nur gespürt hatte, ihre Handlungen bestimmen. Ihr Trotz flammte durch die Große Halle und traf Shaine wie ein Schlag.

»Ich erkenne nichts von Lindir in dir«, sagte der Mujhar ruhig. »Ich sehe nur die Spuren einer Gestaltwandlerin.«

»Was sagt Euch das, mein König?«

Er sah sie an, das Gesicht fest angespannt und verschlossen. »Es sagt mir, daß hier kein Platz für dich ist. Es erzählt mir von Verrat und Magie und einem Cheysulifluch.«

»Aber Ihr gebt zu, daß es wahr ist, daß ich Lindirs Kind sein könnte.«

Ein Flackern überschattete kurz die grauen Augen. Alix konnte Shaines Überlegung, sie geradewegs abzulehnen, spüren, aber sie erkannte seinen Stolz zu genau. Er würde nicht weichen, bis er seinen Wunsch geäußert hatte, sich eines Mischlingskindes zu entledigen, selbst eines mit gewissen Geburtsrechten.

»Carillon sagt, daß du dieses Kind wärst«, sagte er schließlich. »Auch daß Torrin dich aufgezogen hat. Also kannst du dich Lindirs Kind nennen, wenn du willst – es nützt dir nichts. Ich werde dich nicht anerkennen.«

»Ich bin nicht in der Erwartung gekommen, anerkannt zu werden.«

Seine dunklen Brauen hoben sich. »Nein? Das ist schwer für mich zu glauben.«

Alix hielt ihre Hände mühsam von dem goldenen Gürtel fort, kämpfte gegen ihre Unruhe an. »Ich bin gekommen, weil ich den Mann sehen wollte, der ein Kind verstoßen und eine ganze Rasse verfluchen konnte. Ich bin gekommen, um den Mann zu sehen, der das *Qu'mahlin* begonnen hat.«

»Gebrauche mir gegenüber keine Gestaltwandlerworte, Mädchen. Ich will das an diesem Ort nicht haben.«

»Einst habt Ihr sie willkommen geheißen.«

Seine grauen Augen brannten vor innerer Verärgerung. »Ich hatte mich getäuscht. Ihre Magie ist stark. Aber ich werde Entschädigung dafür bekommen.«

Alix hob als Erwiderung auf seinen Hochmut den Kopf. »Ist das, was Lindir getan hat, die Vernichtung einer ganzen Rasse wert, mein König? Wollt Ihr nicht besser sein als Bellam von Solinde, der dieses Land nur demütigen will?«

Carillon atmete schnell und entsetzt ein, aber sie achtete nicht darauf. Sie hielt Shaines Blick stand und spürte die Kraft in diesem Mann. Sie begann sich tief in ihrem Innern zu fragen, ob sie nicht in einer eigenen Beziehung dazu stand.

»Du bist eine Cheysuli«, sagte der Mujhar barsch. »Du bist dem Tode geweiht ... wie sie alle.«

»Ihr würdet mich also töten lassen?«

»Für Cheysuli gilt die Todesstrafe.«

Carillon trat näher an sie heran. »Was Lindir getan hat, ist lang vorbei und sollte am besten vergessen werden. Ihr habt Alix einmal verstoßen. Tut dies nicht erneut.«

»Du hast an dieser Angelegenheit keinen Anteil, Carillon!« zischte Shaine. »Entferne dich aus dieser Halle.«

»Nein.«

»Tu, was ich dir sage.«

»Nein, mein König.«

Shaine betrachtete ihn, die Hände um seinen goldenen Gürtel gekrampft. »Die Cheysuli haben dich gefangengenommen und einen Wolf auf dich gehetzt. Dieses Mädchen ist eine von ihnen. Wie kannst du mir dermaßen trotzen?«

»Alix ist meine Cousine, mein König. Blutsverwandt. Ich möchte nicht, daß sie auf diese Weise behandelt wird, nicht einmal von Euch.«

Der Mujhar atmete zischend aus, während er zornig das Podium verließ. Er stand vor der leeren Feuergrube, die entlang der Halle verlief.

»So sprichst du mit *mir* nicht! Ich bin dein Lehnsherr, Carillon, und ich habe dich zu meinem Erben gemacht. Soll ich glauben, daß die Gestaltwandler Magie angewandt haben, um dich auf ihre Seite zu ziehen? Muß ich dich enterben?«

Alix sah Carillon scharf an und sah, wie alle Farbe aus seinem Gesicht wich und die Kiefer sich genauso fest anspannten wie die Shaines.

»Das mögt Ihr handhaben, wie Ihr wollt, mein König, aber es scheint nutzlos, den einzigen möglichen Erben von Homanas Thron zu enterben. Habt Ihr nicht zu viele leere Jahre in der Hoffnung auf einen Erben verbracht?«

»Carillon!«

»Ihr habt mich zu Eurem Erben gemacht«, sagte er fest. »Aber das entbindet mich nicht von meiner Menschlichkeit.«

»Entferne dich aus dieser Halle!«

Alix trat vor. »Damit Ihr diese Angelegenheit mit mir allein klären könnt? Damit Ihr mich von diesem Ort fortbringen und auf dem Altar Eures Stolzes töten lassen könnt?«

Shaines Gesicht wurde totenbleich. »*Du* sprichst in dieser Halle nicht ungehindert, Gestaltwandlerhexe! Du wirst tun, was ich dir sage!«

Alix öffnete den Mund, um zu antworten, aber ein plötzlich tönender Klang in ihrem Geist verbannte die Worte. Wie betäubt starrte sie den Mujhar blind an. Cais sanfte Stimme wob in ihrem Geist das vertraute Muster.

Ich bin hier, Liren. Sollte der Mann zu überzeugt von sich sein, werden wir ihm etwas zeigen, du und ich.

Cai! schrie sie stumm.

Ich bin für dich da, Liren. Dieser eitle Herrscher kann dir nichts anhaben.

Alix begann zu lächeln. »Cai.«

Carillon versteifte sich. »Alix, was sagst du da?«

Sie achtete nicht auf ihn, sondern schaute fest auf den Mujhar und sprach sanft, mit neuerlicher Zuversicht. Ein Gefühl der Kraft und Entschlossenheit wuchs in ihr.

»Mein König, Ihr regiert hier in diesem Land durch stillschweigende Duldung der Cheysuli. Ihr schuldet ihnen mehr, als Ihr zugeben wollt.«

»Ich werde sie aus diesem Land vertreiben!« brüllte er mit verzerrtem Gesicht. »Sie sind Dämonen! Hexer! Diener der dunklen Götter... nicht besser als die Ihlini. Ich werde dafür sorgen, daß sie vernichtet werden!«

»Und Ihr werdet das unmittelbare Herz Homanas vernichten!« schrie sie. »Einfältiger Mann – Ihr verdient es nicht, Herrscher eines ehrenwerten Landes zu sein!«

Er erhob eine Hand gegen sie, trat vorwärts. Alix, die nicht zurückschreckte, stand vor ihm, aber bevor der Schlag ausgeführt werden konnte, verspürte sie ein Aufwallen der Macht in ihrem Geist. Es streckte sich aus, suchend, und der großartige Falke beantwortete es.

Der Samtvorhang vor einem schmalen Fenster warf Falten und wölbte sich zur Seite, als der *Lir* in die Halle schwebte. Sein Flug ließ die Kerzen tropfen, warf bedrohliche Schatten an die Steinmauern. Viele der Wachskerzen verlöschten und tauchten die Halle in flackernde Wohltat. Wandleuchten flammten auf und rauchten, als seine Flügelspanne sie in Bewegung setzte.

Shaine wandte sich um, als er den Flügelschlag spürte.

Seine erhobene Hand fiel herab, während er den Falken sprachlos anstarrte. Ein erstickter Laut entwich seiner Kehle, als Cai sein Gesicht mit einem Luftstoß traf.

Der Raubvogel kreiste anmutig und beredt kräftig in der hohen, mit Stichbalken gestalteten Halle. Alix verspürte ein so gewaltiges Gefühl des Stolzes, daß es sie schmerzte. Während sie ihn beobachtete, verstand sie die Magie ihres Blutes, und begriff, was es bedeutete, eine Cheysuli zu sein.

Sie haben nicht gelogen ... flüsterte sie stumm. *Sie haben die Wahrheit gesagt ... daß es besser ist, Teil einer verfluchten Rasse mit einer Göttergabe im Blut zu sein, als ein lirloser Homaner.*

Cai kreiste und flog erneut auf sie zu, die dunklen Augen von den Flammen der Wandleuchten und der Kerzenständer erhellt. Er verlangsamte seinen Flug, schwebte auf breiten Schwingen reglos in der Luft und ließ sich dann auf der Rückenlehne des Thrones nieder. Er schüttelte sich einmal und kauerte dann in völliger Stille auf dem dunklen Löwenthron von Homana.

Sieh, Liren, haben wir die Aufmerksamkeit des Mannes erregt?

Alix lachte im Geiste freudig auf, hieß ihre Göttergabe willkommen und spürte die Anerkennung des Falken.

Shaine stolperte von ihr fort, näherte sich aber auch nicht dem Thron mit seinem Falkenaufsatz. Der Mujhar hob die Hand und deutete auf den Vogel.

»Ist das dein Werk? Berufst du die Vertrauten der Dämonen heran?«

»Er ist ein *Lir*, mein König«, sagte sie ruhig. »Sicherlich erinnert Ihr Euch an sie. Hale hatte einen, nicht wahr?«

»Fort von hier!« schrie Shaine heiser. »Verlasse diesen Ort. Ich werde keine Cheysuli in Homana-Mujhar dulden!«

»Gern, mein königlicher Großvater«, sagte sie deutlich. »Und ich werde auch keinen einfältig eitlen Mann länger erdulden als nötig.«

Sein Gesicht verzerrte sich. »Verlasse diesen Ort, bevor ich dich von meinen Wachen ergreifen lasse!«

Alix war so zornig, daß es sie schmerzte. Sie wandte dem Mujhar ihren starren Rücken zu und schritt auf die geöffneten Türen am Ende der Halle zu. Dort wandte sie sich noch einmal um.

»Ich erkenne jetzt, warum Lindir Euch verlassen hat, mein König. Ich frage mich nur, warum sie es nicht schon früher getan hat.«

Alix wanderte unangefochten in die Dunkelheit des gepflasterten Außenhofes hinaus. Als sie ihre Gewänder aufnahm, um auf die hohen Tore zuzueilen, erklang das Klirren von Gold und Edelsteinen an ihrem Gürtel und sie erkannte, daß sie mit einem Teil des Reichtums des Mujhar floh. Dann verhärtete sie ihr Herz jedoch und beschloß, die Gegenstände zu behalten, und wenn auch nur als Erbe ihrer Mutter. Sie hatte kein Geld, die Edelsteine würden ihr dienlich sein.

Alix schaute vorsichtig über die Schulter, erwartete, verfolgt zu werden. Nach allem, was sie gehört hatte, war Shaine zu eitel, um einen solchen Angriff auf seinen Stolz unerwidert hinzunehmen. Wenn sie nicht schnell aus Homana-Mujhar herauskäme, könnte sie vielleicht bald die Gastfreundschaft seiner Kerker kennenlernen. Als sie sich umwandte und ihre Gewänder noch höher nahm, sah sie einen Schatten sich von der Mauer lösen und auf sich zukommen.

Sie stolperte erschreckt zurück, als die hoch aufragende Gestalt sie erreichte. Bevor sie aufschreien konnte, legte sich eine Hand fest über ihren Mund.

»Seid still!« zischte ein Flüstern.

Bei den Göttern, Shaine wird mich töten lassen! sie kämpfte gegen den harten Körper an, bekämpfte den Wächter mit all ihrer Kraft. Die Hand preßte sich schmerzhaft gegen ihren Kiefer, verhinderte, daß sie zubeißen konnte. Ihre freie Hand griff nach seinem Gesicht, verfehlte es aber, kratzte über einen bloßen Arm und hielt an der Wärme geprägten Metalls inne.

Alix erstarrte.

»Werdet Ihr *jetzt* still sein?« fragte der Mann. Er nahm seine Hand von ihrem Mund.

»Duncan. *Duncan!*«

Er schüttelte sie und zischte sie heftig an. »Seid still! Wollt Ihr uns beide verraten?«

»Dies ist *Homana-Mujhar!* Shaine wird Euch töten lassen!«

»Nur wenn er erfährt, daß ich hier bin«, sagte Duncan grimmig. »Und das sollte nicht allzu schwierig sein, wenn Ihr weiterhin darauf besteht, schreien zu wollen.«

»Ich schreie nicht«, sagte sie mürrisch und senkte ihre Stimme.

Er zog sie auf die Mauer zu, ihren Protest übergehend. Als sie die Schatten erreicht hatten, lehnte er sie gegen den kalten Stein und stellte sich vor sie hin, schloß damit das Fackellicht vom Palast aus.

»Wißt Ihr jetzt, was Ihr wollt?« fragte er und machte sich nicht die Mühe, seine Verärgerung zu verbergen. »Habt Ihr gemerkt, wie es ist, in Shaines Gegenwart eine Cheysuli zu sein?«

Sie konnte seine Gesichtszüge in der Dunkelheit nicht erkennen, aber seine seltsame Heftigkeit zeigte ihr, was er empfand. »Duncan, das war eine Sache, die ich tun mußte.«

Er seufzte, umfaßte noch immer ihre Arme. »Ihr seid nicht besser als Lindir. Die Nachkommen des Mujhar sind eigenwillige Frauen.«

»Warum seid Ihr hier?« flüsterte sie und spähte in sein beschattetes Gesicht. »*Hier?*«

»Ich werde Euch später antworten. Zunächst müssen wir diesen Ort verlassen. Außerhalb der Mauern warten Pferde.«

Alix blieb stehen, als er sie auf ein kleines, im Strauchwerk verborgenes Holztor zuführen wollte. Sie spürte sein erstauntes Zögern und lachte beinahe. Aber sie ließ ihn ihre Amüsiertheit nicht merken.

»Duncan, ich habe Euch gebeten, mich in Ruhe zu lassen, als Carillon mich holte. Warum seid Ihr gekommen?«

Er bewegte sich leicht. Schwaches Fackellicht beleuchtete sein Gesicht und zeigte ihr ein seltsames Glitzern in seinen gelben Augen. Er lächelte kalt.

»Ihr sagtet, ich müsse wie mein Bruder handeln, um Euch aufzuhalten. Dann ließ ich Euch gehen. Das werde ich nicht wieder tun.«

»Laßt mich in Ruhe!«

»Ihr seid eine Cheysuli«, sagte er tonlos. »Ihr habt einen Platz bei Eurem Stamm.«

»Ich *verweigere* ihn!«

Seine Hände krampften sich um ihre Arme und verursachten ihr Schmerzen. Er achtete nicht darauf. »Alix, man wird uns finden, wenn Ihr beharrlich bleibt. Welchen Sinn hat es, wenn wir beide im Namen von Shaines Säuberung getötet werden?«

»Wenn Ihr Euch nicht erklärt, werde ich nach den Wachen rufen. Ich bin überrascht, daß sie Euch nicht bereits entdeckt haben, wenn sie so fähig sind.«

Er lachte leise. »Die Cheysuli bewegen sich lautlos, Kleines.« Er machte eine bedeutungsvolle Pause. »Außer vielleicht Ihr.«

Sie sah ihn an. Ein seltsamer Trotz und Erheiterung krochen in ihr Herz und vereinnahmten sie fast. Sie lächelte ihn mit rachsüchtigem Vergnügen an und öffnete den Mund, als wollte sie aufschreien.

Duncan stellte sie sofort ruhig. Dieses Mal gebrauchte er nicht seine Hand. Alix, bis ins Mark erschüttert, fühlte sich rauh umarmt und geküßt, als wollte er ihr ihre Seele rauben.

Sie versteifte sich sofort, preßte ihre Handflächen gegen seine Brust, um ihn fortzustoßen. In diesem Augenblick erkannte sie die große Kraft eines entschlossenen Mannes und war erstaunt darüber. Sie wollte entkommen, blieb aber in seinen Armen gefangen.

Alix erschauerte einmal, erinnerte sich an Finns Härte und die sofortige Angst, die er bewirkt hatte. Dann fiel der Gedanke seltsamerweise von ihr ab.

Ein neues Wissen durchfuhr sie, als Duncans Mund sich auf ihrem bewegte. Es war nicht wahrnehmbar, und dennoch spürte sie es, und er zwang sie nicht mehr. Der Schmerz, den er ihr zunächst zugefügt hatte, war vergangen, hatte sich auf eine hintergründige Art verändert. Als ein zweiter Schauer sie durchlief, war er anderen Ursprungs.

Duncan ist nicht sein Bruder, dachte sie benommen, *und ich fürchte diesen Mann nicht.*

Alix spürte die Mauer an ihrem Rücken, als er seinen Mund von ihrem nahm. Ein seltsamer Ausdruck eines inneren Kampfes durchzog seine hellen Augen und überzog sein Gesicht mit Düsterkeit. Alix, die nur wieder die fordernde Entschlossenheit in ihm sehen wollte, berührte seine Haut.

»Ist dies Euer *Tahlmorra?*« fragte sie atemlos. »Ist es darum?«

Die feste Linie seines Mundes entspannte sich. »Vielleicht muß ich doch nicht so lang warten.«

»Duncan … ich verstehe nicht.«

»Ich bin als Finn zu Euch gekommen, habe mich einer Frau aufgezwungen, die dies nicht will«, sagte er grimmig. »Habe ich jetzt die von Euch versprochene Feindseligkeit errungen?«

»Ich habe vergessen, was ich gesagt habe.«

Seine Lippen verzogen sich. »Vergessen? Ihr?«

Alix wandte den Kopf ab, erkannte, daß sie sich noch immer an ihn klammerte. Ihre Leichtfertigkeit beschämte sie, aber als sie fortzuschlüpfen versuchte, hielt er sie gegen die Mauer gepreßt.

»Alix, Ihr müßt nur auf Eure innere Stimme hören. Achtet auf sie. Ich werde Euch nicht erneut zwingen.«

Duncan trat von ihr fort, ließ sie allein an der Mauer stehen. Alix spürte Ungeduld in ihm und ein langsam aufkommendes Drängen in sich selbst.

Bei den Göttern, was hat dieser Mann mit mir getan? Warum will ich ihn bei mir haben? Sie schloß die Augen. *Es ist Carillon, den ich will, nicht dieser Cheysulikrieger, den ich erst so kurze Zeit kenne.*

»Alix«, sagte er sanft, »es tut mir leid. Ihr seid zu jung, um verstehen zu können.«

Sie öffnete die Augen. Das Fackellicht vom Palast zeichnete seine Schultern und schimmerte auf dem Gold seiner Arme. Plötzlich wollte sie seine Wärme erneut an sich spüren.

»Duncan, ich glaube, keine Frau ist zu jung, um verstehen zu können.«

Er blinzelte überrascht. Dann lachte er leise und entspannte sich sichtlich. Seine Hand berührte ihren Hals und verfing sich in den um ihren Kopf gewickelten Zöpfen, zog sie an seine Brust. Er murmelte etwas in der Alten Sprache, und Alix wünschte, sie könnte es verstehen.

Eilige Schritte hallten über den Außenhof, schabten auf den Pflastersteinen. »Alix!« rief Carillon.

Duncan fluchte und fuhr herum. Seine Hand glitt zu dem Messer an seinem Gürtel.

»Nein!« schrie Alix und ergriff seine Hand.

»Alix!« rief Carillon erneut.

»Hier«, antwortete sie und hörte Duncans schnell eingezogenen Atem.

Der Prinz fand sie in der Dunkelheit. Einen Augenblick lang versteifte er sich, als er Duncan sah, machte aber keine feindselige Bewegung. Sein Mund wurde zu einer grimmigen Linie, während er Alix ansah.

»Du hast den Mujhar erzürnt. Er schwört, daß er den Falken jagen und töten lassen wird, und daß du auf die Kristallinsel verbannt werden wirst. Als Gefangene.« Er seufzte. »Alix, ich habe mit ihm gesprochen. Aber es hat nichts genützt. Ich bringe dich jetzt zu Torrins Haus.«

»Sie kommt mit mir, Homaner«, sagte Duncan drohend.

»So?« fauchte Carillon. »Sprecht Ihr für sie, Gestaltwandler?«

»Ihr habt keinen Anteil an dieser Sache«, antwortete Duncan. »Sie ist nicht für Euch bestimmt.«

Alix trat zwischen sie. »Carillon, etwas ist in der Halle mit mir geschehen. Etwas … ist in mir zum Leben erwacht. Als der Mujhar mich eine Hexe nannte und mich für mein Blut verfluchte, empfand ich keine Scham. Ich empfand kein Entsetzen, keine Angst. Ich empfand nur Zorn darüber, daß ein Mann so stark hassen und einer Rasse soviel Schaden zufügen kann. Es war, als ob der Cheysulianteil in mir schließlich zum Leben erwacht sei.« Sie berührte flehend seinen Arm. »Ich will nichts mehr von diesem Ort.«

»Ich habe gesagt, ich werde dich zu Torrin bringen. Wenn ich kann, werde ich zu dir kommen.«

Sie schüttelte langsam den Kopf. »Ich denke – ich denke, daß das, was zwischen uns ist, geheim bleiben muß, oder unbenannt.« Sie drückte seinen Arm. »Versteht Ihr, was ich damit sagen will?«

»Nein«, sagte er so barsch, daß sie wußte, daß er doch verstand.

»Die Cheysuli sind nicht Eure Feinde«, sagte Alix sanft. »Die Solinder und die Ihlini sind es. Wendet Euren Zorn ihnen zu. Laßt Shaines Wahnsinn nicht auch Euch beeinflußen. Ihr sagtet einst, Ihr würdet mich anerkennen, was auch immer ich wäre. Jetzt bitte ich Euch, auch die anderen meiner Rasse zu achten.«

»Alix, ich kann nicht.«

»Verurteilt Ihr Euch dazu, dem Wahnsinn des Mujhar zu dienen?«

Er streckte die Hände aus und ergriff ihre Schultern. »Alix, ich möchte dich in Sicherheit wissen.«

Sie lächelte ihn an und war sich ihrer Worte gewiß. »Duncan wird für meine Sicherheit sorgen.«

Seine Finger verkrampften sich schmerzhaft. »Gehst du also freiwillig mit ihm? Oder hat er dich mit Gestaltwandlerkünsten verhext?«

»Nein«, sagte sie weich. »Ich denke, es ist etwas in mir selbst. Ich habe keine Worte dafür, aber es ist da.«

Duncan, der schwieg, streckte zum Zeichen die Hand aus. Sie sah die vertraute Geste der gespreizten Finger und der geöffneten Handfläche.

Und sie verstand.

Alix trat von Carillon fort. Seine leeren Hände fielen schlaff zu den Seiten herab. Er sah Duncan an, dann sie, die Augen vor Qual und Verwirrung umschattet. Aber sie bemerkte auch Anerkennung.

»Ich werde Euch Pferde besorgen«, sagte er leise.

»Ich habe Pferde«, antwortete Duncan.

»Wie wollt Ihr mit ihr über die Mauern gelangen? Alix kann nicht in der Gestalt eines Falken fliegen.«

Duncans Gesicht verhärtete sich. »Nein. Aber ich kann die acht Wächter recht einfach aus dem Weg räumen, wenn es sein muß.«

Carillon seufzte erschöpft. »Gestaltwandler, ich beginne den Hochmut Eurer Rasse zu verstehen. Und ihre Stärke, wie Torrin sagt. Wißt Ihr, daß Shaine fünfzig Männer gegen Euch in die Wälder gesandt hat und nur elf überlebt haben?«

»Das weiß ich.«

»Wie viele habt Ihr verloren?«

»Wir haben von zwölf Männern zwei verloren. Einen an den Tod, einen an die seelenlosen Männer.«

Alix erschauerte bei dem unbarmherzigen Klang seiner Stimme. Sie spürte die Entschlossenheit des Mannes und erkannte, daß er sie leicht hätte zwingen können, wenn sie sich geweigert hätte, mit ihm zu gehen.

Carillon nickte. »Ich werde Euch durch die Tore geleiten. Die Wache wird mich nicht aufhalten, auch wenn ich mit einem Gestaltwandler komme.«

Duncan lachte rauh. »Einst sind wir *frei* in diesem Palast umhergegangen, Prinz. Aber Ihr werdet dennoch meinen Dank erhalten.«

Carillon wandte sich um, um sie zu den Bronze- und Holztoren zu geleiten. Bevor er jedoch losgehen konnte, streckte Duncan die Hand aus und ergriff seinen Arm. Der Prinz versteifte sich.

»Carillon. Es gibt vieles, was Ihr nicht versteht. Vielleicht könnt Ihr es noch nicht. Aber Shaine wird nicht immer Mujhar bleiben.«

»Was wollt Ihr damit sagen, Gestaltwandler?«

»Daß wir nicht Eure Feinde sind. Wir können das *Qu'mahlin* nicht ändern, solange Shaine lebt. Er hat genau und schnell zugeschlagen, unser Volk zu weniger als einem Viertel abgeschlachtet. Selbst jetzt werden wir noch mit jedem Jahr, in dem das *Qu'mahlin* fortgeführt wird, weniger. Carillon, es ist an Euch, dies aufzuhalten.«

Der Prinz lächelte. »Ich bin mit Geschichten über Eure Falschheit aufgewachsen. Geschichten über Eure Dämonie und grausamen Fertigkeiten. Sagt mir, warum ich die Säuberung meines Onkels aufhalten sollte.«

Duncans Hand ruhte auf Alix' Schulter. »Für sie, mein Prinz. Für die Frau, die wir beide lieben.«

Alix stand unbeweglich da, unfähig, auf die Entschlossenheit in Duncans Stimme zu antworten. Etwas in ihm streckte sich nach ihr aus, suchte etwas von ihr, und sie wollte es ihm nur zu gern geben.

Carillon schluckte. »Es ist wahr, daß der Mujhar mich mit seiner Heftigkeit im Umgang mit Eurer Rasse erschreckt. Er verflucht nicht einmal Bellam oder die Ihlini so, wie er Eure Rasse verflucht. Es ist ein unnatürlicher Zorn in ihm.«

Duncan nickte. »Hale hat ihm fünfunddreißig Jahre lang gedient, mein Prinz, mit einer Loyalität, wie sie nur ein Cheysuli aufbringen kann. Sie waren mehr als Brüder. Es ist ein verbindlicher Dienst, den unsere Rasse jahrhundertelang in Ehren gehalten hat. Hale hat diesen Bund und den vererbbaren Dienst durch seine Taten zerstört. Jeder Mann würde das übelnehmen und Rache schwören, aber Shaine hat auch eine Tochter verloren und sein Reich folglich wieder in einen Krieg hineingezogen. Ich verstehe, warum er dies getan hat, Carillon, auch wenn meine Rasse dadurch vernichtet wird.«

»Dann seid Ihr versöhnlicher als der Mujhar.«

»Was ist mit Euch?« fragte Duncan ruhig. »Werdet Ihr dem *Qu'mahlin* dienen, wenn Ihr der Herrscher seid?«

Carillon lächelte verzerrt. »Wenn ich der Herrscher bin«, sagte er leise, »werdet Ihr es erfahren.«

Er wandte sich um und schritt zu den Toren. Die Wachen folgten seinem Befehl und öffneten sie sofort. Duncan ergriff Alix' Arm und führte sie schweigend aus Homana-Mujhar heraus.

Kapitel Drei

Duncan führte sie durch die Schatten hoher Gebäude zu den Pferden. Er zog einen dunklen Umhang mit Kapuze aus den Satteltaschen und legte ihn ihr sanft um.

»Ihr tragt feine Stoffe und edle Juwelen, meine Prinzessin«, sagte er ruhig. »Ich bin nur ein Mann, und Diebe könnten denken, es sei leicht, mich zu töten und Euren Reichtum zu stehlen. Oder sogar Euch.«

Er steckte den Umhang mit einer großen goldumrandeten Topasbrosche in Falkenform an ihrer linken Schulter fest. Schweigend zog er die Kapuze über ihr mit Granaten geschmücktes Haar und rückte sie zurecht.

»Duncan«, sagte sie weich und zitterte schon bei der leisesten Berührung.

»Ja, Kleines?«

»Was hat dies alles zu bedeuten? Was ist das in mir?« Sie schluckte und versuchte das Zögern in ihrer Stimme zu verbergen. »Ich habe mich verloren.«

Er strich eine Strähne dunklen Haars von ihrer Wange zurück, und die Fingerspitzen verweilten kurz. »Ihr habt nichts verloren, außer einem gewissen Teil Eurer Unschuld. Ihr werdet dies alles zur rechten Zeit verstehen. Es ist nicht an mir, es Euch zu erklären. Ihr werdet es erfahren.« Er nahm seine Hand fort. »Nun besteigt Euer Pferd. Wir haben einen langen Ritt vor uns.«

Sie war von dem Gewicht der ungewohnten Robe und den Falten des Umhangs eingehüllt. Duncans starke Hände hielten sie nah an sich, während er sie in den Sattel hob. Alix richtete ihre Gewänder, während er sich seinem eigenen Pferd zuwandte, und machte sich dann pflichtbewußt daran, ihm durch die Straßen der Stadt zu folgen. Sie war sich sehr wohl der Tatsache dessen, was sie tat, bewußt, obwohl sie vor Tagen niemals eingestanden hätte, so widersprüchlich handeln zu können. Aber etwas sagte ihr, daß sie bei ihm sicher sei, und daß es der Wille der Götter war, mit ihm zu gehen.

»Duncan«, sagte sie ruhig, »Ihr habt davon gesprochen, jemanden an die seelenlosen Männer verloren zu haben. Was wolltet Ihr wirklich damit sagen?«

Fackellicht traf seine Armreife und blitzte, aber er selbst blieb im Schatten und nur undeutlich sichtbar, während er sie durch Mujhara führte. Sie dachte erneut, wie leicht die Cheysuli doch mit der Dunkelheit verschmolzen.

»Ich habe Euch erklärt, wie es ist, ohne *Lir* zu sein«, sagte er schließlich und hob seine leise Stimme an, um gegen das Klappern der Pferdehufe auf dem Gestein anzukommen. »Ein *Lir* wurde verloren, und Borrs sucht das Todesritual im Wald.«

»Und Ihr laßt ihn gehen?«

»Das ist unsere Art, Alix. Unser Brauch. Wir wenden dem, was in unserem Stamm seit Jahrhunderten geschieht, nicht den Rücken zu.«

Erschöpft schob sie sich die Kapuze aus dem Gesicht und ließ sie auf ihre Schultern gleiten. »Duncan, wo bringt Ihr mich hin?«

»Zum Keep.«

»Was wird dort mit mir geschehen?«

»Ihr werdet den *Shar Tahl* sehen und erfahren, was es bedeutet, eine Cheysuli zu sein.«

»Seid Ihr Euch so sicher, daß Euer Stamm mich annehmen wird?«

Er warf ihr einen scharfen Blick über die Schulter zu. »Sie müssen es. Ich habe wenig Zweifel an Eurem Platz in der Prophezeiung.«

»Meiner!«

»Der *Shar Tahl* wird es Euch erklären. Das ist nicht meine Aufgabe.«

Das enttäuschte sie, ihre Stimme wurde fordernd. »Duncan! Hüllt Eure Worte nicht in Unklarheit und erwartet von mir, daß ich sie einfach bejahe. Ihr habt mich von allem fortgebracht, was mir jemals vertraut gewesen ist, und selbst jetzt führt Ihr mich in noch *mehr* hinein, was mir unbegreiflich scheint. Sagt mir, was mir bevorsteht!«

Er zügelte sein Pferd und ließ sie herankommen. Schwache Beleuchtung zeigte ihr sein Gesicht deutlich und offenbarte seine grimmige Entschlossenheit. Der Mund war eine schmale Linie.

»Müßt Ihr alles erfahren, bevor es an der Zeit ist?« fragte er rauh. »Könnt Ihr nicht warten?«

Sie sah ihn an. »Nein.«

Seine Augen, animalisch in dem Fackellicht, verengten sich zu hellen Schlitzen. »Dann werde ich offen reden, so offen, daß sogar Ihr es verstehen könnt.«

Sie nickte.

»Ich habe in meinem eigenen *Tahlmorra* gesehen, daß die alten Götter Euch und mich füreinander bestimmt haben. Von uns wird das nächste Bindeglied in der Prophezeiung der Erstgeborenen ausgehen. Ihr seid eine Cheysuli. Ihr habt keine Wahl.«

Er war plötzlich zu einem Fremden geworden. Seine Sanftheit schwand unter der Härte der Stimme und der Worte, und Alix sank fast der Mut. Dann flammte die wahre Bedeutung dessen, was er gesagt hatte, in ihrem Geist auf.

»Ihr und ich …«

»Wenn Ihr Euer eigenes *Tahlmorra* spüren könntet, würdet Ihr es genauso deutlich erkennen wie ich.«

Alix atmete rauh. Ihre Hände verkrampften sich um die Zügel. »Vor zehn Tagen war ich eine Talbewohnerin, die sich um die Tiere ihres Vaters kümmerte. Jetzt sagt Ihr mir, daß ich den Willen dieser verdrehten Prophezeiung annehmen und ihr entsprechend dienen muß.« Ihre Stimme schwankte, wurde dann aber wieder fest.

»Nun, das werde ich nicht tun. Ich wähle mir meinen eigenen Weg.«

»Das könnt Ihr nicht.«

Sie sah ihn durch zornige Tränen hindurch an. »Ich bin aus dem Palast meines Großvaters verstoßen worden, mit Gefangenschaft und Tod bedroht worden. Sogar *Torrin* sagte, daß ich diesem *Tahlmorra* folgen muß, wie Ihr auch. Aber ich werde tun, was ich mir erwähle! Ich bin kein leeres Gefäß, das man mit den Wünschen und Plänen anderer füllen kann! Ich bin mehr!«

Duncan seufzte. »Habt Ihr noch nicht gelernt, daß alle Menschen nicht mehr als leere Gefäße für die Götter sind? *Cheysula,* hadert nicht so mit Eurem Schicksal. Es ist nicht so schlecht.«

»Wie nennt Ihr mich?«

Er versteifte sich, saß kerzengerade im Sattel. »Ich habe ein gewisses Maß an Ehrgefühl, Mädchen. Ich werde mich dem Diktat meines eigenen *Tahlmorra* unterwerfen, aber ich werde auch Eures ehren. Ich weiß, wie es mit den Homanern und ihrer Anständigkeit steht, also werde ich auf meinen Schwur der Einsamkeit verzichten. Ihr und ich werden uns nach Cheysulibrauch vereinen und ich werde Euch zur Frau machen.«

»Das werdet Ihr *nicht!*«

»Alix …«

»Nein! Wenn ich eine Frau werde, dann deshalb, weil ich es will, und für einen Mann, bei dem ich mich wohlfühle. Ihr ängstigt mich mit Eurer überschatteten Seele und dem Murmeln einer Prophezeiung, die ich nicht einmal verstehen kann. Laßt mich in *Ruhe!*«

Er drängte sein Pferd näher heran und ergriff ihren Arm. Alix wehrte sich gegen ihn, aber er zog sie mühelos aus dem Sattel und lehnte sie aufrecht gegen seine Brust. Einen erschreckenden Augenblick lang erkannte sie die Ähnlichkeit seines Bruders und Finns ganze wilde Entschlossenheit in ihm.

»Duncan – *nein!*«

»Ihr habt es herausgefordert«, knurrte er und legte sie über seinen Schoß.

Cai, der von den Dachfirsten herabgeschwebt war, kreiste über ihnen. *Das solltest du nicht tun, Lir.*

Alix, in Duncans Armen gefangen und seine Absichten fürchtend, sah den Widerstreit auf seinem Gesicht. Seine Hand lag um ihr Kinn, hielt es fest, aber er machte keine weitere Bewegung, die sich gegen sie richtete. Sie wartete steif, atmete nicht, wagte nicht einmal, sich zu rühren.

Jäh lenkte er sein Pferd wieder zu ihrem und setzte sie rauh in ihren eigenen Sattel. Alix ergriff die Zügel und den Sattelknauf und kämpfte um eine aufrechte Haltung. Als sie einen ängstlichen Blick über ihre von dem Umhang verdeckte Schulter warf, sah sie ihn die Macht seiner Gefühle sichtbar zurückdrängen. Dann gerann sein Gesicht für sie zu einer Maske.

»Es scheint«, begann er steif, »als hättet Ihr alle *Lirs* zu Eurer Verfügung. Zuerst hindert Storr meinen *Rujholli* daran, Euch zu bezwingen, und jetzt macht Cai dasselbe mit *mir*. Es ist mehr an Euch, als ich dachte.«

»Vielleicht solltet Ihr darauf achten!«

Duncans Gesicht verzog sich. »Ich glaube, die Götter haben gelacht, als sie beschlossen haben, daß wir der Prophezeiung gemeinsam dienen sollen. Es wird keine leichte Aufgabe werden.«

Sie sah ihn an. »Es wird überhaupt keine Aufgabe geben, Gestaltwandler. Das habe *ich* beschlossen.«

Er stieß einen Fluch in der Alten Sprache aus und gab damit die Kontrolle wieder auf, die er so mühsam zurückerlangt hatte. Alix, erschreckt von der Wildheit in seiner Stimme, nahm ihr Pferd zwei Schritte zurück.

Lir, schrie Cai warnend.

Duncan wandte sich schnell im Sattel um, die Hand an seinem Messer, aber die Männer waren bereits über ihm. Drei von ihnen, in dunklen Gewändern, zogen ihn von seinem Reittier.

Alix keuchte, als sie ihn gegen sein Pferd gestützt stehen sah, das Messer gezogen, um den Männern entgegenzutreten. Plötzlich verrauchte ihre Verärgerung und ihre Enttäuschung und wurde zu starrer Angst um ihr Leben.

Ein schnelles Federgewicht sank aus dem Nachthimmel herab, und seine Flügelspitzen strichen über ihr Gesicht. Cai schrie in der Dunkelheit und fiel, die Klauen ausgestreckt, herab. Alix' Pferd, durch den Vogel erschreckt, wich aus.

Sie schrie auf und suchte festen Halt, verwickelte Zügel und Mähne in ihren steifen Fingern. Sie wußte wenig von Pferden. Sie war bisher immer nur mit jemandem mitgeritten. Jetzt versuchte sie das Pferd verzweifelt davon abzuhalten, Duncan mit seinen stampfenden Hufen zu treffen.

Ein rauher Aufschrei folgte Cais Angriff. Alix versuchte zu erkennen, ob Duncan in Sicherheit war, aber ihr Pferd hinderte sie daran. Es wich erneut aus und tänzelte rückwärts, fuhr dann herum und schoß davon.

Beschlagene Hufe glitten auf Pflastersteinen aus und ließen Funken sprühen. Das Pferd kümmerte sich wenig um Hindernisse in seinem Weg, übersprang einfach alles. Alix klammerte sich mit aller Kraft an das Tier, unfähig, seine Flucht zu kontrollieren, und bat um die Gnade der Götter.

Das Pferd übersprang ein Hindernis und rutschte beim Aufkommen schwer aus, schlitterte mit gespreizten Beinen voran und warf Alix fast aus dem Sattel. Der zurückgeschlagene Umhang zog an ihr. Sie spürte die eingewobenen Bänder aus Granaten und Perlen sich aus ihrem Haar lösen und die gelösten Zöpfe wirr um ihre Schultern hängen. Zitternd wickelte sie die Zügel zweimal um ihre Hände und zog den Kopf des Pferdes in dem unwillkürlichen Bemühen, es zu verlangsamen, zur Seite.

Schwach hörte sie den pfeifenden Atem des Tieres und spürte blutigen Speichel auf ihr Gesicht tropfen. Das Pferd rutschte und schlug mit allen vier Beinen um sich, um das Gleichgewicht zu bewahren, und Alix behielt ihren schmerzhaften Griff um die Zügel bei. Sie spürte, wie ihr der Umhang fortgerissen wurde, in die Dunkelheit abfiel.

Das Pferd brach plötzlich, ohne Warnung, unter ihr zusammen und ließ sie schmerzhaft auf die Straße stürzen.

Wie betäubt und angeschlagen von ihrer verdrehten Landung, spürte Alix ein Ziehen an ihrem linken Arm. Die verworrenen Zügel waren noch immer um ihr Handgelenk gewickelt und drohten sie mitzuziehen, als das Pferd kämpfte, wieder aufzustehen. Benommen zog sie mit ihrer anderen Hand an dem steifen Leder und befreite schließlich ihr Handgelenk.

Sie hörte ein Klappern wie von Kieselsteinen und erkannte dumpf, daß die juwelenbesetzten Bänder in ihrem Haar gerissen waren und Granaten und Perlen über die Pflastersteine verstreuten. Die Hand an der Taille fühlte, daß auch der Gürtel fort war und ihre Gewänder zerrissen und verschmutzt waren. Aber sie schob dies alles beiseite und richtete sich schmerzerfüllt auf Hände und Knie auf.

Das Pferd, das vergeblich versucht hatte aufzustehen, lag neben ihr keuchend auf der Seite. Alix starrte es verständnislos an, wollte zu ihm gehen, hatte aber Angst vor dem, was sie erwartete.

Ihr Haar fiel über die Schultern in ihr zerschlagenes Gesicht bis auf die Pflastersteine. Erschöpft schob sie es hinter die Ohren und entdeckte, daß die Granaten noch immer darin saßen. Alix stand auf und wartete auf den Schmerz. Als sie feststellte, daß sie ihn aushalten konnte, nahm sie ihre schweren Gewänder auf und ging langsam den Weg zurück, den sie gekommen war.

Duncan war nicht zu sehen, als sie die Stelle wiederfand. Alix trat in den Schein schwachen Fackellichts und betrachtete unbestimmt die Pflastersteine, sah zwei Körper.

Ein Mann lag mit einer tiefen Messerwunde im Bauch auf dem Rücken. Die Stirn des anderen, dessen Hände sich im Tode um sein Gesicht krallten, war von Klauen aufgerissen worden. Und er blutete stark aus einer Wunde in der Kehle.

Der dritte Mann war nirgends zu sehen. Alix schwankte unstet und legte beide Hände über den Mund, um die in ihrer Kehle aufsteigende bittere Galle zurückzudrängen.

Eine Laterne flackerte in einer Tür gegenüber auf, als diese sich öffnete. Alix blinzelte dagegen an, gefangen von der Helligkeit. Ein alter Mann spähte heraus, dessen eine Hand das Halsband eines knurrenden Hundes umfaßte. Er hob die Laterne, um die Straße besser ausleuchten zu können, und Alix wich sofort davor zurück, drängte sich an die Mauer.

Aber er sah sie. Seine dunklen Augen weiteten sich erst und verengten sich dann, als er die getöteten Männer sah. Seine Stimme klang rauh, als er wieder zu ihr hinschaute.

»Hexe! *Gestaltwandler*hexe!«

Alix legte eine zitternde Hand über ihr Gesicht, erkannte, wie weit die Spuren ihres Vaters reichten. In der Dunkelheit, vom Laternenlicht beleuchtet, schien sie vom Haß des Mujhar gezeichnet.

»Nein«, sagte sie deutlich.

Seine Hand löste sich vom Halsband des Hundes. Alix, die befürchtete, daß er ihn auf sie hetzen würde, nahm ihre Gewänder auf und floh.

Sie lief, bis ihre Lungen schmerzten und ihre Beine versagten. Atemlos sank sie gegen einen Steinbrunnen am Schnittpunkt mehrerer gepflasterter Straßen. Sie umklammerte die Querbalken des Brunnens und hielt sich aufrecht, keuchte unter messerscharfem Schmerz in ihrer Brust und an den Seiten.

Als die Atemnot ein wenig vorüber war, kurbelte sie den Eimer hoch. Das kühle Wasser lief süß durch ihre rauhe Kehle und rieselte hinab, um ihren hastig atmenden Bauch zu trösten. Es spritzte über den Rand und tränkte den Samt ihrer edlen Gewänder, aber es kümmerte sie nicht.

»Könntet Ihr ein wenig Wasser für ein durstiges Pferd bewahren, Mylady?« fragte eine ruhige Stimme.

Alix schreckte hoch, ließ den Eimer in den Brunnen fallen. Ihre Hände verkrampften sich in ihren Gewändern, während sie den Mann ansah.

Er bewegte sich weich, leise, verließ die Schatten wie ein Geist. Sie sah einen dunklen Umhang, der bis auf seine Füße reichte. Eine seltsam gewundene Silberbrosche knüpfte ihn an seiner linken Schulter fest, er schlug sich an einem Silberschwertheft in der Höhe der Hüften in Falten. Er schien, obwohl er aus der Dunkelheit kam, Licht mit sich zu bringen.

Sein Gesicht war weich, heiter. Stärke einer Art, wie sie sie noch nie gesehen hatte, strahlte aus seinen edlen Zügen, und sein Lächeln betörte sanft. Haar und Bart waren sehr dunkel, sorgfältig gepflegt und von Silberfäden durchzogen. Seine Augen, so schwarz wie das Pferd, das ihm folgte, blickten tröstlich und sanftmütig.

»Fürchtet mich nicht, Mylady. Ich suche nur Wasser für mein Pferd.« Er lächelte freundlich. »Keine Gespielin für den Abend.«

Angeschlagen und erschöpft, wie sie war, spürte Alix die Beleidigung deutlich. Sie stellte sich aufrecht und sah ihn an, würdigte ihn aber keiner Antwort. Aber als ihre Blicke sich trafen, wich der Trotz und ließ sie in seiner Gegenwart machtlos zurück.

Sie machte eine schwache Geste. »Der Brunnen gehört Euch, mein Herr.«

Er kurbelte den Eimer hoch und hielt ihn fest in behandschuhten Händen, ließ das Pferd trinken. Er betrachtete sie auf fast väterliche Art.

»Ihr seid heute nacht in Schwierigkeiten geraten, Lady«, sagte er ruhig. »Seid Ihr verletzt?«

»Nein. Es geht mir recht gut.«

»Versucht nicht, die Wahrheit vor mir zu verbergen. Ich brauche nur in Eure Augen zu sehen.«

Sie schluckte, war sich über ihr gelöstes Haar und die verschmutzte Kleidung im klaren. »Wir sind von Dieben überfallen worden, mein Herr.«

»Ihr seid jetzt allein.«

»Der Mann, mit dem ich geritten bin, blieb, um die Diebe zu bekämpfen. Mein Pferd hatte sich erschreckt und rannte davon. Um es aufzuhalten, war ich gezwungen, es niederzuzwingen.« Sie zuckte leicht die Achseln, schüttelte so die erinnerte Furcht ab. »Also laufe ich jetzt.«

»Was ist mit Eurer Begleitung?«

Alix wandte den Blick von ihm ab. »Ich weiß es nicht, mein Herr. Vielleicht wurde er getötet.« Das Bild stieg vor ihren Augen auf, zeigte ihr Duncan, der verdreht auf den Pflastersteinen lag, getötet. Sie erschauerte und spürte die schreckliche Qual in ihrer Seele.

»Mit solchen Worten gebt Ihr Euch in meine Hände«, sagte er sanft.

Ein furchtsames Frösteln durchlief sie, aber sie hatte Schmerzen und war müde, zu benommen, um zu widersprechen. »Wenn es so sein soll, mein Herr, was werdet Ihr mit mir tun?«

Er ließ den Eimer wieder in die Tiefen des Brunnens hinabgleiten und liebkoste das seidige Maul des Pferdes. »Euch helfen, Mylady. Ich werde Euch meine Hilfe anbieten.«

Sein betörendes Lächeln tröstete sie. »Kommt ins Licht und schaut mich an. Wenn ich wirklich hinterhältig wirke, müßt Ihr nur fortgehen. Ich werde Euch nicht zurückhalten. Aber wenn Ihr Ehrlichkeit in meinen Absichten erkennt, dann könnt Ihr gern mit mir kommen.«

Langsam folgte Alix seiner Aufforderung und trat ins Fackellicht. Seine Erscheinung wirkte ruhig, freundlich, und seine Zuneigung zu dem Pferd zeigte guten Willen.

Sie begegnete seinem Blick eine ganze Weile und suchte darin nach einer Antwort.

Schließlich seufzte sie. »Ich bin so erschöpft von diesem Tag und dieser Nacht, daß mich Eure Absichten wenig beunruhigen. Wohin geht Ihr, mein Herr?«

»Wohin Ihr wollt, Mylady. Ich bin Euer Diener.«

Alix betrachtete das glatte Gesicht, suchte einen Hinweis auf seine wahren Absichten, aber sie sah nur Heiterkeit. Er war reich gekleidet, obwohl nicht auffällig, und sein Verhalten schien das eines hohen Herrn.

»Dient Ihr dem Mujhar?« fragte sie, plötzlich besorgt.

Er lächelte, und seine weißen Zähne schimmerten. »Nein, Mylady, das tue ich nicht. Ich diene den Göttern.«

Das erleichterte sie sehr. Schweigend nahm Alix die Edelsteine von ihren Ohren ab und hielt sie ihm hin.

Aber er wollte sie nicht nehmen. »Ich brauche Eure Juwelen nicht. Was ich für Euch tue, erfordert keinen Dank.« Er machte eine weiche Geste. »Wo wollt Ihr hin, Mylady? Ich werde Euch geleiten.«

»Ein Kleinpächterhaus«, sagte sie leise. »Im Tal. Es ist vielleicht zehn Meilen von hier entfernt.«

Seine Augen glitzerten in sanftem Humor. »Ihr erscheint nicht wie ein Kleinpächtermädchen, Mylady. Ich sehe in Euch mehr als das.«

Ihre Hand umfaßte die Granatohrringe. »Wollt Ihr mich demütigen, mein Herr? Das ist nicht nötig. Ich kenne meinen Platz.«

Er trat näher heran. Das Licht schien ihm zu folgen. Seine Augen blieben sanft, gütig, wie es auch seine Stimme war, dabei so tief wie der Brunnen, aus dem sie getrunken hatten.

»Wirklich?« fragte er sanft. »Kennt Ihr wirklich Euren Platz?«

Alix betrachtete ihn stirnrunzelnd, verwirrt durch sein Verhalten, und verlor sich in der Macht seiner schwarzen Augen.

Er hob seine rechte Hand. Einen Augenblick lang

dachte sie, er würde die Cheysuligeste des *Tahlmorra* vollführen, aber das tat er nicht. Statt dessen schoß eine zischende Spur purpurfarbenen Lichts aus der Dunkelheit und sammelte sich in seiner Hand, warf einen violetten Schimmer über ihrer beider Gesicht.

»Also habt Ihr von Eurem Erbe erfahren«, sagte er ruhig. »Nach all dieser Zeit. Ich hatte Lindirs Kind verloren geglaubt, und nicht mehr für wichtig gehalten.«

Alix keuchte.

Die Flamme sprang in seiner Hand umher. »Ihr verschließt mehr von der Prophezeiung in Euch als jeder, den ich jemals gesehen habe. Und ich beobachte seit Jahren ... und warte.«

Ihre Stimme schmerzte. »Was wollt Ihr damit sagen?«

Schwarze Augen verengten sich und beherrschten sie. »Kann es sein, daß Ihr nicht ganz versteht? Haben die Cheysuli Euch noch nicht an ihr *Tahlmorra* gebunden?«

»*Wer seid Ihr?*«

Er lächelte. »Ich habe viele Namen. Die meisten werden von unwichtigen Männern benutzt, die mich fürchten. Andere werden so verehrt, wie sie es sollten.«

Alix zitterte. »Welche Art Mann seid Ihr?«

»Einer, der den Göttern dient.«

Sie wollte ihn verlassen, aber die Macht in seinen unergründlich schwarzen Augen hielt sie fest. Purpurfarbenes Licht glühte in seiner Handfläche.

»Was wollt Ihr von mir?«

»Nichts«, sagte er ruhig, »wenn Ihr unwissend bleibt. Nur wenn Ihr das *Tahlmorra* in Euch erkennt, werde ich gezwungen sein, Euch aufzuhalten. Auf jede mir mögliche Weise.«

Ihre Handfläche brannte an den Stellen, wo die Ohrringe in ihre Haut drückten. »Ihr seid kein Cheysuli.«

»Nein.«

»Und dennoch sprecht Ihr von ihrem *Tahlmorra* und der Prophezeiung. Was bedeutet Euch das?«

»Meinen Tod«, sagte er sanft. »Mein Ende, wenn es erfüllt wird. Und die Cheysuli wissen es.«

Kaltes Erkennen weitete ihren Geist. Bewußt zwang sie ihren Körper, sich zu entspannen, und hob dann den Kopf. »Ich kenne Euch. Ich *kenne* Euch.« Sie atmete tief durch. »*Ihlini*.«

»Ja«, sagte er sanft.

»Tynstar...«

Seine Augen lächelten. »Ja.«

»Was tut Ihr hier?« flüsterte sie.

»Das darf nur ich wissen. Aber ich sage Euch folgendes – Bellam durchbricht bereits Shaines Grenzen und dringt ins Land ein. Homana wird fallen, Mylady... bald. Es wird mir gehören.« Er lächelte. »Wie es schon immer gedacht war.«

»Das wird Shaine niemals zulassen.«

»Shaine ist ein Narr. Er war ein Narr, als er die Cheysuli aus ihrer Heimat vertrieben und zum Tode verurteilt hat. Ohne sie kann er nicht siegen. Wenn er es nicht tut, wird die Prophezeiung nicht erfüllt. Und ich werde Herrscher dieses Landes sein.«

»Durch Eure widernatürlichen Fähigkeiten!« schrie Alix.

Der Hexer lachte weich. »Ihr habt selbst Anteil an widernatürlichen Fähigkeiten, Mylady... Ihr müßt sie nur erlernen. Aber bis Ihr dies tut, bleibt Ihr bedeutungslos, und für mich unwichtig.« Er zuckte die Achseln. »Also werde ich Euch leben lassen.«

»Mich leben lassen...«, wiederholte sie.

»Im Augenblick«, bestätigte Tynstar leichthin.

Ein beflügelter Schatten schwebte über sie hinweg, löschte das violette Schimmern kurz aus. Tynstar schaute hoch und beobachtete den Schatten, sah dann Alix an.

»Ihr ruft den *Lir*, Lady, obwohl Ihr es nicht wißt. Vielleicht seid Ihr nicht das naive Kind, als das Ihr mir erscheinen wollt.«

Cai! schrie sie stumm und schaute zu dem Falken hinauf.

Tynstars Hand ruhte auf seinem Pferd. Die andere hielt noch immer die zischende purpurfarbene Flamme. Er lächelte sie über ihren Schein hinweg an und zeichnete eine gewundene Rune in die Luft. Ihre Spur glühte eine Weile vor der Dunkelheit und flammte dann zu einer kalten Feuersäule auf. Als sie fort war, war auch er es.

»Alix.«

Sie fuhr herum und sah Duncan. Er stand schweigend da, das Pferd hinter sich, den linken Arm blutverschmiert. Eine Quetschung verdunkelte seinen Wangenknochen, und er hatte einen flachen Schnitt auf der Stirn, aber sonst schien er heil.

Alix sah ihn an. Der Trotz, den sie ihm zuvor gezeigt hatte, war verschwunden. Ihre Worte, verängstigt und erschreckt, hatten dann keine weitere Bedeutung. Etwas flüsterte in ihrer Seele, berührte ihren Geist, und sie begann es zu verstehen.

»Das Pferd ist davongelaufen«, sagte sie unsicher.

Seine Augen fixierten sie. »Ich habe es gefunden. Es lahmt, wird sich aber erholen.«

»Ich bin froh, daß es nicht schlimmer verletzt ist.« Sie wußte, daß die Worte, die sie sprachen, keine Bedeutung hatten. Ihre Unterhaltung verlief auf einer anderen Ebene.

»Werdet Ihr es ertragen, mit mir zu reiten?« fragte er. »Ich kann keine weitere Zeit damit verschwenden, ein anderes Pferd zu suchen. Der Stamm braucht mich.«

Alix ging langsam auf ihn zu, die Augen verweilten auf jeder sichtbaren Wunde und Quetschung. Eine seltsam zitternde Schwäche zog in ihre Glieder, als sein gelber Blick fest und durchdringend auf ihr ruhen blieb. Der Falkenohrring glitzerte in den Strähnen seines schwarzen Haars.

Sie blieb vor ihm stehen. »Es war Tynstar.«

»Ich habe ihn gesehen.«

Sie streckte eine zögernde Hand aus und berührte das getrocknete Blut auf seinem Arm. »Duncan, ich wollte Euch nicht verletzen.«

Er zuckte bei ihrer sanften Berührung zurück, aber sie erkannte, daß es nicht vor Schmerz geschah. Etwas sagte ihr, daß dieser Mann für sie bestimmt war, und die Wucht des Wissens betäubte sie.

»Duncan ...« Sie schluckte schwer und begegnete seinen flammenden Augen. »Duncan, bitte halte mich, damit ich weiß, daß ich wirklich bin.«

Er flüsterte etwas in der Alten Sprache und nahm sie in seine Arme.

Alix, deren Haar ihren Rücken hinabfiel, schmolz an seinem festen Kriegerkörper dahin, bis sie sich ohne Halt fühlte. Diese seltsame Schwäche war ihr neu, aber sie hieß sie willkommen.

Duncan versenkte eine Hand tief in ihrem Haar und bog ihren Kopf zurück. »Leugnest du es? Verleugnest du das *Tahlmorra* in unserem Blut?«

Sie antwortete nicht, ließ ihre Hände sich in dem dichten Haar verfangen, das sich in seinem Nacken kräuselte, und zog seinen Mund auf den ihren.

Kapitel Vier

Duncan fand in den Hügeln jenseits von Mujhara eine Höhle für sie und breitete Felle über den Steinboden. Alix setzte sich auf eines, zog seine rote Decke um ihre Schultern und beobachtete, wie er ein kleines Feuer machte. Als es fertig war, nahm er das Waldhuhn, das er gefangen hatte, spießte es auf und hielt es über das Feuer.

»Schmerzt dein Arm?« fragte sie.

Er beugte den verkrusteten Unterarm. »Nein. Die Männer waren nicht geübt mit diesen Waffen.«

»Finn hat gesagt, du könntest heilen. Willst du das nicht tun?«

»Nicht für mich selbst, und nicht für solch eine kleine Wunde. Die Heilkräfte werden nur in großer Not und nur bei anderen angewandt.«

»Finn hat Carillons Handgelenk geheilt.«

»Weil Carillon davon überzeugt werden mußte, daß wir nicht die Dämonen sind, für die er uns hielt.«

Sie bewegte sich, erleichterte die wunde Hüfte. Ihr ganzer Körper schmerzte von dem Fall vom Pferd. »Was meintest du, als du mit Carillon sprachst, als wir losritten? Es klang, als hättest du von einer Gewißheit gesprochen.«

Er kümmerte sich um das brutzelnde Waldhuhn und trank aus einem Becher Met. »Ich habe von dem Wissen der Prophezeiung gesprochen. Carillon wird darin nicht genannt – kein Mann wird genannt –, aber ich glaube, er ist derjenige.«

»Sprich offen zu mir.«

Duncan lächelte sie verzerrt an. »Ich kann nicht. Du weißt nichts von der Prophezeiung. Dieses Wissen wird dir vom *Shar Tahl* übermittelt werden, und dann wirst du verstehen.«

»Warum mußt du deine Worte in soviel Dunkelheit hüllen? Du machst mich glauben, daß es Magie sei, die du anzuwenden versuchst.«

»Es ist keine Magie, den Göttern zu dienen.«

»Wie es auch Tynstar tut?«

Er versteifte sich. »Tynstar dient den dunklen Göttern der Unterwelt. Er ist böse. Er versucht nur, die Prophezeiung zu verhindern, bevor ihre Zeit gekommen ist.«

»Das sagte er.« Alix seufzte und rieb sich über die Stirn. »Wo bist du hingegangen, als mein Pferd davonlief?«

»Zuerst habe ich zwei der Diebe getötet. Der dritte rannte davon. Dann habe ich dich gesucht.«

»Warum hast du nicht einfach Cai gesandt? Oder *Lir*gestalt angenommen?«

»Ich konnte keine *Lir*gestalt annehmen. Ich spürte die Gegenwart eines Ihlini, obwohl ich nicht wußte, wer es war. Und was Cai betrifft … ihn habe ich nach Homana-Mujhar gesandt.«

»Nach Homana-Mujhar!«

»Ich dachte, du wärst zu Carillon zurückgekehrt.«

Sie sah ihn erstaunt an und spürte dann ein seltsames Gelächter in sich aufsteigen. »Du machst mich glauben, daß du eifersüchtig auf ihn wärst.«

Er runzelte die Stirn. »Ich bin nicht eifersüchtig.«

Alix lächelte verwundert und lachte dann geradeheraus. »Also soll ich glauben, daß die Cheysuli einer solch homanischen Regung nicht fähig sind? Und doch scheint dein Bruder – der auch meiner ist – sehr wohl fähig, dies zu zeigen.«

»Finn ist jung.«

»Und du bist nicht viel älter.«

Röte überzog sein Gesicht. »Ich habe meine Jugend an dem Tag hinter mir gelassen, als mein erster Keep von den Männern des Mujhar eingenommen wurde. Es war allein der Wille der Götter, daß ich nicht getötet wurde, wie so viele andere.«

»Duncan ...«

»Du wirst es sehen, wenn wir den Keep erreicht haben.«

»Sind nur so wenige übriggeblieben?«

»Vielleicht fünfzig Frauen, von denen die Hälfte keine Kinder gebären kann. Der Rest sind alte Männer, Mädchen und Jungen. Von den Kriegern ... gibt es vielleicht noch sechzig.«

Der Schrecken des *Qu'mahlin* durchfuhr sie zum ersten Mal. »Duncan ...«

Er wirkte plötzlich alt. »Einst war dieses Land das unsere. Mehr als fünfzig Stämme bevölkerten Homana, von Hondarth am Idrischen Meer bis in die Berge des Nordens und über den Blauzahnfluß hinweg. Inzwischen sind sie alle vernichtet worden, und nur mein Stamm ist übriggeblieben. Wir sind nicht mehr so stark, wie wir einmal waren.«

»Shaines Schuld ...«

Er streckte die Hand aus und ergriff einen ihrer Arme, die Augen flehentlich auf sie gerichtet. »Erkennst du es jetzt? Verstehst du jetzt, warum wir Frauen rauben und sie zwingen, unsere Kinder zu gebären? Alix, das ist die letzte Überlebenschance einer Rasse. Der Rat wird nicht *dich* sehen, sondern deine Rasse und deine Jugend. Du mußt deiner Rasse dienen, *Cheysula*.«

Sie saß aufrecht auf dem Fell. »Und werden sie hören, daß du mich so genannt hast?«

Er ließ ihren Arm frei. »Ich werde um dich bitten. Es ist mein *Tahlmorra*.«

Duncan machte eine langsame Geste, spreizte die Finger. »Du bist Hales Tochter. Ich denke, sie werden mir meine Bitte nicht verweigern.«

Sie spürte Kälte aufkommen. »Aber ... sie *könnten* es? Sie könnten dir die Bitte verweigern?«

Seine Hand sank herab. »Ja. Zuerst mußt du innerhalb

des Stammes anerkannt sein, das Wissen auf die alte Art lernen, deine Geburtslinien erklärt bekommen. Der *Shar Tahl* wird entscheiden, ob du wirklich eine Cheysuli bist.«

»Aber … *du* hast es gesagt!«

Duncan lächelte traurig. »Es gibt keinen Zweifel, Kleines. So ist nur der Brauch. Aber du bist als Homanerin aufgewachsen. In den Augen des Rates bist du mit einem Makel belegt. Bis der *Shar Tahl* dich davon freigesprochen hat.«

Niedergeschlagen schloß sie die Augen. Ihr zunehmendes Vertrauen in ihn war mit nur wenigen Worten zerstört worden. Dann öffnete sie die Augen wieder.

»Sie würden mich nicht *Finn* überlassen!«

Duncans Gesicht zeigte eine Mischung aus Überraschung und Belustigung, dann aber Nachdenklichkeit. Er runzelte die Stirn.

Alix hatte plötzlich Angst. »Duncan, das würden sie nicht tun!«

Er drehte den aufgespießten Vogel langsam um. »Ich bin der Stammesführer, aber nicht die einzige Macht im Stamm. Der Rat entscheidet, was sein wird.«

Sie sprang auf und stolperte zu der ihr gegenüberliegenden Felswand. Sie starrte sie blind an, zog die Decke fester um ihren schmerzenden Körper. Die Gewißheit, daß Duncan ihr etwas bedeutete, wühlte in ihren Eingeweiden wie eine Schlange, die scharfe Zähne in ihren Geist schlug.

Ihn verlieren, wo ich ihn doch gerade erst gefunden habe …

Duncans Hände legten sich auf ihre Schultern. »Ich werde dich nicht so leicht aufgeben.«

Zitternd wandte sie sich zu ihm um. »Könntest du es verhindern, wenn sie mich einem anderen Mann geben wollten?«

Muskeln bewegten sich unter der glatten Haut seines Kinns. »Nein.«

»Was ist dann mit diesem *Tahlmorra*, von dem du redest?«

»Es ist meines, Alix«, sagte er düster. »Das heißt nicht, daß es auch dasjenige des Stammes ist.«

Sie flüsterte seinen Namen. Dann hob sie ihr Gesicht und berührte seinen Arm. »Wenn ich bereits vor dieser Ratsversammlung dein Kind tragen würde ...?«

Seine Augen flackerten überrascht auf. Dann lächelte er. »Wenn du solch ein Opfer bringen würdest, Kleines, dann könnten sie wenig gegen unsere Verbindung einwenden.«

Alix ließ die Decke fallen. Das gürtellose Gewand darunter lag locker um ihren Körper. Langsam löste sie die Verschlüsse im Nacken. Duncan beobachtete sie stumm, von der Kraft in ihrem Blick gebannt. Sein Atem wurde rauher.

Als das Gewand offen war, ließ sie es um ihre Füße sinken. Ihr ungebundenes Haar strömte über ihre Schultern wie ein Umhang.

»Das ist neu für mich ...«, flüsterte sie und zitterte vor etwas anderem als Angst. »Duncan ... es kann nicht so sehr schwierig sein zu empfangen ...«

»Nein«, hauchte er und streckte die Hand nach ihr aus. »Es ist nicht so sehr schwierig.«

Er führte sie von Homana nach Ellas, dem östlich an Homana angrenzenden Reich. Alix, die mit neuer und wundervoller Erwartung seine schmale Taille umklammerte, verspürte Bedauern und Verärgerung darüber, daß ihr Großvater ihre Rasse so hartherzig aus ihrer Heimat in ein fremdes Reich hatte vertreiben können.

Als Duncan schließlich anhielt, sah Alix eine lange halbrunde Mauer aus aufgeschichteten Steinen vor sich. Die Mauer verlief eine Strecke weit, bevor sie halbkreisförmig wieder zurückführte, und in der breiten Öffnung sah sie drei Krieger mit ihren *Lirs* stehen. Sie warteten schweigend, und sie erkannte, daß es Wächter waren.

»Der Keep«, sagte Duncan und ritt an den Kriegern vorbei.

Große Zelte wölbten sich in einer leichten Brise. Alle waren in warmen Tönen gefärbt und ließen die kleinen Zelte, die sie in dem vorigen Lager gesehen hatte, noch kleiner erscheinen. Jedes hatte seine eigene Feuergrube vor dem Zelteingang, aber Rauch stieg aus den Spitzen der Zelte auf, und sie erkannte, daß auch im Innern kleinere Feuer unterhalten wurden. Jedes Zelt trug, ungeachtet seiner Farbe, gemalte Tiere auf den Seiten. An den Formen konnte sie erkennen, welche *Lirs* dort lebten.

Die gerundete Mauer unverkleideten, unverputzten Steins stand unter einer zerklüfteten Bergschulter. Der Halbkreis verschmolz mit dichten schützenden Wäldern. Alix erkannte, daß die so geschaffene Begrenzung die Sicherheit der Cheysuli bedeutete.

Duncan zügelte das Pferd vor einem grünen Zelt. Sie schaute nach dem auf die Seite gemalten Falken, sah aber nur einen Wolf.

Sie erstarrte. »Warum halten wir hier an?«

»Ich möchte meinen *Ruhjo* sehen«, sagte er ruhig und glitt vom Pferd. Er wandte sich um, um sie herabzuheben.

»Warum? Ich will mit Finn nichts zu tun haben.«

Duncan betrachtete sie nachdenklich. »Als ich ihn das letzte Mal sah, fieberte er von den in der Waldschlacht geschlagenen Wunden.« Sein Mund war fest. »Wunden, die er dadurch erlangt hat, daß er dich beschützt hat.«

Kleinlaut glitt Alix in seine Arme und ließ sich von ihm in das Zelt führen.

Finn lag ausgestreckt auf einem Lager aus dicken Fellen, eingehüllt in eine weiche gewebte Decke. Als er sie sah, richtete er sich auf einen Ellenbogen auf und grinste Alix an.

»Also hat mein *Ruhjo* es geschafft, Euch von dem Reichtum Homana-Mujhars – und von Carillon – abzuwerben.«

Sie war darauf vorbereitet gewesen, ihm gute Besserung zu wünschen, denn sie fühlte sich für die Verlet-

167

zungen verantwortlich. Aber jetzt, vor diesem spöttischen Blick und den spöttischen Worten, schwanden ihre
guten Absichten.

»Ich bin nur zu gern mitgekommen, als mein Großvater mich eine Gestaltwandlerhexe nannte und drohte,
mich töten zu lassen.«

»Ich *sagte* Euch, daß Euer Platz bei uns ist, *Mei Jha*,
nicht innerhalb der Mauern von Shaines Palast... oder
in den Armen des Prinzen.«

Sie sah ihn an. »Es scheint mir nicht, daß Ihr fiebert.«

Er lachte. »Ich habe mich wieder ganz erholt, *Mei Jha*.
Oder zumindest fast. Ich werde Euch bald genug wieder
behelligen, wenn ich aufstehen kann.«

»Ihr braucht keine Füße, um das tun zu können!« Sie
betrachtete ihn stirnrunzelnd. »Ihr braucht nur in meiner
Nähe zu sein.«

Finn grinste und fuhr mit einer Hand durch sein Haar.
Sie sah, daß seine Augen wachsam und von der Krankheit ungetrübt waren, obwohl seine Hautfärbung nicht
so stark war wie üblich. In Wahrheit war sie dankbar
dafür, daß er nicht so schwer verletzt worden war, aber
das würde sie ihm nicht sagen.

»Werdet ihr beiden niemals Frieden miteinander
schließen?« grollte Duncan. »Muß ich stets versuchen,
euch zu beschwichtigen, jedes Mal einen anderen?«

»Sie ist eine Frau, *Rujho*«, sagte Finn hochtrabend.
»Und Frauen sind immer der Grund für Aufregungen.«

Bevor Alix antworten konnte, legte Duncan eine feste
Hand auf ihre Schulter und drückte sie sanft. Sie sagte
nichts, sah aber, wie sich Finns Augen mißtrauisch verengten. Alix konnte nicht verhindern, zu erröten.

Er lächelte zaghaft, beobachtete sie mit strahlenden
Augen. Er war nicht dumm, das wußte sie. Er sah Duncan mit ausdruckslosem Gesicht an.

»Malina hat empfangen.«

Duncans Hand krampfte sich in Alix' Schulter. Sie sah
ihn überrascht an, sah, wie er unter dem Cheysuliteint

168

blaß wurde. Sie wußte noch nichts von dem Gespür einer Frau in bezug auf ihren Gefährten, aber sie verstand sofort, daß ihn etwas zutiefst erschüttert hatte.

»Ist das sicher?« fragte Duncan mit seltsamer Stimme.

Finn nickte. »Sie ist im vierten Monat.« Sein Gesicht verzog sich spöttisch. »War es nicht vor vier Monaten, als sie sich von dir fort und Borrs zuwandte und ihn zu ihrem *Cheysul* nahm?«

»Ich kann zählen, Finn«, sagte Duncan verärgert.

Der jüngere Mann betrachtete Alix' verständnisloses Gesicht. Er lächelte noch breiter. »Und jetzt gehört Borrs zu den seelenlosen Männern und will das Todesritual vollziehen. Malina ist wieder frei.«

Unwillkürlich griff Alix nach Duncans geballter Faust. Aber er entzog seine Hand ihren suchenden Fingern und trat weg von ihr.

»Hat sie dem Rat das Ungeborene bereits offenbart?« fragte er rauh.

Finn, wieder ernst, schüttelte den Kopf. »Sie hat während der letzten drei Tage wie vorgeschrieben getrauert, als sie die Neuigkeiten erfahren hatte. Aber es wird eine kurze Trauerzeit sein müssen, wenn sie einen neuen *Cheysul* nehmen will.«

»Wußte Borrs von dem Kind?«

Finn zuckte eine Schulter. »Er hat mir nichts davon gesagt. Aber er wußte auch, daß du und ich uns nahestehen, *Ruhjo,* und er würde dem *Rujholli* des Mannes gegenüber, der seine *Cheysula* zuerst besaß, kaum über eine solche Sache gesprochen haben. Nicht wahr?«

»Dann hat sie den *Jehan* nicht benannt.«

Erneut kroch ein spöttischer Glanz in Finns Augen. »Vielleicht kennt nicht einmal Malina den *Jehan* ihres ungeborenen Kindes, *Rujho.* Kennst du ihn?«

Alix trat auf ihn zu. »Was wollt Ihr damit sagen? Was hat das mit Duncan zu tun?«

»Es wäre vielleicht besser, wenn er Euch das selbst sagen würde.«

»*Erzählt* es mir!«

Finn warf einen Blick auf seinen schweigenden Bruder und nickte dann. Er lächelte wölfisch und triumphierend. »Duncan hätte im nächsten Jahr formell um die Stammesrechte an Malina gebeten und sie zu seiner *Cheysula* genommen. Sie war die seine seit ich denken kann ... innerhalb der Stämme sind sich die Kinder nahe und heiraten oft, wenn sie älter sind.« Er kratzte sich an einer Augenbraue. »Aber Borrs wollte sie ebenfalls, und als Duncan noch wartete, weil er zunächst Stammesführer werden wollte, tat Malina es ihm nicht nach. Ich kann die Launenhaftigkeit einer Frau, einen Mann zu bestrafen, indem sie einen anderen nimmt, nicht gutheißen, aber das hat sie getan.« Er sah Duncan durchdringend an. »Aber jetzt gehört Borrs zu den seelenlosen Männern, ist stammeslos, und sie kann erneut frei wählen.« Er machte eine bedeutungsvolle Pause. »Oder kann erwählt *werden*.«

Alix, die sich über Finns angeborene Verderbtheit im klaren war, suchte die Wahrheit in Duncans Augen. Er wandte sich von ihr ab und trat durch den Zelteingang, ohne ein Wort zu sagen.

Finns leises Lachen traf sie. Alix wandte sich ihm wütend zu, die Faust in seine Richtung erhoben. Aber er lachte erneut, belustigt durch ihr Verhalten, und sie ließ die Hand wieder sinken.

»Warum?« fragte sie. »Warum bestraft Ihr mich so?«

Er setzte sich auf, kreuzte die Beine unter der Decke. Er trug keinen Wams, und sie sah, daß die Bronzefarbe seiner Brust dicht mit Narben übersät war. Die Wunde an seiner Schulter war unverbunden, heilte aber, und sie erinnerte sich erneut seiner Wildheit, als er den Krieger getötet hatte, der sonst sie getötet hätte.

»Also«, sagte er mit leiser, spöttischer Stimme, »erkennt Ihr letztlich das *Tahlmorra* in Euch selbst. Ich sehe, daß Ihr doch meinen *Ruhjolli* erwählt und sogar Carillon aufgegeben habt. Nur daß Duncan jetzt zu seiner ersten

Frau zurückkehrt.« Er schnalzte mit der Zunge. »Arme kleine *Mei Jha*.«

»Ich brauche Euer Mitleid nicht.«

»Duncan ist auf viele Arten anders als ich, *Mei Jha,* besonders in bezug auf seine Frauen. Mit Malina war er lange Zeit zufrieden, brauchte keine anderen.« Er zuckte die Achseln. »Ich nehme eine Frau, wo ich will – frei. Bis auf Euch haben sie mich niemals abgelehnt.«

»Was wollt Ihr damit sagen!«

»Daß Duncan einen Lebensbund eingeht, wenn er eine *Cheysula* nimmt. Wenn Malina Stammesrechte mit erwiesener Fruchtbarkeit bietet, wäre er ein Narr, sie abzulehnen.« Er streckte sich müßig, ließ verhärtete Sehnen knacken. »Mein *Ruhjo* ist vieles, aber er ist kein Narr.« Finn grinste sie an. »Macht Euch nichts draus, *Mei Jha*... ich will Euch noch immer. Ihr werdet nicht allein sein.«

Sie wollte ihn anschreien, tat es aber nicht. Vielmehr bewahrte sie eine erhabene Schönheit, sogar in ihrem zerrissenen und verschmutzten Gewand.

»Ich bin Hales Tochter ... ich glaube es jetzt. Daher bin ich eine Cheysuli. So kann ich mir frei jeden Mann erwählen, *Rujholli,* und ich sage Euch jetzt – Ihr wärt der letzte Krieger, den ich jemals in Erwägung ziehen würde. Der *letzte*.«

Alix verließ ihn mit dem Gefühl einer seltsamen Befriedigung, daß sie ihn so leicht hatte übertrumpfen können. Der Ausdruck auf seinem Gesicht hatte ihren Sieg bestätigt. Aber die Befriedigung schwand, als sie sich an ihren Grund erinnerte. Außerhalb von Finns grünem Zelt kauerte Alix sich zusammen und sehnte sich nach Duncan.

Cai schwebte aus dem Himmel herab. *Komm mit mir, Liren.*

Wohin? fragte sie wie betäubt.

Zu meinem Lir.

Dein Lir sucht die Gesellschaft einer anderen Frau.

Cais Tonfall war ausgesprochen freundlich. *Du bist*

müde und von Sorge und Verwirrung erfüllt. Komm mit mir.

Schweigend folgte Alix dem Vogel durch den Keep zu einem schieferfarbenen Zelt, das mit einem darauf gemalten goldenen Falken geschmückt war. Als Cai sich auf seiner hölzernen Stange niederließ, zog sie den Zelteingang beiseite und trat ein.

Duncan hatte sein Zelt mit dicken weichen Fellen und reich verzierten Wandteppichen ausgekleidet. Alix betrachtete alles offen, unfähig die Runen und seltsamen Symbole, die in das blaue Muster eingestickt waren, zu entziffern. Sie kniete sich vor die aschegefüllte Feuerstelle.

Sie fühlte sich sehr klein. Ein Fieber schien sich in ihre Knochen eingenistet zu haben und schüttelte sie, während sie sich zu beruhigen versuchte. Ihr Atem schien vollständig verbraucht zu sein, wiederholtes Keuchen verschlimmerte ihre Luftnot nur noch. Schließlich beugte sie den Kopf und umfaßte ihn, drückte auf ihre Schläfen.

»Bei den Göttern…«, flüsterte sie, »was habe ich getan?« Sie atmete tief ein. »Ich habe mein Haus verlassen… ich wurde aus Homana-Mujhar verbannt… ich bin mit einem Mann, den ich nicht verstehen kann, in ein seltsames Reich geritten, und er hat mich genauso leicht aufgegeben wie Shaine.« Alix ballte die Fäuste, als wollte sie Dämonen aus ihrem Schädel vertreiben. »Ich habe mich ihm *hingegeben*… und jetzt sucht er eine andere auf!« Sie hob den Kopf und starrte blind die Wandteppiche an. »Was habe ich getan?«

Die Wandteppiche antworteten nicht und Cai auch nicht. Alix sehnte sich nach seiner warmen Stimme und seiner Sicherheit, aber der Falke blieb still. Sie wurde sich eines anderen Flüsterns in ihrem Geist bewußt. Es bildete Muster und Klänge wie diejenigen, die sie vor der Waldschlacht gehört hatte, aber sie bedrängten sie nicht so sehr.

»Ich bin wahnsinnig geworden«, flüsterte sie.

Das Flüstern und die Klänge wurden fortgeführt, hoben und senkten sich wie in jeder gewöhnlichen Unterhaltung. Sie begann die Töne zu unterscheiden, runzelte vor Mühe die Stirn, während sie zu verstehen versuchte. Alix zog die Finger durch ihr Haar, als wollte sie die Fäden der Muster entwirren, und erkannte, wie zerzaust es war. Sie nahm den Silberkamm, den Duncan ihr gegeben hatte, aus ihrem Leibchen hervor und begann ihn durch die Knoten zu ziehen, in der Hoffnung, daß der Schmerz sie von dem befreien würde, was sie nicht verstehen konnte.

Als ihr Haar wieder glatt war, flocht sie es zu einem einzigen Zopf und band das Ende mit einem Streifen Samt, den sie von ihrem Gewand abgerissen hatte, zusammen. Seine Pracht war zerstört, die seidene Obertunika zerfetzt und der Saum zerrissen und verschmutzt. Aber die geschwundene Eleganz ihrer Kleidung störte sie nicht im geringsten, sie wollte nur Duncans Zuwendung zurückgewinnen.

Als er kam, geschah es schweigend, ohne die Wärme, an die sie gewöhnt war. Sein Gesicht war verzerrt, als er den Zelteingang hinter sich zurechtzog.

»Du mußt mit mir kommen.«

»Wohin?«

»Zu Raissa.«

»Wer ist Raissa«, fragte sie und wußte, daß es nicht wirklich die Antwort war, die sie suchte.

»Sie ist die Frau, die dich bei sich behalten wird, bis du vor den *Shar Tahl* und den Rat trittst.«

»Kann ich nicht bei dir bleiben?« fragte sie sanft, die Hände im Schoß gefaltet.

Duncan kniete sich hin und richtete das Holz in der kleinen Feuergrube des Zeltes. Er nahm einen Feuerstein auf und zündete es an.

»Nein«, sagte er schließlich. »Du tätest besser daran, woanders zu bleiben.«

Alix biß sich auf die Lippen und kämpfte die Tränen zurück.

»Dann stimmt es, was Finn gesagt hat ... du wirst eine andere Frau nehmen.«

Seine Hand zerbrach einen knorrigen Zweig. Kurz darauf warf er die Stücke aufs Feuer und sah sie durch den aufsteigenden Rauch hinweg an.

»Als ich zu dir nach Homana-Mujhar kam, war Malina die *Cheysula* eines anderen Mannes. Ich hatte sie aus meinem Geist verbannt. Ich dachte nur an dich.«

Sie schluckte schmerzlich. »Aber jetzt kannst du sie nicht länger aus deinem Geist verbannen.«

Er rückte zu ihr heran, noch immer auf den Knien, und nahm ihr Gesicht in seine gebräunten Hände. »Ich werde dich nicht aufgeben.«

Alix sah ihn an, hielt das Zittern in ihren Knochen zurück. »Was willst du dann damit sagen, Duncan?«

»Unser *Tahlmorra* ist eins, Alix. Ich spüre es, auch wenn du es nicht tust. Ich werde dich nicht aufgeben.« Er seufzte mit gefurchten Brauen. »Malina wird meine *Cheysula* sein, wie ich es ihr versprochen habe, als wir Kinder waren, aber du hast einen Platz in meiner Seele. *Mei Jhas* haben Ehren und Rechte innerhalb des Stammes ... es gibt keine Ehrlosigkeit unter den Cheysuli. Ich werde dich bei mir behalten.«

Alix streckte die Hände aus und ergriff fest seine Handgelenke. Dann riß sie seine Hände fort. »Was hast du mir versprochen! Was hast du in der Höhle zu mir gesagt, als ich anbot, dein Kind zu empfangen, damit wir niemals getrennt würden, nicht einmal von eurem Rat?«

»Alix ...«

»Ich werde die Gespielin keines Mannes sein, Duncan ... nicht einmal die deine. Das ist etwas, das ich mir nicht vorstellen kann ... vielleicht liegt es an meiner *mangelhaften* homanischen Erziehung!« Sie sah ihn an. »Glaubst du, daß das, was ich getan habe, für ein unerfahrenes Mädchen so leicht war?«

»Alix ...«

»Nein.«

Er streckte seine Hand nach ihr aus, aber sie wich davor zurück, richtete sich auf. Kurz darauf ließ er die Hand wieder auf seinen Oberschenkel fallen.

»Was würdest du tun, wenn es dir freistünde, es zu tun?« fragte er.

Sie betrachtete ihn stirnrunzelnd, verstand, was mit der vorsichtigen Frage gemeint war. Er war ganz und gar in der Lage, ihr das Recht zu verweigern, den Stamm zu verlassen. Sie erwartete es sogar. Aber sie würde es dennoch versuchen.

»Ich werde zu Carillon zurückgehen.«

Duncan sah sie an. Sein Gesicht wurde zu einer Maske, aber er konnte den kalten Zorn in seinen gelben Tieraugen nicht ganz verbergen.

»Um die Gespielin eines Prinzen zu sein.«

»Nein. Um seine Hilfe zu erbitten.« Alix zog an einem Riß in ihrem Gewand und mied seinen Blick. »Er würde mir bei allem helfen, um was ich ihn bitte.«

»Du kannst nicht gehen, Kleines«, sagte er sanft. »Ich verstehe deine Gefühle, aber ich kann dir nicht erlauben zu gehen.«

Ihre Hand verkrampfte sich in den weichen Samt. »Mit welchem Grund, Stammesführer?«

Duncans Gesicht wurde weich. »Du hast vielleicht empfangen.«

Sie begriff. Ärgerlich preßte sie eine Faust auf ihren Bauch. »Wenn ich von dir empfangen habe, werde ich das Kind vaterlos nennen und es selbst aufziehen!«

Duncan erbleichte, sprang verletzt auf, ergriff hart ihren Arm und zog sie hoch, achtete nicht auf ihren Schmerzensschrei.

»Wenn du von mir empfangen hast, dann ist es *meines!*«

Sie biß die Zähne zusammen und zischte ihn an. »Und hast du nicht bereits ein ungeborenes Kind, Gestaltwandler? Im Bauch der Frau, die du als *Cheysula* nehmen wirst?«

»Wenn es meines ist, werde ich es bei mir behalten, genauso wie wenn *du* mir ein Kind gebärst.«

Sie erblaßte unter dem schmerzlichen Griff seiner Hand um ihren Arm. »Du kannst einer Mutter nicht ihr Kind nehmen!«

»Hier bist du unter den Cheysuli«, sagte er grimmig. »Du wirst nach unseren Bräuchen leben. Wenn du mich nicht haben willst, dann willst du eben nicht, aber wenn du empfangen hast, dann ist das Kind meines ... und ein Bindeglied innerhalb der Prophezeiung.«

Alix sprach durch den Schmerz hindurch. »Und wirst du mich zwingen zu tun, was meine Mutter getan hat ... fortzulaufen? Und mein Kind in Einsamkeit zur Welt zu bringen?«

Er zog sie nah an sich heran. Alix versteifte sich völlig, als sich seine Arme um sie legten. Es war nicht der Kuß eines zärtlichen Liebhabers. Er zwang sie, wie Finn es getan hatte, und sie haßte es. Widerstreitende Gefühle erfüllten ihre Seele, und sie schlug erbittert zu, aber ihre Faust war zwischen seiner und ihrer Brust. Langsam, gegen ihren Willen, kroch sie hinauf, um in sein Haar zu greifen und ihn näher heranzuziehen. Welche Macht auch immer er hatte, um ihr Schmerz zuzufügen, er berührte sie tief, und sie erkannte, daß sie ihn brauchte.

»*Cheysula*«, flüsterte er an ihren Lippen.

Alix riß sich von ihm los. »Das bin ich *nicht!* Du hast gesagt, du würdest eine andere erwählen ... und ich *werde nicht* deine Gespielin sein!«

Sein Mund preßte sich zu einer dünnen Linie zusammen. »Dann wirst du die *Cheysula* keines Mannes sein.«

Sie hob den Kopf. »Das werde ich auch nicht.«

»Und auch keine *Mei Jha*.«

»Und auch keine *Mei Jha*.«

Seine Augen glitzerten seltsam. »Hältst du dich an dein Cheysuliblut? Folgst du unseren Bräuchen?«

»Ich habe wenig Wahl!«

»Nimmst du sie an?«

»*Ja!*« schrie sie verbittert.

Ein Muskel bewegte sich an seinem Kinn. »Dann mußt du *alle* Bräuche als deine eigenen annehmen.«

Sie schaute trotzig zu ihm zurück. »Das tue ich.«

Seine Hand fuhr zu seinem Gürtel und kam mit dem Messer wieder hervor. Alix wandte sich entsetzt zur Flucht.

Duncan fing sie an ihrem schweren Zopf ein und trennte ihn ihr mit einem Schnitt am Nacken ab.

Alix stolperte zurück und keuchte entsetzt, als ihr Haar herabfiel. Ihre Hände umklammerten die ihr gebliebenen stoppeligen Spitzen. Duncan stand schweigend da, der dunkle Zopf baumelte von seiner Hand herab.

»*Was hast du getan?*«

»Ein Cheysulibrauch«, sagte er betont beiläufig. »Wenn eine Frau ihren Platz als *Cheysula* oder als *Mei Jha* innerhalb des Stammes verweigert, wird ihr Haar geschoren, so daß alle ihre Absicht erkennen können. Auf diese Weise kann sie ihre Meinung nicht mehr ändern.«

»Du bist ein Fremder …«, flüsterte sie.

Er ließ den Zopf ins Feuer fallen. Er fing die Flammen ein, begann zu schwelen und erfüllte das Zelt mit Gestank.

Duncan steckte das Messer wieder in seinen Gürtel und deutete auf den Zelteingang. »Jetzt, *Rujholla*, werde ich dich zu Raissa begleiten.«

Kapitel Fünf

Duncan führte sie zu einem braunen Zelt, das mit einem goldfarbenen Fuchs auf den Seiten bemalt war. Er zog den Zelteingang beiseite und bedeutete ihr einzutreten. Alix tat dies, ohne ihn anzusehen. Sie fühlte sich schrecklich beschämt ohne den Zopf, denn obwohl sie sich noch immer eher als Homanerin denn als Cheysuli fühlte, machte Duncans Herabsetzung ihr die Folgen ihres zopflosen Zustands mit voller Wirkung klar.

Eine Frau trat hinter einem Vorhang hervor, der das Zelt in zwei Abschnitte unterteilte. Ihr schwarzes Haar war stark von grauen Fäden durchzogen, aber sie hatte silberne Bänder geschickt in mehrfache Zöpfe geflochten und sie mit einem schön gearbeiteten Silberkamm am Kopf befestigt. Ihr Gewand bestand aus fein gesponnener schwarzer Wolle mit scharlachroten Bändern am Kragen und an den Aufschlägen. und eine edle Kette mit Silberschellen umgab ihre Taille. Sie war nicht mehr jung, aber eine hübsche Frau. Ihr Gesicht spiegelte mit seinen hohen Wangenknochen, der schmalen Nase und einer breiten, glatten Stirn Cheysuliblut wider. Ihre gelben Augen blickten warm, als sie Alix ansah.

»Raissa, dies ist das Mädchen«, sagte Duncan. »Alix.«

Die Frau lächelte Alix an und betrachtete dann Duncan. »Wer hat ihr Haar geschoren?«

Sein Mund verkrampfte sich. »Ich habe das getan.«

Ihre Brauen hoben sich. »Aber der Rat muß entscheiden, ob sie allein bleibt.«

Alix hörte den unausgesprochenen Vorwurf, warf einen verstohlenen Blick auf Duncan und war überrascht, ihn zustimmend den Kopf senken zu sehen. Dann hob er ihn wieder.

»Sie hat die Entscheidung selbst getroffen ... ich habe mich nur gefügt.«

»Er hat mir nicht gesagt, daß er mir das Haar abschneiden würde«, sagte Alix bitter.

Raissa trat vor. Die kleinen Schellen klangen und blitzten in den Falten ihres schwarzen Gewandes auf. Ihre schlanke Hand berührte die unregelmäßig sich kräuselnden Strähnen in Alix' Nacken und an den Seiten.

»Es tut mir leid, daß er so vorschnell gehandelt hat. Er hätte Euch den Brauch erklären sollen.« Ihre Lippen verzogen sich zu einem halbverborgenen Lächeln. »Ich habe es niemals erlebt, daß Duncan ohne Grund gehandelt hätte, also muß er dazu getrieben worden sein.«

»Er tat es aus Eifersucht.«

Raissa zog ihre Hand zurück. »Duncan? Warum sagt Ihr das?«

Alix wandte ihren Blick seitwärts, um ihn anzusehen. »Er sagte mir, er würde im Rat um mich bitten ... als um seine *Cheysula*. Dann – als er erfuhr, daß seine frühere Gefährtin empfangen hat und wieder frei ist – verweigerte er mir die ehrenhafte Heirat und bot mir nur an, mich als seine Gespielin zu nehmen.« Sie schaute zurück zu Raissa. »Natürlich habe ich das abgelehnt.«

Die Frau war ernst. »Bei uns hat eine *Mei Jha* Ehre, Alix. Sie wird nicht schlecht behandelt, wie die Huren von Mujhara. Wir sind jetzt nur noch zu wenige, um so viel Wert auf den verheirateten oder unverheirateten Status einer Frau zu legen. *Mei Jha* ist keine unehrenhafte Stellung.«

Alix hob dickköpfig das Kinn. »Ich muß noch viel über Cheysulibräuche lernen, aber dieser wird mir die meisten Schwierigkeiten bereiten, glaube ich.« Sie schluckte. »Ich werde bei keinem Mann eine geringere Stellung anerkennen.«

Die ältere Frau lächelte. »Aha ... Ihr wollt alles oder

nichts. Nun, vielleicht habt Ihr gar nicht so unrecht. Ich habe zu meinem *Cheysul* einst dasselbe gesagt.« Sie sah Duncan an. »Dies alles wird im Rat geklärt werden. Bis ihre Geburtslinien begutachtet und sie formell anerkannt ist, werde ich sie hier bei mir behalten und sie lehren, was sie wissen muß. Meinen Dank, Duncan, daß du eine Verlorene zu uns zurückgebracht hast.«

Er sagte nichts, neigte nur den Kopf und verließ das Zelt, ohne Alix anzusehen. Sie stand verlassen da, haßte Finn umso mehr, daß er dies alles durch ihre Entführung in Gang gesetzt hatte.

Raissa führte Alix zu einem grauen Fell und bedeutete ihr, sich hinzusetzen. Alix folgte der Aufforderung und betrachtete ihre Hände, die sich in den Stoff ihres Gewandes klammerten. Raissa richtete ihre eigene Kleidung und setzte sich vor sie hin.

»Duncan wollte nicht unfair gegen Euch sein«, sagte sie ruhig. »Ich kenne ihn… er ist niemand, der einem Mädchen auf diese Art Schwierigkeiten macht.«

»Bis zu unserer Ankunft wußte er nichts von Malina«, gab Alix zu. »Aber Finn verschwendete keine Zeit sicherzustellen, daß sein Bruder es möglichst schnell erfuhr.«

»Finn war schon immer eifersüchtig auf Duncan«, sagte Raissa.

»Warum?«

Sie breitete zur Erklärung die Hände aus. »Ein älterer Sohn wird von einem *Jehan* immer bevorzugt. Das trifft besonders hart, wenn der eigene Blutvater einen Pflegesohn bevorzugt. Hale hat sie gleich behandelt, aber Duncan entwickelte sich schnell. Er spürte deutlicher das Gewicht des *Qu'mahlin*. Und es hat seinen Preis von ihm verlangt, obwohl Finn das nicht ganz versteht.« Raissas Augen blickten ausdrucksvoll. »Und jetzt, Alix, habt Ihr Finn erneut Grund zur Eifersucht gegeben.«

»*Ich?*«

Raissa betrachtete sie ernst. »Hättet Ihr doch Finn als *Cheysul!*«

»Nein. Niemals.«

»Seht Ihr? Ihr wollt Duncan oder keinen. Es kann nicht leicht für Finn sein zu wissen, daß sein *Rujholli* erneut bevorzugt wird.« Sie lächelte. »Da Ihr Duncan wolltet, konntet Ihr Finn nicht wollen. Ich weiß das. Sie sind zu verschieden. Aber Finn ist nicht so schlecht, wie es scheint. Alix ... er ist vielleicht ein guter *Cheysul*.«

»Finn hat mich geraubt. Er hätte mich bezwungen, wenn Storr ihn nicht davon abgehalten hätte. Wie könnt Ihr sagen, daß er ein guter Ehemann wäre?«

Raissa lächelte. »Es gibt vieles, was Ihr in bezug auf Männer noch nicht versteht. Aber das müßt Ihr selbst lernen. Es ist nicht meine Sache, Euch solche Dinge zu lehren.«

Alix erinnerte sich an die Entschlossenheit auf Finns Gesicht, als er sagte, er würde sie bekommen. Und jetzt war sie Duncan nicht mehr versprochen.

»Raissa!« sagte sie, plötzlich ängstlich. »Sie würden mich nicht zwingen, Finn zu nehmen, nicht wahr?«

Raissa schaute auf ihre Röcke hinab und ordnete die winzigen Schellen in vollendeter Symmetrie an. »Es wird hart für Euch sein, das weiß ich. Besonders da Ihr als Homanerin aufgewachsen seid und keine Loyalität gegenüber Eurer wahren Rasse empfindet.« Die gelben Augen hoben sich. »Wir sind jetzt nur noch zu wenige. Alle Stämme sind vernichtet worden, außer dem unseren, und sogar jetzt arbeitet Shaine noch daran, zu töten, was von uns übriggeblieben ist. Wir brauchen Kinder ... wir brauchen Frauen, die sie gebären.« Licht flammte von dem Silber ihres Haares auf. »Ihr seid eine Cheysuli, Alix. Ihr müßt Euren Platz in der Zukunft des Stammes einnehmen ... in seinem *Tahlmorra*. Ihr müßt Kinder für uns gebären. Wenn Ihr Duncan nicht haben werdet, oder auch Finn nicht, dann muß es ein anderer Krieger sein.«

»Ihr würdet mich *zwingen!*«

Raissa streckte die Hände aus und ergriff die ihren, hielt sie, obwohl Alix sie zurückziehen wollte. »Keine Frau möchte allein zum Gebären gebraucht werden, Alix! Kinder sind ein Geschenk der Götter... keine Münze, mit der man handeln kann! Aber wir haben zu wenige... wir sterben aus. Ihr werdet nicht gezwungen werden, mit einem Mann zu schlafen, den Ihr nicht ausstehen könnt, aber die Mißbilligung des Stammes ist keine leichte Last.«

»Dann werde ich zurückgehen«, sagte Alix tonlos. »Ich werde in das Haus meines Vaters zurückkehren.«

Raissa drückte ihre Hände. »Nein. Ihr müßt bleiben. Bei den Göttern, Alix, Ihr seid Hales Tochter! Wir brauchen sein Blut.«

»Durch Finn?« Alix löste ihre Hände. »Er ist mein Halbbruder.«

»Ja, aber ihr seid getrennt voneinander aufgewachsen. Hales Blut muß in den Stamm zurückgeführt werden.«

»Dann sagt *Finn*, er soll selbst Kinder bekommen!« sagte sie verärgert.

»Das würde er nur zu gern tun... wenn Ihr seine *Cheysula* wärt. Oder seine *Mei Jha*«, sagte Raissa fest.

»Was ist, wenn ich bereits empfangen habe?« fragte Alix verzweifelt.

Raissas Blick wurde härter. »Bereits empfangen... Ihr habt mit Duncan geschlafen?«

Alix nickte schweigend, plötzlich furchtsam. »War es falsch?« flüsterte sie. »Ist es falsch, während seiner Herrschaft mit einem Stammesführer zu schlafen?«

Die ältere Frau lächelte. »Ein Stammesführer herrscht nicht... wir haben keine Herrscher, Alix. Und – nein, es war nicht falsch. Glaubt Ihr, Duncan verhielte sich keusch? Das wäre eine Last, die kein Mann tragen sollte.«

Alix schaute verlegen fort. »Was wird also geschehen?«

Raissa seufzte. »Nun, es würde die Dinge ändern. Der

Rat könnte zustimmen, daß Ihr allein bleibt... sie würden Euer geschorenes Haar achten, ungeachtet der Gründe dafür. Ihr würdet die Freiheit haben, nach der Ihr Euch sehnt, wenn Ihr Euch weigert, einen *Cheysul* zu nehmen, da Ihr bereits empfangen habt. Aber das ist dennoch eine Ratsentscheidung.«

»Ich hätte niemals herkommen sollen«, sagte Alix. »Ich hätte Duncan niemals erlauben dürfen, mich aus Mujhara herauszubringen.«

»Dies ist Euer Zuhause.«

»Ich hätte mich von Carillon zum Haus meines Vaters zurückbringen lassen sollen.«

»Es wird nicht so schlimm werden – das verspreche ich Euch –, wenn Ihr Euch eingewöhnt habt. Alix, wir sind Euer Volk.«

Alix betrachtete die Frau und sah die angeborene Kraft und den sich auf ihrem Cheysuligesicht widerspiegelnden Stolz. Sie legte eine Hand an ihr eigenes Gesicht und zog die gleichmäßigen Wangenknochen nach. Ihre Haut war nicht so bronzefarben, ihr Haar nicht so dicht und ihre Augen bernsteinfarben, nicht tiergelb... aber sie wußte, daß sie eine Cheysuli war.

Sie seufzte. »Wo ist Malinas Zelt?«

Raissas Blick flackerte, aber sie zeigte ihre Überraschung nicht. »In der Nähe der Tore. Das blaue mit Borrs *Lir*symbol, einer Bergkatze. Es gibt nur eines.«

Alix zog den Silberkamm aus ihrem Leibchen und betrachtete ihn. Dann begegnete sie dem Blick der Frau und lächelte. »Ich habe etwas zurückzugeben. Vielen Dank für Eure Freundlichkeit.«

Raissa nickte, und Alix verließ das braune Zelt.

Alix fand das blaue Zelt, riß den Zelteingang beiseite, und war nicht überrascht, Duncan hier zu finden. Aber Malina überraschte sie.

Das Mädchen sah nicht wie eine Cheysuli aus. Ihr Haar war dunkelblond und ihre Augen blau. Ihr fehlte die wilde katzenhafte Anmut der wahren Cheysulifrau, aber sie war nichtsdestotrotz wunderschön.

Duncan erhob sich. Alix trat schnell zu der Frau und streckte den Kamm aus. »Er gehört Euch.«

»Mir?« fragte Malina überrascht.

Alix sah, daß sich ihre Schwangerschaft noch nicht zeigte, kein angeschwollener Bauch unter dem weichen, grünen, mit bernsteinfarbener Perlenstickerei und bronzefarbenen Plättchen geschmückten Gewand.

»Er hat ihn mich benutzen lassen, weil ich keinen hatte ... als ich noch genügend Haare besaß, um ihn zu brauchen.«

Sie betrachtete Duncan kurz und schaute dann wieder zu Malina zurück. »Aber er gehört Euch, das sagte er damals.« Alix legte dem Mädchen den Kamm in die Hand und verließ leise das Zelt.

Duncan erreichte sie, bevor sie mehr als fünf Schritte gegangen war. Er wandte sie sacht zu sich um, eine Hand sanft nach ihrem geschorenen Haar ausgestreckt.

»*Cheysula*, verzeih mir. Ich hatte nicht das Recht dazu.«

Seine sanfte Stimme machte sie wütend. »Ich habe keinen Anspruch auf diesen Titel, Duncan. Du hast ihn einer anderen gegeben.«

Seine Hände umschlossen ihr Kinn und hoben ihr Gesicht, so daß er ihre herablaufenden Tränen sehen konnte. Sein eigenes Gesicht war starr und fest. »Du brauchst es nur zu sagen, Alix. Du kannst entscheiden. Wir könnten ohne einander nicht glücklich sein.«

»Ich könnte nicht glücklich sein, wenn ich dich teilen müßte.« Sie schluckte schwer. »Aber ich bezweifle, daß es Malina etwas ausmachen würde.«

»Malina weiß, daß ich dich gebeten habe, meine *Mei Jha* zu werden.«

»Sie *weiß* es?«

Seine Hand strich eine Strähne zurück. »Das geschieht bei uns oft, Alix.«

»Ich kann nicht.« Eine Träne löste sich und lief ihre Wange hinab.

»Und wenn du empfangen hast?«

Sie schloß die Augen und lehnte ihre Stirn an seine Brust. »Warum mußt du sie zurücknehmen? Was ich getan habe, war nicht leicht für mich, und jetzt ist es alles umsonst. Duncan ... ich hatte nicht gewußt, daß ich gegen eine Frau und ein ungeborenes Kind würde ankämpfen müssen. Ich dachte, daß ich nur an den Rat denken müßte.«

»Es tut mir leid, Kleines. Ich wollte das nicht.«

Alix atmete zitternd ein. »Sie werden versuchen, mich dazu zu zwingen, Finn als Ehemann zu nehmen.«

Seine Hände verkrampften sich. »Was sagst du da?«

»Raissa hat es mir gesagt. Es ist zweifelhaft, daß mein Wunsch, allein zu leben, erfüllt wird.« Alix erschauerte. »Es sei denn, ich hätte empfangen. Raissa sagte, das würde die Dinge ändern.«

»Ja, du könntest mit dem Kind allein leben ... oder meine *Mei Jha* werden. Wie würdest du dich entscheiden?«

Sie hob den Kopf. »Ich sagte bereits, daß ich die *Mei Jha* keines Mannes werde, Duncan. Auch nicht die deine.«

»Und Finns?«

»Ich will niemanden außer dir.«

»Ich sagte dir, wie du mich haben kannst.«

»Und *ich* sagte nein.« Sie trat von ihm zurück und lächelte traurig. »Vielleicht will Finn mich noch immer zu bezwingen versuchen.«

»Alix ...«

»Duncan, ich weiß, daß es vieles an den Cheysuli gibt, was ich nicht begreife. Aber es gibt auch Dinge an mir, die du nicht verstehst. Bitte mich nicht erneut, deine *Mei Jha* zu werden, denn ich werde es nicht tun.«

Sie wartete auf seine Antwort. Als er nichts sagte, zurückgezogen und unerreichbar vor ihr stand, wandte Alix sich um und lief davon.

Alix spürte das Gewicht ihrer Entscheidung, während sie langsam zu Raissas Zelt zurückging. Sie spürte, daß Duncan sie genauso sehr wollte wie sie ihn, aber der seiner Rasse innewohnende Stolz würde ihm nicht erlauben, ihr nachzukommen.

Ebensowenig wird mein Stolz mir erlauben, sein Angebot anzunehmen.

Sie dachte erneut sorgfältig darüber nach, wie sie es schon getan hatte, seit Duncan das erste Mal vorgeschlagen hatte, daß sie seine *Mei Jha* werden sollte. Der Schauer der Abneigung, der ihren Körper kurz durchlief, sagte ihr erneut, daß sie mit dem Mann, den sie liebte, nicht so frei umgehen konnte. Es war kein homanischer Brauch.

Wenn ich ihn nicht für mich allein haben kann, will ich ihn überhaupt nicht haben.

Aber die einmal getroffene Entscheidung reichte ihr nicht.

Sie wurde sich langsam der Stimmen bewußt, während sie dahinging. Sie waren anders als jene, die sie von Cheysuli im Keep gehört hatte. Dies waren keine von ihren Ohren aufgenommenen Klänge, sondern etwas, was ihr Geist spürte. Alix betastete ihre Stirn, als könnte ihr die Berührung sagen, was es war, aber es kam keine Antwort. Flüstern schwebte durch ihren Geist, glitt in Ranken tonaler Muster heran, die dem ähnelten, was sie als Worte von Cai und Storr gehört hatte.

Alix blieb auf einmal stehen, sah sich um, um jene zu suchen, die sie quälten, aber niemand schien ihr etwas anderes entgegenzubringen als vorübergehende Neugier. Die Cheysuli, so hatte sie erfahren, zeigten ihre Empfindungen nicht so offen wie die Homaner.

Sie preßte die Hände gegen ihren Kopf, als der Druck zunahm. Niemand sagte etwas zu ihr, und dennoch war sie den sanften Klangwogen in ihrem Geist gegenüber so empfindlich, daß sie dachte, sie sei wahnsinnig geworden. Alix blieb stehen und wartete darauf, daß der Wahnsinn sie vollständig vereinnahmen würde.

Liren, kämpfe nicht so, sagte Storrs sanfte Stimme.

Alix öffnete die Augen und sah den Wolf vor sich. Sie keuchte und kniete sich hin, legte klammernde Hände um seinen Hals.

Storr, ist dies eine Strafe? jammerte sie lautlos. *Ein Fluch?*

Es ist eine Gabe, Liren, von den Göttern. Es ist nur neu für dich.

Alix schaute auf, als ein Schatten über sie hinwegstrich. Cai kreiste in der Luft, tauchte ab und spielte in den Luftströmungen.

Liren, sagte er, *du mußt lernen, deine Gaben zu kontrollieren.*

Sie kontrollieren! schrie sie überrascht auf.

Komm mit uns, sagte Storr sanft. *Komm mit uns, Liren, und wir werden dich lehren.*

Sie führten sie aus dem Keep heraus zu einer riesigen Eiche, die von alten Blitzspuren gezeichnet war. Die zurückgebliebene verkohlte Öffnung reichte aus, um sie zu verbergen, und Alix kroch hinein, als suche sie Sicherheit in einem Mutterleib. Storr legte sich zu ihren Füßen, und Cai kauerte auf einem Zweig über ihr.

»Was muß ich lernen?« fragte sie laut.

Zu bejahen, sagte Cai. *Nicht gegen dein Tahlmorra anzugehen.*

»Du bist Duncans *Lir*«, klagte sie ihn an. »Du wirst unterstützen, was immer er sagt.«

Ich bin sein Lir, aber ich bin auch ich selbst. Ich bin kein Hund, Liren, der der Stimme seines Herrn mit gedankenlosem Einverständnis folgt. Ich bin von den Lir, und wir sind von den Göttern auserwählt.

Storrs Tonfall entsprach dem. *Wir sind keine Nachahmung derer, denen wir verbunden sind, dann hätte ich alle Fehler meines Lir.*

Alix lachte weich und streckte die Hand aus, um

Storrs Silberfell zu streicheln. »Du hast keinen von Finns Fehlern.«

Dann wirst du zuhören?

Ihre Hand sank herab. »Ja.«

Cai schüttelte sich einmal und hockte sich bequemer hin. *Du trägst das Alte Blut in dir, Liren. Es ist dem Stamm abhanden gekommen. Du wirst es zurückbringen.*

»Indem ich Kinder gebäre.«

Ja, stimmte Cai zu. *Wie sonst kann eine Frau der Welt mehr geben?*

Alix betrachtete stirnrunzelnd ihre bloßen Füße.

Storrs Augen schimmerten. *Es ist nicht so, daß du keine Kinder willst, Liren,* sagte er. *Es ist nur so, daß du wählen möchtest, wer der Vater ist.*

»Ja!« rief sie. »Ja. Man hat das Recht *darauf*!«

Wir können dir nicht sagen, wen du nehmen sollst, sagte Cai ruhig und beachtete ihren Ausbruch nicht. *Das mußt du entscheiden. Aber wir können dir helfen, dein Tahlmorra anzunehmen und die Gaben, die die Götter dir gegeben haben.*

»Was haben sie mir gegeben?«

Die Fähigkeit, uns zu hören.

Alix runzelte die Stirn. »Ich habe Euch schon immer gehört. Von Anfang an.«

Aber du hörst uns alle, Liren, sagte Storr. *Jeden Lir im Keep.*

Du bist nicht wahnsinnig, versicherte Cai ihr. *Es ist nur so, daß du hörst, was sonst niemand hört.*

»Ich höre ...«, flüsterte sie entrückt.

Das Gewicht in deinem Geist, belehrte Storr sie. *Es sind die Stimmen, die du hörst, wenn sich die Lirs unterhalten. Du mußt sie beiseiteschieben, bis sie gebraucht werden.*

»Und wenn ich das nicht kann?«

Dann könnte es dich in den Wahnsinn treiben, sagte Cai schließlich.

Alix schloß die Augen. »Es *ist* ein Fluch.«

Nein, sagte Storr. *Nicht mehr als die Fähigkeit, Lirgestalt anzunehmen.*

Ihre Augen öffneten sich ruckartig. »Ich könnte *gestalt-wandeln?*«

Du hast das Alte Blut, sagte Cai ruhig. *Und damit all die alten Gaben.*

Alix legte eine Hand gegen den Baum, als wollte sie sich beruhigen. Ihre Gedanken gingen dem, was sie gerade erfahren hatte, weit voraus, beschworen Bilder von sich selbst in der Gestalt jedes Tieres, das sie zu sein wünschte, herauf. Dann runzelte sie die Stirn.

»Ich habe keinen *Lir.*«

Du brauchst keinen, belehrte Storr sie. *Das ist die Bedeutung des Alten Blutes ... die Freiheit, mit allen Lirs sprechen und jede Gestalt annehmen zu können.*

»Bei den Göttern!« flüsterte sie. »Wie ist das möglich?«

Andere haben dies auch schon erbeten, sagte Storr, der Finn verdächtig ähnlich klang. *Aber sie waren nicht die Nachkommen der Götter.*

Sie warf ihm einen scharfen Blick zu. »Niemand sonst im Stamm kann dies tun?«

Nein. Es ist etwas, was für uns schon lange verloren ist, denn die Cheysuli haben homanische Frauen genommen, um ihre Anzahl zu vergrößern. Das hat die Gaben geschwächt. Storr hielt inne. *Es ist deine Aufgabe, das Alte Blut zurück- zubringen.*

»Wir beginnen erneut«, sagte sie mißtrauisch. »Das hast du schon zuvor gesagt.«

Wodurch es nicht weniger wahr wird, bekräftigte Cai.

Sie reckte den Hals, um zu dem Falken hinaufzusehen. »Dann lehrt mich«, sagte sie. »Zeigt mir, was es bedeutet, gestaltzuwandeln.«

Zuerst mußt du entscheiden, mit wem von uns du dich verbinden willst.

Sie dachte darüber nach. »Eine Flucht muß schwierig bleiben. Vielleicht wäre es besser, wenn ich bei diesem ersten Mal erdgebunden bliebe.«

Du bist weise, Liren. Mein Lir brach sich fast den Arm, als er das erste Mal in die Luft aufstieg.

Alix, von der Vorstellung eines Duncan, der in Schwierigkeiten war, getroffen, lachte laut und nickte. »Dann möchte ich ein Wolf sein.«

Storr gefiel das. *Dann hör zu, Liren.* Er hielt inne. *Dein Sehvermögen, das gut ist, wird gegenüber deiner Fähigkeit zu riechen, an Kraft einbüßen. Erlaube dir, die Welt nach dem Geruch zu beurteilen, Liren. Die Erde, Bäume, Insekten, Würmer, Vögel, Blätter, den Blütenstaub, die Brisen. Und mehr. Verlaß dich nicht allein auf das Sehvermögen, denn es kann irreleiten. Denke mit deiner Nase.*

Sie sammelte sich, schloß die Augen und versuchte unterschiedliche Gerüche auseinanderzuhalten.

Jetzt mußt du die feuchte Erde unter deinen Pfoten spüren, Schlamm, der an deinen Pranken klebt. Hüte dich vor scharfen Steinen, die sich zwischen deinen Ballen festsetzen, und vor Dornen, die das zarte Gewebe zwischen den Zehen durchbohren können.

Alix legte ihre Hände auf den schimmeligen, laubbedeckten Boden und spürte die Feuchtigkeit.

Der Winter kommt. Dein Fell muß dicht und warm sein. Eine dicke Fettschicht bildet sich unter deiner Haut und läßt dein Unterfell dichter werden. Das juckt, aber du weißt, daß es zusätzliche Wärme in der kältesten Jahreszeit bedeutet. Dein Schwanz wird buschiger, üppiger, und du bist wunderschön, Liren.

Das war sie.

Du hast die Ausdauer, viele Meilen an einem einzigen Tag zurückzulegen, ohne Nahrung und mit nur wenig Wasser. Deine Sehnen und Nerven sind robust angelegt, und dein Herz ist groß. Du bist jung und stark und hast Freude am Leben.

Alix spürte warmes Blut durch ihre Venen pulsieren, spürte die Schwingung und Heiterkeit der Jugend. Sie öffnete die Augen und begegnete denen Storrs auf gleicher Höhe, erkannte, daß sie in den Blättern kniete wie ein vierfüßiges Wesen.

Die Welt drehte sich. Sie nahm sie auf wie ein Blatt im Wirbelwind und drehte sie kopfüber.

Alix streckte eine Hand nach Storr aus, bat lautlos um Hilfe, aber sie sah nur eine mit Ballen versehene, fellige Pfote mit schwarzen Nägeln.

Sie schrie auf und hörte ihre Stimme in den Wäldern widerhallen wie das Heulen eines einsamen Wolfes.

Verwirrung bemächtigte sich ihrer. Benommen barg sie den Kopf in den Händen, sich darüber im klaren, daß sie wieder menschlich waren.

»Storr...«, sagte sie schwach.

Das war zu schnell, Liren. Du mußt den Gestaltwandel nicht fürchten. Du kannst dir in der Lirgestalt keinen Schaden zufügen, aber es ist nicht klug, sich so schnell zu verwandeln. Der Geist kann nicht mithalten.

Langsam beruhigte sich ihr Magen. Ihre Sicht war wieder klar und der Schmerz in ihrem Kopf erstarb. Sie lächelte erschöpft, triumphierend, und schaute in die weisen Augen des Wolfes.

»Ich habe es getan.«

Es wird besser gehen, nach diesem Mal.

Vielleicht, sagte Cai sanft, *wirst du sogar meinen Lir erstaunen.*

Kapitel Sechs

Alix saß zusammengekauert auf dem zerbrochenen Stumpf eines gefällten Baumes und grub ihre Zehen durch den Samt ihrer Hofschuhe in den weichen Boden. Die Schuhe waren zerrissen und verschmutzt, fast nutzlos, da sie für Shaines Palast und nicht für die Wildnis eines Cheysulikeep gemacht waren. Ihr ruiniertes Gewand war gegen ein wollenes Gewand hellsten Orangetons ausgetauscht worden, ihr struppiges Haar war geschnitten worden, so daß es nicht mehr so wirr aussah, aber die Schuhe hatte sie behalten, um sich an die kurze Zeit der Pracht zu erinnern.

Diese Pracht war vergangen. Nur in ihren Träumen erinnerte sie sich an den Wohlstand Homana-Mujhars und an die edel schimmernde Stadt, die seine rötlichen Mauern umgaben. Ihre Tage ließen ihr keine Zeit zum Nachdenken, denn die Stunden waren von Raissas Worten erfüllt, während sie Alix die Bräuche lehrte, die sie kennen mußte. Ihre Hände blieben niemals still, sie mußte lernen, wie man einen Wandteppich webt, wie man zwei Feuer auf einmal unterhält, wie man ein Cheysulimahl zubereitet ... und wie man sich darauf vorbereitet, einen *Cheysul* zu nehmen. Der *Shar Tahl* mußte sie noch persönlich sehen, aber Raissa meinte, das wäre nicht nötig. Der Mann verbrachte seine Zeit mit der Überprüfung der Geburtslinien, um ihre Geschichte und ihre Vorfahren aufzuspüren, damit niemand ihre Herkunft in Frage stellen könnte.

Sie binden mich ... dachte sie. *Sie versuchen mich fest in das Geflecht ihrer Prophezeiung einzubinden, damit ich keine andere Wahl habe als zu tun, was sie wollen.*

Alix glättete die weiche Wolle über ihren Knien, befühlte das Gewebe. Sie war bestürzt über die Kunstfertigkeit, wie sie die Cheysulihandarbeit aufwies. Sie war in dem Glauben aufgewachsen, daß sie kaum mehr als Barbaren ohne die Feinheiten homanischer Kultur und Fertigkeiten seien, aber fünf Tage bei dem Stamm hatten ihre Einstellung bereits geändert. Ihre Stoffe waren dicht gewebt und edel, gefärbte, gedämpfte Schattierungen jeder Farbe und oft mit halbedlen Steinen geschmückt oder mit schimmernden Metallen aufgehellt.

Und der Schmuck … Alix erkannte, daß auch die besten Goldschmiede des Mujhar der Vollkommenheit der Arbeiten der Cheysuli nicht das Wasser reichen konnten. Die Krieger trugen breite *Lir*reife um ihre Arme und einen einzigen Ohrring, aber ihre Talente reichten noch sehr viel weiter. Alix hatte bereits kleine Fäßchen gesehen, die mit exquisitem, jedem König oder jeder Königin würdigen Schmuck gefüllt waren.

Eine seltsame Sache … dachte sie, *daß eine Rasse, die so sehr dem Krieg verschrieben ist, solch bezaubernde, wunderschöne Dinge fertigen kann.*

Hände legten sich auf ihre Schultern und blieben dort, wobei ein Daumen ihren Nacken liebkoste. Die Intimität der Berührung brachte all die Sehnsucht wieder auf, die sie für Duncan empfand, denn er hatte sie nur noch im Vorübergehen gesehen. Alix senkte den Kopf und starrte blind auf den laubbedeckten Boden, wünschte, Duncan würde nicht so mit ihren Gefühlen spielen.

»Ich habe Euch vermißt«, sagte er.

Alix versteifte sich und entwand sich seinen Händen, sprang auf und stolperte davon. Finns Hände sanken langsam wieder herab.

Ihr Atem kam stoßweise, pfiff durch die verengte Kehle. Ihre eine Hand legte sich um ihren Hals, um ihn zu beschützen, die andere verkrampfte sich in ihren Gewändern.

»Was wollt Ihr von mir?« fragte sie.

Finns Lippen verzogen sich. »Das, so glaube ich, wißt Ihr bereits.«

Alix senkte ihre Hand und stand steif vor ihm. »Warum seid Ihr gekommen?«

»Um mit Euch zu sprechen.« Er setzte sich auf ihren verwaisten Baumstumpf und streckte die Beine aus. Feste Muskeln wölbten sich und rollten unter dem engen Sitz seiner Ledergamaschen hin und her. Sein Gesicht trug noch immer die Linie rötlichen Narbengewebes über einer schwarzen Augenbraue.

»Worüber hätten wir zu sprechen?«

»Über Euch und mich«, sagte er.

Alix sah ihn stirnrunzelnd an. »Ich verstehe nicht.«

Finn seufzte und machte eine Geste. »Ich werde mich nicht auf Euch stürzen, das verspreche ich Euch. Aber ich kann nicht mit Euch reden, wenn Ihr weiterhin darauf besteht, solche Angst vor mir zu haben. Eure Augen blicken wie die einer Damhirschkuh drein, die ihrem Jäger gegenübersteht.« Er lächelte. »Setzt Euch, wenn Ihr wollt.«

Alix zögerte, empfand ihm gegenüber noch immer Trotz, aber sie war von der Lockerheit seines Tonfalls gefangen. Er hatte den ironischen Spott abgelegt, den sie so sehr haßte. Vorsichtig ließ sie sich auf den Blättern nieder und breitete ihre Gewänder um die eingeschlagenen Beine aus.

»Der Rat ist für heute nacht einberufen worden.«

Sie spürte alles Blut aus ihrem Gesicht weichen. »Der Rat ...«

»Bei Sonnenuntergang.«

»Was wird er behandeln?«

»Alles mögliche, wovon vieles Euch betrifft.«

Alix biß sich auf die Lippen. »Das dachte ich mir schon.«

»Ich bin gekommen, um Euch einige Schwierigkeiten zu ersparen.«

Sie hob ihr Kinn. »Ihr erspart keine Schwierigkeiten, Finn, Ihr verursacht welche.«

Er hatte den Charme zu erröten. »In bezug auf Euch ... habe ich das vielleicht getan. Das gebe ich zu.« Er lächelte verzerrt. »Aber es zuzugeben, bedeutet keine Entschuldigung, und ich werde mich niemals dafür entschuldigen, daß ich meinem Urteil folge.«

Alix sah ihn an, mit jedem Augenblick verwirrter. »Finn, Ihr solltet lieber offen zu mir sprechen.«

Er zog die Beine an und setzte sich aufrecht auf den Baumstumpf. »Ihr habt nicht empfangen.«

Röte stieg ihr ins Gesicht, während sie starr wurde. »Was wißt Ihr davon?«

Sein Blick wirkte amüsiert, aber er lachte sie nicht aus. »Bei den Cheysuli werden solche Dinge nicht hinter verschlossenen Türen abgehandelt. Wir sind zu wenige, um dies als ein Geheimnis der Frau anzusehen. Es ist ein Grund zur Freude, wenn eine Cheysulifrau empfangen hat.« Er hielt inne, während sie starr zu Boden sah. »Raissa hat es mir gesagt, als ich sie heute morgen gefragt habe. Es wird kein Kind geben.«

»Raissa hatte kein Recht, Euch irgend etwas zu sagen, noch hattet Ihr das Recht zu fragen.«

»Ich hatte jedes Recht. Ich habe die Absicht, heute abend im Rat um Eure Stammesrechte zu bitten.«

Alix riß den Kopf hoch. »Nein!«

»Duncan will Euch nicht«, sagte er hart. »Das ist uns allen deutlich geworden. Er wird Malina nehmen, wie er es immer beabsichtigt hat. Es bleibt Euch keine Hoffnung.«

»Es gibt immer Hoffnung«, sagte sie wild, obwohl sie wußte, daß er recht hatte.

Er trat von dem Baumstumpf fort, kniete sich in das Laub vor ihr und ergriff ihre Hände, bevor sie seiner Nähe entkommen konnte.

»Ihr sagtet, Ihr wolltet keines Mannes *Mei Jha* sein. Da spricht Euer homanisches Blut, aber ich werde es achten. Ich bin nicht völlig blind gegenüber Euren Bedürfnissen,

Alix.« Er lächelte sie ironisch an. »Ich werde einen Teil meiner Freiheit opfern.«

Sie versuchte sich seinen klammernden Händen zu entziehen, konnte es aber nicht. Erneut fühlte sie sich hilflos, gefangen, und die bekannte Furcht stieg in ihr auf. Sie kniete vor ihm, zitternd, die Hände eiskalt in der Wärme der seinen.

»Finn … ich kann nicht. Es kann niemals Frieden zwischen uns geben. Ihr habt das vom ersten Tag an unmöglich gemacht. Ich wäre kaum eine fügsame, entgegenkommende *Cheysula*.«

Ein Grinsen erschien auf seinem Gesicht. »Wenn ich diese Art *Cheysula* wollte, würde ich niemals um Euch bitten.«

Sie schaffte es, ihn anzusehen. »Warum wollt Ihr dann *tatsächlich* um mich bitten?«

»Ich habe Euch von Anfang an begehrt«, sagte er freimütig. »Ich werde Euch nehmen, wie auch immer ich Euch bekommen kann.«

Alix zog sich von ihm zurück und befreite sich schließlich.

»Ich würde Euch niemals nehmen … *niemals!* Bei allen Göttern, Finn … Ihr seid mein Halbbruder! Ihr habt mich *geraubt!* Ihr habt mein Leben genommen und es zerstört, und jetzt versucht Ihr ein neues zu gestalten, an dem ich keinen Anteil haben möchte. Ich will Duncan … *nicht Euch!*«

Sein Gesicht blieb ruhig und verschlossen, aber die Farbe wich langsam daraus, bis er an einen Toten erinnerte. Aber die Wildheit seiner Augen zeigte, daß das Blut noch immer unter seiner Haut pulsierte.

»Duncan will Malina«, sagte er kalt. »Nicht Euch. Sonst würde er den alten Schwur, den er ihr gegenüber vor so langer Zeit geleistet hat, brechen und Euch als seine *Cheysula* nehmen.« Er zuckte gleichgültig die Achseln. »Ihr werdet darüber hinwegkommen Duncan zu wollen, meine homanische *Rujholla*, wenn auch nur, weil solche Begierden ersterben, wenn sie nicht befriedigt werden.«

»Es gibt immer Hoffnung«, sagte sie geradeheraus.

»Es gibt keine«, belehrte er sie. »Ihr habt Euch von Carillon Duncan zugewandt. Ihr werdet Euch rechtzeitig von meinem *Rujholli* mir zuwenden.«

»Dazu könnt Ihr mich nicht *zwingen!*« schrie sie.

»Das werde ich nicht müssen.« Finn sah auf seine Hände hinab, während er die Blätter müßig nach Farben ordnete. »Ich habe mit dem *Shar Tahl* gesprochen. Ihr werdet im Rat anerkannt und formell in den Stamm aufgenommen werden. Mit dieser Aufnahme erlangt Ihr die Stammesrechte, um die jeder Krieger bitten darf.« Er sah sie an. »Andere könnten um Euch bitten, Alix, weil Ihr jung und gesund und neu im Stamm seid. Aber ich glaube, daß Ihr mich nehmen werdet, weil Ihr mich – trotz allem, was zwischen uns geschehen ist – *kennt.*«

»Ich werde Duncan wählen«, sagte sie fest und erkannte dies sehr wohl als Waffe gegen Finn. »Duncan.«

Finns Mund verzog sich. »Ich habe auch mit Duncan über Eure Stammesrechte gesprochen, *Rujholla.* Er ist der Stammesführer. Es ist seine Aufgabe zu wissen, welche Stammesrechte erbeten werden, und wer diese Bitte äußern wird.«

Sie sah ihn an. »Ich verstehe nicht.«

»Ein Stammesführer kann einem Krieger die Frau, die er will, immer verweigern. Eine *Cheysula* zu nehmen, ist eine formelle Angelegenheit. Der Stammesführer muß seine Erlaubnis geben.«

Alix fühlte sich kalt und leer und sehr allein. »Und Duncan …?«

»Er hat mir die Erlaubnis erteilt, Alix. Er wird nicht eingreifen.«

Duncan! schrie sie in ihrer Seele.

»Wenn ich es nicht bin, ist es ein anderer«, sagte Finn sanft.

Alix betrachtete ihn. Er sprach zum ersten Mal sanft

mit ihr, ohne das spöttische Gehabe, daß sie inzwischen schon erwartete. Sie berief das Bild von ihm, als er vor ihren Augen gestaltgewandelt war, herauf, aber es erschreckte sie nicht mehr. Sie hatte ihre eigene Fähigkeit, wenn auch noch niemand davon wußte. Ein Teil von ihm, das wußte sie, mußte wie Duncan sein. Wenn er hart und höhnisch war, dann, weil Duncan es nicht war, und Finn seinen eigenen Weg gehen mußte.

Sie rutschte auf ihren Knien vorwärts, hockte sich vor ihn hin, Blätter überall um sie herum. Alix berührte zögernd seine Hand, zog sie dann in ihre eigene. Sie sah das verwunderte Aufflackern in seinen Augen.

»Finn«, sagte sie weich. »*Rujho…*« Sie schluckte und lächelte. »Bringt mich nach Hause.«

Seine Hand versteifte sich, und er entriß sie ihr. »Nach Hause…«

»Zum Haus meines Vaters«, sagte sie. »Zu Torrin. Zu dem Leben, das ich kenne.«

Sein Gesicht wurde zur Maske. »Dies ist Euer Zuhause. Ich werde Euch nirgendwo hinbringen.«

»Finn…«, sagte sie sanft. »Ich gebe Euch die Möglichkeit, wiedergutzumachen, was Ihr mir angetan habt. Bringt mich nach Hause.«

Finn stand auf und schaute auf sie herab. »Ich könnte Euch nicht gehen lassen«, sagte er deutlich. »Nicht jetzt, wo Ihr fast mir gehört. Ihr vergeßt, *Ruhjolla…* ich habe Euch geraubt, weil ich Euch wollte. Ich werde nicht so leicht aufgeben.«

»Aber wenn Duncan nein gesagt hätte…«

»Duncan hat ja gesagt«, erinnerte er sie. »Duncan hat gesagt, daß ich Euch haben kann.«

Sie schaute zu ihm hinauf. »Und wenn ich Euch ablehne? Wenn ich im Rat aufstehe und sage, daß ich Euch nicht will?«

Das spöttische Lächeln war wieder da. »Vergeßt nicht unsere dritte Gabe, *Mei Jha*. Was Ihr nicht freiwillig tut, dazu könntet Ihr gezwungen werden.«

»Bitte«, sagte sie.

Finn schaute auf ihr flehentliches Gesicht herab. »Nein«, sagte er und verließ sie.

Alix stand außerhalb des schieferfarbenen Zeltes, schloß die Augen und sehnte sich nach Mut. Schließlich schabte sie am Zelteingang und wartete. Duncan forderte sie auf einzutreten.

Sie zögerte und zog dann den Zelteingang beiseite. Er fiel hinter ihr zu, während sie dastand und ihre Augen sich an das trübe Licht gewöhnen ließ. Duncan saß über einen niedrigen Arbeitstisch gebeugt, einen schmalen Metallstift in einer Hand, mit dem er vorsichtig auf schimmerndem Gold ritzte.

»Ja?« fragte er, ohne aufzusehen.

Alix befeuchtete ihre Lippen. »Duncan.«

Die Linie seiner Schultern und Arme versteifte sich. Einen Augenblick lang arbeitete er weiter an dem goldenen Ornament, schob es dann beiseite und ließ sein Werkzeug fallen. Es klapperte auf dem Gold und dem Holz und rollte über den Tisch. Alix beobachtete die Bewegung, unfähig, seinem Blick zu begegnen.

»Ich bin gekommen, weil du der Stammesführer bist«, sagte sie vorsichtig.

»Setz dich, Alix.«

Sie kniete sich auf eine Seite des Arbeitstisches, sah ihn noch immer nicht an. Ihre Fersen bohrten sich in die Rückseite ihrer Oberschenkel, als sie ihre Beine unter sich einschlug. Schließlich hob sie den Kopf.

»Finn kam zu mir. Er sagte, er hätte mit dir darüber gesprochen, daß er im Rat um meine Stammesrechte bitten will.«

Er zeigte sein ernstes Stammesführergesicht. »Ja.«

Ihr Atem kam unregelmäßig, als sie die Luft einsog. »Duncan ... ich will Finn nicht. Das weißt du.«

»Das ist bereits geregelt«, sagte er kühl. »Und wenn

199

du erneut davon sprichst, kann ich nicht mehr nur ein Stammesführer für dich sein.«

Alix lächelte über die unausgesprochene Warnung. Zumindest war sie ihm nicht völlig gleichgültig. »Ich bin nicht gekommen, um dich zu bitten, dein Angebot an mich noch einmal zu überdenken«, belehrte sie ihn. »Du hast sehr deutlich gemacht, was du tun willst, und ich werde nicht um mehr bitten.«

Sein Blick flackerte. »Was willst du dann, Alix?«

»Ich möchte, daß du deine Erlaubnis für Finn zurückziehst. Ich will nichts mit ihm zu tun haben. Wir könnten niemals eine Ehe miteinander führen ... und ich glaube, es könnte für einen von uns den Tod bedeuten, wenn wir dazu gezwungen würden. Ich glaube, es würde für *ihn* den Tod bedeuten ... nicht für mich.«

Duncan lächelte kurz, obwohl er dieses Lächeln nur allzu schnell wieder verbannte. »Es wäre keine langweilige Verbindung.«

»Es wird überhaupt keine Verbindung geben«, sagte sie düster. »Duncan, nimm deine Erlaubnis zurück.«

»Aus welchen Gründen?«

Sie sah ihn stirnrunzelnd an. »Ich will ihn nicht!«

Er zuckte die Achseln. »Das ist kein Grund. Das ist lediglich ein Widerspruch, und Frauen neigen dazu.«

Alix sah ihn an. »Du kannst nicht *wollen*, daß ich ihn nehme!«

Sein Gesicht verzog sich. »Nein«, sagte er schließlich. »Ich will nicht, daß du ihn nimmst. Aber ihn deshalb zu verweigern, zeugt von Vorurteilen, und ein Stammesführer darf nicht so engstirnig sein. Alix, die Verbindung wird gut für den Stamm sein.«

»Ist das alles, was du sagen kannst?« fragte sie. »Kannst du nur den Stamm sehen und nicht mich? Bei den Göttern, Duncan, ich dachte, es wäre mehr zwischen uns. Was ist aus diesem wertvollen *Tahlmorra* geworden?«

Röte schoß in sein Gesicht und verblaßte dann langsam wieder. »Wirst du einen anderen Krieger nehmen?«

»Du weißt, daß ich nur einen Krieger wählen werde.«

»Dann liegt die Wahl bei dir«, sagte er sanft. »Sei meine *Mei Jha...* oder die *Cheysula* eines anderen Mannes.«

»*Warum?*«

»Ich habe mich Malina versprochen, als wir acht Jahre alt waren«, sagte er ruhig. »Ein Cheysulischwur ist bindend.«

»*Sie* hat ihn gebrochen.«

»Sie dachte nicht, daß ich gemeint hatte, was ich sagte.« Duncan berührte das goldene Ornament auf seinem Tisch. »Sie ging zu Borrs, weil sie dachte, ich würde meine Meinung ändern. Als ich es nicht tat... war sie gänzlich gefangen. Der Stammesführer hatte Borrs die Erlaubnis erteilt, um ihre Stammesrechte zu bitten, und wenn das einmal getan ist, kann es nicht mehr rückgängig gemacht werden. Es ist bindend.« Er sah sie offen an. »Ich habe das getan, was du getan hast. Ich bat den Stammesführer, seine Erlaubnis für Borrs zurückzunehmen, damit ich um Malina bitten konnte. Er wollte es nicht tun... und sie wurden vor dem Rat formell anerkannt.«

Alix runzelte die Stirn. »Aber ich dachte, du wärst der Stammesführer, und daß das der Grund sei, warum du keine *Cheysula* nehmen wolltest.«

Er wirkte erschöpft. »Tiernan starb an einer Krankheit. Es dauerte Monate. Alle wußten, daß ich sein Nachfolger werden würde, und daher traf ich die Entscheidung allein zu bleiben, bevor er starb. Aber er war noch immer Stammesführer. Und als er starb, war Malina bereits Borrs' *Cheysula*.«

»Aber das Kind...«

»Es könnte meines sein. Es könnte Borrs' sein.« Er seufzte schwach. »Wir sind keine Rasse, die viel Wert auf Treue legt.«

Sie wich zurück. »Sie war mit ihm *verheiratet!*«

Duncan lächelte. »Ich habe nicht erwartet, daß du verstehen würdest.«

»Willst du damit sagen, du bist bereit, Malina und mich zu nehmen und trotzdem noch andere Frauen aufzusuchen?«

Er runzelte nachdenklich die Stirn. »Ich weiß nicht, was ich tun werde. Welcher Mann könnte das?«

Diese neue Seite an ihm entsetzte sie. Sie spähte unsicher in sein Gesicht. »Duncan... meinst du das wirklich so?«

Er zuckte die Achseln. »Ich war noch nie ein Mann für alle Frauen. Eine genügt. Ich bezweifle, daß ich dich auf diese Weise beunruhigen würde.«

»Duncan!«

»Alix, sie trägt ein Kind, das meines sein kann.«

»Und ich nicht«, sagte sie dumpf.

»Alix...«

»Wenn sie nicht empfangen hätte, wärst du dann auch so schnell bereit, sie zu deiner *Cheysula* zu nehmen?«

Er schaute fort. »Wenn Borrs noch leben würde und das Kind dennoch meines wäre...« Duncan seufzte schwer. »Ich glaube, ich hätte nichts gesagt.«

Sie starrte ihn an. »Dann ist es das *Kind*...«

»Ich habe mich immer um Malina gekümmert«, sagte er fest.

»Und wenn das Kind nicht deines ist?«

Er preßte die Kiefer zusammen. »Ich kann es nicht riskieren.«

»Und dennoch ist sie bereit, dich mit mir zu teilen?«

»Das habe ich zur Bedingung gemacht«, sagte er weich. »Ich sagte, ich würde sie um des Kindes willen nehmen... und wenn sie dich als meine *Mei Jha* anerkannte.«

»Duncan!«

»Kleines, wenn sie nein gesagt hätte, hätte ich dich zu meiner *Cheysula* gemacht. Aber es ist viel zwischen

Malina und mir, und ich kann sie nicht so einfach aufgeben.«

»Aber du gibst mich auf ... du gibst mich *Finn!*«

»Weil er darum gebeten hat, und es gibt keinen Grund, es ihm zu verweigern. Das ist nicht meine Aufgabe.«

»Ich will ihn nicht haben. Ich habe ihm das gesagt, und jetzt sage ich es dir.« Sie ballte die Hände in ihrem Gewand zu Fäusten. »Ich bin eine Cheysuli, Stammesführer, und du kannst mich nicht zwingen.«

»Wir werden tun, was immer wir tun müssen, Alix«, sagte er freundlich. »Selbst gegenüber einer Angehörigen unseres eigenen Stammes.«

Sie erhob sich langsam, schüttelte ihre Gewänder. Ihr gelang ein Lächeln. »Du kannst mich nicht zwingen, Duncan. Das wirst du sehen.«

Sie wandte sich auf dem Absatz um und verließ ihn.

Kapitel Eins

Alix stand vor Raissas Zelt und rief Cai und Storr zu sich. Die *Lirs* kamen und begleiteten sie zu dem vom Blitz getroffenen Baum, schweigend, obwohl sie sicher war, daß sie wußten, was sie vorhatte. Sie brauchte Übung darin, *Lir*gestalt anzunehmen, und wenn sie dem Rat das Ausmaß ihrer Fähigkeiten beweisen wollte, sollte sie dies besser überzeugend tun.

Cai kauerte über ihr auf einem dicken Ast, breitete sein Gefieder aus. Storr setzte sich hin und beobachtete sie aus weisen, bernsteinfarbenen Augen.

»Hilf mir«, sagte sie.

Du mußt dir nur vorstellen, ein Wolf zu sein, sagte er. *Und du wirst einer sein.*

Sie erinnerte sich der Worte, die er zuvor benutzt hatte, und die Empfindungen durchflossen ihren Körper, während sie die Umwandlung erreichte. Zum Teil ängstigte es sie noch immer, aber sie erkannte es auch als eine Gabe. Und es könnte sie vor Finn bewahren, wenn sie dem Rat zeigte, was sie vermochte.

Alix öffnete die Augen und kroch aus der tiefen Einsenkung heraus, schüttelte ihr struppiges rotgraues Fell. Geräusche drangen deutlicher an ihre zuckenden Ohren, und ihre Nase sagte ihr mehr, als sie auch nur im Traum für möglich gehalten hätte. Sie lächelte und zeigte dabei schimmernde Zähne.

Storr und das junge Wolfsweibchen drangen Schulter an Schulter durch das Unterholz. Alix gefielen das Gefühl und die Empfindung für Dinge, die sie sonst nicht beachtete. Sie bemerkte, daß sie das Wissen von sich selbst als Person nicht verlor, eher, daß es sich steigerte und ausdehnte, bis sie beide Lebensweisen verstehen konnte. Ihr Denkvermögen war weder vermindert, noch verbessert, sie verstand die Dinge jetzt nur als Mensch und als Wolf.

Sie hatte ihre menschliche Sprache verloren, aber sie brauchte mit den *Lirs* keine Worte. Gedanken von Cai und Storr bildeten sich noch immer in leicht verständlichen Mustern. Mit schlagartig aufkommendem Stolz und Verzückung wurde ihr in vollem Umfang deutlich, was es bedeutete, eine Cheysuli zu sein.

Und in genau diesem Augenblick verstand sie, warum Shaine der Mujhar ihre Rasse haßte.

Er glaubt, daß die Cheysuli ihre Fähigkeiten zur Vergeltung des Qu'mahlin *einsetzten werden. Er wird es niemals rückgängig machen!*

Jetzt verstehst du ganz, Liren, sagte Cai in singendem Tonfall. *Shaine kann sich seinen Stolz, oder auch seine Angst, nicht vergeben.*

Alix, für die die Wolfssinne neu waren und die in nachdenkliche Betrachtung versunken war, hörte das Knacken der Zweige im Unterholz nicht. Cai schwang sich höher hinauf, und Storr glitt in die Schatten, aber sie – die in lebenssprühender Gesundheit rötlichgrau schimmerte – bot ein einladendes Ziel für den berittenen Jäger.

Ein Ast krachte unter den Hufen des Pferdes. Alix fuhr herum. Furcht durchströmte ihren Körper und ließ ihr pochendes Herz erschrecken.

Sie wandte sich um, sprang in die Luft, jaulte vor Angst und Schmerz, als der Pfeil in ihr Halsfell einschnitt.

Der Jäger, der abgestiegen war, um die niedergestreckte Wölfin zu suchen, zerteilte das Unterholz und sah in die weitgeöffneten Augen einer Frau.

Er stolperte einen Schritt zurück, während sie die Haut auf ihrer linken Schulter umklammerte und das Blut zwischen ihren Fingern hervorrann. Sie ergriff den Pfeil mit ihrer freien Hand und warf ihn auf den Jäger, zitternd vor Schreck und Schmerz.

Alix' Worte stolperten übereinander, als sie ihn verfluchte, kaum fähig, durch die heftig zusammengepreß-
ten Zähne zu sprechen. Er wandte sich um und bahnte
sich krachend seinen Weg durch das Unterholz zurück
zu seinem Pferd.

Sie jammerte leise und wippte auf den Knien, ein Arm
an der blutenden Schulter, die andere Hand über ihren
rebellierenden Magen gebreitet.

Du mußt zum Keep zurückkehren! sagte Storr erschreckt,
während er sich aus den Bäumen löste.

»Ich k-kann nicht«, keuchte sie.

Cai kam auf einen nahegelegenen Ast herab, erschreckt und mit gespreizten Schwingen. *Liren, du mußt
zum Keep zurück.*

Alix konnte nur eine schwache Abwehr hervorbringen
und sank dann haltlos auf den laubbedeckten Boden, wo
Blut aus ihrer Schulter quoll.

Sie war sich des Schmerzes bewußt, als Arme sie vom
Boden hoben und an einer breiten Brust bargen. Alix
kämpfte darum, die Augen zu öffnen, es gelang ihr, und
sie schaute benommen in Duncans Gesicht. Es war angespannt und bleich, und in seinen Augen sah sie
Angst.

»Duncan ...«

»Still, Kleines. Ich werde dich zum Keep bringen.«

»Woher wußtest du?« fragte sie schwach.

»Der *Lir* kam. Cai hat es mir gesagt.«

»Was ist mit dem Rat?«

Seine Arme spannten sich an. »Still, Alix! Ich werde
nicht zulassen, daß du dich mit solchen Sorgen jetzt be-
lastest.«

Er brachte sie zu Raissas Zelt und legte sie auf
ihr dickes Fellbett. Obwohl ihr Geist träge und seltsam
benommen war, war sie sich seiner Sanftheit und Besorgt-
heit bewußt. Aber als sie versuchte, ihm eine weitere
Frage zu stellen, legte er eine Hand über ihren Mund.

»Wenn du erlaubst, Kleines, werde ich dich die Heilkünste der Cheysuli spüren lassen. Aber es muß bald geschehen.«

Ihre Ohren klangen, und ihre Knochen fühlten sich
schwer wie Stein an. Ihre Augen sahen nur verschwommen. »Ich werde mich nicht dem Tod überantworten«,
flüsterte sie, als er seine Hand fortnahm. »Tu, was du
willst.«

Er ließ sich mit überkreuzten Beinen neben ihrem Bett
nieder. Er berührte sie nicht, aber sein Blick war entschlossen auf sie gerichtet.

Plötzlich bemerkte sie, daß sie zitterte, unfähig, die
weichen Felle unter sich oder die Wärme des noch
immer aus ihrer Schulter dringenden Blutes zu spüren.
Nur Luft war unter ihr, und als sie sich gegen ihre feder-
leichte Berührung anspannte, spürte sie die Erde unter
ihren Händen. Ihre Finger bogen sich ihr entgegen,
klammerten sich in den weichen Boden, dessen üppige
Sanftheit durch die Poren ihrer Haut drang.

Sie öffnete den Mund zum Schrei, konnte aber keinen
Laut hervorbringen. Etwas kam ihr undeutlich in den
Sinn, trübte ihren Blick, dämpfte ihr Hörvermögen. Sie
wollte eine zitternde Hand heben und stellte fest, daß ihr
Körper nicht gehorchte.

Duncans Hand strich ihr das Haar aus der feuchten
Stirn. »Es ist vorbei, Kleines. Ruh dich aus. Ich verspreche dir, daß es dir besser gehen wird.«

Ihr Blick klärte sich langsam. Sie sah ihn bei sich, wieder er selbst, obwohl er erschöpft wirkte. »Duncan ...«

»Still«, sagte er weich und ließ eine sanfte Hand über
die verletzte Schulter gleiten. »Sie ist geheilt, aber es
wird einige Zeit dauern, bis du deine Kraft wiedererlangt hast. Die Erdenmagie gibt nicht alles zurück.«

»Was hast du getan?«

»Ich habe die heilende Berührung der Erde heraufbeschworen. Es ist Magie, die dem ganzen Land innewohnt,
aber nur die Cheysuli können sie heraufbeschwören.«

»Ich werde die Ratsversammlung verpassen«, sagte sie.

»Ja. Es wird einige Zeit dauern, bis deine Kräfte zurückkehren.«

Sie schloß die Augen. »Es ist besser so. Ich möchte nicht miterleben, wie du um Malina bittest.«

»Oder wie Finn um dich bittet?«

Ihre Augen öffneten sich ruckartig. »Duncan... necke mich nicht. Nicht damit.«

»Ich necke dich nicht«, sagte er sanft. »Und ich sollte dies für keinen von uns länger fortführen.« Er nahm ihre rechte Hand und verflocht seine Finger in ihre. »Finn wird weder heute abend um deine Stammesrechte bitten, noch jemals sonst.«

»Du hast es ihm verweigert?«

»Es gibt einen anderen Krieger, der Vorrang vor Finn hat.«

»Einen anderen!« Ihre Finger versteiften sich. »Duncan...«

Seine freie Hand legte sich erneut über ihren Mund. »Hör mir zu, Kleines. Bekämpfe mich nicht, wenn es keinen Grund dazu gibt.« Er lächelte sie an. »Ich bin zu Malina gegangen, nachdem du mich verlassen hattest. Ich hatte die Absicht, heute abend um ihre Stammesrechte zu bitten. Aber sie gab die Wahrheit über das Kind preis... daß es Borrs' sei, und sie das wisse. Sie hatte nichts gesagt, weil sie mich nicht an dich verlieren wollte.« Er lächelte. »Ich hätte nicht gedacht, daß ich ein Mann bin, den zwei Frauen so sehr begehren, aber ich werde mich nicht daraufhin prüfen. Ich werde einfach die Weisheit der Götter anerkennen.«

Alix grinste ihn an, belustigt über seine männliche Beteuerung. Ihre Finger faßten die seinen fester. »Wenn du Malina nicht besitzen willst...«

»... will ich dich.« Er beugte sich herab und küßte sie zärtlich. »Wenn du mich nehmen willst.«

»Das ist keine Frage«, flüsterte sie und kämpfte gegen die Benommenheit an. »Gar keine.«

Er legte etwas in ihre Hand und schloß ihre Finger über der Kühle des Metalls. Alix öffnete die Augen und betrachtete den Gegenstand. Es war ein gebogener Halsreif aus reinstem Gold, zu Hunderten schimmernder Facetten gehämmert. Am untersten Punkt erstreckten sich die geriffelten Schwingen eines fliegenden Falken, und in seinen Klauen hielt er einen schimmernden Klumpen dunklen Bernsteins.

»Es ist ein Cheysulibrauch«, sagte er. »Der Krieger bietet der Frau einen Halsreif an, um den Bund zu versinnbildlichen, und wenn sie ihn annimmt, werden sie als verheiratet betrachtet.«

»Was ist mit diesen Stammesrechten, von denen du immer sprichst?«

Duncan lächelte. »Ich werde im Rat darum bitten, aber es würde nicht schaden, wenn wir die Heirat ein wenig vorziehen. Wenn du willst.«

Sie ließ einen zitternden Finger über den schimmernden Falken bis zu dem Bernstein hinabgleiten. »Ich muß es fragen, Duncan.«

»Dann frage.«

»Du sagtest, deine Rasse lege nicht so viel Wert auf Treue.«

Er lächelte. »Ich dachte mir schon, daß es das sein könnte. Kleines, aber du brauchst nichts zu befürchten. Obwohl es stimmt, daß die Cheysuli nicht oft bei einer Frau verweilen, heißt das nicht, daß wir es nicht *können*. Ich achte deine homanischen Ideale, *Cheysula*. Ich habe nicht die Absicht, dir Grund zu geben, mich aus deinem Herzen zu verbannen.«

Sie schloß die Augen, um ihre Tränen zu verbergen. »Duncan… wenn das das *Tahlmorra* ist, von dem du sprachst… ich glaube, ich kann ihm vertrauensvoll folgen.«

Er beugte sich herab und küßte ihre Stirn. »Still. Ich muß dich jetzt verlassen, wegen des Rats, aber ich werde zurückkehren. Ruh dich aus, *Cheysula*.«

Sie wollte ihn bei sich behalten, ließ ihn aber doch gehen. Als er sie verlassen hatte, kam Raissa und kniete sich zu ihr, deckte sie mit einer weichen Decke zu.

»Jetzt erkennt Ihr die Kraft in ihm, Alix. Neben allen anderen Veränderungen, die das *Qu'mahlin* in sein Leben gebracht hat, hat es ihn zu einem Krieger gemacht.«

Sie fühlte sich entgleiten. »Ihr sprecht, als würdet Ihr ihn schon länger kennen als jeder andere.«

Raissa lächelte. »Das stimmt. Ich habe ihn geboren.«

Alix öffnete ruckartig die Augen. »Ihr seid Duncans Mutter?«

»Und Finns.«

Sie sah die Frau verwundert an. »Ihr habt nicht gesagt ...«, sie dachte darüber nach. »Und sie auch nicht.«

»Dazu bestand kein Grund. Aber habe ich nicht ein gutes Gespür bewiesen, als ich merkte, daß Ihr Finns Überheblichkeit beklagtet und Euch im stillen nach Duncan sehntet?«

Alix schloß die Augen. »Ihr beschämt mich. Ich habe Dinge gesagt, die keine Mutter zu hören bekommen sollte.«

Raissa lachte. »Ich kenne alle Fehler Finns, Kleines. Und Ihr macht Euch etwas vor, wenn Ihr glaubt, daß Duncan keine hätte.«

»Ich habe keine bemerkt«, sagte Alix bestimmt.

Die Frau lachte erneut und strich ihr kurzes Haar zurück. »Nur weil Ihr es Euch nicht erlauben wollt. Habt Ihr nicht fast Euer ganzes Haar wegen seiner Eifersucht verloren?«

Alix lächelte durch ihre Erschöpfung hindurch. »Vielleicht ist das ein Fehler, den ich entschuldigen kann.«

»Ruht Euch jetzt aus, Kleines«, sagte Raissa weich. »Er wird zu Euch zurückkehren.«

Alix kämpfte noch einen Augenblick, wach zu bleiben. »Ich bin Hales Tochter. Wie könnt ihr der Tochter des Mannes, der Euch wegen einer anderen verlassen hat, Freundlichkeit entgegenbringen?«

»Das ist unwichtig, Alix. Das ist alles Vergangenheit.«

»Ich weiß, wie Finn haßt«, sagte Alix leise. »Ich würde es nicht ertragen, wenn Ihr mich genauso hassen würdet.«

»Hale war ein Cheysulikrieger. Er verhielt sich entsprechend seiner Sicht der Dinge. Es ist Brauch bei uns, Alix, Ihr seid in meinem Zelt willkommen. Wenn ich Hale durch Euch zurückbekommen kann, freue ich mich darüber.«

»Raissa ...«

»Still. Wenn Ihr wollt, werden wir ein anderes Mal darüber sprechen. Vielleicht gibt es Dinge, die Ihr über Euren *Jehan* wissen möchtet.«

Alix entglitt weiter in einen traumlosen Schlaf, verloren in der Gewißheit, daß sie trotz allem Duncans Frau sein würde.

Aber sie wunderte sich auch, daß die Magie in Lindirs Seele einen Mann so bezaubern konnte.

Und sie fragte sich, ob sie nicht einen eigenen Anteil daran hatte.

Zwei Tage danach hatte sie sich in Duncans Zelt eingerichtet, auf ihrem Bett durch Berge zusammengerollter Felle aufgestützt. Es schien seltsam, an diesem Ort zu sein und zu wissen, daß er auch ihr gehörte – als er aber besorgt über ihr stand, wußte sie, daß sie so glücklich war wie noch nie.

»Es geht mir gut, Duncan«, sagte sie weich.

Er blickte ernst auf sie herab. »Dann erzähle mir, wie du zu einer *Pfeil*wunde gekommen bist.«

Alix lachte ihn an. »Es war ein junger Jäger. Aus Ellas, wie ich glauben muß.«

Er sah sie stirnrunzelnd an. »Sage mir, warum ein Jäger dich *erschießen* sollte, anstatt andere Dinge bei dir zu suchen.«

Sie schaute zu ihren unter der Decke verborgenen Beinen hinab, wackelte unter der Wolle mit den Zehen.

Schließlich schaute sie wieder hoch. »Weil«, sagte sie sanft, »er dachte, ich sei ein Wolf.«

Duncans Brauen hoben sich. »Ich sehe nicht, wie er dich für einen *Wolf* halten konnte, Alix. Vielleicht hat er Storr gesehen und ihn einfach verfehlt.«

Die Zeit für ein Geständnis war gekommen. Sie hatte die Ratsversammlung verpaßt, bei der sie ihr Können hätte zeigen können, und hatte Duncan über den Unfall nichts gesagt. Sie hatte das Wissen in sich verborgen wie ein Kind, hatte es geheimgehalten und der Freude entgegengefiebert, es mit ihm teilen zu können. Jetzt erwies sich dies als schwieriger, als sie es sich vorgestellt hatte.

»Er hat nichts verfehlt«, sagte sie schließlich und betastete die heilende Wunde an ihrer Schulter. »Er hat mich für einen Wolf gehalten, weil ich einer *war*.«

Duncan gab einen skeptischen Laut von sich und setzte sich an seinen niedrigen Arbeitstisch, nahm seine Werkzeuge und eine goldene Brosche auf, die sie ihn seit zwei Tagen bearbeiten sah. Der *Lir*halsreif ruhte an ihrer Kehle, von ihrer Haut erwärmt.

»Du glaubst mir nicht?« fragte sie.

»Du erzählst mir Märchen, *Cheysula*.«

»Ich erzähle dir die Wahrheit, Duncan ... ich kann mehr, als nur mit den *Lirs* sprechen. Ich kann auch *Lir*gestalt annehmen.«

Eine Weile arbeitete er weiter an der Brosche. Dann, als sie nichts mehr sagte, schaute er unter gesenkten Augenbrauen zu ihr hin.

»Alix, willst du wirklich, daß ich glaube ...«

»Das solltest du besser!« schleuderte sie ihm entgegen. »Ich würde kaum lügen, wenn es um etwas geht, das einem Cheysulikrieger so wichtig ist. Ich werde es dir sogar beweisen.«

Sie machte Anstalten aufzustehen. Duncan erhob sich schnell aus einer mit gekreuzten Beinen eingenommenen Haltung, ließ seine Werkzeuge fallen, erreichte ihr Bett und stand dann über ihr. »Du gehst nirgendwo hin, *Cheysula*, bis es dir wieder besser geht.«

»Es *geht* mir besser.«

»Besser, als es dir jetzt geht.« Er grinste. »Das wird nicht mehr lang dauern, glaube ich.«

Sie legte sich in die Felle zurück. »Ich lüge nicht. Frage Cai. Er und Storr haben mich gelehrt, wie man es macht.«

Duncan sank neben ihr auf die Knie. »Ist das wahr? Alix, es ist einmalig genug, daß du mit den *Lirs* sprechen kannst. Kannst du wirklich auch *Lir*gestalt annehmen?«

»Ja«, sagte sie sanft.

Er sank auf seine Fersen zurück. »Aber das ist seit *Jahrhunderten* nicht mehr geschehen. Unsere Geschichte sagt, daß einst alle Cheysuli *Lir*gestalt annehmen konnten, aber seit der Zeit vor der meines Großvaters wurde das nur noch von Männern vollbracht. Und dann auch nur, wenn sie an einen einzigen *Lir* gebunden waren. Es waren die Erstgeborenen, die die alten Fähigkeiten hatten.«

»Diejenigen, die die Prophezeiung verkündet haben.«

»Ja«, sagte er abwesend, die Augen nachdenklich umwölkt. »Die Erstgeborenen nahmen willentlich jede *Lir*gestalt an und unterhielten sich mit ihnen allen. Aber ihr Blut ist uns lange Zeit verloren gewesen.« Er betrachtete sie genau. »Es sei denn, daß jetzt du einen gewissen Anteil daran hast.« Duncan stand schnell auf und erschreckte sie damit. »Ich werde gleich zurücksein.«

Alix sah hinter ihm her, verwirrt durch seinen plötzlichen Rückzug, aber sie nahm an, daß er wußte, was er tat. Sie zog die Decke fester um ihre Schultern und kuschelte sich tief in das Bett hinein, auf angenehme Weise schläfrig. Aber ein Teil von ihr war noch immer erstaunt über den neuen Kurs, den ihr Leben genommen hatte.

Duncan kehrte mit einem Cheysuli zurück, den Alix nicht kannte, ein weitaus älterer Mann, dessen Haar vollständig weiß war und von einem schmalen Bronzereif zurückgehalten wurde. Alix, die darum kämpfte, sich wieder aufsetzen zu können, sah, daß er nicht die Lederkleidung der Krieger trug. Statt dessen war er mit einem edlen weißen Wollgewand bekleidet, das von einem Ledergürtel mit Bronzeplättchen zusammengehalten wurde. Wie Raissa, trug auch er Silberschellen an seinem Gürtel, die einen zitternden Klang durch das Zelt sandten, wann immer er sich bewegte.

Alix warf Duncan, der dem Mann mit aller Ehrerbietung bedeutete, sich auf ein braunes Bärenfell zu setzen, das vor der kleinen Feuerstelle lag, einen verwirrten Blick zu. Der Mann setzte sich mit großer Würde, brachte seine spröden Knochen vorsichtig in eine bequeme Lage. Er legte ein zusammengerolltes Hirschfell vor sich auf das Bärenfell und wartete.

Duncan setzte sich neben Alix. »Dies ist der *Shar Tahl*. Er bewahrt dem Stamm seine Rituale und Traditionen und gibt die Geschichte an jede Generation weiter. Jedes Kind, das geboren wird, lernt durch diesen Mann seine Vorfahren und das, was zuvor geschehen ist, kennen. Du bist spät zu unserem Stamm gekommen, aber jetzt bist du hier, und er wird dir sagen, was du wissen mußt.« Er lächelte zaghaft. »Er weiß vielleicht auch eine Antwort auf meine Frage.«

Der *Shar Tahl* nickte ihr zu und entrollte dann das Hirschfell. Es war weich und geschmeidig, so weiß wie Schnee gebleicht, und als er es vor sich ausrollte, sah Alix die runenartigen Symbole und Linien, die sich auf dem Boden des Zeltes wanden wie eine Schlange. Er berührte das Hirschfell mit einem knorrigen Finger.

»Eure Geburtslinie«, sagte er. »Ihr seid hier so sicher verzeichnet wie Euer *Jehan* und sein *Jehan* vor ihm.« Der Finger bewegte sich weiter. »Den ganzen Weg zurück bis zu den Erstgeborenen.«

»Aber was bedeutet das?« fragte sie zaghaft.

Sein Finger verließ die Hauptlinie der Runen und zog eine zweite Linie nach, die wie der Zweig eines Baumes davon abging. Alix folgte der Bewegung, bis sie abbrach. Der Finger deutete erneut.

»Dort.«

»Wo?« fragte sie.

Er sah sie aus feuchten gelben Augen starr an. »Dort. Die Antwort liegt dort.«

Sie schaute hilflos zu Duncan. Er behielt sein ernsthaftes Stammesführerverhalten bei, obwohl sie inzwischen wußte, daß es auch er kurzzeitig mißachten konnte – wie Finn. Er hielt es lediglich besser im Zaum.

»Wenn Ihr so wenig von Eurem Stamm wißt, solltet Ihr besser zur Unterweisung zu mir kommen«, betonte der *Shar Tahl*.

Alix nickte schwach. »Ich werde lernen.«

Der *Shar Tahl* berührte ein rotes Symbol, das mit der Zeit dunkel geworden war. »Es ist hier in der Geburtslinie zu sehen. Vor fünf Generationen nahm der Mujhar eine Cheysuli zur *Mei Jha*, deren Stamm so rein war, daß er Mitglieder der Erstgeborenen als unmittelbare Vorfahren angeben konnte. Alle konnten *Lir*gestalt annehmen, auch die Frauen.« Seine schmalen Schultern versteiften sich. »Dieser Stamm wurde seitdem durch das *Qu'mahlin* vernichtet.«

Alix überging seine unterdrückte Bitterkeit und zählte im Kopf zurück. Dann warf sie dem *Shar Tahl* einen erschreckten Blick zu. »Shaines Ur-Ur-Großvater?«

»Die Frau, die die *Mei Jha* eines Mujhar war, gebar ihm eine Tochter. Sie wurde in Homana-Mujhar aufgezogen und einem fremden Prinzen aus Erinn vermählt. Shaine der Mujhar nahm zuerst eine Prinzessin aus Erinn zur Frau, und so kam das Blut zurück.«

»Dann bin ich von beiden Seiten Cheysuli.« Alix setzte sich auf. »Shaine trägt Cheysuliblut in sich!«

»Es wurde verdünnt«, sagte der *Shar Tahl* fest. »Die Heirat mit Fremden hat alle übriggebliebenen Cheysulispuren ausgelöscht.« Er schob eine Strähne weißen Haars aus seiner Stirn. »Die Frauen haben das getan. Es liegt ihnen im Blut. Ellinda gebar Lindir, die Euch mit dem uns allen lang verloren gewesenen Alten Blut beschenkt hat.«

Duncan berührte ihre Schulter und drückte sie auf die Felle zurück. »Vielleicht hatte Lindir, ohne es zu wissen, ihr eigenes *Tahlmorra*. Vielleicht hat Hale sein Gesicht nicht für eine *homanische* Prinzessin verloren, sondern ist dem gefolgt, was die Götter für uns festgelegt haben.« Er lächelte. »Wenn Lindir diese Gabe an dich weitergegeben hat, kannst du sie wieder in unseren Stamm zurückführen.«

Sie sank zurück. »Ich verstehe nicht.«

Der *Shar Tahl* überraschte sie, indem er lächelte. »Es ist an der Zeit, daß Ihr die Prophezeiung kennenlernt. Wenn Ihr zuhört, werde ich sie Euch erzählen.«

Sie spürte Duncans schweigende Belustigung und sah ihn grollend an. Aber sie setzte sich auf ihrem Bett zurecht und nickte dem alten Mann zu.

»Ich bin mehr als bereit.«

Er saß aufrecht vor ihr, und die betagten gelben Augen nahmen die Klarheit der Jugend und der Weisheit an. »Einst, Jahrhunderte vor unserer Zeit, war Homana ein Cheysuliort. Dieses Land war uns von den alten Göttern gezeugten Erstgeborenen geschenkt worden. Hört Ihr mich?«

»Ich höre«, sagte sie weich.

»Die Cheysuli regierten Homana. Sie waren es, die Mujhara und den Palast von Homana-Mujhar aufbauten. Es waren die Cheysuli, die die Oberherrschaft über alle Menschen hatten.«

»Aber die Mujhars sind homanisch!«

Er fixierte sie mit starrem Blick. »Wenn Ihr mich hören wollt, müßt Ihr zuhören.«

Sie sank demütig zurück.

»Mujhar selbst ist ein Cheysuliwort. Ebenso Homana. Dies war unser Ort, bevor er in die Hände der Homaner fiel.«

Alix nickte widerwillig, als er sie ansah. Ein schwaches Lächeln kräuselte seine faltigen Lippen.

»Die Ihlini standen in Solinde auf und begann gegen uns zu ziehen. Die Cheysuli waren gezwungen, ihre eigenen Fähigkeiten anzuwenden, um das Land zu verteidigen. Die Homaner, die solcher Magie gegenüber schon immer skeptisch gewesen waren, begannen sich zu fürchten.«

»Innerhalb von hundert Jahren verwandelte sich die Furcht in Haß, der Haß in Gewalt. Die Cheysuli konnten die Homaner nicht von ihrer Einfältigkeit überzeugen. Wir gaben den Thron zu ihren Gunsten auf, damit sie Frieden und Sicherheit finden mochten, und begannen den homanischen Mujhars zu dienen. Vor fast vierhundert Jahren.«

Alix tastete nur nach dem allen, unfähig, es vollständig in sich aufzunehmen. Schließlich nickte sie ihm zu und bat ihn so schweigend, fortzufahren.

»Bis Hale Lindir raubte, hat der Mujhar stets Cheysuliberater und -ratsherren gehabt und auch Krieger, die dieses Land im Ernstfall beschützten. Ein Cheysuligefolgsmann weihte sein Leben dem Mujhar. So auch Hale.«

»Und Shaine beendete es«, flüsterte sie.

»Er begann das *Qu'mahlin*.« Das Gesicht des *Shar Tahl* spannte sich an. »Auch davon war in der Prophezeiung die Rede, aber wir beschlossen, es zu übergehen. Wir konnten nicht glauben, daß die Homaner sich jemals gegen uns wenden würden. Wir waren einfältig, und wir haben den Preis dafür bezahlt.«

»Was ist die Prophezeiung?«

Die Bitterkeit schwand und wurde von Stolz und großer Würde ersetzt. »Eines Tages wird ein Mann allen Blutes vier kriegerische Reiche und zwei Rassen, die die Gaben der alten Götter tragen, vereinen.«

Alix sah ihn an. »*Wer?*«

»Die Prophezeiung nennt keinen Namen. Sie zeigt uns

nur den Weg, damit wir ihm folgen und Homana auf den richtigen Mann vorbereiten können. Aber es scheint, daß wir uns dem Pfad jetzt deutlicher nähern.«

»Wie folgen wir ihm?« fragte sie sanft.

»Wir haben das Alte Blut wieder in unserem Stamm, durch Euch. Die Prophezeiung spricht von einem Cheysulimujhar, der den Thron von Homana nach vier Jahrhunderten wieder besteigen wird. Es ist fast an der Zeit.«

»Aber Carillon wird Mujhar sein«, sagte Alix.

»Ja. Es ist sein *Tahlmorra*, den Weg für die richtige Richtung der Prophezeiung zu ebnen.«

»*Carillon?*« fragte sie ungläubig. »Aber er mißtraut allen Cheysuli!«

Der *Shar Tahl* zuckte die Achseln. »So wurde es vorhergesagt.«

Duncan seufzte. »Das habe ich gemeint, als ich in Homana-Mujhar mit ihm sprach, *Cheysula*. Er muß von seinem Haß, den Shaine in ihm gesät hat, abgebracht und dazu bewogen werden, zu erkennen, daß Homana uns braucht. Es ist an der Zeit, daß wir der Prophezeiung der Erstgeborenen dienen... wie es gedacht war.«

Sie sah ihn offen an. »Aber was habe ich damit zu tun?«

»Es ist dir überlassen, uns unseren Stolz und unsere alte Magie zurückzugeben.«

»Wie?«

Er lächelte sanft. »Indem du mehr von uns gebärst.«

Kapitel Zwei

Alix kämpfte unter zusammengebissenen Zähnen mit den kniehohen Fellstiefeln. Duncan hatte ihr das schwarze Fell einer Bergkatze gebracht, es mit seinem Messer in Form geschnitten und ihr die Überreste dann mit der Anweisung, sich ein Paar Winterstiefel daraus zu fertigen, überlassen. Alix hatte ihn entsetzt angesehen und gehofft, er würde sie necken. Das tat er nicht, wie sie feststellte, und jetzt fluchte sie im Geiste, während sie versuchte, die dicke Haut und das dicke Fell zu etwas, das Stiefeln wenigstens ähnlich sah, zu verarbeiten.

Sie arbeitete, bis ihre Finger von der Ahle durchstochen und wund waren, bedrückt durch ihre Unfähigkeit, die Stiefel zu gestalten. Sie lernte langsam ihren Platz innerhalb des Stammes und ihre Verantwortlichkeiten als die *Cheysula* eines Stammesführers kennen, aber es mangelte ihr noch erheblich an Erfahrung. Die warmen grauen Wolfsfellstiefel, die sie trug, waren von Duncan für sie gefertigt worden, als es kalt wurde, und sie wünschte, er würde sich bereit erklären, sie alle zu fertigen.

Aber es gibt wichtigere Dinge, um die er sich kümmern muß! dachte sie verstimmt und warf ihren halbfertigen, schwarzen Stiefel beiseite, um das gegenüberliegende Zelt zu betrachten. *Er verbringt seine Zeit damit, zu jagen oder mit dem Rat zu sprechen, über den Krieg mit Solinde zu streiten!*

Sofort schämte sie sich, weil sie genauso gut wie jeder andere wußte, wie ernstlich besorgt die Cheysuli wegen des Krieges waren. Zunehmend alarmierende Botschaften wurden von *Lir*kurieren überbracht, die von Chey-

suli gesandt wurden, die sich heimlich in Mujhara auf-
hielten und versuchten, etwas über Shaines Pläne zu
erfahren. Die Solinder, von Tynstars Ihlini und von
Keough, dem Fürst von Atvia geleiteten Truppen unterstützt, hatten feindliche Übergriffe auf die Verteidigung
Homanas durch den Muhjar begonnen.

*Und ich habe gesagt, Bellam könnte dieses Land niemals
einnehmen,* dachte sie. *Ich war, wie alle anderen, zu beein-
druckt von vergangenen Siegen.*

Sie sog müßig an einem blutenden Finger und erinnerte sich daran, wie Duncan die Bedrohung ihres Hei-
matlandes prophezeit hatte.

»Homana wird scheitern, wenn Shaine sich nicht auf
diesen Krieg festlegt«, hatte er eines abends gesagt und
düster in die Flammen der Feuerstelle des Zeltes ge-
starrt. »Er erinnert sich des Sieges gegen Bellam vor
sechsundzwanzig Jahren und vertraut auf die Macht seiner Heere. Aber damals hatte er die Cheysuli auf seiner
Seite und heute nicht.«

Alix war näher an ihn herangerückt, hatte eine Hand
auf seinen Oberschenkel gelegt. »Sicherlich erkennt der
Mujhar diese Bedrohung durch Solinde. Er regiert schon
viele Jahre und hat viele Schlachten gewonnen.«

»Er beschäftigt sich mehr mit dem *Qu'mahlin* als mit
dem Krieg gegen Solinde. Ich fange an zu glauben, daß
sein Fanatismus ihn wahnsinnig gemacht hat.« Duncans
Hand hatte ihren Arm liebkost. »Er schickt seinen Bruder Fergus als kommandierenden Befehlshaber ins Feld
und bleibt selbst sicher innerhalb der Mauern Homana-
Mujhars.«

»Er hat zuvor gekämpft«, sagte sie sanft. »Vielleicht
erkennt er, daß Fergus jetzt ein besserer Krieger ist.«

Duncan hatte sich vorgebeugt und noch mehr Holz
aufs Feuer gelegt. »Vielleicht. Aber vielleicht zieht er es
auch nur vor, die Opfer zu vermeiden, die ein Mann im
Krieg bringen muß. Shaine ist niemand, der auch nur
irgend etwas opfern will.«

222

Alix hatte das braune Fell unter ihnen betrachtet und ihre starren Finger durch den Bärenpelz gezogen. »Seinen Erben in die Schlacht zu schicken, ist ein Opfer«, hatte sie ruhig gesagt und versucht, die Angst, die dieser Gedanke mit sich brachte, vor Duncan zu verbergen. »Er hat Carillon in den Kampf gesandt.«

Duncan war kein Narr. »Wenn Carillon Mujhar werden will, muß er lernen, was es heißt, Männer anzuführen. Shaine hat seinem eigenen Konzil zu lang vertraut, er hat Carillons Erziehung vernachlässigt.« Er hatte eine Grimasse gezogen. »Ich glaube, der Prinz könnte einen guten Mujhar abgeben, aber er hat wenig Möglichkeiten gehabt, Verantwortung zu üben.« Duncan hatte Alix vorsichtig einen offenen Blick zugeworfen. »Es ist kein Wunder, daß er begonnen hat, sanfte Worte für unschuldige Kleinpächtermädchen im Tal zu finden, um sich die Zeit zu vertreiben.«

Alix war zutiefst errötet und hatte ihre Hand zurückgezogen. Aber als sie das Glitzern in seinen Augen gesehen hatte, hatte sie erkannt, daß er sie nur neckte, und hatte mit ihm gelacht.

»Aber ich bin nicht mehr so unschuldig, Duncan. Dafür hast *du* gesorgt.«

Er hatte die Achseln gezuckt, absichtlich ernsthaft. »Besser ein Stammesführer, denke ich, als nur ein Krieger.«

»Krieger … *welcher* Krieger?«

»Finn.«

»Du Biest!« hatte sie ausgerufen und ihm einen leichten Schlag auf die Schulter versetzt. »Warum mußt du mich an ihn erinnern? Selbst jetzt nennt er mich noch *Mei Jha* und quält mich, indem er vorschlägt, ich solle seine Gespielin sein.«

Duncan hatte die Augenbrauen gewölbt. »Er will dich nur verwirren, *Cheysula*. Selbst Finn weiß es besser, als daß er die Frau eines Stammesführers erwählen würde, wenn sie es nicht will.« Er hatte die Brauen wieder gesenkt. »Glaube ich.«

»Finn würde alles wagen«, hatte Alix finster gesagt.

Er hatte gelächelt. »Aber wenn er es nicht täte, Kleines, wäre er tatsächlich ein langweiliger *Rujholli*.«

»Ich würde ihn langweilig vorziehen.«

»Du würdest ihn, glaube ich, tot vorziehen.«

Sie hatte ihn scharf und erschreckt angesehen. »Nein, Duncan! Niemals. Ich wünsche keinem Mann den Tod, nicht einmal einem wie Shaine, der alle Cheysuli töten lassen will.« Sie hatte sich an die Krieger erinnert, die wegen ihr selbst getötet worden waren. »Nein.«

Seine Hand hatte sanft auf ihrem Kopf gelegen und ihr geschorenes Haar liebkost. Es war gewachsen, berührte aber noch immer kaum ihre Schultern. »Ich weiß, *Cheysula*, ich ziehe dich nur auf.« Er hatte schwer geseufzt, während seine Hand hinabgesunken war. »Aber wenn wir uns an diesem Krieg beteiligen, wird es vielleicht viele Tote geben.«

»Aber der Mujhar will euch nicht in seinen Heeren haben. Das hast du gesagt.«

»Beizeiten wird er es vielleicht *müssen*.«

Alix, die den Überdruß widerwilliger Anerkennung in seinem Tonfall erkannte, hatte ihren Kopf gegen seine bloße Schulter gelehnt und versucht, an andere Dinge zu denken.

Jetzt, als sie den schwarzen Stiefel wieder aufnahm, fragte sie sich, wie es Carillon ging.

Sie hatte ihre Zuneigung zu dem Prinzen nicht verloren, obwohl sie jetzt schon fast drei Monate bei dem Stamm in Ellas war. Carillon war der erste Mann gewesen, den sie geliebt hatte. Obwohl es ein unmöglicher Traum gewesen war, hatte sie ihn mit großem Vergnügen geträumt. Duncan hatte Carillon in ihren Träumen ersetzt, und lenkte nun ihre Gedanken und Wünsche, aber sie vergaß den ersten, den sie geliebt hatte, nicht. Diese Liebe war kindisch gewesen, unreif und unerfüllt, aber aufrichtig.

Alix befühlte abwesend das dicke schwarze Fell, in

Gedanken verloren. Duncan hatte ihr gezeigt, was es bedeutete, eine Frau zu sein, was es bedeutete, eine Cheysuli zu sein, was es bedeutete, ein *Tahlmorra* zu haben. Ihre Wurzeln hatten sich bereits so fest um die seinen verschlungen, daß sie wußte, daß sie ohne ihn niemals wieder sie selbst sein könnte. Sie fragte sich, ob es ähnlich wäre, einen *Lir* zu haben.

Die Eingewöhnung war nicht leicht gewesen. Alix vermißte Torrin und die Pacht, vermißte die vertrauten grünen Täler. Manchmal erwachte sie in der Nacht und verspürte eine seltsame Verwirrung, erschreckt durch den seltsamen Mann an ihrer Seite, aber das verging stets, wenn sie aufwachte. Dann preßte sie sich an Duncans Wärme, suchte Trost und Sicherheit, und er gab sie ihr immer, und gab ihr noch mehr.

Sie dachte erneut an Carillon. Sie hatte nur gehört, daß der Prinz mit seinem Vater im Feld war, die Solinder und die atvianischen Truppen bekämpfte. Duncan, der ihre Loyalität spürte, war ihr gegenüber ungewöhnlich zurückhaltend, wenn das Gespräch auf Carillon kam. Finn war es nicht. Er verspottete seinen Bruder mit dem Hinweis, daß der Prinz zuerst einen Platz in Alix' Herz gehabt hatte, und hatte Vergnügen daran, ihr Neuigkeiten von Carillon mitzuteilen, wenn auch nur, um Duncan zu verhöhnen. Sein Verhalten störte Alix, aber es war eine Möglichkeit, Neues zu erfahren.

Als hätte er ihre Gedanken gehört, trat Finn zu ihr und setzte sich auf das graue, vor der großen Feuerstelle ausgebreitete Fell. Alix sah ihn an, erwartete seine wie üblich spöttische Art, aber sie sah etwas anderes auf seinem Gesicht.

»Es ist soweit, Alix«, sagte er ruhig.

»Was meint Ihr?« fragte sie furchtsam.

»Es ist an der Zeit, daß die Cheysuli das *Qu'mahlin* niederschlagen und erneut in Mujhara einziehen.«

»Mujhara!« Sie starrte ihn an, erschüttert durch seinen finsteren Tonfall. »Aber der Mujhar ...«

Finn glättete abwesend das Fell, betrachtete seine Hand. »Shaine wird zu sehr mit wahren Hexern beschäftigt sein, um viel Zeit mit uns zu verschwenden.« Sein Blick hob sich dem ihren entgegen. »Die Ihlini sind in die Stadt eingedrungen.«

»Nein ... o Finn! Nicht Mujhara!«

Er stand auf. »Duncan hat mich nach Euch geschickt. Der Rat beruft alle in das Stammeszelt.« Er streckte eine Hand aus, um ihr aufzuhelfen. »Wir ziehen in den Krieg, *Mei Jha*.«

Schweigend nahm sie seine Hand und erhob sich, schüttelte ihre grünen Gewänder aus. Sie sah Finn fragend und ängstlich an, aber er sagte nichts mehr. Er führte sie nur zum Stammeszelt, einem großen, schwarzen Zelt, das mit allen vorstellbaren *Lir*symbolen bemalt war.

Duncan saß auf einem gefleckten Fell vor der Feuerstelle und beobachtete, wie sein Stamm sich in nachdenklichem Schweigen in das schwarze Innere einreihte. Zu seiner rechten lag ein ockerfarbener Teppich, und dorthin führte Finn Alix. Die Schwere des Schweigens fiel auf ihre Schultern wie ein Umhang. Sie setzte sich und betrachtete aufmerksam Duncans Gesicht. Finn setzte sich neben sie.

Duncan wartete, bis das Zelt von dunklen Gesichtern und gelben Augen gefüllt war. Dann schaute er zu dem *Shar Tahl*, der ihm gegenüber saß, und nickte vor sich hin. Langsam stand er auf.

»Vychan, in Mujhara, hat uns seinen *Lir* gesandt. Die Botschaft haben wir seit Monaten erwartet. Tynstar hat seine Ihlinihexer nach Mujhara geführt, und sie haben die Stadt eingenommen.«

Alix, krank vor Angst, schluckte gegen die Vorahnung in ihrer Seele an. Die anderen warteten, wie sie sah, stumm auf Duncans Worte.

»Die westlichen Grenzen sind vor drei Monaten gefallen. Keough von Atvia hat Bellam unterstützt, indem er auf Mujhara zumarschiert ist, wo die Ihlini bereits auf sie gewartet haben. Nur Homana-Mujhar ist noch nicht gefallen.«

Alix schloß die Augen und beschwor das Bild der Großen Halle mit all ihren Kerzenständern und üppigen Wandteppichen herauf.

Und Shaine…

»Wenn Homana-Mujhar fällt, dann fällt Homana selbst. Wir, als die Abkömmlinge der Cheysuli, die sowohl den Palast als auch die Stadt errichtet haben, können das nicht zulassen.«

Finn bewegte sich. »Also wirst du uns in die Stadt des Mujhar schicken, *Rujho*, und uns gegen zwei Feinde kämpfen lassen.«

Duncan warf ihm einen scharfen Blick zu. »Zwei?«

»Ja«, sagte er kurz. »Vergißt du Shaine? Er wird seine Krieger gegen uns einsetzen, auch wenn er besser daran täte, sie gegen die Ihlini zu schicken.«

Duncans Mund wurde zu einer schmalen Linie. »Ich vergesse Shaine nicht, *Rujho*. Aber ich werde unseren persönlichen Streit beiseitelassen, um Homana zu retten.«

»Shaine wird das nicht tun.«

»Dann werden wir ihm keine Wahl lassen.« Duncan sah sich langsam und ruhig im Zelt um, betrachtete jedes aufmerksame Gesicht. »Wir können nicht alle gehen. Wir müssen Krieger zur Verteidigung des Keep zurücklassen. Aber ich brauche starke Männer, die bereit sind, in die Stadt zu ziehen und die Ihlini auf jede verfügbare Art zu bekämpfen. Wie sind nicht viele. Jede Streitmacht, die wir senden, wird ausgesprochen wirksam handeln müssen. Offene Kriegsführung wird zu viele Tode fordern. Wir müssen den Ihlini mit gleicher Verstohlenheit antworten.« Sein Blick richtete sich auf Finn. »Ich werde die besten und stärksten schicken. Und einige werden nicht zurückkehren.«

Finn lächelte verzerrt. »Nun, *Ruhjo*, du sagst nichts,

was ich nicht bereits weiß. Es ist immer so, denke ich.«
Er zuckte die Achseln. »Ich gehe natürlich.«

Andere Krieger wiederholten Finns Worte und überantworteten sich einem Krieg, zu dem der Mujhar sie nicht willkommen heißen würde. Alix, die ihnen genau zuhörte, erkannte, warum Duncan hatte allein bleiben wollen. Er hatte die ganze Zeit über gewußt, daß die Cheysuli ihre geringe Anzahl aufs Spiel setzen würden, um die Heimat ihrer Ahnen zu retten.

Es ist das Tahlmorra, flüsterte sie in ihrem Geist. *Immer das Tahlmorra.*

Alix ging allein zum Zelt zurück, in Ängsten und Sorgen verloren. Während ihrer Zeit mit Duncan hatte sie seine Willenskraft, seine Entschlossenheit und selbstlose Hingabe an die Prophezeiung kennengelernt. Nichts würde ihn davon abhalten, seine Krieger nach Mujhara zu führen. Sie wußte es besser, als daß sie ihn hätte bitten können, bei ihr in Sicherheit zu bleiben, und obwohl sie wünschte, er solle sich nicht so stark einsetzen, wußte sie auch, daß es ihn in ihren Augen herabsetzen würde, wenn er zu bleiben beabsichtigte. Duncan war in seinem Verlangen zu kämpfen vielleicht weniger angriffslustig als Finn, aber sein Stolz reichte genauso tief.

Die Feuerstelle war zu Asche heruntergebrannt, so daß Alix ihre Zeit damit verbrachte, das Feuer wieder zu entzünden, um Wärme und Licht zu haben. Das Zelt war jetzt ihre Sicherheit, genauso sehr, wie es Torrins Haus gewesen war. Sogar die Wandteppiche bedeuteten ihr viel, denn Duncan hatte ihr jede runenartige Einwebung und die mit schwerem blauem Garn aufgestickten Muster erklärt. Die Wandteppiche vermittelten viel Cheysuliwissen und betonten besonders die Stärken und Überlieferungen der Rasse. Sie fragte sich, während sie beim Feuer kniete, ob mit der Rückkehr der Krieger in die Stadt weitere Stücke der Geschichte hinzugefügt werden würden.

Duncan kam leise herein, nachdem er den Zelteingang

beiseitegeschoben hatte. Alix, die die Gelassenheit in seinen Augen sah, begegnete ihm mit angemessenem Ernst.

»Duncan«, begann sie sanft, »wie bald brichst du nach Mujhara auf?«

Er ging zu seiner Waffentruhe und nahm einen Bogen heraus, ein wuchtiges Todeswerkzeug, das seinem einfachen Jagdbogen ähnlich sah. Aber dieser war schwarz gefärbt, poliert, mit Gold und Tigeraugen verziert. Auch die Sehne war schwarz und summte straff, als er den Bogen spannte und ihn ausprobierte.

Er wühlte seine schwarzen Pfeile aus der Truhe hervor und setzte sich mit gekreuzten Beinen hin, begann die mühsame Überprüfung jedes einzelnen. Die Pfeile waren gelb befiedert, und die Obsidianspitzen schimmerten.

Alix wartete schweigend, geduldig, und schließlich antwortete er ihr. »Am Morgen.«

»So bald ...«

»Der Krieg wartet nicht auf die Männer, *Cheysula*.«

Sorgfältig glättete sie die grünen Gewänder über ihren Oberschenkeln, während sie sich auf das gefleckte Fell kniete. »Duncan«, sagte sie schließlich, »ich möchte mitgehen.«

Er prüfte peinlich genau die Befiederung jedes Pfeiles. »Mitgehen?«

»Nach Mujhara.«

»Nein.«

»Ich werde sicher sein.«

»Das ist kein Ort für dich, Kleines.«

»Bitte«, forderte sie beharrlich. »Ich könnte es nicht ertragen, hierzubleiben und jeden Tag abzuwarten, ohne etwas zu erfahren.«

»Ich sagte nein.«

»Ich würde dich nicht stören. Ich kann auch *Lir*gestalt annehmen. Ich würde keine Schwierigkeiten verursachen.«

Er betrachtete sie einen Augenblick lang ruhig, seine Aufmerksamkeit halb auf die Pfeile gerichtet. Dann lächelte er. »Du bedeutest *immer* Schwierigkeiten, Alix.«

»Duncan!«

»Ich will nicht dein Leben riskieren.«

»Du riskierst dein *eigenes!*«

Er legte einen Pfeil hin und nahm einen anderen auf. »Die Cheysuli«, sagte er langsam, »haben schon immer ihr Leben riskiert. Für Homana lohnt sich das.«

»Aber für Shaine?«

»Der Mujhar *ist* Homana. Shaine hat diese Ländereien mehr als vierzig Jahre lang sicher gehalten, Alix. Unsere Rasse ist von ihm vielleicht nicht begünstigt worden, aber alle anderen schon. Wenn er Hilfe braucht, um das Land jetzt zu halten, müssen wir sie ihm gewähren.« Er senkte den Blick. »Und wir müssen an den denken, der ihm folgen wird.«

Alix atmete zitternd ein. »Laß mich auch helfen. Shaine ist mein Großvater ... und Carillon mein Cousin.«

Er legte den Pfeil beiseite und verschränkte die Hände fest im Schoß. Alix merkte, daß sie seinen Blick mied und sich statt dessen die schweren Goldreife an seinen bloßen bronzefarbenen Armen betrachtete. Sie sah den gebosselten, geritzten Falkenumriß seines *Lir* und die runenartigen Muster, die auf beiden Seiten des Falken in das schimmernde Metall eingearbeitet waren. Als sie ihm wieder ins Gesicht sehen konnte, sah sie Stolz und Wärme in seinen Augen.

»*Cheysula*«, sagte er sanft, »ich kenne deine Entschlossenheit. Ich bin dankbar dafür. Aber ich werde nicht zulassen, daß du dein Leben riskierst, besonders nicht für den Mann, der dich bei der Geburt verbannt hat und dann noch einmal so viele Jahre später.«

»Und doch riskierst du dein eigenes«, wiederholte sie hohl und spürte die Niederlage.

Er seufzte umständlich. »Es ist die Aufgabe eines Kriegers, *Cheysula,* und das *Tahlmorra* eines Stammesführers. Verwehre es mir nicht.«

»Nein«, sagte sie. Sie griff nach dem Bogen und nahm ihn auf, liebkoste die glatte Patina und die schimmernden Verzierungen. Sie ließ vorsichtig ihre Finger die feste Bogensehne entlanggleiten und seine Spannung und Schwingung testen. »Wirst du vorsichtig sein?« fragte sie mit leiser Stimme.

»Ich bin es immer, wie Finn mir oft sagt.«

»*Sehr* vorsichtig?«

Er lächelte. »Ich werde sehr vorsichtig sein.«

Alix legte den Bogen sanft vor ihn hin. »Nun, ich möchte nicht, daß dein erster Sohn geboren wird, ohne einen Vater zu haben.«

Er war still. Alix, den Blick in einer für sie ungewohnten, ergebenen Haltung zu Boden gerichtet, wartete auf sein Erstaunen und seine Freude.

Aber Duncan streckte die Hände aus und ergriff ihre Schultern, riß sie auf die Knie. Er sah sie zornig an.

»Und du wolltest *das riskieren,* um mit in eine umkämpfte Stadt zu kommen?«

»Duncan …«

»Du bist eine Närrin, Alix!« Er ließ sie plötzlich los.

Sie starrte ihn mit offenem Munde an, als er sich steif erhob und von ihr forttrat, am Zelteingang innehielt, um hinauszuschauen.

»Ich dachte, du würdest dich freuen«, sagte sie in seinen starren Rücken.

Er wandte sich zu ihr um. »Freuen? Du bittest mich, mit in den Krieg ziehen zu dürfen, und sagst mir dann, daß du empfangen hast? Willst du dieses Kind *verlieren?*«

»*Nein!*«

Er sah sie an. »Dann bleib hier, wie ich es gesagt habe, und verhalte dich wie die *Cheysula* eines Stammesführers.«

Alix, durch die Heftigkeit seines Zornes zur Sprachlosigkeit verdammt, sagte gar nichts, als er sich von ihr abwandte und das Zelt verließ.

Sie erschauerte in Krämpfen, legte dann beide Arme über ihren noch flachen Bauch und beugte sich vor, umarmte sich fest.

Sie ließ die Tränen unaufhörlich fließen und wippte in stillem Kummer vor und zurück.

Kapitel Drei

Als der Zelteingang beiseitegezogen wurde, setzte sich Alix hastig auf und wischte die Tränen fort. Sie war bereit, Duncan mit Würde zu begegnen, aber als sie Finn sah, verlor sie die Fassung.

»Duncan ist nicht hier«, sagte sie kurz.

Finn beobachtete sie einen Augenblick lang. »Nein, ich weiß, daß er nicht hier ist. Er ist noch eben an mir vorbeigegangen, mit düsterem Gesicht und sehr schlechter Stimmung.« Er hielt inne. »Habt ihr euren ersten Kampf gehabt, *Mei Jha?*«

Sie sah ihn stirnrunzelnd an, bekämpfte den Drang, erneut zu weinen. »Das geht Euch nichts an.«

»Er ist mein *Rujholli,* ihr meine *Rujholla.* Das geht mich immer etwas an.«

»Geht weg!« schrie sie und brach in Tränen aus.

Finn ging nicht. Er betrachtete sie mit ironischem Erstaunen und betrat dann das Zelt. Alix wandte ihm den Rücken zu und weinte in ihre Hände.

»Ist es wirklich so schlimm?« fragte er ruhig.

»Ihr seid der letzte, dem ich das sagen würde«, brachte sie zwischen zwei Schluchzern hervor.

»Warum? Ich habe Ohren, die genauso gut hören, wie die jedes anderen.«

»Aber Ihr hört niemals *zu.*«

Finn seufzte und setzte sich neben sie, wobei er sorgfältig jede Berührung vermied. »Er ist mein *Rujho,* Alix, aber das macht ihn nicht zu einem vollkommenen Menschen. Wenn Ihr mir erzählen wollt, wie abscheulich er zu Euch war, werde ich nur zu bereitwillig zuhören.«

Sie warf ihm einen bedrückten Blick zu. »Duncan ist niemals abscheulich.«

Seine Brauen hoben sich. »O … er kann es sein. Vergeßt Ihr, daß ich mit ihm aufgewachsen bin?«

Etwas an der Leichtigkeit in seiner Stimme brach ihren Widerstand noch mehr, zerstörte ihre letzten Vorbehalte. Der größte Teil der Tränen war versiegt, aber sie war noch immer aufgebracht.

»Er war sehr *ärgerlich* auf mich«, flüsterte sie.

Finn verzog den Mund. »Dachtet Ihr, Duncan wäre dazu nicht fähig? Die meiste Zeit verliert er sich in der Last, Stammesführer einer schwindenden Rasse zu sein, aber er ist wie jeder andere. Er war schon immer ernsthafter als ich, aber er hat genauso viel Zorn und Verbitterung in sich. Er verbirgt es nur besser.«

Sie dachte an den Grund für Duncans Zorn, konnte ihn Finn aber nicht nennen. Es ging ihr zu nahe.

»Es ist zu schwer«, sagte sie und wischte die letzten Tränen fort.

»Seine *Cheysula* zu sein?« fragte er überrascht. »Nun, das wäre zu verhindern gewesen … früher.« Er grinste sardonisch. »Ihr hättet nur meine *Mei Jha* werden müssen.«

»Das habe ich nicht gemeint«, sagte sie scharf. »Ich habe vom Erlernen neuer Bräuche gesprochen, und davon, mich so zu verhalten, wie es einer Cheysulifrau gebührt.«

Finn überlegte. »Vielleicht ist das wahr. Ich habe niemals darüber nachgedacht.« Er zuckte die Achseln. »Dies ist das einzige Leben, das ich kenne.«

»Ich kenne zwei«, sagte sie bedrückt. »Das, welches Ihr mir geraubt habt, und dieses. Es gibt Zeiten, in denen ich mir wünsche, Ihr hättet mich niemals gesehen.«

»Damit Ihr mit dem Prinzen hättet liebäugeln und zu seiner Gespielin heranwachsen können?«

Alix sah ihn an. »Vielleicht. Aber *Ihr* habt jeder Chance darauf ein Ende gesetzt.«

»Das solltet Ihr besser nirgends sagen, wo Duncan es hören könnte«, sagte Finn tonlos.

Alix war bestürzt. »Duncan weiß, was ich für Carillon empfunden habe. Wie könnte er auch nicht?«

Finn zog an seinem Stiefel, als wollte er die Antwort hinauszögern. Dann verzog er den Mund. »Er fürchtet noch immer, Ihr könntet zu dem Prinzen zurückkehren.«

»*Warum?*«

»Carillon bietet Euch mehr, als wir es können.« Seine Augen blickten ausdruckslos. »Die Großartigkeit von Homana-Mujhar, Wohlstand, die Ehre, die Gespielin eines Prinzen zu sein. Das ist mehr, als ein Cheysuli geben kann.«

»Ich wähle einen Mann nicht wegen dem, was er mir gibt«, sagte sie fest. »Ich nehme ihn aus Liebe. Duncan kann sagen, daß es das *Tahlmorra* war, was uns zusammengeführt hat – vielleicht war es das auch –, aber das ist es nicht, was uns zusammenhält.«

Finn schien sich plötzlich unbehaglich zu fühlen. »Dann werdet Ihr bei dem Stamm bleiben?«

»Duncan würde mich nicht gehen lassen. Und Ihr, glaube ich, auch nicht.« Alix hielt seinem Blick stand. »Ich habe nicht wirklich den Wunsch, zurückzugehen ... jetzt. Mein Platz ist bei Duncan.«

»Obwohl es schwer ist, unsere Art zu erlernen?«

Alix seufzte müde. »Ich werde lernen ... letztlich.«

Finn hob ihre Hand und umschloß ihr Handgelenk mit seinen Fingern, wie er es schon vor so langer Zeit getan hatte. »Wenn das, was Ihr für ihn empfindet, nachläßt, Alix, oder wenn er in diesem uns bevorstehenden Krieg stirbt ... dann könnt Ihr zu mir kommen.«

Er brachte sie zum Schweigen, bevor sie protestieren konnte. »Nein. Ich sage das nicht aufgrund meines eigenen Verlangens nach Euch, obwohl es unverändert da ist.« Er zuckte die Achseln und tat es damit ab. »Ich sage es, um Euch klarzumachen, daß Ihr bei mir Sicherheit findet, wenn Ihr sie jemals brauchen solltet.«

»Finn ...«

Er ließ ihr Handgelenk los. »Ich bin nicht immer so

rüde, *Rujholla*. Aber Ihr habt mir noch niemals die Chance gegeben, mich von einer anderen Seite zu zeigen.«

Er ging, bevor sie noch etwas sagen konnte. Alix, die hinter ihm hersah, fragte sich, ob sie ihm in Gedanken vielleicht unrecht getan hatte.

Duncan sprach an dem Morgen, an dem sie sich trennen mußten, kaum mit ihr. Obwohl er sehr viel weniger verärgert zum Zelt zurückgekehrt war und es ihm leid tat, daß er sie erschreckt hatte, blieb er noch immer entschlossen, daß sie nichts tun sollte, was das Kind oder sie selbst gefährden könnte. Laut hatte sie ihm zugestimmt und ihren Leichtsinn eingestanden, aber innerlich ruhig überlegt, wann die beste Zeit dafür sein würde, *Lir*gestalt anzunehmen und von sich aus zu gehen.

Aber als Duncan sich von ihr verabschiedete, klammerte sie sich in hilfloser Qual schweigend an ihn und dachte nicht mehr an ihre geheimen Pläne.

Alix stellte schmerzerfüllt fest, daß sich Cheysulifrauen nicht in der Abgeschiedenheit des Zeltes verabschiedeten. Statt dessen stand eine *Cheysula* oder auch eine *Mei Jha* draußen, vor dem Zelt, und wünschte ihrem Krieger öffentlich eine sichere Reise. Der Brauch, so sagte Duncan, war aus dem Wunsch heraus entstanden, den Kriegern das Fortgehen zu erleichtern. Es war schwer, eine schluchzende Frau mit auch nur einem Hauch von Zuversicht zu verlassen.

Sie sah aufgewühlt hinter ihnen her, als sie aus dem Steinkeep hinausritten. Die geflügelten *Lirs* flogen als Kundschafter über ihnen, die vierfüßigen Tiere trotteten neben den Pferden her. Alix sah Cai sich über die Baumspitzen schwingen, Storr neben Finn einherlaufen und die anderen schweigend mit ihren *Lirs* dahingehen.

Und ich werde sie alle sein, dachte sie mit grimmiger Befriedigung.

Sie war ruhig in ihrer Entscheidung, nahm die Schwierigkeiten in Kauf. Sie war erst zweimal ein Wolf gewesen, und das mit fatalen Folgen, aber es war kaum ihr Fehler gewesen. Sie würde es besser machen. Dennoch sorgte sie sich um ihr fehlendes Wissen, als Vogel mitzuziehen, eine unbekannte Gestalt – aber ein Wolf würde zu langsam sein, um den Kriegertrupp einholen zu können.

Ich wünschte, Cai wäre hier und könnte mich fliegen lehren, dachte sie unbehaglich. *Es muß erschreckend sein, das erste Mal in die Luft aufzusteigen, sein Leben zerbrechlichen Schwingen anzuvertrauen.*

Aber sie wußte, daß sie es tun würde.

Alix machte sich schnell bereit, wollte spätestens am Nachmittag aufbrechen. Sie zog ein Paar von Duncans abgetragenen Gamaschen und ein weiches Wams aus einer Kiste und schnitt beide Kleidungsstücke auf ihre kleinere Größe zu. Sie zog das Wams über die obere Hälfte des Gewandes, das sie in Homana-Mujhar getragen hatte, gebrauchte es als grobes Hemd, das ihre Arme bedeckte und ihre Figur verbarg. Ein Lederriemen diente als Gürtel, und sie zog ihre Wolfshautstiefel an, die über Kreuz bis zu den Knien gebunden wurden. Grimmig sah sie an sich herab.

Ich sehe nicht mehr wie ein Krieger aus, als die Cheysulijungen, die Krieg spielen. Nun, es wird gehen müssen. Ich kann nicht in Röcken in den Krieg ziehen.

Sie setzte sich auf ein geflecktes Fell bei der Feuerstelle und schaute wie blind in die Kohlen.

Wie verwandelt man sich in einen Vogel ...?

Sorgfältig löste Alix ihren Geist von ihrer Umgebung, gab die Vertrautheit der weichen Felle, der farbigen Wandteppiche und der irdischen Gegenstände des täglichen Lebens auf. Die Kohlen verschwammen vor ihren Augen zu einer Mischung aus Rosa und Grau, und sie ließ ihren Geist erstarren.

Sie dachte an Baumspitzen und Felder und Wolken.

Sie dachte an einen Falken, schnell und leicht, an Federn und Klauen und gebogene Schnäbel, an helle Augen und hohle Knochen und die wunderbare Freiheit des Fluges.

Als sie aus dem Zelt hervorbrach und die Luft gewaltig durch ihre ausgestreckten Schwingen strich, wußte sie, daß sie es geschafft hatte und freute sich.

Zunächst wirbelte sie triumphierend umher, tauchte und kreiste, spielte in den Strömungen. Unter ihr lag der Keep, breitete sich aus, um die letzte der alten Rassen Homanas zu beschützen. Das Zelt war ein schieferfarbener Fleck vor den blassen Farbtönen des Keep und des ihn umgebenden Waldes.

Dann ließ Alix die Freude über solche Freiheit beiseite und flog voraus, um einen Lir zu suchen.

Aber sie ermüdete schnell. Nicht gewöhnt an einen längeren Flug, gestand Alix letztlich ihre Niederlage ein und kauerte sich auf einen Baum. Sie war müde und hungrig, angespannt von der Anstrengung, die *Lir*gestalt beizubehalten, und erkannte, daß sie fast ihre Grenze erreicht hatte.

Sie flog erneut auf den Boden und ließ ihre Falkengestalt zugunsten der menschlichen verschwimmen. Erneut staunte sie über die von den Göttern gegebenen Fähigkeiten des *Lir*bundes, denn ihre Kleidung verwandelte sich mit ihr, wenn sie *Lir*gestalt annahm, und kehrte mit zurück, wenn sie sich zurückverwandelte.

Das ist günstig, dachte sie erschöpft. *Ich brauche mir keine Gedanken darüber zu machen, nackt inmitten eines Waldes gefangen zu sein.*

Alix kletterte einen sanften, an den Berghang angeschütteten Schutthaufen hinauf und hielt inne, als sie eine gestrüppbewachsene, halb in den Schatten der Dämmerung verborgene Höhle fand. Vorsichtig schlich sie näher heran und spähte durch das Laub. Die Äste und belaubten Zweige waren grob zusammengezogen worden, als sollten sie einen Schutz bilden, und als sie

sie näher betrachtete, erkannte sie, daß dies nur von Menschen gemacht worden sein konnte. Sie zog den Schutz beiseite und kroch in die flache Höhle hinein.

Sie entdeckte eine rauhe, schlecht gewobene, braune Decke, die auf dem unebenen Boden der Felsenhöhle ausgebreitet worden war. Daneben lag ein mit einem Holzstab verschlossener Lederbeutel, und ein kleines Feuer leckte an frisch aufgestapelten Kienspänen. Sie zögerte, fragte sich plötzlich, ob sie vielleicht nicht willkommen wäre. Vielleicht vertraute sie zu leicht.

Das Geräusch brechender Zweige ließ sie auf Händen und Knien herumwirbeln, die Augen vor Angst geweitet.

Der Mann beugte seinen Kopf, während er durch die enge Öffnung in die Höhle hineinkroch, die Augen zu Boden gerichtet. Über seiner Schulter trug er einen noch unbearbeiteten Bogen, aber das Langmesser an seinem Gürtel sah wirkungsvoller aus. Unter dem einen Arm hielt er den schlaffen Körper eines toten Kaninchens.

Alix zog sich weiter zurück, wobei die Felswand in ihren Rücken schnitt, als sie sich dagegenpreßte. Der Laut durchdrang die Stille wie der Schrei eines Feindes. Der Mann ließ das Kaninchen fallen und zog mit einer einzigen Bewegung sein Langmesser, stützte sich auf ein Knie, während er vom Boden aufstand, um zuzuschlagen.

Dann sah sie das Erschrecken und das Erstaunen in seinen braunen Augen aufflackern, als er eine Frau in ihr erkannte.

Er fluchte leise und verwundert und schob das Messer wieder in die Scheide. Vorsichtig richtete er sich zu einer kauernden Haltung auf, als fürchtete er, sie zu ängstigen.

»Lady, ich werde Euch nichts tun. Wenn Ihr hier Schutz sucht, dann müßt auch Ihr vor Bellams Truppen geflohen sein.«

»Geflohen!«

Er nickte. »Ja. Vor dem Krieg.« Er runzelte die Stirn. »Sicherlich habt Ihr von dem Krieg gehört, Lady.«

»Ich habe davon gehört.« Sie betrachtete offen seinen verkrusteten, vom Alter gerissenen Lederharnisch und die verschmutzte scharlachrote Tunika mit dem sprungbereiten schwarzen Löwen des Mujhar. Sein Harnisch war rostbraun, wie mit Blut getränkt, und sie zitterte bei der plötzlichen Vorahnung in ihren Knochen.

»Mein Name ist Oran«, sagte er und fuhr mit einer schmutzigen Hand durch glanzloses, schlaffes, braunes Haar. »Ich bin ein homanischer Krieger.«

Sie sah ihn stirnrunzelnd an. »Warum seid Ihr dann hier? Solltet Ihr nicht bei Eurem Herrn sein?«

»Mein Herr wurde getötet. Keough von Atvia, Bellams hinterhältiger Komplize, hat das Heer vor zwanzig Tagen wie eine Horde wilder Hunde überrannt.« Seine Augen verengten sich verärgert. »Es war Nacht, ohne Mondschein und düster. Wir schliefen, von einem dreitägigen Kampf ermüdet. Das atvianische Heer kroch heimlich auf uns zu und vernichtete uns vor dem Morgengrauen.«

Alix befeuchtete ihre trockenen Lippen. »Wo, Oran? In Mujhara?«

Er lachte. »Nicht in Mujhara. Ich bin kein Krieger der Wache des Mujhar. Ich bin ein gewöhnlicher Krieger, der einst Kleinpächter von Fürst Fergus war, dem eigenen Bruder des Mujhar.«

»Fergus.« Sie trat von der Felswand fort und kniete sich vor ihn hin. »Dann habt Ihr Fergus im Feld gedient?«

»Ja, einen Sieben-Tage-Ritt außerhalb Mujharas.« Er räusperte sich und spie aus, den Kopf von ihr abgewandt. Er wischte sich den Speichel von den Lippen und sah sie betrübt an. »Fürst Fergus wurde getötet.«

»Warum seid Ihr nicht geblieben?« fragte sie. »Warum habt Ihr Euren Herrn im Stich gelassen?«

Sein grimmiges, plumpes Gesicht wirkte häßlich. »Es

machte mich krank. Ich war nicht dafür bestimmt, Männer wie Tiere zu erschlagen, auf Befehl eines Mannes, der sich selbst sicher hinter den von Magie geschützten Mauern Homana-Mujhars aufhält.« Oran spie erneut aus. »Shaine hat eine Abwehr errichtet, Lady, Mittel der Magie, um die Ihlini fernzuhalten. Er hält sich in Sicherheit, während Tausende in seinem Namen sterben.«

Alix atmete zitternd ein und ballte zwischen ihren Knien die Fäuste. »Was ist mit Carillon? Was ist mit dem Prinzen?«

Orans Mund verzog sich. »Carillon ist Keoughs Gefangener.«

»*Gefangener!*«

»Ja. Ich sah ihn zwei Krieger töten, die ihn gefangennehmen wollten, er kämpfte wie ein Dämon, aber Keoughs eigener Sohn durchbrach seine Abwehr und entwaffnete ihn. Thorne. Der atvianische Prinz kassierte Carillons Schwert, dann Carillon selbst ein und marschierte mit ihm zu seinem Vater.«

Oran betrachtete sie mit verengten Augen. »Sie werden ihn töten, Lady, oder ihn zu Bellam in Mujhara bringen.«

»Nein …«

Er zuckte die Achseln. »Es ist sein Schicksal. Er ist der Erbe des Mujhar und als solcher wertvoll. Keough wird ihn sicher bewachen, bis er in Bellams Händen ist. Oder in Tynstars.«

Alix schloß die Augen und beschwor sein Gesicht herauf, erinnerte sich an seine warmen blauen Augen und sein eigensinniges Kinn. Und an sein Lächeln, wann immer er sie ansah.

Oran regte sich, und sie öffnete die Augen. Er grinste, zeigte abgebrochene, gelbliche Zähne, und nahm den Lederbeutel auf. Er zog den Holzstab heraus und schüttete den Inhalt des Beutels auf die Decke.

Es war ein Wurf von Edelsteinen, die in der schattigen Höhle üppig schimmerten. Broschen, Ringe aus edlem

Gold und Silber und ein Armreif aus Kupfer. Oran stieß die Gegenstände mit einem Finger an.

»Aus Solinde, Lady. Und edel, wie Ihr sehen könnt.«

Sie betrachtete sie stirnrunzelnd. »Wo habt Ihr sie her?«

Er lachte grausam. »Von Männern, die solche Dinge nicht mehr brauchten.«

Sie wich zurück. »Ihr habt sie toten Männern gestohlen?«

»Wie sonst soll ein armer Krieger vorankommen? Ich bin keiner der reichen Herrchen wie Carillon, und ich bin auch kein Adliger aus Mujhara, der in Seide und Samt geboren wurde. Wie sonst soll ich an solche Dinge herankommen?«

Habsucht glitzerte in seinen Augen. Sie sah seinen Blick erwartungsvoll ihren Körper entlanggleiten. Sie trug den goldenen *Lir*halsreif, den Duncan ihr geschenkt hatte, und ausgesuchte Topase hingen an ihren Ohren.

»Also«, sagte sie und atmete aus, »werdet Ihr auch mich wegen meines Reichtums töten.«

Er grinste. »Das muß nicht sein, Lady. Ihr braucht ihn mir nur freiwillig zu überlassen.« Er strich sich über die Unterlippe. »Ich habe noch nie zuvor jemanden wie Euch gesehen. Seid Ihr die Gespielin eines Adligen?«

Die Worte trafen sie nicht als Beleidigung, weil Oran sie in seiner Gewöhnlichkeit nicht als solche gemeint hatte. Und die Cheysuli hatten begonnen, ihre Wertung solcher Dinge zu verändern.

Alix spannte sich langsam an. »Nein.«

»Wie seid Ihr an diese Dinge gekommen?«

Eine Erleuchtung flammte in ihrem Geist auf. Sorgfältig unterdrückte sie die plötzliche Erkenntnis ihrer Macht und betrachtete ihn ruhig.

»Mein *Cheysul* hat sie mir geschenkt.«

Er sah sie stirnrunzelnd an. »Sprecht homanisch, Lady. Was habt Ihr gesagt?«

»Mein Ehemann, Oran. Er hat diese Dinge für mich gefertigt.«

Er grinste. »Dann kann er noch weitere fertigen. Kommt, Lady, gebt sie mir.«

»Nein.« Sie sah ihm ins Gesicht. »Es ist nicht klug, wenn ein Homaner etwas von einem Cheysuli Gestaltetes fordert.«

»Cheysuli!« Seine Brauen hoben sich ruckartig. »Ihr lebt bei den Gestaltwandlern?«

»Ich *bin* eine.«

Einen Augenblick lang flammte Furcht in seinen Augen auf. Dann verblaßte sie und wurde zu Entschlossenheit und Habgier. »Die Gestaltwandler unterliegen dem Todeserlaß des Mujhar. Ich sollte Euch töten, und dann wäre alles, was Ihr besitzt, meines.«

Das verärgerte sie. »Ich bezweifle, daß Ihr das vollbringen könntet.«

Seine Hand zuckte zu dem Messer. »Kann ich nicht, Gestaltwandlerhexe? Ihr ängstigt mich nicht mit Eurer Magie. Nur Eure Krieger verändern ihre Gestalt, so daß Ihr kaum eine Bedrohung sein könnt.«

Er grinste und hob das Messer. »Was sagt Ihr jetzt, Hexe?«

Alix sagte nichts. Er blockierte den Eingang der Höhle wirkungsvoll mit seinem von dem Harnisch geschützten Körper, und als er langsam auf sie zukam, hatte sie keine Möglichkeit, ihm zu entgehen. Die Felswand drückte gegen ihren Rücken.

»Tut es nicht«, sagte sie sanft.

Oran lachte leise und legte eine Hand an den Halsreif an ihrer Kehle.

Alix berief die Magie herauf und verwandelte sich in einen Wolf.

Er starrte sie an und wich dann mit einem Entsetzensschrei zurück. Das Messer entglitt seinen schlaffen Fingern, während er über den Boden kroch. Das Wolfsweibchen knurrte und sprang über ihn hinweg, berührte seinen Körper nicht, zwang ihn aber mit ihrer Bewegung flach auf den Rücken. Sie hörte seinen Entsetzensschrei, als sie an seinem zitternden Leib vorbei und in den dunklen Wald hinausschoß.

Sie hielt kurz inne, von diesem Ort befreit, und ließ ein triumphierendes Heulen in den dunklen Himmel aufsteigen.

Dann zog sie in *Lir*gestalt weiter.

Das Wolfsweibchen, vom Mondlicht silbrig beschienen, schlüpfte aus dem Wald heraus und in das Cheysulilager hinein. Sie sah die zusammengekauerten Gestalten von Decken eingehüllter, schlafender Krieger und die umschatteten Höcker der über das Lager verteilten *Lirs*. Sie sandte beruhigende Muster zu den Tieren, damit sie nicht Alarm schlagen würden, und ging leise auf das Feuer zu. Sie hörte Cai, der auf einem Baum hockte, sandte seinem *Lir* ein einziges Wort.

Duncan rollte sofort herum und setzte sich hin. Seine Bewegung weckte Finn, der neben ihm lag, und sie standen in stummem Einklang auf. Sie gingen leise los, zogen ihre Messer und beobachteten die Wölfin vorsichtig.

Alix, die erkannte, daß sie sie für ein wildes Tier hielten, lachte im Geiste.

Und Duncan hat mich für hilflos gehalten ...

Sie spürte seine Aufmerksamkeit. Finn, der sich lautlos bewegte, trat näher an sie heran. Sie überlegte, ihn in einem Scheinangriff anzuspringen, gab diesen Gedanken aber auf, weil sie befürchtete, daß er sie töten würde.

Statt dessen verwandelte sie sich wieder in ihre menschliche Gestalt.

Duncan blinzelte und runzelte dann die Stirn.

Finn lachte. »Nun, *Rujho*, ich habe dir noch nicht genug zugetraut. Du bist tatsächlich mächtig, wenn sie nicht einmal zwei Tage ohne dich sein kann.«

Alix, die plötzlich fröstelte und von der Anstrengung

und Anspannung der letzten Stunden erschöpft war, achtete nicht auf ihn und trat zu der glühenden Kohlegrube. Dort fiel sie auf die Knie und streckte ihre Hände über die Glut.

Duncan steckte das Messer wieder in die Scheide. Er sagte nichts.

Finn lachte erneut und nahm seine Decke auf, legte sie ihr um die Schultern, als er leise an sie herantrat. »Hier, *Rujholla*«, sagte er spöttisch. »Wenn er Euch frieren lassen will, ich will es nicht.«

Sie warf ihm einen wütenden Blick zu und zog die Decke fest um sich. Finn zuckte die Achseln und kehrte an seinen Schlafplatz zurück, wo er sich mit überkreuzten Beinen auf der flachgedrückten Erde niederließ.

Duncan trat hinter sie, so nah, daß sie seine Knie an ihrem Rücken spüren konnte. »Ich vermute, du wirst mir sagen, warum ... vielleicht.«

»Es war *nicht* das, was Finn gesagt hat!«

»Nun«, sagte Duncan seufzend, »es war zuviel zu erwarten, daß du mir gehorchen würdest. Ich hätte dich mit einem Zauber belegen sollen.«

Sie fuhr so plötzlich herum, daß die Decke von einer Schulter herabglitt. »Das kannst du tun?«

Er lachte und trat nah an sie heran, hockte sich hin. Er nahm einen Stock auf und stocherte in den Kohlen. »Du kennst noch nicht alle unsere Gaben, *Cheysula*. Es gibt drei. Die Cheysuli können *Lir*gestalt annehmen, die Erdmagie zum Heilen borgen und Unterwerfung von allen außer einem Ihlini erzwingen.« Er lächelte. »Aber das heben wir uns für das Äußerste auf.«

»Duncan!«

Er blickte grinsend auf die Kohlen. »Ich würde das nicht wirklich tun, *Cheysula*. Aber du bringst mich mit deiner herausfordernden Art in Versuchung.«

Sie sah ihn stirnrunzelnd an. »Du weißt, daß ich hauptsächlich wegen dir gekommen bin, Duncan.« Sie atmete tief durch. »Aber auch wegen Carillon.«

Seine Hand hörte auf, in den Kohlen zu stochern. »Warum?«

»Er braucht unsere Hilfe.«

»Woher weißt du das? Oder kannst du, zusätzlich zu denen der *Lirs,* auch die Gedanken der Menschen lesen?«

Ihr mißfiel der spöttische Glanz in seinen Augen. »Du weißt, daß ich das nicht kann. Aber ich habe einen Mann getroffen, der gesehen zu haben behauptet, daß Fergus getötet und Carillon von Thorne, dem Sohn Keoughs von Atvia, gefangengenommen wurde. Es war eine blutige Schlacht, nach seiner Kleidung zu urteilen.«

»Krieg ist oft eine blutige Angelegenheit, Alix. Warum sonst würde ich versuchen, dich davon fernzuhalten?«

»Wir müssen Carillon finden.«

»Der Prinz ist kein unreifer Junge, Alix. Und er ist wertvoll. Seine Gefangenschaft ist vielleicht unerfreulich, aber sie wird nicht seinen Tod bedeuten. Bellam – vielleicht sogar Tynstar – werden ihn lebend haben wollen, eine Zeitlang.«

Sie sah ihn an. »Ich fange an zu glauben, daß du dieser Eifersucht erlauben wirst, seine Rettung zu verhindern.«

»Ich bin auf niemanden eifersüchtig!« schnappte er und errötete, als er Finns plötzliches Gelächter hörte.

»Duncan, wir müssen zu ihm gehen.«

»Wir gehen nach Mujhara, um die Ihlini zu bekämpfen. Sie sind eine größere Bedrohung als Keough.«

»Dann verurteilst du Carillon zum Tode!«

Duncan seufzte schwer. »Wenn sein Tod beschlossen ist, dann wird es so kommen. Carillon ist vielleicht kein Cheysuli, aber er hat seine eigene Art von *Tahlmorra.*«

»Duncan!« schrie sie ungläubig, sich wohl der Tatsache bewußt, daß die anderen sie mit schweigender Neugier beobachteten. »Du kannst ihn nicht wirklich aufgeben wollen!«

Er sah sie streng an. »Die Ihlini haben Mujhara eingenommen. Wenn der Palast fällt, ist Homana in den Händen Tynstars. Verstehst du nicht? Carillon wird so lange am Leben gelassen werden, wie Bellam ihn braucht, aber wenn Homana-Mujhar fällt, wird er alle Bedrohungen seiner Macht beseitigen. Zuerst Shaine, dann Carillon.« Er atmete erschöpft aus. »Ich weiß, daß du dich um ihn sorgst, *Cheysula,* aber wir können uns nicht um einen einzigen Mann kümmern, wenn eine ganze Stadt vernichtet zu werden droht.«

»Er ist dein Prinz«, flüsterte sie.

»Und ich bin dein *Cheysul*.«

Sie sah ihn stirnrunzelnd an. »Also schickst du mich zurück?«

»Würdest du gehen, wenn ich es täte?«

»Nein.«

Er grunzte. »Dann werde ich meinen Atem sparen.« Er half ihr hoch, nahm ihr Finns Decke ab und führte sie zu seinem Bett hinüber. Er legte ihr eine Hand auf die Schulter und drückte sie hinab. »Schlaf, *Cheysula,* wir reiten früh los.«

»Schlafen?« fragte sie boshaft, während er sich neben ihr niederließ und sie mit seinen festen Armen umschloß.

Er lachte weich. »Schlafen. Möchtest du meinem *Rujholli* noch mehr Gründe geben, über die er sich lustig machen kann?«

»Es ist immer Finn«, sagte sie verdrießlich und zog eine Decke über sie beide.

Duncan bettete ihren Kopf an seine Schulter. Kurz darauf seufzte er. »Wenn du möchtest, Kleines, schicke ich Cai zu dem Prinzen. Er kann über Carillons Befinden berichten.«

»Nun«, sagte sie nach einiger Zeit, »das ist wenigstens etwas.«

Seine Hand legte sich drohend um ihren Hals. »Kann man dich niemals zufriedenstellen, Alix?«

»Wenn ich ›Doch‹ sagen würde, würdest du aufhören,

es zu versuchen.« Sie legte ihre gespreizten Finger an die Wölbung seiner Kehle und spürte seinen Puls. »Duncan«, flüsterte sie kurz darauf, »warum hast du niemals gesagt, daß du mich liebst?«

Er war sehr still. »Weil die Cheysuli nicht von Liebe sprechen.«

Alix setzte sich ruckartig auf und entzog ihm die Decke. »Was meinst du damit?«

Er streckte die Hand aus, ergriff die ihre und zog sie wieder auf seine Brust. »Ich sagte, wir *sprechen* nicht von Liebe. Es schwächt einen Krieger, der an andere Dinge denken sollte.« Er lächelte in die Dunkelheit. »Und außerdem sind Worte nicht immer nützlich.«

»Dann muß ich also Vermutungen anstellen?«

Er lachte weich und zog die Decke wieder über sie. »Du brauchst nichts zu vermuten. Ich habe dir genug Antwort gegeben, zuvor.« Seine Hand glitt herab und berührte ihren Bauch, während er flüsterte: »Du trägst meinen Sohn, Alix. Ist das nicht genug?«

Sie schaute in die Dunkelheit. »Im Augenblick …«

Kapitel Vier

Alix verbrachte ihre Tage hinter Duncan auf dem Pferderücken, umklammerte seine schlanke Taille und wartete auf das, was sie tun würden, wenn sie Mujhara erreichten. Sie hatte beschlossen, Duncan nicht mit Bitten zu belästigen, statt dessen zu Carillon zu ziehen, denn er hatte Cai, wie versprochen, vor vier Tagen ausgesandt, und seine Gründe ergaben einen Sinn. Und obwohl sie noch immer ihre große Wertschätzung und Zuneigung für Carillon bewahrt hatte, wußte sie doch, daß sich sogar der Prinz selbst mehr um das Wohlergehen von Homana-Mujhar als um sein eigenes sorgen würde.

Duncan war ungewöhnlich besorgt um sie, so sehr, daß Finn, der neben ihm ritt, schließlich eine Erklärung forderte. Alix, die ihn überrascht ansah, erkannte, daß Duncan noch nichts von dem Kind gesagt hatte.

»Nun, *Mei Jha?*« fragte er. »Seid Ihr krank geworden, oder sorgt sich mein *Rujho* einfach um Frauendinge, jetzt, wo er eine *Cheysula* hat?«

Sie spürte, wie sie errötete. »Ich bin nicht krank geworden.«

Duncan warf Finn einen finsteren Blick zu. »Quäl sie nicht, *Rujho*. Das hast du in der Vergangenheit schon genug getan.«

Finn drängte sein Pferd näher heran. »Wollt Ihr mir etwas sagen, ohne es auszusprechen?«

»Nein«, sagte Alix schnell.

Duncan lachte weich. »Vielleicht ist es an der Zeit, *Cheysula*. Du wirst es nicht viel länger verschweigen können.«

»Duncan...«, protestierte sie.

Finn sah sie stirnrunzelnd an. »Was soll das heißen?«

»Alix hat empfangen. Sie gebärt mir in sechs Monaten einen Sohn.«

Sie wartete auf Finns spöttische Worte und seinen verzogenen Mund und fürchtete, was er sagen könnte. Aber er sagte nichts. Er schaute sie schnell an, dann wieder fort, den Kopf gebeugt, als betrachte er den Boden unter den Hufen seines Pferdes. Sein Gesicht glich einer Maske, als befürchte er, sonst eine Empfindung zu zeigen, die er nicht offenbaren wollte.

Duncan runzelte die Stirn. »Finn?«

Finn schaute auf und lächelte seinem Bruder zu. Sein Blick glitt zu Alix und dann wieder fort. »Ich wünsche dir alles Gute, Duncan. Es ist gut zu wissen, daß die Cheysuli Zuwachs bekommen, wenn auch nur einen.«

»Einer ist im Augenblick ausreichend«, sagte Alix fest.

Sein Grinsen kehrte zurück. »Ja, *Mei Jha,* vielleicht ist er das. Und ich werde ausreichend glücklich sein, Onkel eines einzigen zu sein.«

Sie beobachtete ihn, verwirrt durch sein Verhalten. Er war ein anderer Mann. Sie sah seine gelben Augen sich nachdenklich auf Duncan richten, dann ein seltsam bedauerndes Lächeln auf seinem Mund. Er schaute auf und sah, daß sie ihn beobachtete, machte dann eine ausdrucksvolle Geste.

Tahlmorra.

Alix öffnete den Mund, um eine Frage zu stellen, spürte etwas, was sie nicht ganz verstehen konnte. Aber sie sagte nichts, als sich Duncan von ihr abwandte. Sie spürte die plötzliche Anspannung seiner Muskeln, als er einmal heftig erschauerte.

»Duncan!«

Er antwortete ihr nicht. Statt dessen brachte er das Pferd so plötzlich zum Stehen, daß Alix auf der glatten Hinterhand des Tieres ins Rutschen geriet und sich hilflos an Duncan anklammerte, um oben zu bleiben. Es war zwecklos. Sie landete unbeholfen auf dem Boden und klammerte sich an den Steigbügel, um Halt zu finden.

»Duncan!«

Das Pferd tänzelte unruhig seitwärts. Die Zügel lagen schlaff in Duncans Händen, während er sich über den Sattelknauf beugte und erneut erschauerte.

Alix stolperte rückwärts, als sich das Pferd zu ihr hinbewegte und fast auf sie trat. Sie ergriff Duncans Gamaschen und zog daran, versuchte seine Aufmerksamkeit auf sich zu ziehen.

Finn brachte sein Pferd auf der anderen Seite ebenfalls ruckartig zum Halten und streckte die Hand aus. »*Rujho?*«

Duncan richtete sich mühsam auf und glitt unbeholfen vom Pferd. Er klammerte sich hilflos an den Steigbügel und war sich Alix' Gegenwart kaum bewußt. Er lehnte seine Stirn gegen den Sattel und schnappte nach Luft wie ein Ertrinkender.

»Duncan...«, flüsterte sie und legte eine zögernde Hand auf seinen versteiften Arm. »*Duncan!*«

Finn stieg schnell ab und trat um das reiterlose Pferd herum an Duncans Seite. Er schob Alix sanft aus dem Weg, überging ihren Protest und nahm Duncan am Arm.

»Was ist?« fragte er.

Duncan wandte den Kopf und starrte Finn mit leerem Blick an. Seine Augen waren geweitet und seltsam verwirrt. »Cai...«, keuchte er heiser und erschauerte erneut.

Finn führte ihn von dem gereizten Pferd fort zu einem Baumstumpf und hieß ihn sich darauf niederlassen, als Duncan schwankte. Dann kniete er sich in das Laub und schaute seinem Bruder ins Gesicht.

»Getötet?« flüsterte er.

Alix, die noch immer bei dem Pferd stand, verstand den Sinn der Frage sofort. Sie sank neben Finn auf die Knie.

»Duncan... *nein!*«

Sein Gesicht war angespannt und bleich. Sein Kopf

sank herab, bis er wie blind zu Boden schaute, die Hände schlaff auf seinen Oberschenkeln ruhend.

Alix berührte sanft seine kalte Hand. »Duncan, sag, daß es dir gutgeht.«

Finn legte eine Hand auf ihre Schulter und brachte sie wortlos zum Schweigen. Dann ergriff er Duncans angespannten Unterarm.

»*Rujho*, wurde er getötet?«

Duncan hob den Kopf und sah sie an. Seine Augen blickten aus einem hohlwangigen Gesicht seltsam und gefährlich wild drein. Die Angespanntheit durchzog seinen Körper wie ein Schlange, verknotete hart die Sehnen. Aber die Farbe begann langsam wieder in sein Gesicht zurückzukehren.

»Nein«, sagte er schließlich. Er schluckte gegen ein weiteres Erschauern an. »Er ist – verletzt. Und weit fort von hier.« Er strich mit einer zitternden Hand durch sein schwarzes Haar. »Sein *Lir*muster ist so schwach, daß ich ihn kaum berühren kann.«

Alix sandte einen eigenen Ruf hinaus, versuchte den Falken zu entdecken, aber nichts antwortete. Sie hatte Zeit darauf verwandt, die anderen *Lirs* auszuschließen, so daß sie in Ruhe nachdenken konnte – vielleicht richtete sich das jetzt gegen sie.

Finn schaute über seine Schulter zu den versammelten Kriegern. »Wir lagern hier bis zum Morgen.« Er wandte sich wieder zurück und betrachtete Alix mit plötzlich altgewordenem und müdem Gesicht. Sein Lächeln bot wenig Beruhigung, obwohl er sie hatte trösten wollen. »Cai ist nicht tot. Duncan wird es wieder besser gehen.«

Sie schluckte und spürte ein wenig der furchtbaren Angst aus ihrem Körper weichen. Aber ein großer Teil davon blieb, und als Finn Duncan hochzog, schrie sie fast auf, weil sein Geist so beeinträchtigt war.

Das bedeutet es, einen Lir zu haben, dachte sie kläglich. *Das ist der Preis für die Magie der alten Götter ...*

Duncan wurde gedrängt, sich hinzulegen, und vor

einem schnell errichteten Feuer in Decken gewickelt. Aber er entkam seinem Entsetzen, um seinen Bruder stirnrunzelnd anzusehen.

»Wir sollten weiterziehen, *Rujho*. So erreichen wir Mujhara nicht.«

Finn lächelte und schüttelte den Kopf. »Ich weiß, wie du dich fühlst. Als Storr fast an einer Pfeilwunde gestorben wäre, war ich selbst vor Entsetzen dem Tode nahe. Du hast noch niemals damit zu tun gehabt, also verhalte dich ruhig, bis es dir besser geht. Ich bin der zweite Anführer, nach dir.«

Duncan zog die Decken fester um seine Schultern, erschüttert bis auf die Knochen. »Du hast noch niemals Männer angeführt, Finn«, sagte er barsch. »Woher soll ich wissen, daß du uns nicht in Schwierigkeiten führst?«

Alix lächelte schwach, erleichtert, die brüderliche Neckerei zu hören. Finn, der wie ein rächender Dämon mit neu errungener Seele über seinem älteren Bruder stand, grinste und kreuzte die Arme vor der Brust.

»Du wirst es ganz einfach herausfinden müssen, *Rujho*. Vielleicht *bin* ich sogar besser geeignet als du.«

Duncan sah ihn einen Augenblick lang finster und stirnrunzelnd an, schloß dann die Augen und sank zu Boden. Alix beobachtete, wie er in den Schlaf hinüberglitt, während sie neben ihm kniete. Sie ergriff mit beiden Händen seinen Bogen.

»Wird es ihm gutgehen?« fragte sie weich.

»Er trägt Cais Schmerz mit«, belehrte sie Finn. »Wenn ein *Lir* verletzt wird, spürt der Cheysuli in den ersten Augenblicken ebenfalls alles. Es wird vorbeigehen.« Er seufzte. »Er braucht nur Ruhe.«

»Und Cai«, sagte sie sanft.

Finns Gesicht verhärtete sich. »Ja. Und Cai.«

Duncan erholte sich schnell, obwohl er die meiste Zeit abwesend zu sein schien und Cai suchte. Alix drängte ihn, sich länger als nur eine Nacht auszuruhen, aber

Duncan erklärte, es gehe ihm gut genug und er sei bereit, nach Mujhara weiterzuziehen. Finn gab, nachdem er leise über die Narrheit seines Bruders geschimpft hatte, nach und stimmte zu. Also kletterte Alix erneut auf das Pferd und klammerte sich noch fester als gewöhnlich an Duncan, versicherte sich, daß es ihm gutging.

Sie befanden sich noch zwei Tage vor der Stadt, als Cai am Himmel erschien und langsam auf sie zuflog. Sie spürte Duncans gleichzeitige Anspannung und streichelte mit einer Hand seinen Rücken, als wollte sie ein ängstliches Kind beruhigen. Duncan zügelte das Pferd und wartete.

Lir sagte der Vogel lautlos und klang erfreut, *ich war mir nicht sicher, wie weit du von mir entfernt warst.*

Alix lächelte erleichtert über den kräftigen Tonfall des Falken. Aber Duncan saß starr auf seinem Pferd. Er streckte seinen linken Arm aus und ließ den Falken landen. Die Klauen schlossen sich, umfaßten ihn fest, und Alix sah ein Blutrinnsal das verwundbare Fleisch hinabfließen. Duncan schien es nicht zu bemerken.

Der Vogel setzte sich zurecht. *Es tut mir leid, Lir, daß ich dir Sorgen gemacht habe. Mir ist jetzt wieder besser.*

Finn führte sein Pferd an Duncans heran und wartete stumm, und beobachtete sein Gesicht. Alix erkannte erneut ihre besondere Gabe. Die anderen mußten darauf warten, daß Duncan ihnen Cais Worte wiederholen würde, aber sie konnte die warme Stimme des Falken mühelos hören.

Duncan wickelte die Zügel um den Sattelknauf und legte seine freie Hand auf Cais Kopf, streichelte die glänzenden Federn sanft.

»Ich wollte dich nicht verlieren«, murmelte er.

Ich dich ebensowenig. Der Blick des Vogels schärfte sich. *Ich bringe Neuigkeiten, Lir. Der Krieg steht schlecht für Homana. Die Heere des Mujhar sind fast vernichtet, zerstreut von solindischen Truppen. Die Männer, die nicht fliehen*

254

konnten, wurden von Keough von Atvia, der über das Feld gebietet, gefangengenommen. *Es waren atvianische Bogenschützen, die zum Spaß Pfeile auf mich abgeschossen und mich beinahe herabgeholt haben. Aber die Schwinge wurde kaum berührt, und ich bin wieder stark.* Cai erhob sich von Duncans Arm und kreiste über der Waldlichtung. Dann ließ er sich auf einem niedrighängenden Zweig nieder. *Siehst du.*

Erleichterung löste die Anspannung in Duncans Muskeln. Alix spürte, wie er sich zum ersten Mal, seit Cai verletzt worden war, wieder entspannte. Aber sie spürte auch seine Sorge um das Wohlergehen des Heeres, während Cai fortfuhr.

Es ist schlimm, Lir. Von den Tausenden, die Shaine ausgesandt hat, blieben nur Hunderte am Leben. Die meisten sind Gefangene des atvianischen Herrschers. Wie Carillon.

Alix erstarrte so plötzlich, daß sich ihre Finger in Duncans Rücken bohrten. »Was ist mit Carillon?«

Cai zögerte. *Es geht ihm recht gut für einen Mann, der Tag und Nacht angekettet ist und von atvianischen und solindischen Kriegern, die ihn verspotten wollen, gequält wird.*

»Er ist nicht verletzt?« fragte sie atemlos.

Liren, ich konnte ihn nicht genau sehen. Aber er befand sich in einem Munitionskarren, schwer angekettet, so daß er sich nicht bewegen konnte. Kein Mann, auch kein unverletzter, kann so enge Fesseln lang ertragen, ohne darunter zu leiden.

Sie lehnte ihre Stirn gequält gegen Duncans Rücken und stellte sich den Prinzen lebhaft als Gefangenen des Feindes vor. Sie hörte kaum, wie Duncan den anderen erzählte, was Cai gesagt hatte.

Finn lächelte grimmig. »Also lernt der Prinz jetzt, was es bedeutet, ein Mann zu sein.«

Alix hob den Kopf und sah ihn an. »Wie könnt Ihr das sagen? Carillon ist ein Krieger, ein *Prinz!* Er war ein Mann, bevor Ihr mich auch nur gefangengenommen hattet!«

Finn hob eine beschwichtigende Hand, grinste über

ihre Heftigkeit. »*Mei Jha,* ich spreche nicht schlecht von ihm. Ich meine nur, daß er noch nie zuvor für sein Reich gekämpft hat und daß es schwer ist, zu lernen, wenn man gefangengenommen wurde.«

»Fergus ist tot«, sagte sie unversöhnlich. »Mujhara ist in den Händen der Ihlini. Und jetzt ist Carillon Gefangener dieses atvianischen Herrschers. Das scheint mehr als genug für jeden *Mann*.«

»Ja«, sagte Finn weich.

Sie sah ihn an, erwartete mehr. Aber er sagte nichts.

Duncan betrachtete die wartenden Krieger. »Wir müssen in die Stadt einziehen.«

»Nein!« rief Alix.

Cai stimmte mit Duncan überein. *Gerade jetzt führt der atvianische Herrscher seine Männer auf Mujhara zu. Wenn ihr dorthin zieht, werdet ihr in der Lage sein, die alte Stadt zu verteidigen.*

»Nein«, sagte Alix fest. »Wir müssen Carillon helfen.«

Duncan seufzte. »Nichts hat sich geändert, *Cheysula.* Mujhara ist eingenommen. Shaine wartet im Palast. Dorthin müssen wir ziehen.«

»Aber er ist ein *Gefangener!*«

»Das wußtest du schon seit Tagen«, sagte er kurz. »Und du hast mir zugestimmt, daß ich recht hatte.«

»Ich wußte nicht, daß er angekettet ist! Er braucht unsere Hilfe.«

Finn schnaubte. »Er wollte zuvor nichts mit uns zu tun haben, *Mei Jha.* Warum sollte ich glauben, daß es jetzt anders wäre?«

»Bei den Göttern!« fluchte Alix. »Ihr macht mich glauben, daß Ihr seinen Tod *wünscht!*«

»Nein«, sagte Finn ernst. »Das würde nicht der Prophezeiung dienen.«

Das ließ sie verstummen. Finn sprach niemals von dem in der Prophezeiung der Erstgeborenen enthaltenen *Tahlmorra,* und diesen ernsten Tonfall zu hören, ließ sie erkennen, daß er nicht immer der harte Krieger war. Alix sah ihn stirnrunzelnd an, und ihr mißfiel diese seine neue, ihr noch unvertraute Haltung.

Duncan drängte sein Pferd vorwärts. »Wir ziehen nach Mujhara weiter.«

»Duncan!«

»Sei still, Alix. Du bist hier, weil ich es dir erlaubt habe.«

Sie biß die Zähne zusammen und sagte: »Wenn du es wärst, Duncan, und Carillon dir zu Hilfe kommen könnte, wärest du dann erfreut, ihn anderswo hingehen zu sehen?«

Duncan lachte. »Der Prinz weiß nicht einmal, daß wir den Homanern zu Hilfe kommen. Er kann uns kaum vermissen.«

»Das ist nicht gerecht«, murmelte sie.

»Gerecht ist Krieg selten«, stimmte Duncan zu und führte seine Krieger weiter.

Alix schlief nicht. Sie lag steif unter Duncans vom Schlaf gelöstem Arm und dachte heftig nach. Das Cheysulilager war still, bis auf das Knistern der Kohlen und die gelegentliche Bewegung eines *Lir*. Es hatte sie danach verlangt, Cai genauer über Carillon zu befragen, aber sie konnte es nicht tun, aus Angst, daß Duncan es hörte. Also gab sie vor zu schlafen, als er leise mit ihr sprechen wollte, und lächelte grimmig, als er selbst einschlief. Dann begann sie zu überlegen.

Wenn ich zu Carillon gehe, werden sie auch gehen müssen. Duncan würde es nicht zulassen, daß ich lang allein in einem feindlichen Lager bleibe. Sie lächelte verzerrt, nur halbwegs erfreut über den Gedanken. *Wenn ich nicht dieses Kind trüge, das dem Stamm vielleicht das Alte Blut und seine Gaben zurückbringen kann.*

Sie kuschelte sich tiefer unter die Decke. *Ich werde gehen, und dann wird Carillon die Hilfe bekommen, die er braucht.* Sie kratzte an einem Insektenstich an ihrem Hals. *Und wenn die anderen nicht wollen, kann ich Carillon vielleicht allein von Keough und seinen atvianischen Dämonen befreien.*

Storr, der neben Finn lag, rührte sich und hob den Kopf. *Das solltest du nicht tun, Liren. Es ist gefährlich.*

Sie spähte in die Dunkelheit, konnte die silberne Gestalt des Wolfs aber nicht sehen. *Storr, ich muß dies tun. Carillon würde es auch für mich tun.*

Das wird deinem Cheysul nicht gefallen.

Dann kann er mich schlagen, wenn er es will, sobald er kommt, um mich zu suchen.

Er würde dich niemals schlagen. Storr war einen Augenblick lang still. *Liren, du bist eigensinnig.*

Alix lächelte in die Dunkelheit. *Ich bin eine Cheysuli.*

Cai richtete seine Schwingen. *Vielleicht wird das genügen.*

Das wird es, sagte sie fest und wartete auf die Dämmerung.

Kapitel Fünf

Kurz vor Sonnenaufgang, als die Stille der Nacht am schwersten auf ihrer Seele lastete, schlüpfte Alix vorsichtig unter der Decke hervor. Duncan rührte sich nicht, als sie ihn wieder zudeckte, damit ihm die Kälte ihre Abwesenheit nicht verriet. Cai, der im nächststehenden Baum kauerte, bestürzte sie durch seinen enttäuschten Tonfall.

Du gehst trotzdem, Liren?

Sie zog das verrutschte Wams zurecht und befestigte ihren Gürtel. *Ich gehe. Es ist wichtig für Carillon.*

Du trägst ein Kind.

Sie verzog den Mund. *Das tue ich. Und ich werde darauf aufpassen.*

Der Tonfall des Falken wurde trauriger. *Ich kann dich nicht aufhalten, Liren.*

Sie betrachtete ihn scharf, spähte zu seiner kauernden Gestalt. *Erzählst du deinem Lir davon?*

Er wird es erfahren müssen.

Aber noch nicht jetzt, bat sie. *Laß mich zuerst gehen. Dann kannst du es ihm sagen.*

Es ist nicht meine Aufgabe, Dinge vor meinem Lir geheimzuhalten.

Cai, ich werde gehen. Selbst wenn Duncan erwacht und versucht, mich aufzuhalten. Ich werde gehen. Verstehst du?

Der große Vogel schien zu seufzen. *Ich verstehe, Liren. Dann geh, wenn du mußt.*

Alix lächelte erfreut in seine Richtung, verwandelte sich dann und schwebte als Falke gen Himmel.

Die Reise brauchte ihre Zeit, und Alix ermüdete, während sie über die Wälder schwebte. Aber sie achtete nicht auf die Anspannung in ihren Schwingen und flog weiter, entschlossen, Carillon zu erreichen. Als sie schließlich aus den Wäldern heraus die kahlen Ebenen erreichte, war sie der Erschöpfung nahe. Es dämmerte bereits, und sie befürchtete, daß sie die Heere erst nach Einbruch der Dunkelheit erreichen würde.

Plötzlich war der atvianische Feind unter ihr. Alix kreiste und schwebte über dem Heer, versuchte die Lage angemessen zu beurteilen. Sie sah seltsame bärtige Männer in rotgefärbten Leder- und Kettenpanzern, die das Gesicht verdeckende Helme trugen. Da waren Bogenschützen, wie sie sah, und Soldaten mit schweren Breitschwertern. Unter den rotgepanzerten Männern befanden sich auch solindische Truppen in Kettenpanzern und Brustharnischen.

Sie beobachtete mit einem Auge die Bogenschützen, denn sie befürchtete, daß sie auf sie schießen würden, wie sie es auch bei Cai getan hatten. Aber der größte Teil der Truppen schien mehr mit Essen beschäftigt zu sein, denn sie saßen mit Schüsseln und Bechern in den Händen um Feuer herum. Niemand achtete auch nur im geringsten auf einen einsamen Falken.

Alix wagte sich näher heran, schwebte ruhig auf ein blaues Zelt zu. Vorsichtig ließ sie sich auf der obersten Querstange nieder und suchte den ganzen Platz nach einem gefangenen Prinzen ab.

Ihr Körper zitterte. Sie schüttelte sich einmal, richtete ihre Federn und versuchte, die verlorene Kraft zurückzuerlangen. Alix fürchtete, daß die Erschöpfung in ihren hohlen Vogelknochen ihre Fähigkeit, die *Lir*gestalt beizubehalten, aufheben könnte, und sie konnte es nicht riskieren, entdeckt zu werden.

Wenn ich gefangengenommen werde, werde ich Hexe genannt werden, dachte sie unbehaglich. *Gestaltwandlerhexe.*

Sie wartete, bis ein Teil ihrer Kraft zurückgekehrt war. Dann erhob sie sich von der Querstange und schwebte über das sich weit ausbreitende Lager.

Alix sah kein Zeichen von Carillon. Sie fand homanische Gefangene, schwer gefesselt und von atvianischen Männern bewacht, aber Carillon war nicht darunter. Sie verschloß ihren Geist vor den Schreien und dem Wehklagen der Verwundeten, denn wenn sie zuhörte, würde deren Schmerz zu ihrem werden, und sie würde scheitern.

Sie schwebte tiefer herab, und bemerkte den Pfosten vor einem scharlachroten Zelt. Einen Augenblick lang fürchtete sie, daß die daran festgebundene Gestalt Carillon wäre, sah aber dann, daß es ein Junge war. Sein Körper war gegen den Pfosten gesunken, die Arme und Beine auf der anderen Seite festgebunden. Seine Stirn lag gegen das rauhe Holz gepreßt und seine Augen waren geschlossen. Die verschmutzte Tunika, die er trug, war zerfetzt und hing an seinem Rücken herab. Sie sah mit Abscheu, daß er ausgepeitscht worden war.

Seine Augen in einem winzigen, blassen Gesicht waren fest geschlossen, und sein schwarzes Haar hing schlaff auf seine Schultern herab. Sie konnte nicht sagen, ob er noch lebte oder schon tot war.

Alix flog weiter, über einen zweirädrigen Munitionskarren nahe der Reihe der Weidepflöcke der Pferde hinweg. Ein Blick hinab zeigte ihr eine darin zusammengesunkene Gestalt und deren vertrautes dunkelbraunes Haar.

Sie atmete scharf ein und kehrte um, strebte erneut dem Munitionskarren zu. Carillon saß an die Vorderseite des Karrens gelehnt, die Beine ausgestreckt aus der Öffnung hängend. Die untergehende Sonne schimmerte auf den Eisenbändern um seine Beine und Arme.

Seine Augen waren, wie schon die des Jungen, geschlossen. Und wie dieser, zeigte auch er keinerlei Anzeichen von Leben. Alix flog näher heran.

Er rührte sich. Sie hörte das Zusammenschlagen von Eisen, als er die Arme bewegte und die Kettenglieder gegen seine Brust schlugen. Er öffnete die Augen halbwegs und starrte blind aus dem Munitionskarren heraus. Sein Gesicht war von blauen Flecken übersät und blutverschmiert. Aber er lebte.

Alix spürte die Angst vergehen und Verärgerung an ihre Stelle treten. Sie schrie ihren Zorn beinahe laut heraus, hielt sich aber zurück, als sie erkannte, daß es besser wäre, keine Aufmerksamkeit auf sich zu ziehen. Statt dessen sank sie zu dem Munitionskarren herab und ließ sich auf dessen Rand nieder.

Carillon sah sie an. Jetzt konnte sie die Hagerkeit seines Gesichts erkennen, die dunkler und farbloser gewordenen Augen. Aber es war auch Leben in seinem Blick, und brennender Haß.

Sie konnte in *Lir*gestalt nicht mit ihm sprechen, wagte aber noch nicht, sich wieder zurückzuverwandeln. Sie konnte nur bei ihm sitzen und warten.

Der Prinz änderte seine Stellung in dem Munitionskarren. Die Ketten rasselten und klapperten auf dem Holzboden, trieben tiefempfundenen Schmerz in ihr eigenes Herz. Die schweren Fesseln banden seine Handgelenke erbarmungslos, und sie sah die gefurchten, nässenden Wunden darunter.

Keough ist ein Dämon! tobte es in ihrer Falkenseele. *Ein Dämon!*

Carillon hob die gefesselten Hände und strich müde über seine Augen. Blut verlief über die rechte Seite seines Gesichts wie ein Fanal, aber sie konnte nicht sagen, ob es das seine oder das eines anderen Mannes war. Seine Lippen waren bleich und zusammengepreßt.

»Nun, Vogel«, keuchte er, »kommst du, um meinen Tod zu bezeugen? Willst du mein Fleisch wie die Aasgeier?«

Nein! schrie sie lautlos.

Carillon seufzte und legte seinen Kopf gegen den Munitionskarren. »Du mußt nicht mehr lange warten. Keough hat Hunderte homanischer Soldaten getötet. Es ist nur eine Frage der Zeit, wann er mich holt, um mich ebenfalls zu töten.« Er zog eine Grimasse. »Es sei denn er hat mich für Bellam in Mujhara bestimmt.«

Alix betrachtete ihn gequält, unfähig, zu ihm zu sprechen, wohl wissend, daß er nur einen helläugigen Falken sah.

Carillons Lächeln war das eines Mannes, der seinen eigenen Tod sieht. »Also halte Wacht. Ich kann Gesellschaft gebrauchen, ganz gleich, welcher Art sie ist. Die Nächte sind lang.«

Alix behielt ihren Platz auf dem Rand des Munitionskarrens bei und erwartete die bevorstehende lange Nacht.

Als diese hereinbrach, glitt sie von dem Munitionskarren herab und verwandelte sich in Menschengestalt. Der Wächter stand weit entfernt, als sei ein angeketteter Prinz nicht wichtig. Sie war unfähig, die *Lir*gestalt noch länger beizubehalten und schlüpfte mit einem Seufzer der Erleichterung in ihre menschliche Gestalt zurück. Carillon, der die Augen geschlossen hatte, sah es nicht.

Sie trat vorsichtig zu ihm und legte eine sanfte Hand auf sein Bein. »Carillon.« Er rührte sich nicht. »Carillon«, flüsterte sie erneut.

Er öffnete die Augen und sah sie an. Eine ganze Weile blieb sein Gesicht ausdruckslos, als sähe er gar nichts, und sie befürchtete, daß er zu benommen war, um ihre Gegenwart wahrzunehmen. Dann sah sie allmählich Begreifen in seinen Augen aufflammen, und Ungläubigkeit.

»Alix ...«, zischte er. Er setzte sich jäh auf, stöhnte, als die Fesseln in seine rohen Handgelenke einschnitten. »*Alix!*«

Sie hob eine Hand. »Seid ruhig, Carillon, oder zumindest ruhiger. Wollt Ihr, daß auch ich gefangengenommen werde?«

Er starrte sie an. Langsam schloß er den Mund und benetzte seine Lippen. »Alix ... bin ich wahnsinnig geworden? Bist du es wirklich?«

»Ja«, flüsterte sie. »Ich bin gekommen, um Euch alle Hilfe zu geben, die ich Euch geben kann.«

Er schüttelte langsam den Kopf. »Das kann nicht sein. Niemand könnte unentdeckt in Keoughs Lager spazieren. Wie hast *du* das geschafft?«

Sie lächelte, plötzlich zugleich ruhig und frohlockend. »Ihr habt meine Rasse verflucht, Carillon, aber jetzt seht, wie sie Euch dient. Ich kam in *Lir*gestalt zu Euch.«

»Du!«

Sie sah sich ängstlich um und bedeutete ihm mit einer schnellen Geste, ruhig zu sein. »Carillon, es gibt etwas in mir, das mir erlaubt, jede Tiergestalt anzunehmen, die ich annehmen will. Der *Shar Tahl* sagt, es sei das Alte Blut in mir, das ich von Lindir bekam.« Sie sah, wie sich seine Stirn in Falten legte und glitt in den Munitionskarren, bedeckte seinen Mund mit ihrer Hand. »*Lindir*, Carillon. Sie hatte Cheysuliblut in sich, von ihrer Mutter, obwohl es nur sehr wenig war. Und dennoch verlieh es mir die Magie der Erstgeborenen.«

»Ich glaube es nicht.«

»Shaines Ur-Urgroßvater nahm sich eine Cheysuli als *Mei Jha*, die ihm eine Tochter gebar. Vielleicht habt auch Ihr einen oder zwei Tropfen Cheysuliblut in Euren Adern.«

»Ich *kann* es nicht glauben.«

Alix lächelte ihn an. »Seid Ihr nicht zuvor von einem Falken aufgesucht worden, mein Prinz?«

Er sah sie stirnrunzelnd an. »Das war ein Vogel.«

»*Ich* bin ein Vogel, wenn ich es will.« Sie seufzte und berührte sanft seine von blauen Flecken übersäte Wange. »Ich bin gekommen, um Euch von hier zu befreien. Wollt Ihr die ganze Nacht lang über meine Fähigkeiten sprechen oder lieber entkommen?«

Er ergriff sie, bevor sie eine Bewegung machen konnte, zog sie herab, bis sich sein Mund auf den ihren senkte. Alix, bis zur Unbeweglichkeit erschreckt, roch seinen Schweiß und das Blut und die Angst und wunderte sich darüber, daß sie nichts erwiderte.

Ist das nicht das, was ich mir so lange ersehnt habe?

Sie entzog sich ihm, eine Hand an ihrem Mund. Carillons Gesicht wirkte, obwohl düster, überhaupt nicht reumütig. Seine Augen, die so tief in die ihren blickten, sahen die Antwort, die sie nicht aussprechen konnte, und er erkannte sie an.

Er hob seine Arme, und die Ketten rasselten. »Mit diesen gehe ich nirgendwohin.«

Alix schaute von seinem Gesicht fort zu den um seine Füße geschlossenen Eisen und zu der Kette, die so kurz war, daß sie ihm nicht einmal Raum zum Gehen ließ.

»Ich werde Euch von dem Eisen befreien«, versprach sie. »Ich werde Euch Eure Freiheit zurückgeben.«

»Ich würde dich nicht bitten, dein Leben aufs Spiel zu setzen, Alix. Ich danke dir für das, was du getan hast – wenn du eine Erklärung wünschst –, aber ich könnte nichts so Gefährliches von dir verlangen.«

»Ich *biete* es *an*, Ihr verlangt es nicht.« Sie lächelte.

»Wenn ich Eure Fesseln öffne, könntet Ihr dann ein Pferd besorgen?«

Er schaute angespannt zu Boden und auf die in seinen Oberschenkeln zitternden Muskeln. Seine Stimme klang dann alt und dünn. »Ich bin seit Wochen so angekettet, wie du es hier siehst. Ich bezweifle, daß ich ohne Hilfe stehen könnte, geschweige denn reiten.« Sein Blick wanderte zu ihrem Gesicht. »Alix, ich würde es gern versuchen, aber ich lasse nicht zu, daß du das tust. Ich werde dein Leben nicht aufs Spiel setzen.«

»Ihr klingt wie Duncan«, beklagte sie sich bei ihm. »Er wird meine Bereitschaft, dies zu tun, auch nicht gutheißen.«

Seine Augenbrauen senkten sich. »Was hat der Gestaltwandler hiermit zu tun?«

Alix setzte sich auf ihre untergeschlagenen Beine und

bekämpfte die Enttäuschung. »Er ist mein Ehemann, Carillon, nach Cheysuliart. Er hat viel damit zu tun.«

Er bewegte sich unbehaglich. »Du hättest Homana-Mujhar nicht mit ihm verlassen sollen. Du hättest bei mir bleiben können, wenn ich den Mujhar erst einmal beruhigt hätte.«

»Ich habe gewählt, mit Duncan zu gehen.« Sie seufzte und zwang sich, sich zu entspannen. »Carillon, darüber können wir ein anderes Mal sprechen. Jetzt bin ich gekommen, um Euch zur Flucht zu verhelfen. Sagt mir, wo der Schlüssel zu diesen Eisenfesseln aufbewahrt wird.«

»Nein.«

»Carillon!« zischte sie.

»Das werde ich nicht tun«, sagte er fest. »Ich würde lieber ein Gefangener bleiben, als dein Leben aufs Spiel zu setzen.«

Sie sah ihn an, die Zähne fest zusammengebissen und die Fäuste geballt. »Sie werden Euch nach Mujhara bringen! Tynstar ist dort, mit Bellam. Carillon, Ihr werdet *getötet* werden!«

Er schwieg.

Alix knirschte mit den Zähnen und sah sich wütend um. Schließlich beugte sie sich vor und stützte ihr Kinn auf einer Hand auf.

»Ich bin diesen ganzen Weg zu Euch gekommen, und Ihr wollt mich Euch nicht helfen lassen. Ich habe meinem Ehemann widerstanden, der gesagt hat, Homana-Mujhar sei wichtiger als Homanas Prinz, und ich habe das Leben meines Kindes für Euch riskiert, und *dennoch* wollt Ihr mich das nicht tun lassen.«

»Kind«, sagte er scharf und straffte sich. »Du hast empfangen?«

Sie sah ihn stirnrunzelnd an. »Ja. Ich habe die Gestalt eines Wolfs und eines Falken angenommen. Ich weiß nicht, was solche Magie einem ungeborenen Kind antun kann, aber ich habe es für Euch getan. Für *Euch*, Carillon.«

Er schloß die Augen. »Alix«, sagte er verzweifelt, »das war dumm von dir.«

Sie zupfte an dem Leder ihrer geborgten Gamaschen. »Ja, vielleicht war es das. Aber ich kann jetzt nicht mehr umkehren.« Sie wurde lebhafter. »Würdet Ihr Eure Meinung ändern, wenn ich Euch sagte, daß die Cheysuli hierherkommen?«

Er sah sie mißtrauisch an. »Die Cheysuli?«

Sie richtete sich aufgeregt auf. »Wir waren auf dem Weg nach Mujhara, um Shaine zu Hilfe zu eilen. Aber Duncan wird mich zweifellos hier suchen, wenn Cai ihm gesagt, was ich getan habe.« Sie lächelte zaghaft und stolz. »Er wird mich dies nicht allein tun lassen. Er wird mir folgen.«

Carillon seufzte erschöpft und betastete die blauen Flecke an seiner Wange. »Alix, wenn du deiner Mutter nur ein wenig ähnlich bist, überrascht es mich nicht mehr, daß sie die Verlobung gelöst hat und mit einem Gestaltwandler geflohen ist. Ich glaube, du bist eigensinniger als jede andere Frau, die ich jemals gekannt habe.«

»Sie werden kommen«, sagte sie weich. »Die Cheysuli. Und Ihr werdet befreit werden.«

Er hob eine Augenbraue. »Duncan weiß nicht, daß du hier bist?«

Sie wandte das Gesicht ab. »Er hätte es mir untersagt.«

»Wie auch ich«, erwiderte er. »Vielleicht sind er und ich uns ähnlicher als ich dachte.«

Sie sah die Regungen auf seinem Gesicht und seinen Kampf, eine ruhige Haltung zu bewahren. Sie beugte sich vor und legte eine sanfte Hand auf seinen gefesselten Unterarm.

»Carillon, die Cheysuli sind nicht so anders als die Homaner. Sie haben nur die Gaben der alten Götter wiedererlangt.« Sie hielt inne. »Verflucht uns nicht dafür.«

»Alix, du bist beredter als die Höflinge meines Onkels.«

»Wollt Ihr es nicht einsehen?« fragte sie ernst. »Wollt

Ihr nicht erkennen, daß wir keine Dämonen oder Bestien sind ... nicht das sind, als was die Menschen uns brandmarken?«

»Ich weiß es nicht. Ich bin mein ganzes Leben lang gelehrt worden, sie alle zu fürchten und ihnen zu mißtrauen. Alix ... ich habe gesehen, was sie Männern im Kampf antun können ... was sie zurücklassen, wenn sie töten.«

»Das ist der Kampf«, sagte sie ruhig. »Ihr solltet jetzt wissen, welchen Preis er fordert.« Ihre Finger legten sich fester um seinen Arm. »Ihr kennt sie nun. Ihr kennt *mich*.«

Carillon zog die Beine an, so daß die Ketten rasselten, und schaute sie über seine Knie hinweg an. »Wenn sie kommen – *wenn* sie kommen –, kann ich wenig gegen sie vorbringen. Sie werden ihre Dienste am Erben des Mujhar bewiesen haben.« Er lächelte freudlos. »Aber sie werden nicht kommen.«

»*Ich* bin gekommen.«

Eine Weile sagte er nichts, betrachtete nur ihr Gesicht. Sie spürte den Kampf in ihm, erkannte, daß sie ähnliches durchgemacht hatte, als Duncan zunächst darauf bestanden hatte, daß sie zum Keep zurückkehren sollte.

Das ist nicht leicht, überlegte sie. *Und er ist überhaupt nicht der Mann, so schnell Worte anzunehmen, die nicht zu hören man ihn gelehrt hat.*

»Alix«, sagte er schließlich, »vielleicht werde ich dir irgendwann glauben können. Aber noch nicht jetzt.«

Sie zog ihre Hand zurück und stand auf. »Wenn ich Euch nicht befreien kann, vielleicht kann ich dann etwas Anderes tun. Kann ich Nahrung für Euch beschaffen? Wasser?«

»Ich leide keinen Hunger. Die Untätigkeit und die Ketten nehmen einem Mann den Appetit.« Sein Blick war grimmig und düster. »Es gibt nur eines, worum ich bitten würde, aber ich kann es nicht von dir erbitten.«

»Sagt es mir.«

Er strich mit zornigen Fingern durch wirres braunes Haar und hob sein Gesicht dem Mondlicht entgegen. Alix sah das Schimmern in seinen Augen.

»Es gibt einen Jungen. Rowan. Ein homanischer Junge, der nicht älter als zwölf Jahre ist und dem Mujhar gedient hat, so sehr er konnte.« Er schloß kurze Zeit die Augen. »Er sagte mir, daß er als Läufer zwischen den Befehlshabern gedient und Botschaften überbracht habe. Aber er wurde, genau wie ich, gefangengenommen und ist jetzt hilflos. Keoughs Sohn brachte Rowen von den Gefangenen fort – wie auch mich – und zwang ihn, den atvianischen Herrschern zu dienen.« Carillons Gesicht verzerrte sich vor Bitterkeit, als er sich dessen erinnerte. »Ich wurde gezwungen, ihm zuzusehen, in Keoughs Zelt. Sein Blick folgte mir überallhin … und ich konnte die Verwirrung in seinem Gesicht sehen. Ich war sein Prinz – warum konnte ich nicht seine Freilassung bewirken?«

»Carillon«, sagte sie weich.

Ketten rasselten und glitzerten im Mondlicht. »Rowan hat es zuerst gut ertragen. Aber er war müde, hatte Schmerzen von den Schlägen, die sie ihm die ganze Nacht über verabreicht hatten. Sie zwangen ihn sogar, mich zu bedienen, obwohl das so gehandhabt wurde, als wäre ich nicht besser als der ärmste Köter.« Er atmete zischend aus. »Rowan stolperte und fiel über den Tisch, vergoß Wein auch über Keough selbst. Als sie ihn aufhoben, weinte er vor Angst und Erschöpfung, aber sein Gesicht drückte – als er mich ansah – Einverständnis damit aus, was sie mit ihm tun würden. Er wußte es.« Er fluchte leise. »Ich versuchte es zu verhindern. Ich versuchte Keoughs Zorn zu beschwichtigen, indem ich ihm anbot, die Strafe für den Jungen auf mich zu nehmen – bei den Göttern. Ich bat darum! Ich rutschte auf meinen Knien zu Keough … obwohl ich dies zuvor nicht tun wollte, als sie es gefordert hatten! Aber der Junge war es wert.«

»Sie wollten das Angebot nicht annehmen«, sagte Alix.

»Nein. Thorne – Keoughs Sohn – nahm Rowan mit hinaus und ließ ihn auspeitschen, bis sich die Haut von seinem Rücken löste ... und ließ ihn dann an dem Pfosten festgebunden.«

»Ich habe ihn gesehen.«

Carillon stieß Atem aus, als wollte er niemals wieder atmen. »Nur ein Junge, der seinem Herrn dienen wollte. Und siehst du, was ihm dieser Dienst eingebracht hat?«

Sie tastete nach dem Messer in ihrem rechten Stiefel und fand es. Dann lächelte sie Carillon an. »Ich werde ihn für Euch befreien, mein Prinz. Ich werdet sehen.«

»Alix!« rief er und fuhr hoch, aber sie war bereits in der Dunkelheit verschwunden.

Kapitel Sechs

A lix flog zu dem Pfosten und ließ sich darauf nieder. Der Junge lehnte noch immer an dessen Fuß, aber jetzt konnte sie eine Bewegung seines Rückens erkennen, die ihr sagte, daß er atmete. Das Fleisch war fast von seinen Rippen gerissen worden. Sie schrak innerlich zurück und betrachtete dann aufmerksam die Zelte rund um den Platz.

Das scharlachrote war das größte und edelste. Männer hatten riesige Fackeln in den Boden davor gerammt, die seine Vorderseite beleuchteten. Zwei weitere, kleinere Zelte standen rechts und links davon, aber das Fackellicht erstreckte sich nicht bis zu ihnen. Alix versicherte sich, daß keine Wächter in der Nähe des Pfostens waren, schwebte dann herab und verwandelte sich in Menschengestalt.

Sie zog das Messer aus ihrem Stiefel und kniete sich neben den Jungen. Sie legte eine Hand auf seine Schulter und vermied dabei sorgfältig, seine geschundene Haut zu berühren. Er rührte sich nicht, und sie befürchtete, daß seine Bewußtlosigkeit verhindern könnte, ihn in Sicherheit zu bringen.

Ich werde ihn zum Rand des Waldes tragen, beschloß sie. *Irgendwie werde ich ihn dorthin bringen und ihn dort warten lassen. Wenn Duncan kommt, kann ich ihn zu dem Jungen führen. Rowan.*

Er schrak zurück und stöhnte, rührte sich unter ihren Fingern. Seine Augen waren weit geöffnet, schreckerstarrt und hell im Mondlicht. Angst verwandelte sein von blauen Flecken übersätes Gesicht in eine Maske des Entsetzens.

Alix trat um ihn herum, damit er sie deutlich sehen

konnte. »Nein, Rowan«, sagte sie sanft. »Ich bin nicht dein Feind. Ich wurde von Prinz Carillon gesandt, der dich von diesem Ort befreit wissen möchte.«

Sein Gesicht war hinter seinem festgebundenen Arm verborgen, aber sie konnte das Schimmern in seinen hellen Augen sehen. Er schluckte sichtbar. »Prinz Carillon?«

Alix legte ihr Messer an das Seil, das seine Beine band und durchtrennte es. »Er weiß, daß du seinem Haus gedient hast«, sagte sie beschwichtigend. »Er weiß, wie treu du ihm gewesen bist. Er wollte nicht, daß du für so ehrenvolle Dienste so schlecht behandelt wirst.«

»Ich habe nicht ehrenvoll gedient«, sagte der Junge kläglich. »Ich bin davongelaufen. Ich bin *davongelaufen.*« Sein Kopf sank herab. »Und ich wurde gefangengenommen.«

»Carillon wurde auch gefangengenommen«, sagte sie. »Er hat gekämpft, aber er wurde besiegt.« Innerlich zuckte sie darüber zusammen, daß sie Carillons Tapferkeit auf diese Art untergrub. Aber es war die Wahrheit. »Du warst hier, Rowan. Du bist gekommen, um zu dienen. Er hat die Ehrenhaftigkeit in dir erkannt, und er hat getan, was er konnte, um dich freizubekommen. Ich bin in seinem Namen gekommen, weil er mich darum gebeten hat.« Sie beugte sich näher zu ihm heran. »Er hat mir deinen Namen genannt und mich gebeten, hierher zu kommen, um dich zu befreien.«

»Ich bin es nicht wert.«

Sie befreite seine Hände und trat wieder neben ihn, ließ das Messer in ihren Stiefel gleiten. Vorsichtig half sie ihm, sich aufzusetzen.

»Du bist es mehr als wert. Warum sonst würde der Prinz selbst darauf bestehen, daß du freikommst?«

Das Licht fiel jetzt zum ersten Mal ganz auf sein Gesicht. Es war voller blauer Flecke und schmutzig, aber seine Augen, die sie betrachteten, waren so gelb wie Duncans.

Alix atmete scharf ein. »Cheysuli!«

Rowan wich vor ihr zurück und zuckte dann zusammen. »Nein!« rief er. »Ich bin kein Dämon!«

Sie legte eine zitternde Hand an sein Gesicht. »Nein... o nein... du bist kein Dämon. Es ist kein Fluch. Rowan...«

»Was tust du?« fragte eine feste Stimme hinter ihr.

Alix sprang auf und wirbelte herum, starrte den Mann mit geweiteten Augen an. Er stand vor ihr wie ein Dämon im Schatten, von den Fackeln von hinten angestrahlt. Er war dunkelhaarig, bärtig, und die Farbe seiner Augen war nicht zu erkennen. Bevor sie sich rühren konnte, streckte er die Hand aus und ergriff ihren Arm.

»Wer bist du, Junge?«

Sie war dankbar für ihre Kriegerkleidung. »Ich bin ein Diener des Prinzen, mein Herr. Des Prinzen Carillon.«

Er schaute zu Rowan hinab, der zitternd gegen den Pfosten lehnte. Der Mann lächelte grimmig und riß Alix auf das scharlachrote Zelt und das Fackellicht zu.

Sie sah, daß er fast Duncans Alter hatte, aber damit endete die Ähnlichkeit. Er war groß und schlank, stark gebaut. Sie sah Grausamkeit und Entschlossenheit in seinen Gesichtszügen und ein Glitzern in seinen braunen Augen. Er war reich gekleidet, in Schwarz, bis auf eine blaue Tunika mit dem Emblem einer scharlachroten Hand, die einen weißen Blitzpfeil umschloß. Sein im Licht schimmernder Kettenpanzer schien kaum mehr als zu feierlichen Zwecken angelegt.

Seine Hand lag fest um ihren Arm. »Ihr seid kein Junge«, sagte er überrascht. Er drehte ihr Gesicht ins Licht. »Überhaupt kein Junge.« Und er lächelte.

Sie versuchte umsonst, sich seinem Griff zu entwinden. Als sie einsah, daß sie nicht freikommen konnte, gab sie es auf und wartete schweigend.

»Wer seid Ihr? Warum befreit Ihr dieses wertlose Kind?«

»Er ist nicht wertlos!« rief sie. »Er wollte nur seinem

Prinzen dienen, wie es sich für einen loyalen Mann gehört. Und dennoch bestraft Ihr ihn dafür!«

»Ich bestrafe ihn, weil er meinen Vater mit Wein begossen hat«, sagte der Mann fest. »Er hat Glück, daß ich nicht seinen Tod befohlen habe.«

Alix gefror. *Thorne... Thorne! Dieser Mann ist Keoughs Erbe!*

Seine dunklen Augen verengten sich. »Was tut Ihr hier, Mädchen?«

»Ihr habt mich gesehen. Ich habe den Jungen befreit.«

»Warum?«

Sie hob trotzig ihr Kinn an. »Weil Carillon es wünschte.«

»Carillon ist ein Gefangener.« Sein Akzent verzerrte den Namen. »Seine Wünsche sind unwichtig.«

»Laßt mich gehen«, sagte sie, wohl wissend, daß diese Bitte nutzlos war.

Thorne wölbte eine dunkle Augenbraue. »Das glaube ich nicht. Aber sagt mir, warum Ihr die Gegenwart eines Prinzen so schnell verlassen wollt.«

»Es gibt einen anderen Prinzen, dessen Gesellschaft ich vorziehe.«

Er sah sie feindselig an. Alix begann es zu bedauern, daß sie ihm getrotzt hatte, aus Angst vor der Vergeltung, die Carillon treffen konnte.

»Mein Vater wird Euch sehen wollen«, sagte Thorne plötzlich und zog sie in das scharlachrote Zelt hinein.

Keough, der Herrscher von Atvia, saß in den Schatten des Zeltes an einem schweren Holztisch. Flache Kohlenpfannen waren aufgestellt worden, um die Kälte abzuwehren, und Fackeln flackerten in jeder Ecke. Alix betrachtete ihn und begann sich zum ersten Mal sehr zu fürchten.

Er war riesig. Sein wuchtiger Körper ließ den Stuhl, auf dem er saß und der mit Eisen beschlagen worden war, um ihm Festigkeit zu verleihen, klein wirken. Seine bloßen Unterarme ruhten auf dem Tisch. Sie sah Sommersprossen und von der Sonne golden gebleichte Haare. Ein weißer Wulst von Narbengewebe schlängelte sich über die Haut und seinen linken Arm hinauf. Auch sein Haar war rot, von Weiß durchzogen, und sein Bart war buschig. Seine tiefliegenden Augen betrachteten sie mit ruhiger Überlegung.

»Was hast du mir gebracht, Thorne?«

»Eine wie ein Junge gekleidete Frau. Du wirst sie nach dem Grund dafür fragen müssen.«

Keoughs Augen verengten sich. Sein atvianischer Mund formte die homanischen Silben hart, ohne die flüssige Anmut, die sie gewohnt war.

»Sie sieht nicht wie eine Angehörige des Lagers aus. Sie tragen zumindest Röcke.« Seine Finger strichen durch seinen Bart. »Seid Ihr eine Frau, die jene ihres eigenen Geschlechts bevorzugt?«

»Nein!« zischte Alix gegen ihren Willen. Sie sah Keoughs schwaches Lächeln, und es schmerzte. »Ich bin Homanerin, mein König. Das ist alles, was Ihr wissen müßt.«

»Dann seid Ihr mein Feind.«

»Ja.« Es kam aus tiefstem Herzen.

Der Bart und der Schnurrbart teilten sich, als er grinste und gefärbte Zähne zeigte, die genauso groß waren, wie alles an ihm. »Seid Ihr in der Hoffnung gekommen, kämpfen zu können? Wenn ja, dann seid Ihr zu spät dran. Der Kampf ist bereits gewonnen worden. Prinz Fergus und die Oberbefehlshaber sind tot, exekutiert worden. Die meisten der Befehlshaber sind ebenfalls tot, obwohl ich einige wenige für eine spätere Hinrichtung vorgesehen habe. Sogar Carillon ist in meiner Hand.« Keough hielt inne. »Es ist kaum etwas übrig, wofür Ihr eintreten könntet.«

Alix gab auf. Sie berührte die Magie in sich, die sie vor ihren Augen in *Lir*gestalt verwandeln würde. Aber Thorne, der etwas zu spüren schien, verdrehte den Arm, den er festhielt, bis die Sehnen knackten. Der plötzliche

Schmerz vertrieb ihren Willen, wie ihn die Gestaltwandlung erforderte.

»Was mache ich mit ihr?« fragte Thorne. »Willst du sie haben, oder soll ich sie für mich selbst nehmen?«

Keough betrachtete sie, die auf Zehenspitzen stand. »Überlaß sie mir. Sieh nach, ob Carillon noch immer unter uns weilt.«

Thorne ließ sie los und verließ das Zelt. Alix barg ihren schmerzenden Arm an ihrer Brust und sah Keough an. Im Augenblick war sie hilflos und wußte es auch.

Der atvianische Herrscher lächelte und setzte sich auf seinem massiven Stuhl zurück. »Ihr seid keine Gespielin. Ihr seid kein Krieger. Was seid Ihr dann?«

»Jemand, der versuchen wird, Euch zu stürzen, Atvianer, wenn ich die Möglichkeit dazu bekomme.«

»Ich hätte Euch töten lassen können, Mädchen. Oder es selbst tun können.« Er hob seine riesigen Hände. »Eure schlanke Kehle würde in diesen Fingern nicht lang leben.«

»Und Euer Herz wird mit einem es durchbohrenden Cheysulipfeil nicht lang leben«, sagte Duncan ruhig.

Alix fuhr herum, erschreckt, als sie ihn in dem Zelt stehen sah. Sein Blick verweilte kurz auf ihr, ausdruckslos, und wandte sich dann Keough zu. In seinen Händen hielt er den schwarzen Bogen, dessen Sehne in den Schatten unsichtbar war. Unheimlicherweise schien es, als brauchte der Bogen keine Sehne, um seinen Pfeil in die Haut eines Mannes schnellen zu lassen.

Keough stieß einen Laut aus. Alix wandte sich wieder um und sah ihn Duncan anstarren, als jagten Dämonen seine Seele. Seine kleinen Augen glitten von Duncan zu Alix, und sie hörte Feindseligkeit in seinem Tonfall.

»Also seid Ihr eine Gestaltwandlerhexe, die gesandt wurde, um mich abzulenken, während die anderen gegen uns arbeiteten.«

»Nein«, sagte sie deutlich. »Ich bin eine Cheysuli, ja, aber ich bin nur wegen Carillon gekommen. Ihr habt ihn grausam gefesselt, mein König. Es ist keine Ehre in Eurem Herzen.«

Keough lachte sie aus. »Ich *habe* kein Herz, Hexe. Überhaupt keines.«

Duncan kam vorwärts, bis er neben Alix stand. »Meine *Cheysula* hat recht. Carillon verdient etwas Besseres.«

Keough stützte seine Hände auf den Tisch auf und erhob sich. Er war unbewaffnet, bis auf ein Messer an seinem Gürtel, aber er griff nicht danach. »Ich warne Euch, Gestaltwandler. Ich bin nicht leicht zu töten.«

Duncan lächelte grimmig. »Ihr werdet heute nacht nicht getötet werden, mein König. Das ist nicht Euer *Tahlmorra*. Es würde der Prophezeiung nicht dienlich sein.«

Keoughs Brauen senkten sich. »Was meint Ihr?«

»Nichts, nur daß ich Carillons Freilassung wünsche.«

»Euer Preis dafür, daß Ihr mich am Leben laßt?« Keough lachte. »Was ist, wenn ich es Euch verweigere?«

Duncan zuckte die Achseln. »Ich sagte bereits, daß Ihr heute nacht nicht sterben werdet. Ich lüge niemals. Nicht einmal meinen Feinden gegenüber.«

Der große atvianische Herrscher lächelte. »Ich gebe Euch nichts, Gestaltwandler. Was Ihr haben wollt, müßt Ihr Euch nehmen.«

Alix spürte, daß sich der Zelteingang hinter ihr wölbte und wandte sich in der Erwartung, einen atvianischen Wächter zu sehen, schnell um. Aber statt dessen sah sie einen vertrauten Silberwolf und Finn neben ihm.

Er grinste sie an. »Also, *Mei Jha*, wolltet Ihr selbst tun, wovon zu tun Ihr *uns* nicht überzeugen konntet.«

»Ich habe Euch gefragt«, sagte sie fest. »Ihr wolltet nicht mit mir kommen.«

»Genug«, sagte Duncan weich.

Thorne durchbrach den verhangenen Zelteingang, das Schwert in der Hand, das er jetzt anhob, um es in Fleisch und Knochen zu bohren. Finn fuhr lautlos herum und zog sein Messer, schlug damit die Klinge ab. Thorne taumelte zu Boden, ein Cheysulimesser gegen seine Kehle gepreßt, als Finn sich neben ihn kniete.

Duncan sah Keough ernst an. »Das Leben Eures Sohnes, mein König, im Austausch für Carillons Freilassung.«

Keough spie zwischen zusammengebissenen Zähnen einen atvianischen Fluch aus und griff nach Schlüsseln in einer geöffneten Kiste. Er warf sie Duncan zu.

Alix folgte Duncans lautlosem Befehl und verließ das Zelt. Duncan folgte ihr hinaus, ließ Finn und Storr zurück, um die atvianischen Herrscher in Schach zu halten.

»Wo ist er?« fragte Duncan.

»Bei den Pferden. Duncan ...«

»Darüber werden wir später sprechen.«

Alix schrak zurück. »Was hätte ich sonst tun können?«

»Darüber werden wir später sprechen.«

Sie blieb stehen, um zu widersprechen, wurde sich aber dann der seltsamen Stille bewußt, die das Lager umgab. Sie erkannte, daß kein einziger atvianischer oder solindischer Krieger gegen die Cheysulieindringlinge vorging.

Alix wandte ihren verwirrten Blick Duncan zu. »Was hast du getan?«

Er lächelte grimmig. »Wir haben die dritte Gabe der Götter eingesetzt, Alix. Wir konnten nicht alle zur Unterwerfung zwingen, aber wir fanden die Befehlshaber und haben ihnen für einige Zeit den Geist genommen. Sie tun im Gegenzug, was wir befohlen haben und halten die gewöhnlichen Krieger vom Kämpfen ab. Die homanischen Gefangenen sind befreit worden.«

Sie wich einen Schritt zurück. »Bei den Göttern ... so mächtig bist du?«

»Das ist etwas, was wir selten tun. Man nimmt einem Mann den Geist, und das ist eine Sache, die kein Cheysuli tun würde, wenn es eine andere Möglichkeit gäbe.« Er sah sie tadelnd an. »Das hast du erforderlich gemacht, *Cheysula*.«

Ihre Hände ballten sich zu Fäusten. »Ich würde dasselbe auch für dich tun!« brach es aus ihr heraus. »Für dich würde ich mein Leben geben. Wie kannst du mir dies gegenüber Carillon verwehren?«

Er seufzte und schlug die Schlüssel gegen sein Bein. »Alix, darüber werden wir später sprechen. Du hast mich gezwungen, den Prinzen zu befreien, also laß es mich auch tun. Kommst du?«

Sie wollte weitergehen, blieb aber dann steif stehen und wandte sich zurück. »Der Junge!«

»Welcher Junge?«

»Rowan.« Sie deutete auf den Pfosten und sah, daß der Junge fort war. »Er war dort. Festgebunden. Ich habe ihn befreit.« Sie runzelte die Stirn. »Ich dachte, er hätte nicht die Kraft, diesen Ort zu verlassen.« Alix' Gesicht glättete sich. »Aber wenn er ein Cheysuli *ist* ...«

Duncan ergriff ihren Arm. »Komm, *Cheysula*. Wenn der Junge schon frei ist, dann ist das für ihn ein großes Glück.«

Sie ging mit ihm zu Carillon.

Der Prinz saß still in dem Munitionskarren, die Beine hochgezogen. Mondlicht ergoß sich über das Eisen an seinen Beinen und Händen, beleuchtete die tiefen Wölbungen um seine Augen. Als er Alix sah, beugte er sich vor, wobei er auf das Zusammenschlagen der Ketten nicht achtete.

»Du bist in Sicherheit!«

Sie lächelte und warf einen schnellen Seitenblick auf Duncan. »Ja, das bin ich.«

Carillon blinzelte überrascht, als er den Cheysulikrieger sah. Dann wachte sein Gesicht auf. »Warum seid Ihr gekommen, Gestaltwandler?«

Duncan betrachtete Carillon ernst. »Ich habe etwas verloren, mein Prinz. Ich bin gekommen, um es wiederzuerlangen.« Er spreizte seine Hände. »Aber während ich hier bin, kann ich mich genauso gut auch um Euer

Wohlergehen kümmern. Meine einfältige *Cheysula* hat mich gezwungen, ihrer Bitte nachzukommen.«

Carillon lächelte fast. Alix sah den Kampf auf seinem Gesicht, während er versuchte, seine Kühle dem Cheysuli gegenüber aufrechtzuerhalten. Aber seine Erleichterung und sein guter Charakter gewannen die Oberhand.

»Sie *ist* eine dumme Frau. Ich habe ihr das schon gesagt, als sie das erste Mal auftauchte, aber sie wollte nicht darauf hören.« Er zuckte die Achseln. »Frauen sind eigenwillige Wesen.«

Duncan legte seine Ernsthaftigkeit ab und grinste. »Ja, besonders diese. Ich glaube, das ist die adlige Abkunft in ihr.«

Carillon lachte. Alix, durch ihrer beider Heiterkeit verärgert, sah Duncan an.

»Hast du die Schlüssel umsonst mitgebracht, Duncan? Kümmere dich um deinen Prinzen!«

Duncan verbannte sein Lächeln, aber nicht das Glitzern in seinen Augen. Er beugte sich herab und löste die Beinfesseln. Dann schloß er die schweren Fesseln um Carillons Handgelenke auf.

Das Eisen fiel herab. Alix zischte, als sie die rohen Wunden um Carillons Handgelenke sah. Vorsichtig streckte er die Hände aus und versuchte sie zu bewegen.

Duncan hielt ihn auf. »Tut das nicht. Wenn Ihr es aushalten wollt, kann ich Euch den Schmerz nehmen, sobald wir von diesem Ort fortgekommen sind.« Er beobachtete ihn sorgfältig. »*Wollt* Ihr es aushalten?«

Carillon seufzte. »Es scheint, daß ich es muß. Alix hat mich für mein beharrliches Mißtrauen Eurer Rasse gegenüber getadelt. Vielleicht ist es an der Zeit, daß ich ihr zuhöre.«

Ein Schimmern trat in Duncans Augen. »Wenn sie Euch dazu veranlaßt hat, die Gefühle, die die meisten Homaner uns gegenüber hegen, neu zu überdenken, dann hat ihre Dummheit doch noch einen Sinn bekommen.«

»Duncan!« rief sie enttäuscht.

Er hob die Brauen, während er sich ihr zuwandte. »Nun, es *war* Dummheit. Zuerst hast du den Keep verlassen, obwohl ich dir befohlen hatte zu bleiben, dann hast du dich uns angeschlossen, obwohl ich wollte, daß du zurückkehrst, und jetzt bist du in ein Feindeslager hineinspaziert. Wie sonst soll ich dein Verhalten nennen?«

Alix atmete tief ein und sah ihn an, die Hände auf den Hüften. »Mein Verhalten ist meine Sache. Es hat nichts mit dir zu tun. Daß ich dich, getreu euren barbarischen Gestaltwandlerbräuchen geheiratet habe und dein Mischlingskind trage, bedeutet nicht, daß du über mich befehlen kannst.«

»Alix!« rief Carillon. Er schaute zuerst Duncan, dann sie an. Kurz darauf schaute er erneut zu Duncan. »Redet sie immer so?«

»Wenn es ihr paßt. Ich habe sie bisher nicht als diplomatische *Cheysula* kennengelernt.«

Alix sah ihn stirnrunzelnd an.

Carillon schüttelte langsam den Kopf. »Nein, das glaube ich auch nicht. Ich hatte ihre scharfe Zunge noch nicht kennengelernt.« Er grinste plötzlich. »Nun, das stimmt nicht ganz. Ich erinnere mich an ihre Worte, als ich ihren Garten zerstört habe.«

Alix strich sich das Haar aus dem Gesicht. »Ich fange an, mir zu wünschen, ich wäre nicht gekommen.«

Carillon betrachtete sie stirnrunzelnd. »Wer hat dein Haar abgeschnitten?«

»Duncan.«

Carillon sah den Krieger erstaunt an. »Warum?«

Duncans Mund verzog sich. »Sie brauchte eine Lektion.« Er ließ die Schlüssel fallen und streckte seine Hand aus. »Kommt, mein Prinz, es ist an der Zeit, daß Ihr diesen Ort verlaßt.«

Carillon kletterte mit Duncans Hilfe mühsam aus dem Munitionskarren. Sein Gesicht wurde bleich und er keuchte vor Schmerz, als seine Muskeln ihre Qual herausschrien. Er blieb nur stehen, weil Duncan ihn festhielt.

»Gebt mir ein Schwert«, sagte Carillon durch zusammengebissene Zähne. »Ich muß ein Schwert haben. Ich schulde jemandem einen Tod.«

»Ich habe keines.« Duncans Blick war undurchdringlich und leer. »Das letzte Schwert der Cheysuli war Hales. Ihr, mein Prinz, habt es für uns verloren.«

Carillon erbleichte unter dem leisen Vorwurf. »Ich hatte wenig damit zu tun. Thorne hat mich entwaffnet und es mir genommen.« Sein blasses Gesicht verzog sich. »Ich werde diesen Mann töten. Ich bin angekettet worden wie ein Tier und behandelt worden wie Dreck. Sie haben mich zuzusehen gezwungen, wie sie meine Männer töteten, und Thorne hat über alles das gelacht.« Er atmete langsam ein. »Aber das schlimmste hat nichts mit mir zu tun. Es war der Junge. Wegen ihm, und wegen des Rests, wird Thorne durch meine Hand sterben.«

Alix trat näher an ihn heran. »Der Junge, Carillon. Ich habe ihn aus der Nähe gesehen. Ist er ein Cheysuli?«

Carillon seufzte. »Das dachte ich. Er hatte die richtige Hautfarbe. Aber er sagte, er wäre es nicht, als ich ihn fragte. Er hatte Angst. Ich glaube, wenn überhaupt, dann ist er ein Mischling irgendeiner Cheysulifrau. Er sagte, er sei von einem Mann und einer Frau, die nicht seine Eltern waren, homanisch erzogen worden.« Er schaute erneut zu Duncan. »Wenn ich kein Schwert haben kann, Gestaltwandler, dann leiht mir ein Messer.«

Duncans Augen verengten sich. »Ich habe einen Namen, Prinz. Es wäre gut, wenn Ihr ihn benutztet. Ich habe meinen Stamm Eurem Überleben, und dem Homanas, geweiht. Wir beide sind, glaube ich, über eine Gegnerschaft hinausgelangt. Es gibt jetzt mehr als das Verhältnis zwischen uns, mein Prinz.« Duncan betrachtete ihn gleichmütig. »Wenn Ihr Euch die Achtung der Cheysuli verdienen würdet – was Ihr tun müßt, wenn Ihr Homana zusammenhalten wollt –, tätet Ihr gut daran, Euch Euren Haß für die Ihlini aufzusparen.«

Alix fürchtete, daß sie handgreiflich werden würden. Carillon funkelte Duncan verärgert an, als wollte er ihn schlagen, und Duncan zeigte keinerlei Anzeichen, seine scharfen Worte zurückzunehmen.

Schließlich legte sie je eine Hand auf beider Arme. »Kommt, meine Krieger. Wir sollten diesen Ort verlassen.« Als Duncan keine Anstalten machte, sich zu bewegen, preßte sie ihre Fingernägel fest in seinen bloßen Arm. »*Cheysul*, hast du also vergessen, daß ich deinen Sohn trage? Befreie mich von diesem Ort.«

Das brachte sie beide in Bewegung. Carillon schwankte, fing sich wieder und machte Anstalten, loszugehen. Duncan ergriff seinen Arm und führte ihn von dem Munitionskarren fort. Aber seine andere Hand lag um Alix' Handgelenk, und sie fühlte sich hinter ihm hergezogen.

Darüber zufrieden, daß sie ihr Ziel erreicht hatte, lächelte sie, und ging bereitwillig mit.

Kapitel Sieben

Duncan stahl ein atvianisches Pferd und half Carillon aufsteigen. Das Gesicht des Prinzen war vor Schmerz und der Anstrengung, dies nicht zeigen zu wollen, stark angespannt, aber Alix spürte jede schreiende Faser von Carillons mißhandeltem Körper. Schweigend beobachtete sie, wie er sich im Sattel zurechtsetzte und die Zügel mit geschwollenen bleichen Händen aufnahm.

Duncan wandte sich ihr zu. »Reite hinter ihm, *Cheysula*.«

Carillon sah ihn an. »Ich brauche keine Frau, um mich im Sattel zu halten, Gestaltwandler.«

»Die *Frau* ist für Eure Rettung verantwortlich, Prinz«, erwiderte Duncan. »Und was Eure Fähigkeit betrifft, Euch im Sattel zu halten, so ist das Eure Sache. Es ist Alix, um die ich mich sorge, und die Gesundheit unseres Kindes.«

Carillon, der noch mehr hatte sagen wollen, schloß geräuschvoll den Mund.

Alix schüttelte den Kopf. »Ich gehe mit dir, Duncan.«

»Die anderen verlassen diesen Ort in *Lir*gestalt«, sagte er ruhig. »Ich werde dieses Pferd führen. Auch wenn du es jetzt vielleicht noch nicht bemerkst, aber du bist erschöpft. Reite, Alix.«

Duncans Worte bewirkten, daß ihre Glieder vollständig zu zittern begannen, und machten ihr klar, was sie vollbracht hatte. Alix merkte, daß ihre Knochen weich wurden. Obwohl sie das Verlangen verspürte, zu protestieren, hielt sie sich zurück, als sie Duncans verständnisvollen Blick sah. Schweigend ließ sie sich von ihm auf das Pferd heben und klammerte sich vorsichtig an das Leder von Carillons Gürtel.

»Wohin gehen wir?« fragte er.

»Nicht weit. Vielleicht zwei Meilen von hier.« Duncan nahm die Zügel des Pferdes und führte es hinaus. »Kommt, wir werden uns um Euer Wohlergehen kümmern, wenn wir hier herausgelangt sind.«

Duncan führte sie von den freien Ebenen in die Tiefen der schattigen Wälder, wobei sie sich so leise bewegten, daß Alix nur die gedämpften Schritte des Pferdes auf dem weichen Waldboden hörte. Gelegentlich sah sie die vorüberhuschenden Gestalten von Tieren und erkannte, daß die *Lirs* und ihre Krieger dem Stammesführer und seinen Begleitern Schutz gewährten. Sie fühlte sich sehr sicher.

Schließlich führte Duncan das Pferd auf eine winzige, für das ungeübte Auge versteckt liegende Lichtung. Alix stieß sich von dem Pferd ab und glitt zu Boden, wobei sie Duncans mißbilligende Worte überhörte. Sie trat aus dem Weg und sah zu, während er Carillon absteigen half.

»Es wird schon gehen«, sagte Carillon kurz angebunden.

Duncan nahm seinen haltgebenden Arm nicht fort. »Es ist keine Schande, nach so langer und gewaltsamer Gefangenschaft Hilfe zu benötigen.« Er begegnete Carillons Blick. »Oder ist es nur die *Cheysuli*hilfe, die Ihr verschmäht?«

Alix seufzte müde und strich sich das Haar aus dem Gesicht. »Müßt ihr immer aus bloßem Stolz und Überheblichkeit aufeinander losgehen?« fragte sie. »Kann keiner von euch seine Rasse vergessen und sich einfach wie ein *Mensch* verhalten?«

Carillon sah sie an. Kurz darauf glättete etwas seine Gesichtszüge, und er verzog kurzzeitig den Mund. Er schaute erneut zu Duncan.

»Ihr habt zumindest *mir* heute nacht Eure Loyalität

bewiesen. Es ist nicht an mir, Euch dafür zu schelten.«

Duncan lächelte und deutete auf einen umgestürzten Baumstamm. »Kommt, mein Prinz. Wir werden sehen, ob Ihr es wert seid, gerettet zu werden.«

Alix folgte ihnen, als Duncan Carillon zu dem Baumstamm führte. Der Prinz ließ sich vorsichtig auf dem Boden nieder und lehnte sich dagegen, seufzte, als seine Glieder erneut in die Stellung glitten, an die sie sich während der Gefangenschaft gewöhnt hatten.

»Zünde ein Feuer an, *Cheysula*«, sagte Duncan ruhig, während er sich neben Carillon kniete.

Sie verspürte eine krampfhafte Angst in ihrer Brust. »So nah bei den Atvianern?«

»Das müssen wir, Alix. Carillon kann heute nacht nicht weiterreiten.«

Unglücklich folgte sie seiner Bitte, sammelte Steine und ordnete sie zu einer kleinen Feuerstelle an. Sie legte kleine Stöcke und zerbrochene Kienspäne darauf und vermied es nur knapp, vor Überraschung zurückzuzucken, als ein Cheysulikrieger erschien, um das Feuer zu entzünden. Als sie aufschaute, sah sie, daß die Lichtung von zurückgekehrten Kriegern voll war.

Flammen leckten an den Kienspänen und loderten auf, hüllten die Lichtung in unheimlich flackernde Schatten. Alix sah das dunkle Gesicht jedes Mannes und die glühenden, gelben Augen, erkannte erneut ihren eigenen Anteil an der Magie der Götter. Die *Lirs*, die vierbeinigen und die beflügelten, warteten schweigend bei ihren Kriegern.

Cai? fragte sie lautlos.

Er raschelte im nächststehenden Baum. *Hier, Liren.*

Ich habe getan, was ich tun wollte.

Ja, Liren. Er klang amüsiert. *Du bist eine wahre Cheysuli.*

Alix grinste. *Diese Worte von dir sind wahrhaftig eine Ehre, Cai.*

Und doch wolltest du es einst nicht zugeben, Liren.

Alix seufzte und kniete sich neben das Feuer, beobachtete ihren Ehemann an Carillons Seite. *Aber damals war ich dumm, Cai, und nicht bereit zu lernen.*

Du hast viel gelernt, stimmte der Vogel zu. *Aber es bleibt noch immer eine Menge übrig.*

Sie spähte in den Baum, versuchte die Gestalt des Falken von knorrigen Zweigen zu unterscheiden. *Was meinst du damit?*

Du wirst es rechtzeitig erfahren.

Ein unterdrückter Ausruf von Carillon lenkte ihre Aufmerksamkeit von dem Vogel ab, und sie trat näher an den Prinzen heran. Duncan behandelte Carillons Hände, wie sie entsetzt sah, fast ohne Rücksicht auf seine Schmerzen zu nehmen.

»Könnt Ihr sie nicht in Ruhe lassen?« fragte Carillon zwischen zusammengebissenen Zähnen hervor. »Sie werden heilen.«

»Es ist den Schmerz wert, es zuzulassen, daß ich mich um sie kümmere, mein Prinz. Eisen kann mehr als nur die Haut beschädigen. Es kann das wenige Leben in den Muskeln selbst vernichten. Aber Ihr werdet, denke ich, wieder ein Schwert halten können.«

»Und wenn ich dieses Schwert halte, werde ich es in Thornes schwarzes Herz versenken.«

Alix' Augen weiteten sich, als sie Finn aus der Dunkelheit in den Feuerkreis treten sah. Storr begleitete ihn auf einer Seite.

»Welches Schwert werdet Ihr benutzen, Prinz?« fragte Finn. »Ihr habt dasjenige verloren, welches mein *Jehan* dem Mujhar geschenkt hatte.«

Carillon errötete. »Das gebe ich zu.«

Finn hob eine Augenbraue. »Nun, ich habe Leugnen und Entschuldigungen von Euch erwartet. Ihr überrascht mich.«

»Das kann warten«, sagte Duncan tadelnd.

Finn trat näher heran und zog eine bearbeitete Lederscheide hinter seinem Rücken hervor. Das goldene Heft eines Breitschwerts schimmerte im Feuerschein, und der glitzernde Rubin darin glänzte wie Blut.

Der Krieger hob es ins Licht, und aller Blicke richteten sich darauf. »Hales Schwert war für einen Mann gedacht, Carillon. Ich kann nicht sagen, ob Ihr dieser Mann seid, aber wenn es so ist – solltet Ihr besser aufpassen. Dies ist das zweite Mal, daß Ihr das Schwert meines *Jehan* verloren habt. Das nächste Mal sehe ich es vielleicht nicht wieder in Euren Händen.«

Carillon sagte nichts, als Finn die in der Scheide steckende Waffe senkte. Eine Weile lagen seine Hände still in seinem Schoß. Dann, als Finn keinerlei Anstalten machte, die Waffe zu ziehen, schloß Carillon eine Hand um die Scheide.

»Wenn Ihr so sehr darauf erpicht seid, meine Nachfolge zu übernehmen«, begann er, »warum besteht Ihr dann darauf, mir diese Klinge zurückzugeben? In Euren Händen könnte sie sich als weitaus mächtiger erweisen.«

Finn zuckte die Achseln und kreuzte die bronzefarbenen Arme über seiner Brust. »Ein Cheysulikrieger trägt kein Schwert. Und das bin ich vor allem anderen.«

Carillon legte das Schwert über seinen Schoß und betrachtete das in sein Heft eingeprägte homanische Löwenemblem. Dann ließ er den Schmerz und die Müdigkeit Besitz von seinem Geist ergreifen, und schlief mit Hales fest gegen seine Brust gepreßtem Schwert ein.

Alix betrachtete das mit blauen Flecken übersäte, hagere Gesicht und sehnte sich plötzlich nach den ersten Tagen ihrer Treffen im Wald nahe des Pachtgeländes. Seine vornehme Kleidung war fort, ersetzt durch verschmutztes und vernarbtes Leder und einen blutig-rostigen Kettenpanzer. Sein Schwertgürtel fehlte, und sein Haar war in den Wochen der Gefangenschaft struppig und zerzaust geworden. Das einzige, was an ihm noch an einen Prinzen erinnerte, war der rubinrote Siegelring an seinem rechten Zeigefinger, und die Entschlossenheit, die seinem Gesicht sogar im Erschöpfungsschlaf innewohnte.

Sie seufzte und spürte eine Leere ihren Geist einnehmen, wohl wissend, daß Carillons persönliches *Tahlmorra* ihn noch weiter von ihr fortführen würde.

Duncan erhob sich und wandte sich ihr zu, schaute ausdruckslos auf sie herab. Etwas in seinen Augen ließ sie erkennen, daß ihr Gesicht ihre Gefühle verriet, denn einen seltsamen Augenblick lang sah sie einen finsteren Gestaltwandlerkrieger vor sich, der sie gegen ihren Willen in seinen Stamm hineingezwungen hatte.

Dann fiel dieses seltsame Gefühl von ihr ab und sie sah ihn deutlich.

Er ist Duncan, erinnerte sie sich. *Duncan ...*

Das genügte.

Er trat zu ihr und zog sie langsam hoch. Sie spürte die Kraft in seiner Hand auf ihrem Arm und wunderte sich erneut, daß dieser Mann ein ungebildetes Kleinpächtermädchen in sein Zelt genommen hatte, obwohl er auch eine andere hätte haben können.

»Komm mit mir«, sagte er sanft und führte sie von der Lichtung fort und in den dahinterliegenden Wald.

Als er einen zerbrochenen Baumstumpf fand, ließ er sie sich darauf niedersetzen und stellte sich resolut vor sie hin, das dunkle Gesicht der Schatten wegen nicht zu erkennen.

»Duncan?«

»Ich kann dir nicht vorwerfen, was du getan hast. Du hast beschlossen, was getan werden mußte, und du hast es getan.« Er zuckte andeutungsweise die Achseln. »Wie es jeder Krieger tut.«

Alix blickte zu Boden, denn sie fürchtete seinen Zorn, der stets schlimmer war als der jedes anderen.

»Ich verstehe, wie es ist, sich zutiefst um jemanden zu sorgen, so tief, daß du tun mußt, was du tun kannst, ungeachtet der Folgen«, sagte er ruhig. »Du weißt, daß ich mich für dich opfern würde, oder für Finn oder für jeden anderen Krieger meines Stammes.«

Nach einer Weile wagte sie zu ihm hinaufzuschauen. Unruhig befeuchtete sie ihre Lippen. »Wenn du zornig werden willst, Duncan, dann werde es. Ich kann nicht die ganze Nacht darauf warten.«

Sein Gesicht, das noch immer im Schatten lag, zeigte ihr nichts. Aber seine Stimme klang überrascht. »Ich bin nicht zornig auf dich. Was du getan hast, war nicht *falsch* – nur unüberlegt.«

Sie versteifte sich. »Unüberlegt!«

Duncan seufzte und trat vor, in einen Strahl des Mondlichts hinein, das sich seinen Weg durch die Bäume bahnte. Sie sah sein Lächeln und seine warmen Augen, während sich seine Hände fordernd auf ihre Schultern legten.

»Vergißt du das Kind? Vergißt du die Magie in deiner Seele?«

»Duncan …«

»Ich will es nicht riskieren, dich dadurch zu verlieren, daß du das Kind zu früh gebärst. Solche Dinge können eine Frau das Leben kosten. Aber ich will auch nicht das Kind riskieren, das es verdient, als Krieger zu leben. Alix, du hast *Lir*gestalt angenommen, während du ein ungeborenes Kind trugst. Hast du nicht daran gedacht, was das bedeuten könnte?«

Unwillkürlich glitt eine Hand zu ihrem Bauch. Plötzlich hatte sie große Angst.

»Duncan … das wird dem Kind nicht geschadet haben? Es wird es mich nicht verlieren lassen?«

Er strich die Sorgenfalten auf ihrer Stirn glatt. »Ich glaube, es wird dem Kind nicht geschadet haben, *Cheysula*, aber es kann auch nicht gut für es sein. Willst du, daß eine arme, noch ungeformte Seele gestaltwandelt, bevor sie auch nur ihre eigene Gestalt kennt?«

Ihre Finger verkrampften sich über ihrem Bauch. »Duncan!«

Er seufzte und zog sie hoch, legte die Arme fest um ihre Schultern. Sie wandte ihm ihr Gesicht zu.

»Ich habe das nicht gesagt, um dich zu beunruhigen, Alix. Nur um dich zum Nachdenken zu bringen.«

Sie klammerte sich an ihn. »Ich *habe* nachgedacht, Duncan ... und ich habe Angst!«

»Das Kind ist ein Cheysuli, Kleines, und trägt das Alte Blut in sich. Ich glaube, daß es ihm gut geht.«

Sie zog sich zurück. »Aber was ist, wenn ich ihm geschadet habe? Was ist, wenn es nicht gesund ist?«

Duncan murmelte leise etwas und zog sie erneut an seine Brust. »Es tut mir leid, daß ich überhaupt etwas gesagt habe. Ich hätte dich damit nicht behelligen sollen.«

»Es ist richtig, daß du es getan hast«, sagte sie deutlich und versuchte, sein Gesicht in den Schatten zu erkennen. »Ich war dumm ... wie du es gesagt hast.«

»Würdest du das auch zu Carillon sagen, den du aus der Gefangenschaft befreit hast?«

»*Du* hast ihn befreit.«

»Aber wenn du nicht trotzig darauf bestanden hättest, damit anzufangen, wäre ich überhaupt nicht zu dem atvianischen Lager gekommen. Ich wollte nach Mujhara.«

Alix seufzte und versuchte, mit zwei Ängsten fertig zu werden. »Also schickst du mich zurück? Verbietest du mir, mit dir in die Stadt zu ziehen, und läßt mich am Keep warten?«

Er lachte sanft. »Warum kannst du nicht so sein wie andere Frauen? Warum mußt du Männerkleidung anziehen – meine eigene, wie ich bemerkt habe – und die Rolle eines Kriegers spielen?«

Sie runzelte die Stirn. »Was soll ich sagen? Ich bin so.«

Er nickte. »Das habe ich gemerkt. Und es ist an und für sich überhaupt nicht unerfreulich. Was Mujhara betrifft, so wirst du mit uns kommen müssen. Ich möchte nicht, daß du wieder *Lir*gestalt annimmst, und ich möchte nicht, daß du allein zum Keep zurückkehrst. Ich kann keine Männer entbehren, die dich hinbringen könnten.« Er zuckte die Achseln und seufzte. »Also wirst du mitkommen.«

Alix sagte eine Weile gar nichts. Dann preßte sie die Hände gegen ihre Rippen. »Ich weiß nicht, ob ich mich freue oder nicht. Ich wäre im Keep nicht glücklich, wenn ich angstvoll warten müßte, aber ich werde auch nicht glücklich sein zu sehen, wie du dein Leben für Shaines Stadt aufs Spiel setzt.«

Er strich ihr das Haar zurück. »Es ist nicht Shaines Stadt, Kleines. Es war einst die Stadt der Cheysuli. Wir müssen nur zurückerobern, was einst uns gehört hat.«

Sie hob ihr Gesicht dem seinen entgegen. »Duncan – wenn die Cheysuli den Thron nicht an die Homaner abgegeben hätten – hättest du dann Mujhar sein können?«

Er lächelte. »Ich bin Stammesführer, *Cheysula*. Das ist genug.«

Etwas rührte sich in ihrem Herzen. »Aber du hast so viel verloren...«

Sein Blick blieb im Mondlicht ungetrübt, als er ihr ins Gesicht sah. »Ich habe vielleicht etwas verloren, aber ich habe umso mehr gewonnen.«

»Duncan...«

»Still, *Cheysula*. Es ist an der Zeit, daß du unser Kind zur Ruhe kommen läßt.«

Sie seufzte und fühlte ihre linke Hand fest von der seinen umfaßt, während er sie zu dem winzigen Lager zurückführte.

Ich bin nicht die richtige Frau für diesen Mann... dachte sie in schmerzlichem Bedauern.

Cai, in der Dunkelheit verborgen, sandte ihr Wärme und Beruhigung. *Liren... du bist die einzige Frau für diesen Mann.*

Alix drängte sich näher an Duncan heran und hoffte, daß der Falke recht hatte.

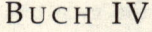

Buch IV

Der Krieger

Kapitel Eins

»Ich werde mich nicht der Cheysulimagie unterwerfen«, sagte Carillon am Morgen fest.

Er saß aufrecht an seinem Baumstamm, die Hände über der Schwertscheide gefaltet, die Finn ihm zurückgegeben hatte. Die Cheysulikrieger blickten ihn wortlos, aber sogar in ihrem Schweigen mißbilligend an.

Alix sah trotzige Entschlossenheit auf dem zerschlagenen Gesicht des Prinzen. »Carillon«, schalt sie sanft.

Seine Augen flackerten, als er sie, die neben Duncan stand, ansah. »Alix, solche Magie ist von Übel. Ich kann deinen eigenen Anteil daran nicht leugnen, aber ich kenne dich. Du würdest niemals versuchen, Homanas Erben zu Fall zu bringen.«

»Und wir auch nicht«, sagte Duncan tonlos. Er seufzte. »Ihr wollt es vielleicht nicht glauben, aber die Cheysuli hatten niemals die Absicht, ihren angemessenen Platz neben den Mujhars Homanas aufzugeben. Bis Hale ging, haben die Cheysulikrieger den homanischen Herrschern stets gedient. Wir wollen keinen Streit mit Euch.«

Finn stand abseits von den anderen und lächelte in seiner vertrauten spöttischen Art. »Ihr sucht den Streit, denke ich.«

Carillon preßte die Lippen zusammen. »Ich versuche nur, nach Mujhara zu gelangen und meine Stadt von den Ihlinidämonen zu befreien. Und von Bellam von Solinde.« Seine Finger waren kalkweiß, als er sie um das Schwert legte.

»Ohne unsere Hilfe werdet Ihr nicht dorthin gelangen«, sagte Finn grob. »Und doch wart Ihr letzte

Nacht nur allzu bereit, uns unsere Gaben gegen den Feind einsetzen zu lassen.«

»Eure Magie zu gebrauchen, um Euren Lehnsherrn zu befreien ist eine Sache«, erwiderte Carillon. »Dem aber meinen Willen zu unterwerfen eine völlig andere.«

Finn lachte verächtlich. »Sieh nur, wie schnell er sich unseren Herrn nennt! Erst vor wenigen Monaten wart Ihr noch in unserer Hand, Prinz, und tatet, wie wir befahlen. Hätten wir Euch nicht *damals* mit Magie bezwingen können, wenn wir es gewollt hätten? Oder erhebt Ihr Euch jetzt höher, weil Fergus von Homana getötet wurde?«

»*Rujho*«, sagte Duncan ruhig.

Carillons Augen waren hart wie Stein, als er den Kopf schüttelte. »Laßt ihn sprechen. Ich habe durch diesen Krieg viel über die Menschen gelernt, und ich denke, es gibt Zeiten, in denen ein Mann zuerst an sich denken muß. Ich habe es lang genug zugelassen, daß der Mujhar mich beeinflußt hat, aber jetzt nicht mehr. Mein Vater wurde durch atvianische Hände getötet, und es ist an mir, zu tun, was er getan hätte.« Carillon lächelte zögerlich, ohne Freude. »Es gefällt Euch vielleicht nicht, Gestaltwandler, aber ich werde eines Tages Herrscher von Homana sein. Ihr solltet Euch besser daran gewöhnen.«

Farbe stieg in Finns Gesicht, während er sich versteifte. Das gelbe Aufflackern in seinen Augen verriet die Stärke des Zorns, den er empfand, und Alix grinste erfreut. Sie bemerkte, daß er sie ansah und verbarg ihre Antwort nicht, was ihn nur noch mehr verärgerte. Finn wandte sich um und verließ die versammelten Krieger.

Duncan, die Beine gespreizt und die Arme überkreuzt, lächelte ironisch auf Carillon herab. »Mein Prinz, Ihr seid vielleicht unser Lehnsherr. Aber eines bleibt eine Tatsache: Ihr könnt nicht so nach Mujhara hineinreiten. Ihr würdet die Reise nicht überstehen.«

Carillon legte eine Hand flach auf den Boden auf, stieß sich hoch und spannte seinen Körper mit der notwendigen Anstrengung an. Alix unterdrückte die Bewegung, die zu vollziehen es sie verlangte, denn sie wußte, daß es seinen Stolz verletzen würde, wenn sie es täte. Er war größer als die meisten von ihnen, obwohl die Cheysuli eine große Rasse waren, und seine breiten Schultern streckten sich gegen den Harnisch, den er trug. Nur seine Augen verrieten das Ausmaß der Anstrengung, die es ihn kostete, aufrecht vor ihnen stehenzubleiben.

»Wenn ich nicht in meine Stadt reiten kann, kann ich nicht versuchen, sie von dem Ihlinischrecken zu befreien.«

»Carillon«, sagte sie weich, »es wird nicht wehtun. Es wird Euch nur stärken.«

Seine Augen brannten sich in ihre, während er seine linke Hand ausstreckte. Der starre Ärmel seines Harnischs rutschte an seinem Arm zurück und entblößte die erhabenen purpurfarbenen Striemen, die noch immer Flüssigkeit aus den durch die Ketten verursachten Wunden absonderten.

»Es macht mir nichts aus, wenn es wehtut, Alix. Habe ich nicht gelernt, mit Schmerz umzugehen?«

Duncans Hand legte sich auf ihre Schulter, als wollte er ihr Schweigen gebieten. Alix verlangte es danach, auf Carillons Verbitterung zu antworten, aber sie unterließ es. Während sie Duncan zuhörte, erkannte sie, daß nichts, was sie sagen würde, Carillons Meinung ändern könnte. Aber Duncans Worte konnten es vielleicht.

»Homana kämpft seinen Todeskampf«, sagte er mit Nachdruck. »Ich denke, Ihr erkennt das. Es ist hart, das einzusehen, wenn man der Prinz eines Landes ist und eines Tages dessen Thron besteigen soll, aber das ist etwas, womit Ihr umgehen müßt. Die Cheysuli haben die Wahrheit der Prophezeiung einst verleugnet, Carillon, und haben deshalb gelitten. Wenn Ihr sie verleugnet, werdet Ihr ebenfalls leiden.«

»Ich bin kein Cheysuli«, sagte Carillon scharf. »Eine Gestaltwandlerprophezeiung kann nicht vorhersagen, was aus einem Homaner werden wird. Ich habe keinen Platz darin.«

»Das könnt Ihr nicht wissen«, sagte Duncan weich. »Wie kein Mann das kann. Man muß den Dingen ihren eigenen Lauf lassen, wenn man überleben will. Diese Prophezeiung *hat* vorhergesagt, was aus Euch werden wird, mein Prinz, obwohl Ihr Homaner seid. Ich glaube, daß Ihr der Mujhar seid, von der sie spricht – derjenige, der das *Qu'mahlin* beenden, unserer Rasse den Frieden bringen und unser Heimatland wiederherstellen wird.« Duncan seufzte, als Carillons Gesicht offenkundigen Unglauben ausdrückte. »Wir können den Lauf der Prophezeiung nicht verändern. Aber wir *können* den dunklen Künsten der Ihlinieinmischung widerstehen.«

»Ihr könnt mir nicht erzählen, daß das, was geschehen ist, so *bestimmt* war!« fauchte der Prinz. »Der Tod meines Vaters?«

»Ein Mann muß sterben, bevor sein Sohn ein vollständiger Mann ist«, sagte Duncan freundlich. »Und der Thron von Homana muß erneut in Cheysulihände fallen.«

Alix sah Bitterkeit und Abwehr alle Farbe aus Carillons Gesicht vertreiben. »Cheysulihände?« fragte er unheilvoll. »Ihr sagt, daß der Thron Homanas in *Gestaltwandler*händen sein wird?«

Sie trat von Duncan fort und zwischen die beiden, fürchtete, daß auf dieser Ebene der Gefühle wenig geregelt werden würde. Sanft berührte sie Carillons um sein Schwert geklammerte Hand.

»Ich habe erfahren, daß dieses Land einst Cheysuliland war«, sagte sie sanft, »bevor die Homaner auch nur da waren. Die Cheysuli übergaben Euren Vorfahren den Thron. Duncan hat nicht die Absicht, Euch Euer Recht darauf zu verweigern. Es ist nur so, daß Ihr ihn *innehaben* müßt, bevor er erneut auf einen Cheysulimujhar übergehen kann.« Alix atmete vorsichtig ein. »Carillon, können wir nicht eine anstatt von zwei Rassen sein?«

»Ihr werdet in Mujhara regieren, mein Prinz«, sagte Duncan ruhig, »aber nur, wenn wir Euch dorthinbringen.«

Carillon sagte nichts. Alix lächelte ihn an und blieb sanft beharrlich. »Ich werde nicht zulassen, daß sie Euch Schaden zufügen. Das verspreche ich.«

Seine freie Hand glitt zu ihrem Gesicht hinauf und umfaßte es sanft. »Dann lege ich mein Schicksal in deine Hände.«

»Nein«, sagte sie weich. »Euer Schicksal ist Euer eigenes. *Tahlmorra.*«

Die Cheysuli betraten Mujhara im Schutz der Dunkelheit. Carillon, der sich der Erdmagie überantwortet hatte, die seine Kräfte erneuert und seine Knochen mit neuer Kraft erfüllt hatte, ritt das für ihn gestohlene atvianische Pferd. Alix saß erneut hinter Duncan und betrachtete entsetzt die Stadt.

Sie lag in Trümmern. Die schimmernde Großartigkeit war unter dem fortgesetzten Ansturm ihlinischer Hexerei zerbrochen. Mauern waren eingestürzt, seltsam verkohlt, als habe unheiliges Feuer den Steinquadern das Leben entzogen, die einst, vor so vielen Jahrhunderten, von Cheysulihänden aufgeschichtet worden waren. Viele der Behausungen waren vollständig zerstört, andere zeigten keinerlei Lebenszeichen mehr. Zerstörte Fenster starrten blind auf die Straßen, als seien ihnen von unsichtbaren Händen die Augen entnommen worden.

Alix erschauerte und klammerte sich fester an Duncan. Hier und dort huschte jemand aus den Schatten hervor, um ihnen aus dem Weg zu gehen, als ob sie die Vergeltung an den Ihlini fürchteten, und Alix verlangte es danach, ihnen zu sagen, daß es anders war. Aber sie konnte ihre Stimme nicht finden.

Mujhara, klagte sie in ihrem Herzen.

Sie sah Carillon an und sah, wie er sich im Sattel aufrichtete, das Cheysulischwert an seinem Ledergürtel befestigt. Sein Gesicht war, während er die Stadt betrachtete, völlig ausdruckslos. Seine Augen waren es nicht.

Duncan zügelte sein Pferd und wartete, bis sich die Krieger in einer schmalen Straße um ihn versammelt hatten. Es herrschte vielsagendes Schweigen.

»Wir kommen zu spät, um die Ihlini von der Stadt fernzuhalten«, sagte er. »Jetzt müssen wir uns um Homana-Mujhar kümmern. Wenn der Palast fällt, dann fällt auch das Königreich.«

Carillon setzte sich im Sattel um. »Der Palast hat seit Jahrhunderten starken Feinden standgehalten, Gestaltwandler. Er wird nicht dunkler Hexerei zum Opfer fallen.«

Duncan hob langsam die Hand und deutete auf die verkohlten, noch immer rauchenden Ruinen eines hohen Gebäudes in ihrer Nähe. »Der Geruch des Todes liegt in der Luft, mein Prinz. Bedeutet es einen so großen Unterschied, ob er durch die Hände von Hexern oder durch die bloßer Menschen vollstreckt wird?«

Carillon runzelte die Stirn. »Was wollt Ihr damit sagen?«

»Daß Ihr wahrhaft ein Narr seid, wenn Ihr weiterhin an die Unfehlbarkeit Shaines des Mujhar und des Palastes glaubt, in dem er sich verbirgt.« Er lächelte bitter. »Carillon, einst war meine eigene Rasse eingebildet genug zu glauben, daß wir die Achtung der Homaner immer haben würden. Seht Ihr, wie dieses Vertrauen lächerlich gemacht worden ist? Tynstar ist wirklich mächtig. Wenn Homana-Mujhar eingenommen werden kann – und das kann mit jedem Schloß geschehen –, dann werden die Ihlini es tun.«

Die blauen Augen des Prinzen blickten freudlos. »Ich spreche dem Dämon weder seine Künste noch seine Stärke ab. Ich muß nur sehen, was er bereits getan hat. Aber es ist schwer zu erkennen, daß die Kraft eines Landes in einem einzigen Mujhar liegt.« Er preßte den Mund zusammen. »Ich ähnele nicht so sehr meinem Onkel, denke ich. Aber ich werde tun, was ich kann, um dieses Land aus Bellams Griff herauszuhalten.«

Finns braunes Pferd stampfte auf die aschebedeckten Pflastersteine auf, so daß feiner grauer Staub aufstieg. Der rittlings auf dem Tier sitzende Krieger legte seine Hand auf das Heft seines Messers.

»Hier können wir wenig tun, *Rujho*. Laß uns nach Homana-Mujhar weiterziehen.«

Alix spürte Duncans tiefsinniges Seufzen. Dann richtete er sich auf und nickte. »Was wir jetzt unternehmen, kann sehr wohl die Zukunft der Cheysuli bestimmen.« Er sah Carillon ruhig an. »Könnt Ihr wirklich an dem Glauben festhalten, daß wir dem Blut des Mujhar nur übel wollen, mein Prinz?«

Carillon ließ das Schwert aus der Scheide gleiten. Das Mondlicht und die ersterbenden Flammen der brennenden Gebäude schimmerten auf der Klinge und ließen den Rubin wie ein karmesinrotes Auge glitzern.

»Ich habe gesagt, daß Ihr erfahren werdet, was ich glaube, wenn ich der Mujhar bin, Gestaltwandler. Noch lebt Shaine.« Sein grimmiges Gesicht wurde ein wenig weicher. »Aber Eure Hilfe ist uns heute nacht willkommen.«

Finn lachte kurz auf. »Das ist vermutlich immerhin etwas – von Euch. Nun, wollt Ihr uns zeigen, wie ein edler homanischer Prinz kämpft, um sein Land zu retten?«

»Ich werde kämpfen, so gut ich kann, Gestaltwandler. Wie Ihr sehen werdet.«

Duncan nahm die Zügel seines Pferdes auf. »Wir reiten getrennt«, sagte er ruhig. »Nach Cheysuliart, wenn die Übermacht so groß ist. Wenn wir Homana-Mujhar erreicht haben, werden wir uns um das Wohlergehen des Mujhar kümmern.«

Alix beobachtete, wie die Krieger in der Dunkelheit

verschwanden. Nach kurzer Zeit waren nur noch sie und Duncan bei Carillon geblieben.

Finn drängte sein Pferd aus den Schatten heraus. »Duncan, ich hoffe, daß es dies ist, was du so lang ersehnt hast«, sagte er geheimnisvoll.

Alix sah ihn stirnrunzelnd an. »Was wollt Ihr damit sagen?«

Finn blickte zurück. »Er hat den Stamm immer vor ungezügelter Vergeltung für das *Qu'mahlin* gewarnt. Es war immer Duncan, der den Rat beeinflußte und der uns in den Wäldern von Ellas zurückhielt, wenn wir gegen Shaines Patrouillen und auch gegen jeden anderen, der dem Mujhar diente, vorgehen wollten.« Etwas schimmerte bösartig in seinen Augen. »Ihr wißt nicht, *Mei Jha,* wie es ist, einen Cheysuli unter allen Bedingungen zu bekämpfen. Wir hätten vielleicht viele mehr getötet, die uns töten wollten, wenn Duncan es zugelassen hätte.«

»Die Prophezeiung spricht nicht von völliger Vernichtung, Finn«, erwiderte Duncan. »Sie spricht von einem letztlichen Frieden zwischen kriegführenden Ländern und Rassen. Sollte dieser nicht in unserem eigenen Reich beginnen?«

»Shaine würde uns lieber tot sehen.«

»Shaine wird uns sehen, *Rujho,* aber wir werden nicht tot sein.« Duncan drängte sein Pferd vorwärts. »Kommst du mit uns?«

»Nein.« Finn nahm die Zügel auf. »Ich kämpfe allein, Duncan, wie immer.« Sein Blick wanderte flackernd zu Alix. »Ihr seid eine einfältige Frau, *Mei Jha.* Ihr solltet im Keep sein, bei den anderen, die warten.«

»Ich könnte es nicht ertragen«, sagte sie leise.

Finn sah sie noch einen Augenblick länger rauh an, riß sein Pferd dann hart herum und ritt in die Schatten hinein. Ein Silberwolf lief lautlos neben ihm her.

Alix legte ihre Arme um Duncan und preßte sich gegen seinen Rücken, während sie durch die Straßen ritten. »Duncan, ich habe Angst.«

»Angst ist nichts Unehrenhaftes. Nur wenn dir miß-
lingt, was du tun mußt, kann man von Unehre sprechen.«

Sie seufzte und lehnte ihre Stirn gegen seine Schulter.
»Sprich nicht wie ein Stammesführer mit mir, Duncan.
Ich bin nicht in der Stimmung zuzuhören.«

Carillon, der auf gleicher Höhe ritt, grinste sie an.
»Warst du jemals in der Stimmung zuzuhören? Nein.
Sonst wärst du nicht hier und hättest keine Angst.«

Sie warf ihm einen finsteren Blick zu und versagte sich
jegliche Erwiderung, aus Angst, sie könnte unangemes-
sen sein.

Sie ritten durch ihr unbekannte Straßen, und sogar
Duncan ließ schließlich Carillon vorausreiten, der die
Stadt besser kannte als jeder andere. Die Menschen, an
denen sie vorüberkamen, waren mit Umhängen und Ka-
puzen bekleidet und sagten nichts. Carillon ritt schweigend voran, aber Alix sah die Anspannung in seinem
Körper und erkannte, was das Wissen um das, was hier
geschehen war, ihm ausmachte.

Duncan brachte sein Pferd vor einem großen, etwas
zurückgesetzten, wuchtigen Eingang eines verlassenen
Gebäudes zum Stehen. Alix wartete, verstand nicht,
während er aus dem Sattel glitt und sich dann umwandte, um ihr hinabzuhelfen. Als sie auf den Pflastersteinen stand, sah sie ihm ins Gesicht und öffnete den
Mund zum Sprechen.

Duncan legte sanft die Finger auf ihre Lippen. »Ich
möchte, daß du hierbleibst, *Cheysula*, außer Gefahr. Es
war riskant genug, daß du so weit mit mir gekommen
bist. Ich möchte nicht, daß du weiter mit in die Falle des
Feindes hineingelangst.«

Sie schob seine Finger fort. »Läßt du mich hier zurück?«

»Ja. Die Straße ist leer, die Gebäude verlassen. Ich
glaube, daß du hier sicher sein wirst, wenn du tust, was
ich sage.«

Alix schaute kurz an ihm vorbei und sah Carillons Silhouette vor dem Mondschein. Er hatte sein Pferd fast am Ende der Straße zum Stehen gebracht und ihnen damit Schutz verschafft.

»Dann werde ich erneut warten, ohne etwas zu wissen«, protestierte sie. »Es wird nicht anders sein als im Keep.«

Seine Hände umfaßten ihre gegürtete Taille. »Alix, ich verstehe deine Befürchtungen. An deiner Stelle könnte ich es selber nicht ertragen. Aber ich kann dich nicht bei mir haben, wenn ich in den Krieg ziehe. Das würde meine Stärke beeinträchtigen, und das ist für jeden Krieger tödlich.«

»Ganz allein?« flüsterte sie.

»Cai wird bei dir bleiben. Ich würde dich nicht unbeschützt zurücklassen.« Er strich sanft ihr zerzaustes Haar zurück. »*Cheysula*, sage, daß du tun wirst, um was ich dich bitte.«

»Duncan, wie soll ich damit fertigwerden? Du verläßt mich inmitten einer gefallenen Stadt und sagst, ich soll mir keine Sorgen machen. Das ist die grausamste Qual, die ich mir vorstellen kann.«

Er schaute über die Schulter und sah, daß Carillon zurückkam. Er seufzte und ließ sein Pferd auf der Straße, während er Alix in das halbwegs durch Ihlinihexerei zerstörte Gebäude brachte. Bevor sie noch etwas einwenden konnte, hob Duncan sie hoch und setzte sie auf eine eingestürzte Mauer.

»Du wirst hierbleiben, mit Cai.«

»Ohne deinen *Lir* kannst du nicht gestaltwandeln.«

»Es gibt hier Ihlini. Ich kann ohnehin nicht *Lir*gestalt annehmen.«

»Duncan …«

»Tu, um was ich dich bitte. Halte dich hier in Sicherheit, weit weg von den Kämpfen.«

Er seufzte, und seine breite, langfingrige Hand glitt abwärts, um ihren Bauch zu bedecken. »Ich muß dem Kind einen Namen geben, *Cheysula*.«

»Einen Namen geben … jetzt?«

»Ja. Es ist die Pflicht eines Kriegers, einem Ungeborenen einen Namen zu gehen, wenn er in die Schlacht zieht.« Er zuckte die Achseln. »Damit es gottgesegnet ist, unabhängig von dem Schicksal seines *Jehan*.«

Kälte durchzog ihre Knochen, während sie nach seinen Händen griff. »Duncan, es wäre mir lieber, wenn du bei mir bliebst!«

»Ich kann nicht«, sagte er sanft. »Es ist nicht mein *Tahlmorra*, Homanas Bedürfnissen den Rücken zuzuwenden.«

»Du wirst zu mir zurückkommen!«

»Natürlich, *Cheysula*. Hältst du so wenig von meinem Können als Krieger?«

»Aber ich bin kein Krieger. Ich kann das nicht beurteilen.«

»Du bist für mich Krieger genug.« Er brachte jeden weiteren Protest mit einem Kuß von solcher Sehnsucht und Heftigkeit zum Schweigen, daß sie nichts mehr sagen konnte, als er sie schließlich freigab. Sie sah ihn flehentlich an, und sah den Stolz und die Stärke, die sie immer geliebt hatte.

»Er soll Donal heißen«, sagte er weich. »Donal.«

Sie sah ihn widerspenstig und stirnrunzelnd an. »Und wenn ich ein Mädchen gebäre?«

Duncan grinste. »Ich glaube, es wird ein Junge sein.«

»Duncan …«

»Ich werde zu dir kommen, wenn es vorbei ist.«

Qual erfüllte sie. »*Cheysul* …«

»Es ist *Tahlmorra*, Kleines«, sagte er fest und ließ sie in der Dunkelheit zurück.

Kapitel Zwei

Alix stapfte durch den Schutt wie eine Wahnsinnige. Eine lange Zeit sah sie nichts von dem Ort, an dem Duncan sie zurückgelassen hatte, spürte nur den Aufruhr und die Verärgerung ihres Geistes, bis sie schließlich inmitten des eingestürzten Gebäudes stehenblieb und in seine schattigen Tiefen spähte. Die Leere dieses Ortes bedrückte sie, bis sie schreiend davon fortlaufen wollte. Dann erkannte sie, daß es nicht die eingestürzte Ruine war, die ihr zu schaffen machte, sondern die Erkenntnis ihrer eigenen Nutzlosigkeit.

Sie legte beide Arme fest um sich, als würden sie ihr Wärme und Sicherheit geben. Sie stimmte ihre Sinne auf ihre Umgebung ab und hörte das Rascheln von Ratten in dunklen Ecken und das Knirschen stark beanspruchter Holzbalken. Langsam hob sie den Blick zu dem zerbrochenen Dach und schaute in den schwarzen Nachthimmel mit seinen verstreut sichtbaren Sternen.

Ich bin hier, Liren, sagte Cai sanft. *Ich bin hier.*

Sie verzog den Mund. *Ich achte dich, Cai, aber du bist nicht Duncan. Du bist nicht der Vater dieses Kindes, das ich trage.*

Der Vogel regte sich irgendwo über ihr. *Er hat mich zurückgelassen, um achtzugeben, daß es dir gut geht. Nicht um seinen Platz einzunehmen.*

Sie lächelte in den leeren, geöffneten Eingang hinein. *Cai … manchmal vergesse ich, daß du ein Falke bist, und denke an dich fast wie an einen Menschen.*

Ein kleiner Stein löste sich von dem Holz über ihrem Kopf. *Ich bin nicht so anders, Liren. Daß ich Flügel und Klauen besitze, macht mich für die Ängste einer Frau nicht unempfindlich.* Sein Tonfall wurde wärmer. *Er ist ein tapfe-rer Krieger, Liren.*

»Aber sie sterben«, sagte sie laut. »Sogar die Tapfer-sten sterben.«

Der Falke schien fast zu seufzen. *Ich kann nicht sagen, ob er diese Nacht überlebt oder sterben wird, Liren. Nur daß er für seine Überzeugungen kämpft. Sollte er sterben, werde ich ohne Lir und du ohne Cheysul sein. Aber er wäre zufrieden damit, für die Prophezeiung getan zu haben, was er konnte.*

»Prophezeiung!« schrie sie laut und umklammerte den Bauch, der Duncans Kind trug. »Ich glaube, es ist eher ein Fluch!«

Cai regte sich über ihr und ließ eine weitere Handvoll kleiner Steine zu Boden regnen. Alix starrte blind auf den unsichtbaren Fall.

Die Prophezeiung ist dein Tahlmorra, sagte der Falke schließlich sanft. *Und sie ist meines und das meines Lir. Und sogar, wie ich glaube, auch das deines Kindes.*

Alix warf den Kopf hoch und betrachtete seine von Schatten umhüllte Gestalt. »Was meinst du damit? Willst du mir sagen, du wüßtest, was mit uns allen geschehen wird? Willst du sagen, wir sind nur Teile eines Spiels, die von den Göttern nach ihrem Willen bewegt werden?«

Liren, sagte er weich, *wir waren die ersten. Die Götter haben die Lirs geschaffen, bevor sie die Menschen geschaffen haben. Wir wissen viele Dinge.*

Sie löste die Hände von ihrem Bauch. »Dann willst du es mir nicht sagen? Du willst mir nicht sagen, welcher Weg vor mir liegt?«

Ich kann nicht, Liren. Die Prophezeiung offenbart sich in der Fülle der Zeit. Der Lir kann sie nicht beschleunigen.

»Cai!«

Nein, sagte er ruhig.

»Das ist nicht gerecht!« schrie sie. »Wenn er sterben sollte, wirst du mir sagen, es sei sein *Tahlmorra* und ich solle nicht trauern. Wenn er überlebt und zu mir zurück-kommt, um sein Kind zu sehen, sobald es geboren ist, wirst du sagen, daß *das* gemeint war! Cai, du sprichst in verschnörkelten Worten und verworrenen Rätseln zu mir. Ich kann nicht behaupten, daß mir das Bild, das du webst, gefällt!«

Der Falke war eine Weile still. *Es ist nicht mein Bild,* sagte er schließlich, *sondern das der Götter. Sie haben gesagt, was kommen wird. Es ist an den Shar Tahls, dir zu zeigen, was zuvor vergangen ist, und was folgen mag.*

»Es ist nicht gerecht«, wiederholte sie.

Nein, stimmte er zu, *und das wird es auch niemals sein.*

Alix starrte blind in die Dunkelheit und verfluchte ihre Seele für diese unruhigen Tiefen. Kurz darauf trat sie zu der Mauer, auf die Duncan sie gesetzt hatte, und kletterte wieder hinauf.

Es nützte nichts, es zu wiederholen. Duncan war nicht da, und sie spürte nur die Leere ihres Herzens.

»Cai«, sagte sie schließlich und hörte das Flüstern eines Widerhalls in dem eingestürzten Gebäude. »Es ist mir nicht bestimmt, so geduldig zu warten, oder so ruhig.«

Du bist niemals ruhig, Liren.

Sie lächelte nicht. »Ich werde nicht hierbleiben.«

Er wünschte es.

»Ich möchte bei ihm sein.«

Stille erfüllte die Ruine. Dann regte sich Cai auf dem Balken und sandte einen kurzen Steinschauer auf sie herab.

Liren, er hat gesagt, was er von dir erwartet.

»Ich werde mich in eine Aufregung hineinsteigern«, sagte sie ruhig, »und das wird dem Kind überhaupt nicht guttun.«

Wenn du gehst, riskierst du euer beider Leben.

Sie schloß die Augen. »Duncan tut, was er tun muß, und erwartet, daß ich es nicht in Frage stelle. Aber das tue ich, Cai. Ich muß es. Da ist etwas – Anderes – in mir selbst. Ich kann nicht ruhig dasitzen und darauf warten, daß er zu mir zurückkehrt ... wenn er kann.«

Liren …

Alix öffnete die Augen, die Entscheidung war gefallen. »Ich muß tun, was ich tun muß, Vogel. Vielleicht ist das mein eigenes *Tahlmorra*.«

Der große Vogel erhob sich und flog von dem Balken zu der eingestürzten Mauer vor ihr. Sie sah seine dunklen Augen im Mondlicht glitzern.

Liren, ich kann dich nicht aufhalten. Ich habe gesagt, was ich kann.

Alix lächelte. »Cai, du bist wirklich ein Segen der alten Götter.«

Der Falke betrachtete sie mit einem glänzenden Auge. *Wie auch das Kind, das du trägst.*

Sie glitt von der zerstörten Mauer herab und richtete ihre zerknitterte Lederkleidung. »Cai, ich werde dieses Kind austragen. Es ist ein Teil meines eigenen *Tahlmorra*.«

Er klang seltsam belustigt. *Du bist gerade erst zu uns gekommen, Liren, und sprichst wie eine Gelehrte, die die Magie der Shar Tahls besitzt.*

Alix trat von dem Gebäude auf das Kopfsteinpflaster und schaute die leere Straße hinab. »Vielleicht habe ich einen gewissen Anteil an dieser Magie, Cai. Kommst du jetzt?«

Der große Falke schüttelte sich und erhob sich in die Luft. *Ich komme, Liren.*

Alix bewegte sich leise, ahmte Duncans Verstohlenheit nach. Sie war sich des Messers in ihrem Stiefel sehr bewußt und wünschte, sie wüßte nicht, daß sie ohnehin unfähig war, es gegen einen Menschen zu benutzen. Sie war kein Krieger.

Cai schwebte lautlos über ihr, sagte nichts, während sie vorsichtig über die leeren Straßen und Wege lief. Der Nachthimmel war klar, aber sternenlos – sie spürte die Schwere in ihren Knochen, als lehnten sich die Gebäude der Stadt des Mujhar an sie. Und sie roch den Gestank des Todes, unfähig, seiner widerlichen Berührung zu entkommen.

Gelegentlich kam sie an einer eingestürzten Mauer vorbei, die noch glomm, noch immer von purpurfarbenem Feuer liebkost wurde. Sie schluckte schwer, als sie sich an Tynstar und seine seltsame Art, ihre Gegenwart zu verleugnen, erinnerte. Ein Schauer der Vorahnung durchlief ihren Körper, als sie vorsichtig durch Bruchstücke eines Gebäudes trat, und ihre rechte Hand sank unwillkürlich abwärts, um ihr ungeborenes Kind zu beschützen.

Alix erstarrte plötzlich, als vor ihr ein Schatten über die Straße fiel und feindselig zischte. Sofort preßte sie sich gegen die nächstgelegene Mauer und hoffte, daß die Steine ihr Schutz gewähren würden. Dann sah sie, daß es nur eine Katze war, das Fell gesträubt und die Ohren flach angelegt, während sie den nächtlichen Schrecken entfloh. Einen Augenblick lang blieb sie an die Mauer gelehnt stehen, die Augen fest geschlossen, während sie versuchte, ihr heftig schlagendes Herz zu beruhigen. Cai, der über ihr schwebte, sandte eine Welle seiner eigenen Zuversicht.

Alix stieß sich von der Mauer ab und ging weiter, ließ den Atem ausströmen, der rauh durch ihre trockene Kehle drang. Kurz darauf hielt sie inne, beugte sich herab und zog das Messer aus ihrem Stiefel. Das Gefühl der Waffe in ihrer Hand gab ihr ein gewisses Maß an neuerlicher Zuversicht, und sie ging vorsichtig weiter.

Du kannst zurückgehen, sagte Cai. *Du kannst auf meinen Lir warten, wie er es wollte.*

Nein, sagte sie lautlos.

Liren…

Nein.

Alix fühlte sich aufgrund ihrer Entschlossenheit besser, erinnerte sich des Drangs, der sie ursprünglich auf die Straßen getrieben hatte. Obwohl sie Angst vor dem hatte, was ihr zustoßen könnte, hatte sie noch mehr Angst vor dem, was Duncan zustoßen könnte. Es wäre ihr weitaus lieber gewesen, bei ihm zu sein, und in Gefahr, als ohne ihn in vergleichsweiser Sicherheit.

Ein Stein klapperte auf den Pflastersteinen vor ihr. Alix glitt in einen tiefliegenden Eingang, das Messer kampfbereit vor die Brust haltend. Ein weiterer Stein schlitterte über die unebene Straße und blieb neben ihrem Fuß liegen. Sie verfolgte seinen Weg mit den Augen, bis sie die Gestalt sich lautlos über die Straße bewegen sah.

Es war ein Mann, dachte sie, denn die in einen Umhang gehüllte Gestalt schien groß und bewegte sich mit der besonderen Anmut eines Kriegers. Sie hatte bei Kriegern des Stammes Ähnliches bemerkt und sich über die Fähigkeit der Körper gewundert, den Anschein tierischer Geschmeidigkeit annehmen zu können, während die menschliche Gestalt erhalten blieb. Einen Augenblick lang hielt sie den Mann für einen Cheysuli, erinnerte sich aber dann daran, daß keiner von ihnen seine Aufgabe in Mujhara in einen Umhang gehüllt begonnen hatte. Alix atmete tief ein und wartete.

Er schlich an ihr vorüber, halb verborgen in den schattenartigen Falten seines Umhangs. Kurze Zeit hielt er inne, ganz nah bei ihr, und sie fürchtete, entdeckt zu werden. Eine Hand hob sich und zog die Kapuze von seinem Gesicht, ließ den Stoff auf seine Schultern gleiten. Alix, die sich sicher war, daß er ihre Gegenwart spürte, wartete darauf, daß er sprechen würde.

Aber der Mann sagte nichts. Er schaute in den Himmel, bemerkte den müßigen Flug des Falken und lächelte in sich hinein. Dann ging er weiter.

Alix wartete, bis er fort war. Dann glitt sie aus dem Eingang heraus und entfernte sich eilig von der Straße, eine späte Entdeckung fürchtend. Als sie nach Cais tröstlichen Mustern forschte, spürte sie eine seltsame Strömung gegen sich drücken, die fast die Verbindung zu dem Falken verhinderte. Sie bemühte sich verstärkt und entspannte sich, als der Ton des Falken zu ihr drang.

Ihlini, Liren.

Alix hielt inne, runzelte die Stirn vor Anstrengung, ihn hören zu können. *Ihlini?*

Ja, der Mann mit dem Umhang.

Sie schaute in die Dunkelheit. *Wieso höre ich dich dann überhaupt?*

Vielleicht ist es das Blut in dir, Liren. Vielleicht kann die Macht, welche andere Cheysuli daran hindert, ihre Lirs zu suchen, dich nicht davon ausschließen. Sein Schatten schwebte über ihr. *Liren, du hast wirklich Glück.*

Aber sie spürte die Anspannung in dem Muster und ein Ausfließen ihrer Reserven. Es ängstigte sie, denn sie wagte das Leben des Kindes nicht aufs Spiel zu setzen. Sie unterbrach die Verbindung zu Cai und beschloß, sie unterbrochen zu lassen, denn sie fürchtete, sie könnte dem Ungeborenen schaden. Cai schien das zu billigen, und sie ging noch einsamer als zuvor weiter.

Alix wußte, daß sie sich verirrt hatte. Ihr Besuch Mujharas mit Carillon hatte nicht ausgereicht, die Windungen und Biegungen der engen Straßen kennenzulernen, und sie erkannte, daß sie sich vielleicht weiter von Homana-Mujhar entfernte, anstatt sich ihm zu nähern. Enttäuscht und verängstigt wandte sie sich erneut um und behielt einen schnellen Schritt bei. Sie sehnte sich danach, Cai zu befragen, denn sie wußte, daß er ihr helfen könnte –, aber sie unterdrückte diese Regung. Sie würde den Falken nicht mit hineinziehen, es sei denn, sie wäre dazu gezwungen.

Sie hörte in der Ferne ein Kind weinen. Als sie näherkam, bohrte sich das mitleiderregende Jammern in ihren Geist wie ein Pfeil und lockte sie an. Alix begann zu laufen und dann zu rennen, als das Weinen schwächer zu werden schien. Sie war außer Atem, als sie um eine Ecke kam und über einen Körper auf der Straße stolperte.

Es war eine Frau, in ein verschmutztes und zerrissenes Gewand gekleidet. Alix ließ sich auf die Knie nieder und steckte ihr Messer wieder ein, während sich dem

Gesicht der Frau eine zitternde Hand näherte. Dann sah sie, daß die starrenden Augen leer waren, im Tode vorgewölbt, und etwas wand sich tief in ihrer Seele. Sie zögerte, legte dann ihre Finger sanft auf die Augenlider und schloß sie. Die kalte Bewegungslosigkeit der Haut ließ ein krampfartiges Schaudern ihr Rückgrat hinablaufen.

Das Weinen begann wieder. Alix warf den Kopf herum und schaute mit großen Augen in die Dunkelheit. Kurz darauf machte sie die Richtung des Geräusches aus und erhob sich, trat leise zu der eingestürzten Mauer eines verkohlten Gebäudes. Hinter den aufgeschichteten Steinen, unter dem schutzgewährenden Teil eines eingestürzten Türbogens, lag ein nacktes Baby.

Lautlos schrie Alix auf. Dann griffen ihre Hände nach dem Kind und hoben es aus seinem Versteck heraus. Es war ein Junge, kalt bei der Berührung, und seine Brust hob sich bei dem Versuch zu atmen schwach an. Alix kniete sich hin und barg ihn an ihrer Brust, wobei sie eine Mischung aus Sehnsucht und Schmerz in ihrer Seele verspürte, in Verbindung mit ihrem eigenen ungeborenen Kind.

Sie summte ihm sanft etwas vor und streichelte seinen seidigen Kopf. Er war kaum mehr als wenige Wochen alt, wie sie sah, und hilflos wie ein blindes, neugeborenes Kaninchen. Seine schlanken Glieder zitterten von unbekannter Angst, und sofort legte Alix ihn auf der Straße ab und zog ihr weiches Wams und ihren Gürtel aus. Das Leder war nicht viel, aber sie erkannte, daß ein wenig Schutz besser war als gar keiner. Vorsichtig hob sie das Kind an und wickelte das Wams um seinen Körper, befestigte den Gürtel darüber, um es so warm wie möglich einzuhüllen. Kälte drang durch das lose Gewebe ihres Hemdes, aber sie achtete nicht darauf, während sie das Baby hochnahm und weiterging.

Schließlich umrundete Alix eine Ecke und sah vor sich die roten Steine Homana-Mujhars. Die Mauern hoben sich stumm dem Mondlicht entgegen und warfen dunkle Schatten auf die umliegenden Straßen. Und sie sah die solindischen und atvianischen Wächter rund um den Palast, an jedem Tor postiert. Sie fragte sich, ob Tynstar bereits Shaines Bewachung durchbrochen und den Palast für Bellam eingenommen hatte.

Alix zog sich in die schützenden Schatten zurück und wußte plötzlich nicht mehr, was sie tun sollte. Sie hatte angenommen, Duncan finden zu können, ganz gleich wie unmöglich diese Aufgabe schien. Jetzt betrachtete sie besorgt die bronzebeschlagenen Holztore und fürchtete, falsch gehandelt zu haben.

Wo sind sie? fragte sie ängstlich. *Wo sind die Cheysuli?*

Das Kind wimmerte in ihren Armen. Alix drückte es fester an ihre Brust und legte sanfte Lippen auf seine Stirn, womit sie ihm schweigend Sicherheit versprach. Aber sie fürchtete in Wahrheit um ihre eigene.

Sie schaute den Weg zurück, den sie gekommen war, und versteifte sich. Durch die enge Straße wanderte eine mit einem Umhang bekleidete Gestalt mit vertrauter Anmut. Die Kapuze war wieder hochgezogen worden, um die Gesichtszüge des Mannes zu verbergen, aber sie erkannte ihn an seinen Bewegungen. Alix preßte sich gegen die Mauer hinter sich.

Dann glitt, gleich hinter dem Ihlini, eine zweite Gestalt aus den Schatten hervor. Alix beobachtete in schmerzlicher Ruhe, wie der zweite Mann auf die mondbeschienene Straße trat, und hielt dann keuchend den Atem an, als gedämpftes Licht von goldenen *Lir*reifen abstrahlte.

»*Ihlini!*« flüsterte der Cheysuli.

Die umhangbekleidete Gestalt fuhr herum und erstarrte. Alix sah sie die Hände seitlich ausstrecken, fort von ihrem Körper, als wollte sie ihre unschuldigen Absichten zeigen. Der Cheysuli trat näher heran, und ein Strahl hellen Mondlichts fiel deutlich über sein Gesicht.

»*Duncan!*« flüsterte sie erschreckt und klammerte sich an das Kind.

Die Stimme des Ihlini, leise, aber ausreichend angehoben, daß sie deutlich zu ihr herüberdrang. »Wir sollten nicht kämpfen, Ihr und ich. Die Cheysuli und die Ihlini sind sich sehr ähnlich. Ihr habt Eure Gaben, und ich habe meine. Wir könnten sie gemeinsam einsetzen.«

Sie hörte Duncans weiches Lachen. »Es gibt keine Ähnlichkeit zwischen uns, Hexer, außer der gleichen Entschlossenheit, unseren eigenen Göttern zu dienen.«

Der Ihlini senkte seine Hände, zog dann den Umhang aus und ließ ihn auf die Pflastersteine fallen. »Dann werde ich meinen Göttern dienen, Gestaltwandler, indem ich dieses Land von einem weiteren Cheysuli befreie.«

Der Kampf begann plötzlich und heftig. Alix keuchte, als Duncan auf den Ihlini traf, die Bewegungen halbwegs verborgen. Sie sah nur das Aufblitzen von Messern und hörte angestrengtes Stöhnen, während ein jeder versuchte, den anderen zu töten.

»Bei den Göttern«, flüsterte sie entsetzt, »es ist viel schlimmer, als ich dachte. *Viel* schlimmer!«

Das Kind wimmerte erneut und sie drückte es fester an sich, suchte Kraft in seinem Bedürfnis. Aber ihr Geist war bei Duncan.

Sie sah den Ihlini zurückstolpern. Ein metallisches Schimmern blitzte an seiner linken Schulter auf, und sie sah das Heft eines Cheysulimessers aus seiner dunklen Lederkleidung hervorstehen. Duncan, der kampfbereit gekauert hatte, richtete sich auf. Alix spürte überwältigende Erleichterung ihren Körper durchströmen und erkannte dann, wie sehr sie den Tod des Hexers gewünscht hatte. Die Empfindung erschreckte sie und verursachte ihr Übelkeit.

Der Ihlini fiel nicht. Sein Rücken wandte sich ihr zu, und sie sah seinen rechten Arm nach dem Messer greifen und es aus seiner Schulter ziehen. Duncan wartete, mit leeren Händen, wachsam.

Stirb, Ihlini ... flüsterte sie lautlos und haßte sich selbst dafür, daß sie sich den Tod eines Menschen wünschte. *Stirb!*

Der Hexer fiel auf ein Knie. Sie sah Duncan im Mondlicht deutlich, die Füße gespreizt, um sich dem Feind entgegenzustemmen. Dunkelheit glitt einen Arm hinab, verhüllte seinen *Lir*reif, und sie erkannte, daß das Messer des Ihlini zumindest einen Teil seines Gegners getroffen hatte. Sie biß sich auf die Lippen und bekämpfte den Drang, zu ihm zu laufen.

Ein Klappern hinter Duncan ließ ihn herumfahren. Er war unbewaffnet, einem zweiten Angriff gegenüber ungerüstet, aber etwas an seiner Haltung sagte ihr, daß er vorbereitet war. Dann sah sie den solindischen Krieger ins Mondlicht treten, mit blankgezogenem Schwert.

Cai! schrie Alix. *Cai – tu etwas!*

Das Muster war schwach. Schließlich antwortete Cai ihr. *Liren, ich kann nicht. Es ist ein Ihlini, dem er gegenübersteht ... die Lirs greifen nicht ein. Das ist ein Teil des Gesetzes der Götter.*

Der Solinder machte keinerlei Anstalten, Duncan anzugreifen. Er stand fest da, bereit zu kämpfen, trat jedoch nicht auf den Gestaltwandlerfeind zu. Alix sah den Ihlini aus seiner gebückten Haltung hochkommen und erkannte, daß der Solinder nur als Köder gedient hatte.

Ihr Warnschrei wurde von dem Ruf des solindischen Kriegers übertönt. Alix fuhr herum, legte das Baby nahe einer Mauer in der Dunkelheit ab und zog das Messer aus ihrem Stiefel. Dann stieß sie sich von der Mauer ab und rannte auf den Ihlini zu.

Sie sah Duncan sich krampfartig versteifen, als der Hexer einen glühenden Draht um seine Kehle wand. Beide Hände flogen zu dem Draht hinauf und klammerten sich darum, versuchten ihn fortzuziehen. Aber der

Ihlini stand unbewegt da, zog den dünnen Strang fester, bis Blut aus Duncans Kehle austrat.

»Nein!« schrie Alix.

Der solindische Krieger schaute erschreckt an dem Ihlini und seinem Gefangenen vorbei. Er griff sein Schwert, erhob sich, und sie erkannte, daß er sie würde aufhalten wollen.

Aber sie konnte nicht zögern. Ihre Angst war von dem überwältigenden Bedürfnis, den Ihlini, der Duncan bedrohte, niederstrecken zu wollen, zunichte geworden. Ihre Maske der Sanftheit war leicht von ihr abgefallen und hatte sie nackt vor allen Menschen zurückgelassen, und sie wußte, daß sie genauso gut wie jeder andere Krieger fähig war, einen Mann zu töten.

Duncans Knie gaben nach. Der Ihlini stand unerschütterlich da, bückte sich nur leicht, während er den Strang noch fester zuzog. Alix war sich des solindischen Schwertes bewußt, während sie hinter dem Hexer stolpernd zum Stehen kam. Aber das war nicht wichtig. Sie hob das Messer an, umklammerte es mit beiden Händen und stieß es mit aller Macht herab.

Die Erschütterung durchlief ihre Arme, während sie das Messer durch das Leder und in die Haut des Ihlini stieß. Sie spürte, wie er sich krampfartig versteifte, und hörte seinen Aufschrei. Eine behandschuhte Hand griff kurz zu seinem Rücken herum, die Finger streckten sich und kratzten, dann fiel die Hand schlaff an seiner Seite herab. Der Hexer brach über Duncan zusammen und fiel auf die Straße.

Alix hörte den Krieger einen heftigen Fluch ausstoßen, konnte die Worte nicht verstehen. Sie sah das bösartige Schimmern in seinen Augen, als er das Schwert über eine Schulter hob und sich bereitmachte, den Todesstoß auszuführen. Aber sie hatte keine Angst.

»Bei den Göttern!« rief eine klare Stimme, »das werdet Ihr *nicht* tun!«

Dumpf hörte sie das Klappern von Hufen auf Stein

und sah das Pferd hinter dem Krieger aufragen. Bevor sich der Solinder umwenden konnte, schwang ein blitzendes Schwert in schnellem Bogen durch die Luft und trennte seinen Kopf von den Schultern.

Alix stolperte zurück, würgte, als Blut aus dem gestürzten Rumpf schoß. Es spritzte über ihr Gesicht und ihre Kleidung, tränkte ihre Hände, als sie sie hob, um ihre Augen zu bedecken. Dann spähte sie durch ihre Finger in die glühend blauen Augen des Prinzen von Homana.

Sofort vergaß sie Carillon. Sie stolperte vorwärts, versuchte panisch die verstreut liegenden Körper zu erreichen. Blut rann durch die Pflastersteine und verwandelte die Asche und den Staub in Schlamm, aber sie übersah das alles, während sie die leblose Gestalt des Ihlini umklammerte.

Alix zog an dem schweren Körper, ohne etwas ausrichten zu können, bis Carillon sich von seinem Pferd schwang und ihr half, den getöteten Hexer von Duncan fortzuziehen.

»Nein!« schrie sie und fiel auf die Knie. »Nein!«

Der Draht hatte sich, wie sie sah, teilweise von Duncans Kehle gelöst. Er hatte tief eingeschnitten, aber noch nicht die Luftröhre verletzt. Vorsichtig zog sie den Draht fort und warf ihn auf die Straße. Sie stöhnte, als sie die lebhafte Verfärbung sah, und Blut, das seinen Hals befleckte.

»Er lebt noch, Alix«, sagte Carillon und kniete sich über den Krieger. »Er lebt.«

Sie legte sanfte Finger an seine blutige Kehle, spürte den unregelmäßigen Pulsschlag. Vorsichtig bettete sie seinen Kopf in ihren Schoß und kämpfte gegen den Druck in ihrer Kehle an, als sie erkannte, wie nah er dem Tod gekommen war.

Duncans Hand regte sich und griff sofort zu der leeren Scheide an seinem Gürtel. Carillon streckte die Hand aus und gebot der suchenden Hand Einhalt.

»Nein«, sagte er deutlich. »Wir sind nicht Eure Feinde.«

»Duncan!« rief sie. »*Duncan ...*«

Seine Augen öffneten sich, und er blinzelte. Erst sagte er nichts, lag schlaff in ihrem Schoß, dann richtete er sich ruckartig auf. Carillon trat zurück und kauerte sich hin, und Alix wischte sich hastig die Tränen von den Wangen. Duncan, mit all seinem Cheysulistolz, würde sie nicht weinen sehen wollen.

Duncan betrachtete schweigend den Körper des solindischen Kriegers. Dann wanderte sein Blick zu dem gefällten Ihlini, der so nah lag. Kurz darauf legte er einen blutbefleckten Finger an seine Kehle.

Er sah Carillon an. »Sagt mir, daß ich sie nicht gehört habe«, keuchte er. »Sagt mir, daß ich mir eingebildet habe, sie wäre hier.«

Carillon begann zu lächeln. Sein Blick glitt an Duncan vorbei zu Alix, und sein Lächeln wurde zu einem Grinsen. Dann schüttelte er den Kopf.

»Ich möchte Euch nicht anlügen, Gestaltwandler. Ihr müßt nur schauen.«

Duncan zuckte zusammen und wandte den Kopf. Alix schluckte die aufwallenden Tränen fort, während sie die Schnittwunde an seinem Hals betrachtete, die noch immer blutete. Aber Duncan achtete nicht darauf und starrte sie entsetzt an.

»*Alix ...*«

Sie biß sich als Antwort auf den rauhen Tonfall seiner Stimme auf die Lippen. Dann zuckte sie unbehaglich die Schultern.

»Es tut mir leid, Duncan, daß du mit einer solch ungehorsamen Ehefrau belastet bist. Ich bin nicht die richtige *Cheysula* für einen Stammesführer.«

Sie sah seinen Blick über ihr blutverschmiertes Gesicht zu den dunklen Flecken auf ihrem zerrissenen Hemd gleiten. Eine Hand streckte sich aus und berührte ihren Arm, fuhr über die klebrige Haut. Dann zog er seine Beine an, kreuzte sie und saß da. Schweigend.

»Duncan ...«, begann sie zaghaft, brach aber dann ab, als sie sich des Kindes erinnerte. Sie sprang auf und lief davon, überhörte Carillons verwirrte Frage.

Alix kniete sich neben das in das Wams gewickelte Kind und lächelte, nahm es dann vorsichtig auf. »Da ist jemand, den du kennenlernen solltest, Kleiner«, flüsterte sie. »Jemand ganz besonderes.«

Sie erhob sich halb, das Kind an ihre Brust gedrückt. Dann wurde sie von etwas aufgehalten, das durch ihr Glück hindurchschnitt wie eine Sense.

Das Kind war kalt, zu kalt. Er rührte sich nicht, als ihre Hand sanft sein Gesicht berührte. Langsam kniete sich Alix wieder auf die Pflastersteine und kämpfte gegen die plötzlich qualvolle Angst an, während sie eine Hand unter das Wams gleiten ließ und seinen Körper befühlte.

Das Entsetzen kam langsam. Dann der Schmerz. »Nein!« schrie sie. »Nicht das *Kind!*«

Es lag unbeweglich da und atmete nicht mehr. Alix erschauerte über ihm, rieb mit den Händen über seine kalte Haut, als könne ihre Wärme es wieder lebendig machen. Sie hörte Schritte hinter sich und das Geräusch eines Schwertes, das in die Scheide zurückgesteckt wurde.

»Alix«, sagte Duncans rauhe Stimme.

Sie schüttelte heftig und abwehrend den Kopf, rieb noch immer über die kalte Haut des Kindes.

Duncans Hand lag auf ihrer Schulter, zog sie sanft fort. »Du kannst nichts mehr tun, *Cheysula.*«

Sie riß sich los und kniete sich über das Kind. »Er gehört mir. *Mir!* Ich werde ihn nicht sterben lassen.«

Duncan zog sie fort. Verschwommen sah sie Carillon bei dem Kind knien und eine Hand auf dessen Brust legen. Dann schaute er zu Duncan hoch und schüttelte den Kopf.

»Er gehört mir«, wiederholte sie.

»Nein«, sagte Duncan rauh. Er legte eine Hand auf ihren Bauch. »*Hier* ist unser Kind.«

Sie sah ihm ins Gesicht. »Ich habe ihn nur einen Augenblick lang hingelegt. Du brauchtest meine Hilfe. Die Ihlini hätten dich getötet. Also legte ich ihn hin, um zu dir zu eilen.« Sie schloß die Augen. »Warum haben mich die Götter gezwungen, zwischen euch zu entscheiden?«

Duncan seufzte. »Quäle dich nicht so, Alix. Das nützt nichts.«

»Er war noch ein *Kind!*«

»Ich weiß, Kleines. Aber er hatte mehr Glück als die meisten. Er wußte nicht, was ihm bevorstand, bevor es soweit war.« Etwas stieg in seine Augen, und sie sah die Überreste des Schreckens. »Er wußte nicht, wie es war, so unmittelbar in die Augen des Todes zu blicken.«

Alix zitterte und drängte sich gegen ihn. »Duncan, ich könnte es nicht ertragen, dich zu verlieren. Ich könnte es nicht ertragen.«

»Nun, du hast dafür gesorgt, daß ich noch ein wenig länger leben werde.« Er lächelte sie verzerrt an und fuhr die Blutstriemen auf ihrer Nase nach. »Ich habe einen Krieger genommen, nicht eine Frau.«

Carillons Stiefel schabten auf den Pflastersteinen. Alix betrachtete ihn und sah die Müdigkeit und Entschlossenheit auf seinem Gesicht.

Er deutete auf die roten, sich ganz in der Nähe erhebenden Mauern. »Homana-Mujhar, meine Freunde. Es wartet auf uns.«

Duncan nickte. Alix entschlüpfte seinen Armen, warf einen weiteren sehnsuchtsvollen Blick auf das in das Wams gewickelte Bündel in der Ecke und wandte sich dann entschlossen von ihm ab.

Aber der Schmerz blieb.

Kapitel Drei

Sie fanden in den Schatten der hohen Mauern Schutz, umgingen die solindischen Krieger, die sich im Fackellicht versammelt hatten, das sich aus den Halterungen in den roten Ziegelsteinen ergoß. Cai kauerte sich auf einen nahegelegenen Baum, denn die Nähe der Ihlini hielt ihn davor zurück, mit Duncan zu sprechen, und sogar Alix spürte die Schwäche in ihrem Geist. Sie wollte keine Kraft verschwenden, die sie vielleicht später noch brauchen würde, also unterließ sie es, mit dem Falken zu reden.

Duncan lehnte eine Schulter gegen die kühlen Mauern und schaute zu Carillon. »Wir müssen hineingelangen, mein Prinz. Als Menschen. Ich habe hier keine Möglichkeit, *Lir*gestalt anzunehmen.«

Carillons Hand liebkoste müßig das Heft seines wuchtigen Schwertes. »Es gibt eine Möglichkeit. Ich habe als Kind hier gespielt, und ich kenne alle Geheimnisse dieses Ortes. Ich bin nur froh, daß das für die Solinder nicht gilt.«

»Allein?« flüsterte Alix.

Duncan schüttelte den Kopf und faßte sanft nach seiner geschundenen Kehle. »Wenn du kannst, Alix, rufe die *Lirs* herbei. Sie werden die Krieger herbringen.«

Besorgnis stieg in ihr auf. »Aber du sagtest, ich solle die Macht, die ich habe, nicht einsetzen. Wegen des Kindes …«

»Wir haben keine Wahl. Wenn wir Erfolg haben wollen, müssen wir zu Shaine gelangen.« Seine Hand umschloß und drückte ihre Schulter. »*Cheysula,* sonst würde ich dich nicht darum bitten.«

Sie nickte und lehnte sich gegen die Mauer zurück,

löste sich vor ihrer unmittelbaren Wahrnehmung. Sie spürte Duncans Hand auf ihrer Schulter nicht mehr und hörte auch Carillons verwirrte Frage nicht. Sie war sich nur der Schwere in der Luft bewußt und der großen Anstrengung, die es kostete, die *Lirs* zu erreichen.

Schließlich spürte sie Storrs vertraut fragendes Muster. Alix lächelte schwach und sagte ihm, er solle seinen *Lir* herbeibringen, und auch die anderen. Seine Einwilligung kam genau in dem Augenblick, als ihre Kräfte sie verließen.

Alix sackte an der Mauer in sich zusammen und spürte, wie Duncan sie auffing. Er stieß einen Fluch in der Alten Sprache aus und setzte sie aufrecht hin, drückte sie gegen die Mauer. Sie hörte Carillons scharfe Frage, aber Duncan antwortete ihm nicht. Schließlich zwang sie ihre Augen auf und schaute in ihre Gesichter, sah die Angst in beiden.

Alix gelang ein schwaches Lächeln. »Sie kommen. Die *Lirs*, und ihre Krieger.«

»Es tut mir leid ...«, sagte Duncan rauh und unbehaglich.

Sie schüttelte den Kopf. »Es – es war nur ... sie sind so weit weg. Es wird gleich wieder gut sein.«

Carillon warf Duncan einen düsteren Blick zu. »*Ich* würde sie nicht so anstrengen, Gestaltwandler.«

Duncans Gesicht verhärtete sich. »Es ist zu *Eurem* Nutzen, daß ich sie darum gebeten habe, Prinz.«

Alix hob eine Hand und stieß sich von der Mauer fort, straffte ihre müden Schultern. »Genug davon. Wenn ihr Homana mit seinen Cheysulivorfahren ausgesöhnt sehen wollt, werdet ihr bei euch selbst beginnen müssen.« Sie betrachtete sie. »*Bei euch selbst!*«

Carillon wirkte schuldig. Duncan, der den Mund auf Finns ironische Art verzog, nickte vor sich hin.

Alix seufzte und rieb sich müde die Augen. »Ich glaube, sie kommen. Da ist Storr.«

Der Silberwolf trat lautlos aus den Schatten hervor, die

wilden Augen in der Dunkelheit schimmernd. Mit ihm kam Finn, der einen breiten Streifen Blut auf seinem Wams und ein siegessicheres Glitzern im Blick hatte.

»Ihr habt nach mir verlangt, *Mei Jha?*«

»*Duncan* hat nach Euch verlangt. Und nach den anderen.«

Finn sah seinen Bruder an und runzelte dann die Stirn. Er trat nah heran und untersuchte den blutigen Schnitt an Duncans Kehle. Kurz darauf trat er wieder zurück und hob die Augenbrauen.

»Hast du gegen eine atvianische Bogensehne anstatt gegen einen Pfeil gekämpft?«

Duncan lächelte. »Gegen einen Ihlinistrang, *Rujho.*«

Finn grunzte. »Sie verursachen immer Ärger. Wir sollten die Ihlini eines Tages etwas lehren.« Seine Augen straften die Ironie seines Tonfalls Lügen. »*Rujho*... du bist nicht schwer verletzt?«

Duncan zuckte die Achseln. »Es geht mir recht gut. Mit zunehmend versagender Stimme vielleicht, aber es kann sein, daß du mich so lieber siehst.«

Finns Zähne blitzten auf. »Ja, *Rujho,* ich glaube, das könnte sein.«

Die anderen hatten sich versammelt. Alix sah, daß kein einziger Krieger fehlte. Sie fragte sich, angesichts des eben erlittenen Schreckens, wie viele Männer durch Gestaltwandlerhände umgekommen waren.

»Wir werden hineingehen«, sagte Duncan mit seiner gebrochenen Stimme. »Wir werden hineingehen und Shaine dem Mujhar alle nur mögliche Hilfe zukommen lassen.«

»Wie?« fragte Finn. »Wir können so nah bei den Ihlini keine *Lir*gestalt annehmen. Und wir können kaum die Mauern überwinden, ohne gesehen zu werden.«

Duncan deutete auf Carillon. »Der Prinz hat gesagt, er könnte uns hineinbringen.«

Finns Gesichtsausdruck drückte Zweifel aus. Niemand rührte sich, aber Alix spürte den unausgesprochenen Unglauben. Dann veränderte Carillon seine Haltung an der Mauer und stellte sich aufrecht vor sie hin.

»Ihr habt wenig Grund, mir zu trauen. Es wäre einfach für mich, euch hineinzulassen und euch in eine Falle zu führen, wie der Mujhar sie errichten würde.« Er lächelte grimmig. »Obwohl ich nicht wirklich euer Feind gewesen bin, bin ich aber auch nicht euer Verbündeter gewesen.«

»Ich glaube, da sind wir zum ersten Mal einer Meinung, Prinz«, sagte Finn mit vorsichtiger Herablassung.

Carillon schien, zu Alix' Überraschung, nicht beleidigt. Er lächelte Finn ruhig zu. »Ihr braucht meine Hilfe, Gestaltwandler. *Meine.*«

Finn grunzte. »Ich brauche nichts von Euch.«

Carillon wandte sich Duncan zu. »Ich werde hineingehen, und dann werde ich eines der kleineren Tore öffnen. Ich überlasse es Euch selbst, Euch von den solindischen Wächtern zu befreien.« Er deutete in die Dunkelheit. »Es ist nur ein kurzes Stück dort hinüber. Ich werde Euch dort treffen.«

Er verschwand in den Schatten. Finn stieß zwischen zusammengebissenen Zähnen einen Fluch aus und wirkte, als hätte er etwas Saures verschluckt.

Duncan beobachtete ihn unbewegt. »Ich traue ihm, Finn. Er wird tun, was er gesagt hat.«

»Er ist ein Homaner.«

»Sie sind nicht unsere Feinde.«

Finns Augen verengten sich. »Und was ist mit dem *Qu'mahlin?*«

»Es wurde von einem einzigen Mann begonnen, nicht von einem Volk. Es kann auch von einem einzigen Mann beendet werden.« Duncan seufzte und tastete nach seiner empfindlichen Kehle. »Shaine hat es begonnen. Carillon ist, glaube ich, der Mann, der es beenden wird.«

»Sprich nicht soviel«, ermahnte Alix ihn und warf Finn dann einen scharfen Blick zu. »Carillon erwartet uns, *Rujholli*. Sollten wir nicht zu der Stelle gehen, die er uns angezeigt hat?«

Er grinste sie an und deutete mit einer übertriebenen Handbewegung in die von Carillon angegebene Richtung. Als sie sich nicht rührte, schüttelte er tadelnd den Kopf und ging in die Dunkelheit hinein. Die anderen folgten ihm.

Alix wandte sich ab, als die Cheysuli die solindischen Wächter töteten. Ihre Haut zog sich zusammen, sie erinnerte sich an ihre eigenen Empfindungen, als sie ihr Messer in den Rücken des Ihlini gestoßen hatte. Sie wäre vor der neuerlichen Gewalt davongelaufen, wenn Duncan sie nicht bei sich gehalten hätte.

Als der letzte Mann starb, öffnete sich das schmale Tor. Carillon trat hindurch. Sein Harnisch troff vor Wasser, das zu seinen Füßen Pfützen bildete. Sein Haar klebte ihm dunkel am Kopf, aber sein Lächeln triumphierte, während er ihnen ein Zeichen gab.

»Es gibt einen Abzugskanal, von dem nur wenige wissen. Kommt jetzt, hier hindurch, bitte. Und ihr seid alle in Homana-Mujhar willkommen.«

Er führte sie in einen kleinen Burghof hinein und umging den größeren, der sich zur Vorderseite des wuchtigen Palastes hin öffnete. Er hielt inne, als Duncan ihm etwas zuflüsterte, und wartete, als der Stammesführer sich seinen Kriegern zuwandte.

»Es wäre besser, getrennt hineinzugehen, falls der Mujhar Männer gegen uns schickt. Tötet nur, wenn ihr es müßt, denn diese Männer sind nicht wirklich unsere Feinde. Wenn ihr könnt, bahnt euch einen Weg bis zur Großen Halle.« Er lächelte über Carillons unfreiwilligen, überraschten Ausruf. »Habt Ihr vergessen, mein Prinz, daß Hale mein Pflegevater war? Ich war als kleines Kind hier. Ich kenne diesen Ort.« Er schaute zu der dunklen Steinmasse hoch. »Vor langer Zeit habe ich die Hallen und Gänge ungestraft beschritten. Shaine hat mich einst bei meinem Namen genannt und mich gebeten, ihm genauso zu dienen, wie Hale es getan hat.« Er preßte die Lippen zusammen. »Vor sehr langer Zeit.«

Finn trat zwischen sie. »Aber ich war niemals hier, Prinz. Ich wurde im Keep zurückgelassen. Ihr könnt mich führen.«

Carillon wandte sich ab und ging auf den Palast zu. Die anderen verschwanden. Alix ging neben Duncan, während sie Carillon und Finn in das Schloß folgten.

Sie gingen ungehindert voran, obwohl die Diener und Wächter in den Hallen entweder erröteten oder erschraken, als sie die Cheysuli sahen. Nur Carillons Gegenwart hielt die Wächter davon ab, gegen sie vorzugehen, und Alix sah, daß auch Finn das bemerkte. Sie fragte sich, was es für ihn bedeutete.

Schließlich erreichten sie die gehämmerten Silbertüren des Versammlungsraums, an den sie sich so gut erinnerte. Sie spürte einen Schauer der Erinnerung ihr Rückgrat hinablaufen. Shaine hatte sie an jenem Tag geängstigt, und dann verärgert. Jetzt lächelte sie, als sie sich das Erschrecken des Mujhar in Erinnerung rief, während Cai in die Halle herabgeschwebt war.

»Geborgte Pracht«, murmelte Finn. »Geborgt.«

Alix sah ihn an. »Was meint Ihr damit? Dieser Ort ist phantastisch!«

»Dieser Ort gehört den Cheysuli«, erwiderte er. Kurz darauf wurde seine Stimme weicher, als er sich umsah. »Den Cheysuli.«

Carillon stieß die unbewachten Türen auf. Alix wäre sofort hindurchgegangen, aber Duncan hielt sie zurück. Sie sah ihn verwirrt an und bemerkte dann seine auf Carillon deutende Geste. Verstehend trat sie zurück.

Der Prinz betrat die lange Halle nur zögernd. Er hinterließ eine Wasserspur. Einen Augenblick lang hatte Alix ein Bild des großen Prinzen vor sich, wie er einen Weg durch den engen Abzugskanal erzwang, und lächelte. Dann ging sie mit Duncan hinein.

Shaine saß auf dem Thron, seine Hände umfaßten die gebogenen Löwenpranken. Sein Blick war nachdenklich auf die große Feuerstelle gerichtet. Sie war herabgebrannt und die Halle war ziemlich kalt. Der Mujhar schien niemanden zu bemerken, als sie sich dem Podium näherten.

Duncan hielt an der Feuerstelle inne, ließ Carillon allein weitergehen. Alix wartete ebenfalls, und Finn auch. Sie beobachtete, wie Carillon die Länge der Feuerstelle abschritt und vor dem Podium stehenblieb.

»Ihr, mein König, wart ein Narr«, sagte er kalt.

Shaine sah Carillon an. Langsam stand er auf, nur durch das Podium größer als sein Erbe, und zeigte seine Überraschung.

»*Carillon* ...«, flüsterte er.

»Ein Narr«, wiederholte Carillon.

Aber Shaine war durch Carillons unerwartete Gegenwart nicht aus der Fassung gebracht. Er war vor allem anderen ein König und konnte noch immer eine mächtige Gegenwart darstellen, wenn er es wollte.

»Du wirst nicht eher zu mir sprechen, als bis du die angemessenen Worte der Achtung für deinen Lehnsherrn findest.«

Der Prinz lachte offen. »*Achtung*. Ihr habt sie nicht von mir verdient, Onkel.«

Shaines graue Augen funkelten. Seine Stimme fiel auf den drohenden Tonfall ab, an den Alix sich so deutlich erinnern konnte.

»Ich werde deine schlechten Manieren dieses eine Mal entschuldigen. Zweifellos trauerst du um deinen Vater, und du scheinst in Keoughs Händen schlecht behandelt worden zu sein. Aber ich möchte solche Worte nicht wieder von dir hören.«

Carillon lächelte grimmig. »Mein Vater ist glücklich in seinem Tod, Onkel. Er muß sich nicht dem Wissen stellen, daß der Mujhar an Homana gefehlt hat. *Ich* muß damit fertigwerden – und Ihr müßt es auch.«

»Du nennst mich einen Narren!« brüllte Shaine. »Was weißt *du* von den Dingen, die ich während dieser letzten Monate anordnen mußte? Was weißt du von den schweren Entscheidungen, die ich treffen mußte?«

»Sicher innerhalb Eurer Mauern!« schrie Carillon zurück. »*Ich* war mit Tausenden homanischer Soldaten im Feld – einige von ihnen noch *Jungen!* Was wißt Ihr *davon*, mein König? Ihr gebt die Befehle – wir führen sie aus. Und *wir* sind diejenigen, die unter Bellams und Keoughs Horden sterben, Onkel – *nicht* Ihr!«

Shaines Gesicht rötete sich. »Du willst also, daß ich sterbe, mein königlicher Erbe? Damit du es an meiner Stelle besser machen kannst? Ist es das, was du willst?«

Carillon blieb hart. »Ich will, daß Homana wieder sicher wird, mein König. Und daß Ihr lebt, um es zu sehen.«

Bevor Shaine antworten konnte, hallte eine ruhige Stimme die Halle hinab. »Und *ich* will ebenfalls, daß Ihr lebt, Shaine der Mujhar. Sonst entgeht mir das Vergnügen, Euch Euer Leben zu nehmen.«

Alix erstarrte, als Finn diese Worte die Halle hinabschleuderte und sich dem Mujhar zu nähern begann. Storr tappte lautlos an seiner Seite dahin. Sie spürte die Loyalität des Wolfes zu Finn deutlicher als jemals zuvor. Sie wäre fast hinter den beiden hergegangen, aus plötzlicher Angst, aber Duncan hielt sie zurück.

»Er muß das tun«, sagte er weich. »Es ist sein *Tahlmorra.*«

»Er wird ihn *töten!*«

»Vielleicht. Sei still, Alix. Finn muß es tun.«

Sie biß die Zähne zusammen und wandte sich wieder um, haßte den ruhigen Gleichmut in Duncans gebrochener Stimme.

Finn hielt vor dem Podest inne. Er wartete.

Shaine sah ihn an. Alle Farbe wich aus seinem Gesicht, bis nur noch eine Todesmaske übrigblieb. Seine Lippen wurden bläulich, seine Hände zitterten. Ein undeutlicher Laut brach aus seiner Kehle hervor. Dann schluckte er sichtbar und zwang ein einziges Wort zwischen seine Lippen.

»*Hale.*«

Finn lachte. »Nein. Sein Sohn.«

»Hale ist … tot …«

»Auf Euren Befehl hin.«

»Er mußte sterben … *mußte* …« Shaine erstarrte vor Finn und rieb mit einer zitternden Hand über seine starren Augen. »Er mußte sterben.«

»*Warum?*«

Shaine blinzelte. »Er hat sie fortgenommen. Lindir. Meine Tochter.« Er schluckte. »Er hat sie mir fortgenommen.«

»Sie hat es sich *erwählt* zu gehen. Ihr habt sie vertrieben, mein König. Ihr. Lindir hat Homana-Mujhar aus freien Stücken verlassen, weil sie es wollte. Weil sie einen Cheysuli wollte!«

»Nein!«

»*Doch, mein König!*«

Carillon trat auf den Cheysuli zu. »Finn …«

»Schweigt still, Prinz!« fauchte Finn. »Dies ist eine Angelegenheit zwischen Männern.«

»Finn!«

»Geht, Prinz. Ihr habt Euren Zweck erfüllt. Ihr habt mir den Mujhar ausgeliefert, wie ich es mir schon lang gewünscht habe.« Finn sah ihn an. »*Geht!*«

Alix trat vorwärts, aber Duncans Hand zog sie unerbittlich zurück.

Carillon wandte sich erneut seinem Onkel zu. »Dies ist *Euer* Werk! Einst haben die Cheysuli homanischen Königen treuer gedient als alle anderen – jetzt versuchen sie nur den Mann zu vernichten, der das *Qu'mahlin* angeordnet hat. War es das, was Ihr wolltet?«

Shaines Gesicht war totenbleich. Sein Atem klang rauh und laut. »Hale … es ist *Hale* …«

»Nein!« schrie Carillon.

Das Gesicht des Mujhar klärte sich und der Verstand kroch in seine leeren Augen zurück. Er sah Finn eine Weile an, streckte dann die Hand aus und deutete auf den Cheysuli.

»Ich werde keinen Gestaltwandler in meiner Gegenwart dulden. In meinem Reich. Ich habe befohlen, daß Eure Rasse vernichtet werden soll, und ich werde dafür sorgen, daß dies geschieht. *Ich werde dafür sorgen, daß es geschieht!*«

Das Brüllen wallte durch die Halle. Finn begegnete ihm mit einem Lächeln. »Er war Euer verschworener Mann, Shaine der Muhjar. Ein Cheysuliblutschwur. Er hat für Euch gekämpft, für Euch getötet, Euch als seinen Lehnsherrn geliebt. Und Ihr habt ihn töten lassen, wie eine beliebige wilde Bestie.«

»Finn«, sagte Duncan schließlich.

Shaines Blick schärfte sich, als er an Finn und Carillon vorbeischaute. Seine Brust hob sich.

»Nein«, keuchte er. »Nicht der Cheysuli ...«

Carillon sah ihn an. »Mein König?«

Der Mujhar atmete abgehackt. »Ich ... will ... keinen ... Cheysuli ... hier haben ...«

»Es scheint, als hättet Ihr kaum eine Wahl, Onkel.«

»Ich will es nicht!« Shaine trat zu dem Thron und zog einen Beutel aus scharlachroter Seide unter dem gepolsterten Sitz hervor. Mit einem Ausdruck hämischen Triumphes in den Augen wandte er sich wieder zu ihnen um. Langsam schüttete er leuchtend blaue Würfel in die Handfläche einer Hand.

Carillon schaute. »Die Wächter ...?«

»Hales, mir vor vierzig Jahren übergeben ... falls ich jemals ernsthaften Schwierigkeiten gegenüberstehen sollte ... Es gibt sonst keine in ganz Homana.« Shaine schluckte, während starke Röte sein Gesicht überzog. »Sie haben die Ihlini von Homana-Mujhar ferngehalten. Das ist das einzige. Und ich werde sie willentlich zerstören, und sei es auch nur, damit ich so die Cheysuli vernichten kann!«

Der Mujhar überraschte sie alle, indem er flink zu den Kohlen der Feuerstelle eilte, mit seiner Schnelligkeit. Carillon sagte etwas und sprang auf ihn zu, ergriff die ausgestreckte Hand, die die blauen Würfel umklammerte. Finn zog sein Messer und ging vorwärts.

Aber der Mujhar war zu schnell.

Blaue Flammen stiegen brüllend auf, als die Wächter zu brennen begannen. Unheimliches Licht kroch über Shaines gepeinigte Gesichtszüge. Er stand starr vor seinem Neffen und vor Finn.

»Ich habe die Cheysuli vor fünfundzwanzig Jahren mit dem *Qu'mahlin* belegt«, fauchte er. »Es ist noch nicht beendet!«

Alix keuchte. Sie sah Shaine an Finn vorbeischauen, und als sein Blick auf ihr Gesicht fiel, sah sie Abscheu darin aufsteigen.

»Gestaltwandler ...«, zischte er. *»Gestaltwandler!«* Er atmete keuchend ein und zeigte auf sie. »Meine Tochter hat ihr Leben im Austausch für eine *Mischlingshexe* gegeben!«

Alix starrte ihn voller Schrecken und stummer Qual an, wie betäubt von der Heftigkeit seines Hasses. Dann sagte Finn etwas in der Alten Sprache und hob sein Messer zum Stoß.

Carillon sprang herbei, ergriff den erhobenen Arm. Finn fuhr herum, um ihn fortzustoßen, aber da brach ein verstümmelter Laut aus der Kehle des Mujhar und gebot ihnen beiden Einhalt.

Shaine fiel langsam vornüber auf die Knie. Sein Blick blieb auf Alix gerichtet, aber sein Gesicht war nicht mehr das eines gesunden Mannes. Es verzerrte sich, wurde bleich, und er fiel kopfüber auf die Steine.

Alix war vor Schreck wie erstarrt. Sie sah Finn über dem Mujhar stehen, das Messer noch immer umklammert.

Es herrschte Stille. Niemand rührte sich, als seien alle von Shaines plötzlichem Zusammenbruch starr geworden. Dann wandte Finn Carillon ein seltsam unbeteiligtes Gesicht zu.

»Ist er tot, Prinz? Ist der Mujhar endlich tot?«

Carillon kniete neben Shaine. Vorsichtig wandte er den Körper um, und sie alle sahen die verzerrte Karikatur eines Gesichts. Alix drängte einen sauren Geschmack in ihrer Kehle zurück.

Kurz darauf legte Carillon den Körper nieder und stand auf, sah Finn verbittert an. »Ihr habt Euer Ziel erreicht, Gestaltwandler«, sagte er tonlos. »Der Mujhar ist tot.«

Alix begann zu zittern. Sie sah einen Ausdruck auf Finns Gesicht, der sie erschreckte. Es war eine Mischung aus widerstreitenden Gefühlen: Freude, Erleichterung, Befriedigung und etwas, das sie frieren ließ.

Eine Weile schaute Finn auf den neben der Feuerstelle ausgestreckten Körper hinab. Dann wandte er sich um und betrachtete sehr lange den Thron. Schließlich sah er wieder zu Carillon und streckte eine Einhalt gebietende Hand aus, als der Prinz forttrat.

»Nein«, sagte er.

Carillon sah ihn stirnrunzelnd an. »Ich will nur den Wachen mitteilen, daß ihr Herr getötet wurde.«

»Ihr *alter* Herr wurde getötet«, sagte Finn deutlich.

»Wegen Euch!« fauchte der Prinz.

Finn schaute auf das Messer in seinen Händen hinab, als sei er überrascht, es zu sehen. Dann schien er verwirrt. Danach schaute er erneut zu Duncan.

Alix spürte die Kraft ihrer ineinander verschränkten Blicke und sah erschüttert von einem zum anderen. Aber sie schaltete sich nicht ein.

Finn lächelte. Etwas in seinem Gesicht hatte aufgegeben. Als er erneut Carillon ansah, schien er sich abgefunden zu haben. Schnell drehte er das Messer in seiner Hand um und ließ die Spitze unter die Haut seines Unterarms gleiten. Alix zuckte zurück, als Blut um die Klinge herum schnell hervorzuschießen begann und sie verfärbte.

»Ist das die Buße für einen toten Mujhar?« fragte Carillon rauh.

Finn antwortete nicht. Er fiel auf ein Knie, den Kopf gesenkt. »Es ist Cheysulibrauch, mein Prinz, daß sich jeweils ein Lehnsmann um den Mujhar kümmert.« Ein tiefer Atemzug hob seine Schultern kurz an. »Vor fünfzig Jahren schwor Hale von den Cheysuli einen Blutschwur, Shaine den Mujhar bis zu seinem Tode als seinen Lehnsherrn anzunehmen.« Sein Blick wanderte zu Carillons Gesicht, während er das Messer ausstreckte, mit dem Heft voran. »Wenn Ihr es haben wollt... wenn Ihr es annehmen wollt, mein Prinz Carillon... ich biete Euch den gleichen Dienst an.«

Carillon, der den knienden Krieger völlig erstaunt ansah, öffnete langsam den Mund.

»*Ich?*«

»Ihr seid der Mujhar. Der Mujhar muß einen Cheysulilehnsmann haben.« Finn lächelte jetzt ohne Ironie. »Das ist Tradition, mein Prinz.«

»Cheysulitradition.«

Finn blieb unbeweglich. »Werdet Ihr meine Dienste annehmen?«

Carillon warf beide Hände hoch und spritzte damit Wasser über das Podest. »Bei den Göttern, Finn, wir sind noch niemals zusammengekommen, ohne uns wie die Spatzen zu beschimpfen.«

Finn verzog den Mund. »Es ist schwer für einen Cheysuli, sein eigenes *Tahlmorra* zu erkennen, wenn er keinen Anteil daran haben will. Was sonst würdet Ihr von mir fordern?« Er wartete und seufzte dann. »Nehmt Ihr mich an oder verweigert Ihr mir die Form von Ehre, die mein *Jehan* stets geachtet hat?«

Carillon sah zu ihm hinab. »Nun... ich kann Euch nicht den ganzen Boden vollbluten lassen. Obwohl ich einmal gesagt habe, daß ich die Farbe Eures Blutes sehen wollte.«

Finn nickte. »Wenn Ihr noch viel mehr davon seht, werde ich nichts übrigbehalten, um Euch zu Diensten sein zu können.«

Carillon lächelte und streckte die Hand aus. Das Heft wurde hineingelegt, und er nahm das Messer wortlos entgegen. Dann zog er sein eigenes, steckte Finns Klinge in seine Scheide und gab dem Cheysuli sein makelloses Messer.

»Ein Blutschwur ist bindend«, sagte er ruhig. »Das weiß sogar *ich*.«

Finn erhob sich und zuckte die Achseln. »Er ist nur bindend, bis er gebrochen wird, mein Prinz. Aber das ist bisher nur einmal geschehen.« Er lächelte verzerrt. »Und Ihr habt das Ergebnis gesehen.«

Carillon nickte schweigend. Dann trat er wie benommen an Finn vorbei und ging auf die großen Silbertüren zu. Dort hielt er inne und schaute kurz zu Alix, dann zu Duncan.

»Wußtet Ihr, daß er das tun würde? *Er?*«

Alix, die diese Frage selbst gern gestellt hätte, sah Duncan erwartungsvoll an.

Duncan grinste. »Finn tut, was er will. Ich kann den Wahnsinn nicht erklären, der ihn manchmal befällt.«

Carillon schüttelte den Kopf und schaute wieder zu dem Cheysulikrieger zurück, der mit seinem Wolf schweigend dastand.

Alix, die Finn ebenfalls betrachtete, spürte ein seltsam brodelndes Lachen sich in ihrer Seele erheben. Sie grinste Carillon an.

»Ich denke, Ihr habt Eure Rache, mein Prinz. Wie sollte man einen Cheysuli besser überwältigen, als sich auf sein unabänderliches *Tahlmorra* zu berufen?«

Carillon grinste zurück. Dann wurde er wieder ernst, als er die ersten Rufe außerhalb der Großen Halle hörte. Sein Gesicht war hart.

»Die Ihlini«, sagte er. »Mein Onkel hat die Wächter zerstört.«

»Dann wird es Zeit, daß wir diesen Ort verlassen, mein Prinz«, sagte Duncan ruhig.

Carillon schaute zu Shaines Körper zurück. Dann wandte er sich auf dem Absatz um und verließ die Große Halle.

Kapitel Vier

Sogleich waren sie von so-
lindischen und atvianischen Truppen umringt, die tri-
umphierende Schreie ausstießen, während sie sich ihren
Weg an getöteten homanischen Dienern und Wächtern
vorbei bahnten, um mit der Zerstörung des gefallenen
Palastes zu beginnen.

Alix biß sich auf die Unterlippe, als Duncan sie gegen
eine Mauer stieß, die den von Flüchen begleiteten Angriff eines atvianischen Kriegers abblockte. Sie glitt entsetzt an der Mauer zurück, sah nur die Blutgier in den
Augen des Kriegers und die plötzliche Grausamkeit in
denen Duncans.

Carillons Schwert schlug klirrend gegen ein anderes,
als ein Solinder ihn zu töten versuchte. Der Prinz
kämpfte gut, obwohl er vom Gewicht und von seiner
Reichweite her stark im Nachteil war. Er fiel auf ein
Knie, keuchte, während er sein Breitschwert zu heben
versuchte, aber Finn war vor ihm da. Alix sah das kö-
nigliche Messer, das jetzt einem Cheysuli gehörte, in eine
solindische Kehle dringen, und hielt mühsam einen Aufschrei zurück, als der Mann zu Carillons Füßen fiel.

Der Prinz sprang auf und wandte sich um, schaute
wie gebannt auf Finn. »Heißt das, einen Lehnsmann zu
haben?«

Finn zog sein Messer zurück und grinste. »Ich bin erst
neu in den Dienst getreten, mein Prinz, aber ich weiß,
daß es meine Aufgabe ist, Euch am Leben zu erhalten.«
Er machte eine bedeutungsvolle Pause. »Wenn Ihr un-
glücklicherweise an jemanden geratet, der stärker ist als
Ihr.«

Carillon sah ihn stirnrunzelnd an, aber Alix bemerkte

Dankbarkeit und dämmernde Erkenntnis in seinen blauen Augen aufsteigen. Sie lächelte beinahe in sich hinein, über die Maßen erfreut darüber, daß sie nach soviel Uneinigkeit Einigkeit erzielen konnten, aber Duncan ergriff ihren Arm und zog sie den Gang hinab.

»Shaine hat seine Arbeit gut gemacht«, sagte er rauh. »Wir haben wenig Zeit, uns von diesem Ort zu befreien.«

»Zu *befreien!*« rief Carillon hinter ihnen atemlos. »Dieser Ort ist homanisch! Ich will nicht, daß er in Feindeshände fällt.«

Duncan wandte sich um und wollte noch etwas sagen, sah dann die herannahenden feindlichen Krieger und rief Finn etwas zu. Der jüngere Cheysuli wandte sich um, Schulter an Schulter mit dem Prinzen, und schlug vier Krieger zurück. Duncan ergriff Alix' Schulter und schob sie durch einen mit Wandteppichen verkleideten Gang.

Sie stolperte in einen kleinen Zeremonienraum, während sie Duncans Grobheit mit verständnislosem Protest beantwortete. Er blieb am Eingang stehen und hielt den Vorhang beiseite, während er hinausspähte, um nach dem Feind Ausschau zu halten. Alix wandte sich von ihm ab und überblickte den Raum.

Es war verlassen, wirkte aber seltsam tröstlich, wie das Auge eines Orkans. Kohlenpfannen erwärmten den Raum gegen die Kälte der Steine, und edle Teppiche und Wandteppiche bedeckten die Böden und Wände.

Sie betastete die Rückseite eines reich verzierten Holzstuhls und wunderte sich über die vortreffliche Handwerksarbeit. Dann hörte sie Duncan plötzlich heftig ausatmen, wirbelte herum und schrie auf, als der Atvianer mit einem Eisenspeer durch den Eingang drang.

Die beschlagene Spitze traf in die Rückseite des Stuhls und zerschmetterte ihn, wodurch Alix mit Splittern übersät wurde. Sie starrte den bärtigen Atvianer sprachlos an, der sein Gürtelmesser umklammert hielt.

Duncan sprang auf den Mann zu. »Alix! Versteck dich – ich habe keine Zeit, auf dich aufzupassen!«

Sie zog sich sofort zurück und sah zu, wie Duncan sich um den Mann kümmerte. Schließlich riß sie ihren Blick los und suchte ein Versteck.

Ein indigofarbener Vorhang, der ein großes Fenster verhüllte, bauschte sich, und sie lief auf den breiten Fenstersims zu. Alix kletterte hinauf und preßte den Rücken gegen den kalten Stein, zog den Samt um ihren Körper herum. Aber sie ließ eine ausreichend große Lücke geöffnet, um zusehen zu können.

Duncan tötete den atvianischen Krieger und stand über dem Körper, keuchend, während er versuchte, durch seine verletzte Kehle wieder zu Atem zu kommen.

»Und wer hat *Euren* Tod prophezeit, Gestaltwandler?« fragte Keough von der Tür her.

Duncan richtete sich sofort auf und begegnete dem befriedigten, erwartungsvollen Blick des Atvianers. Der Cheysuli stand mit gespreizten Beinen über dem toten Krieger, während Keough durch die einzige Tür in den Raum hineinkam. Hinter ihm stand sein Sohn und blockierte den Ausgang.

»Wo ist Euer berühmter Bogen, Gestaltwandler?« forderte Keough ihn heraus. »Und wo ist Euer Tier?«

Duncan sagte nichts, während er um den Körper herumtrat und sich zum Kampf aufstellte.

Keough lachte. »Zuvor hattet Ihr Euren Bogen. Jetzt tragt Ihr nur ein Messer, und ich ein Schwert.«

Duncan beobachtete, wie die glänzende Klinge vor seinen Augen tanzte. Der Herrscher von Atvia war groß und unglaublich schnell für einen Mann seiner Statur. Thorne, der grinsend in der Tür lehnte, kreuzte seine Arme und beobachtete, wie sein Vater den Cheysuli durch die Halle drängte, bis sein Rücken an einen farbenfrohen Wandteppich gepreßt wurde.

Keough lächelte in seinen roten Bart hinein und senkte die Schwertspitze soweit herab, daß sie sanft Duncans

Hals berührte. »Es scheint, als hätte bereits jemand versucht, Euch Euren Kopf zu nehmen, Gestaltwandler. Soll ich es für ihn beenden?«

Das Schwert blitzte leicht zur Seite, und Duncan zog sein Messer, machte es zum Wurf bereit.

Keough schlug es ihm mit einer erschreckend glatten Bewegung aus der Hand. Die Schwertspitze wurde erneut an die verletzte Stelle an Duncans Kehle angelegt. Ein Rinnsal frischen Blutes wallte in dem häßlichen Drahtschnitt auf.

»Hier, Gestaltwandler? Soll ich *hier* zustechen?«

Thorne schrie auf, als der rötliche Wolf vom Fenster heranschoß, durch den samtenen Vorhang hindurchbrach. Duncans gelbe Augen weiteten sich in ungespieltem Erstaunen, und Keough, der dadurch gewarnt war, wirbelte das Schwert herum.

Er begegnet den knurrenden Fängen einer Wölfin, die sich mit ihrem wuchtigen Körper gegen die breite Brust des Atvianers warf. Aus dem Gleichgewicht gebracht, ging Keough vor Duncans Füßen zu Boden. Ein erschreckter Schrei drang aus seiner Kehle.

Thorne eilte die Länge der Halle mit gezogenem Schwert herab, um den Wolf vom Körper seines Vaters abzuschlagen. Duncan beugte sich schnell herab, ergriff sein Messer und warf sich dann vorwärts, um Thornes wütenden Angriff abzublocken.

Keoughs Sohn ging mit einem Schmerzensschrei zu Boden und umklammerte das in seine Brust versenkte Messer. Duncan richtete sich auf und wandte sich um, trat schwankend zu der Wölfin.

Das Tier stand über dem regungslosen Herrscher von Atvia, die wilden Augen vor stillem Zorn brennend. Langsam erkannte sie Duncan, der sie wortlos und mit verzerrtem Gesichtsausdruck anstarrte.

»Er ist tot«, sagte er rauh.

Keough, das Gesicht bluterfüllt, wies keine Wunde auf. Aber der Mann lag tot in Homana-Mujhar.

»*Cheysula*«, flüsterte Duncan.

Die Wölfin verwandelte sich vor seinen Augen, und Alix trat zu ihm, die Arme schlaff über ihrem Bauch gekreuzt, als wolle sie das Kind beschützen.

»Er hätte dich getötet.«

»Ja, Alix.«

Sie blinzelte mit leerem Blick. »Ich weiß, du hast gesagt, ich sollte nicht gestaltwandeln, *Cheysul*, aber du wärst gestorben. Ich glaube, ich wäre wie ein Mann ohne *Lir*, wenn du sterben würdest, und würde meine Seele verlieren.«

»Es ist vor Angst und aus dem wilden Beschützerinstinkt eines Wolfes für seinen Gefährten heraus geschehen. Ich hätte nichts anderes fordern oder erwarten können, Kind oder nicht.«

»Dann bist du nicht ärgerlich auf mich?«

Er streckte die Arme aus und zog sie an sich, barg ihren Kopf an seiner Schulter. »Ich bin nicht ärgerlich, Kleines.«

»Duncan ... wir verlieren Homana-Mujhar.«

»Ja. Carillon wird noch eine Weile länger warten müssen, bis er den Thron des Mujhar einnehmen kann. Wir müssen uns versammeln und gehen, bevor Bellam das *Qu'mahlin* beendet, das Shaine begonnen hat.«

Thorne, der zu Alix' Füßen lag, stöhnte. Sie erschauerte und wandte ruckartig den Kopf, um hinzusehen, die Hand auf dem Mund. Duncan lenkte sie von dem jungen Atvianer fort, führte sie eilig auf die Tür zu.

»Duncan – er lebt noch!«

»Er wird so bleiben müssen. Wir dürfen keine Zeit mehr verlieren, Alix. Komm.«

Die Flucht aus Homana-Mujhar erwies sich als schwieriger denn der Einzug. Zweimal mußte Duncan solindische Krieger abwehren, und Alix schrie einmal auf, als sich ein verwundeter Atvianer vom Boden erhob. Ein geworfenes Messer mit Carillons königlichem Emblem zitterte im Rücken des Mannes, und sie schaute auf und begegnete Finns Blick jenseits des Ganges.

»Also, *Mei Jha*, folgt Ihr meinem *Rujho* noch immer.«

Alix, die Finns Erschöpfung und sein blutverschmiertes Gesicht sah, lachte ihn an. »Ja, das tue ich noch immer. Und werde es auch immer tun.«

Finn lächelte sie an und nahm das Messer wieder an sich, das jetzt seines war, wobei er seinem Bruder einen fragenden Blick zuwarf. Duncan bedeutete ihm zu folgen, und sie gingen schweigend den Gang hinab.

»Der Prinz?« fragte Duncan rauh.

»Ich habe ihn in Shaines Räumen zurückgelassen, wo er zwei Atvianer erfolgreich erledigt hat. Unser Prinz hat gelernt zu töten. Er brauchte meine Hilfe nicht.«

»Bist du bereit, von hier fortzugehen?«

Finn lachte kurz auf. »Obwohl ich es hasse, solche Arbeit unvollendet zu lassen, bin ich mehr als bereit. Hier können wir nur sterben.« Er seufzte. »Wir werden Homana-Mujhar ein anderes Mal einnehmen.«

»Carillon will vielleicht nicht gehen.«

»Er wird, wenn ich es ihm gesagt habe. Er ist vielleicht mein Lehnsherr, aber ich habe mehr Verstand.«

»*Habt* Ihr?« fragte Alix.

»Ja, *Mei Jha*, den habe ich.«

»Nun, *Rujho*«, sagte Duncan, »vielleicht hast du in den vergangenen Monaten ein wenig dazugewonnen. Denn du hattest zuvor niemals welchen.«

Finn folgte ihnen beleidigt, während Storr sich dicht an seine Fersen heftete.

Sie fanden Carillon, wo Finn es gesagt hatte, und überzeugten ihn davon, sich ihrer Flucht aus dem Palast anzuschließen. Er war nicht sehr glücklich bei dem Gedanken, gab aber nach, als Duncan ihm ihre Möglichkeiten erklärte. Carillon seufzte und rieb mit einem Unterarm über seine feuchte Stirn. Sein Haar war zu struppigen Locken getrocknet.

»Hier entlang«, sagte er und führte sie durch gewundene Gänge.

Über gewundenen Wegen im Innern des Palastes folgten sie dem Prinz aus Homana-Mujhar heraus, froh über einen Aufschub. Sie fanden keine atvianischen oder solindischen Truppen, und das gab ihnen allen die Möglichkeit, wieder freier zu atmen.

Alix folgte Carillon aus einem zurückliegenden Eingang heraus in den kleinen Burghof an der Rückseite des Palastes. Hinter ihr gingen Duncan und Finn, die einander in der Alten Sprache, die sie noch nicht ganz verstand, zumurmelten. Dann blieb sie jäh stehen, als Carillon vor ihr haltmachte, und trat um ihn herum, um ihn nach dem Grund dafür zu fragen.

Sie fand sich einer mit einem Umhang bekleideten Gestalt gegenüber wieder, die dem Mann sehr ähnlich war, den sie in den Straßen Mujharas getötet hatte, und bekam plötzlich große Angst.

Eine behandschuhte Hand schob die Kapuze zurück und entblößte edle Gesichtszüge sowie ein äußerst bezauberndes Lächeln. »Alix«, sagte er weich. »Und mein Prinz von Homana. Ich hätte mir nicht mehr Glück erhoffen können.«

»Tynstar ...«, flüsterte sie.

Duncan trat neben sie, hielt sie zwischen sich und dem Prinzen. Finn stand neben Carillon und achtete darauf, daß der Prinz genug Platz hatte, um sein Schwert gebrauchen zu können. Storr, der die Zähne fletschte und knurrte, wartete an Finns rechter Seite.

Tynstar lächelte. »Ein schönes Bild. Vor mir habe ich die drei Hauptverantwortlichen für den Versuch, Bellams Wunsch, Homana einzunehmen, zunichte zu machen.« Seine schwarzen Augen flackerten. »Und die Frau.« Er trat geräuschlos näher und schaute ihr ins Gesicht. »Alix, ich sagte, Ihr solltet im Hintergrund bleiben. Ihr habt nicht auf mich gehört.«

Sie schluckte schwer und kämpfte die Angst zurück,

die ihre Knie zittern ließ. Der Mann, der so freundlich und bescheiden gewesen war, als sie sich das erste Mal getroffen hatten, zeigte ihr letztlich sein wahres Gesicht, und sie erkannte die Gewaltigkeit seiner Hingabe an seine dunklen Götter.

Tynstar lächelte noch breiter. »Shaine ist tot. Und Keough. Sogar Prinz Thorne liegt an der Verletzung durch ein Cheysulimesser sterbend da. Ihr habt heute nacht einen großen Zoll gefordert.« Er senkte seine Stimme zu einem Flüstern. »Aber es ist umsonst.«

»Umsonst«, wiederholte Carillon.

»Ja. Bellam hält Homana-Mujhar. Homana gehört ihm.«

»Euch«, sagte Alix sanft. »Homana gehört *Euch*.«

Der Ihlini lächelte süß.

Carillons Hand ruhte auf seinem Schwertheft. Tynstars Blick wanderte von Alix zu ihm.

»Wenn ich Ihr wäre, junger Mujhar, würde ich Homana-Mujhar sofort verlassen.«

Carillons Hand zuckte. »Ihr sagt mir, ich soll *gehen*...«

Tynstar zeigte ein beiläufiges Achselzucken. »Ihr seid nichts für mich. Bellam will, daß Ihr vor seinen Männern vorbeimarschiert, um den Homanern Eure Niederlage zu zeigen, aber *ich* sehe keinen Sinn darin. Das stärkt einen Mann nur in seinem Entschluß, Vergeltung zu verlangen.« Eine Hand machte eine weiche Geste. »Ihr habt gesehen, was solche Wünsche den Cheysuli angetan haben.«

»Das *Qu'mahlin* ist beendet«, fauchte Carillon. »Beendet. Die Cheysuli können kommen und gehen wie sie wollen, wie zuvor.«

Alix spürte den Ansturm der Freude in ihrer Brust, aber sie rührte sich nicht. Vor Tynstar konnte sie es nicht.

Der Ihlini deutete auf ein kleines Tor in den hohen Mauern. »Geht, mein Prinz, sonst ändere ich meine Meinung.«

Carillon zog sein Schwert. Bevor er es jedoch gegen

Tynstar erheben konnte, wurde er grob aufgehalten. Er stieß einen einzigen unterdrückten Schrei aus, und die Cheysuliklinge fiel aus gefühllosen Fingern auf den Stein. Carillon brach wie ein Betrunkener zusammen, fiel vor dem Hexer vornüber auf Knie und Hände. Dann beugte er wie ergeben den Kopf.

Alix keuchte und trat vor. Duncan ergriff ihren Arm und zog sie zurück.

»Warte ...«, flüsterte er.

Tynstars Augen blieben ausdruckslos, als er Carillons angespannte Schultern betrachtete.

»Ich habe Euer Leben in der Hand, Erbe Shaines. Ich könnte Euer Herz mit meiner Hand zerquetschen, ohne Euch zu berühren. Ich könnte im Handumdrehen die Luft aus Euren Lungen ziehen. Ich könnte Euch mit nicht mehr Anstrengung als der eines wimmernden Kindes blind, taub und stumm machen.« Seine Zähne schimmerten bei einem erschreckenden Lächeln. »*Aber ich werde es nicht tun.*«

Alix, verärgert über seine Worte und darüber, daß weder Duncan noch Finn gegen den Hexer vorgingen, riß sich von Duncan los und trat zu Tynstar hinüber. Sie blieb neben Carillon stehen.

»Wenn Ihr ihn tötet, müßt Ihr auch mich töten. Glaubt Ihr, ich werde danebenstehen und zusehen, wenn Ihr Eure dunklen Künste gegen meinen Verwandten einsetzt? Ich stamme auch von diesem Hause ab, Ihlini!«

Tynstar hob, wie zur Segnung, eine behandschuhte Hand. Ein weiterer Schauer schüttelte Carillons Körper, und Alix atmete vor Angst heftiger.

»Ich kann keinem von *Euch* mit meinen Künsten Schaden zufügen«, sagte Tynstar ruhig, »und meine Kraft wird durch Eure Gegenwart geschwächt. Aber es bleibt mir genug übrig. Carillon ist mir ausgeliefert. Sprecht erneut, Lindirs Tochter, und seht das Ergebnis.«

»Ihr könnt mich nicht treffen, Ihlini«, flüsterte sie. »Meine Magie ist stärker als die jedes anderen Cheysuli.

Ich muß Euch nur meine Wolfsfänge zeigen, und Ihr werdet sterben, wie Keough gestorben ist, allein schon aus Angst.«

Tynstars Augen verengten sich. »Dann ist es also wahr, daß Lindir Euch das Alte Blut dieses Landes geschenkt hat.« Er lächelte und zuckte die Achseln. »Nun, ich kann warten. Zeit ist nichts für einen Mann, der bereits drei Jahrhunderte alt ist.«

Er sah Carillon bedauernd an. Langsam sammelte der Prinz seine Kräfte und stand schwankend auf, hob das Schwert locker an, während er sich erhob. Er sah Tynstar einen Augenblick lang in kalter Wut an und schaute dann zu Alix. Seine Hand berührte ihren Arm.

»Ich habe es gehört, Cousine. Und ich danke dir.«

Tynstar trat weich von ihnen beiden zurück. Sein bezauberndes Lächeln galt ihnen allen.

»Bellam wird Homana-Mujhar halten, Carillon, und Ihr werdet für ihn kämpfen müssen. Aber nicht heute nacht.«

Er hob eine Hand, berief zischend eine purpurfarbene Flamme aus der Dunkelheit herauf und verschwand.

Epilog

Die Dunkelheit, nur von den unheimlichen Flammen der Ihlini beleuchtet, während purpurfarbenes Dämonenfeuer die Großartigkeit Homana-Mujhars einnahm, war bedrückend. Und doch versammelten sich die überlebenden Cheysulikrieger, verließen den Palast und gaben die homanische Stadt auf, die Bellam von Solinde erobert hatte.

Carillon sagte auf dem langen Ritt zurück zum Keep, so viele Meilen nach Ellas hinein, sehr wenig, aber Alix wußte, daß er sich nicht der Niedergeschlagenheit ergeben hatte. Carillon, der junge Prinz, der zum König herangewachsen war, plante.

Als sie den Keep schließlich erreichten und sich die Krieger zu ihren Zelten und Frauen begaben, nahm Carillon ernst Duncans Einladung an, in dem schieferfarbenen Zelt des Stammesführers zu wohnen.

Und dort war es, sechs Tage später, wo er ihnen seine Entscheidung mitteilte.

Alix schüttelte wiederholt den Kopf. »Ihr solltet hierbleiben. *Hier.*«

Er saß in seiner narbigen Lederkleidung und dem verkrusteten Harnisch vor der Feuerstelle. Seine Handgelenke wiesen die, obwohl fast verheilten, tiefen Wunden auf, die das atvianische Eisen hinterlassen hatte.

Carillons blaue Augen blieben fest. »Bellam sendet Truppen aus, um mich zu suchen. Er ist kein Mann, der leicht aufgibt. Die Cheysuli haben in Shaines Händen genug gelitten. Ich möchte nicht, daß sie sterben, weil der Erbe des Mujhar in ihrem Keep Schutz sucht.«

»*Ihr* seid der Mujhar«, sagte Finn ruhig.

Alix sah ihn an und erkannte die seltsame Ruhe, die

346

sie an ihm zu schätzen gelernt hatte. Die Begegnung in Homana-Mujhar, die Carillon verwandelt hatte, hatte ihre Macht auch auf Finn ausgeübt.

Carillon machte eine gleichgültige Geste. »Es ist ein Titel, Finn, nicht mehr. Und nichtssagend. Bellam – auf dem Thron von Homana – beansprucht ihn als den seinen.«

»Homana erkennt es als falsch«, sagte Duncan mit seiner flüsternden Stimme. Alix zuckte noch immer zusammen, wenn sie sie hörte, und fürchtete, daß sie niemals wieder richtig klingen würde. Und sie wußte, daß Duncan, wie auch Carillon, seine Narben ein Leben lang tragen würde.

»Homana ist ein besiegtes Land«, sagte Carillon ruhig. »Es wäre dumm, das zu verleugnen. Um überleben zu können, muß Homana Bellams Wünschen folgen ... eine Zeitlang.«

»Und Tynstars«, sagte Alix leise und zitterte.

Finn zuckte gleichgültig die Achseln. »Wir müssen nur warten, Carillon. Ihr werdet Homana-Mujhar zurückerobern.«

Das letzte überlebende männliche Mitglied des Hauses Homana seufzte schwer. »Ich glaube, lange Zeit nicht. Thorne kuriert sich in Atvia aus und schwört, daß er den seltsamen Tod seines Vaters rächen wird.« Sein Blick zuckte zu Alix, die starr zur Feuergrube schaute. »Tynstar und seine Ihlini unterstützen Bellams Griff auf die Throne von Homana und Solinde. Die Kraft dieses Landes ist geschwächt und muß sich erst wieder erneuern, bevor der Kampf wieder beginnen kann.« Er lächelte schwach. »Ich kann von meinem zerschlagenen Reich nicht verlangen, so bald wieder in den Krieg einzutreten.«

Alix sah ihn schließlich an. »Wohin werdet Ihr gehen?«

»Hier sind wir sicher, jenseits der ellasischen Grenze. Euer Keep ist seit Jahren von den Soldaten des Hohen

Königs Rhodri unbehelligt geblieben. Ich glaube, daß niemand einen einsamen Prinzen beachten wird, der hindurchzieht. Ich werde eine Zeitlang im Land verschwinden.« Carillons Lächeln schien jetzt reifer. »Aber ich will kein weiteres Cheysulileben aufs Spiel setzen, wenn es uns nicht allen dient.«

»Es ist kaum wichtig, daß wir unser Leben riskieren,« sagte Duncan ruhig. »Die Prophezeiung sagt, daß Ihr eines Tages den Thron von Homana besteigen werdet. Eines Tages ... werdet Ihr es.«

»Den Cheysulithron, Duncan?« spottete Carillon und grinste. »Ich habe es nicht vergessen.«

»Wir auch nicht.«

Carillon stand jäh auf. Er sah auf Alix herab.

»Cousine, einst hast du einem naiven, eingebildeten Prinzen die Wahrheit über Shaines *Qu'mahlin* gesagt, und er hat sie verleugnet. Er hat sogar dich verleugnet. Es tut mir leid. Du bist klüger, als ich jemals erkannt habe.« Er griff hinab, nahm ihre Hand und zog sie hoch. »Du bist deinem Blut treuer gewesen, als ich jemals hoffen konnte.«

»Carillon ...«

Er schüttelte den Kopf und ließ ihre Hand los. »Ich habe ein Pferd. Und, wie ich glaube, einen Gestaltwandler, der geschworen hat, der Lehnsmann des Mujhar zu sein. Wie sein Vater.«

Finn erhob sich und sah grinsend in Alix' trauriges Gesicht. »Also, *Mei Jha*, werdet Ihr mich jetzt doch noch los.«

Sie sagte nichts, konnte nicht an dem Schmerz vorbei sprechen, der ihr die Kehle zuschnürte.

Finn sah Duncan an. »*Ruhjo*, kümmere dich um deine *Cheysula*. Sie ist nicht leicht zu handhaben.«

Duncan lächelte und stand auf, legte eine Hand um Alix' Taille. Mit der anderen streckte er den schwarzen Bogen aus, dessen Verzierungen schimmerten.

»Hier, mein Mujhar. Finn wird Euch zeigen, wie man ihn gebraucht.«

Carillon zögerte. »Aber nur ein Cheysuli darf einen Cheysulibogen benutzen.«

»Traditionen ändern sich«, sagte Duncan weich.

Carillon nahm ihn schweigend entgegen. Dann verließ er das Zelt wie ein Mann, der einer Vergangenheit den Rücken zuwendet, um eine Zukunft zu gestalten.

»Storr!« rief Alix.

Die Augen des Wolfes blickten warm. *Tahlmorra, Liren.*

Alix beobachtete in stummer Qual, wie Finn Carillon folgte, den Silberwolf an seiner Seite. Sie spürte kaum Duncans Hände, die auf ihren Hüften lagen und sie dicht an sich zogen. Sie war sich nur der tiefen Qual und des in ihrer Brust anschwellenden Bedauerns bewußt.

»Es wird ihnen gut gehen, *Cheysula*.«

»Warum müssen sie *beide* gehen?«

Er lachte sanft. »Hast du dich nicht danach gesehnt, daß Finn aus deinem Leben verschwindet?«

Sie schluckte. »Ich habe mich ... an ihn gewöhnt. Das ist alles.«

»Der Mujhar hatte schon immer einen Cheysuli in seinen Diensten, wie Finn in Homana-Mujhar gesagt hat. Wie Hale in Shaines Diensten stand. Und auch schon davor.«

Alix schaute zum geöffneten Zelteingang hinüber und wischte sich schnell die Tränen vom Gesicht. »Ich kann nicht glauben, daß Finn und Carillon viel mehr als nur *Streitereien* zustande bringen!«

Sein Griff festigte sich. »Streitereien haben, wie du wissen solltest, ihren Platz. Ich bin sicher, daß auch Shaine und Hale gestritten haben, gelegentlich.«

»Sieh dir das Ergebnis an.«

Duncan trat hinter sie und legte zärtlich sein Kinn auf ihren Kopf. »Carillon ist nicht sein Onkel.«

»Nein, das ist er nicht.« Alix seufzte schwer. »Er ist nur Carillon.«

»Er wird zurückkommen.«

Alix versteifte sich, mochte sich aber nicht zu ihm umwenden, weil sie befürchtete, daß sie etwas sehen würde, was sie nicht ertragen konnte.

»Duncan ... sprichst du vom *Tahlmorra?*«

»Vielleicht.« Er drehte sie um, bis sie ihn ansah. »Glaubst du, daß Finn und Storr ihrem Prinzen erlauben werden, lange von ihrem Heim fortzubleiben?«

Etwas bewegte sich kurz in ihr. Erstaunt legte Alix eine Hand auf ihren Bauch, lächelte dann und legte Duncans Hand ebenfalls dorthin, damit er die Bewegungen des Kindes auch spüren konnte.

»Wenn Carillon zurückkehrt, *Cheysul*, wird er einen neuen Verwandten kennenzulernen haben.«

»Und ein Königreich von Bellam zurückerobern dürfen«, sagte Duncan ernst.

Sie blickte in seine ernsten gelben Augen. »Kann er das schaffen? Sagt die Prophezeiung, daß er es schaffen wird?«

Er strich ihr Haar mit seiner freien Hand zurück. »Ich weiß es nicht, Kleines. Es ist Carillons *Tahlmorra*.«

Carillons Tahlmorra ... wiederholte sie im Geiste traurig und suchte in der Macht, die die Götter ihr gegeben hatten, unwillkürlich nach einer Antwort.

Dort fand sie sie und lächelte.